RECORDAÇÕES DA CASA DOS MORTOS

FIÓDOR DOSTOIÉVSKI

TRADUÇÃO DE NICOLAU S. PETICOV

NOVA ALEXANDRIA

3ª edição, 2015 - Em conformidade com a Nova Ortografia.

Título original: *Zapiski iz Mertvogo Doma*

Editora Nova Alexandria.
Rua Engenheiro Sampaio Coelho 111 – Vila Monumento
4261-080 – São Paulo – SP
Tel.: 11-2215-6252
E-mail: vendas@novaalexandria.com.br
Site: www.editoranovaalexandria.com.br

Preparação de originais: Nelson dos Reis, Moara Staeblein,
Ayrton Mugnaini e
Vânia Lobato Rodrigues
Revisão: Albertina Pereira Leite, Ludmilla Cavarzere de Oliveira e
Flávia Okumura Bortolon
Revisão da 2ª edição: Thiago Lins
Revisão da 3ª edição: Lucas de Sena Lima
Capa, Projeto Gráfico e Editoração Eletrônica: Viviane Santos

DADOS PARA CATALOGAÇÃO

Dostoiévski, Fiódor, 1821-1881
Recordações da casa dos mortos / Fiódor Dostoiévski ;
Tradução de Nicolau S. Peticov. — São Paulo : Nova Alexandria, 2015.
324 p.

ISBN 978-85-7492-404-5

1. Romance russo. 2.Título.

CDD 890

Índice para catálogo sistemático:
1. Romance. 2. Literatura russa.

SUMÁRIO

APRESENTAÇÃO

Embora a importância de Fiódor Dostoiévski (e desta obra em particular) na literatura universal dispense comentários, algumas informações, relativas à história russa do período, são necessárias para a melhor compreensão de *Recordações da Casa dos Mortos*, uma vez que este livro resulta da experiência vivida por Dostoiévski como condenado por motivos políticos numa prisão da Sibéria. Publicado, de forma seriada, entre os anos de 1861 e 1862, o romance constitui um marco na vida e na obra do grande autor russo, estando aí, em cerne, as grandes questões que serão posteriormente desenvolvidas em livros como *Humilhados e ofendidos* e *Crime e castigo*.

Após a morte do czar Alexandre I, em 1825, o trono foi assumido por seu filho, Nicolau I. Aproveitando-se das turbulências da sucessão, um grupo de intelectuais e pequeno-burgueses organizou um levante chamado de "decembrista", pois teve seu ápice em 14 de dezembro de 1825. Sob a influência do que ocorria na Europa Ocidental, esse movimento defendia medidas liberalizantes, mas foi derrotado e seus integrantes presos e condenados, muitos deles a trabalhos forçados na Sibéria. Porém o desejo de mudanças permaneceu.

Anos mais tarde, em 1848, diversos países europeus ferviam com movimentos revolucionários. Sobretudo a França, onde adeptos do sufrágio universal e um aguerrido agrupamento socialista, sob a liderança de Louis Blanc, conseguiram derrubar a monarquia, criando a Segunda República. A Rússia não passaria incólume a toda essa efervescência coletiva por transformações políticas e sociais: diversos grupos se organizavam para discutir ideias e planos, entre os quais o de Petraschevski, um funcionário do Ministério do Interior, que cedia a sua casa para as reuniões.

Leitor dos teóricos socialistas Fourier e Saint-Simon, e dos romances de George Sand, o jovem Dostoiévski, então com vinte e quatro anos, participava desses encontros. Vale observar que, não obstante as leituras, Dostoiévski nada tinha de revolucionário socialista: seu interesse, ali, prendia-se mais ao ambiente intelectual que dominava as reuniões, embora, naturalmente, manifestasse de forma intensa sua revolta frente à situação da Rússia e de seu povo, que, em grande parte, ainda vivia sob servidão com características feudais e terrível miséria. Foi justamente na casa de Petraschevski que Dostoiévski conheceu Spechnev, um membros dos mais radicais do grupo, com quem ele estabelecerá forte amizade, retratando-o, tempos depois, através do personagem Stravoguin, no romance *Os demônios*[1]. O amigo também é citado na "Carta de Dostoiévski ao irmão Mikhail", que integra a parte final deste volume.

Spechnev era um homem de ação e, insatisfeito com o teor das discussões meramente literárias e intelectuais que dominava aqueles encontros, começou a articular uma conspiração de caráter socialista. Essa conspiração não passou dos primeiros passos, pois um agente infiltrado a denunciou: todos, incluindo Dostoiévski, foram presos e conduzidos à fortaleza de São Pedro e São Paulo, onde aguardariam a decisão acerca da condenação que iriam receber. Após oito meses, finalmente a pena é anunciada: morte por fuzilamento. Quando já estavam perfilados frente ao batalhão de fuzilamento, numa manhã fria de dezembro, chega no último momento uma ordem do czar: a pena de morte havia sido comutada por prisão com trabalhos forçados na Sibéria. Tudo, na verdade, não passara de uma encenação, armada por Nicolau I, para aterrorizar os condenados. Sentir a morte tão de perto deixará marcas profundas na personalidade e na obra do escritor russo.

Eles são conduzidos, então, para a prisão de Omsk, na Sibéria (a "casa dos mortos"), onde Dostoiévski, convivendo com ladrões, facínoras e assassinos de todo tipo, além de outros prisioneiros políticos, retira os elementos que comporão este romance, construído numa atmosfera ficcional sufocante, mas também pontuada por muitos momentos de bom humor, sobretudo nas cenas que envolvem personagens como Isaías Fomitch, entre outros. Trata-se,

---

1 Obra disponível, no Brasil, em tradução de Paulo Bezerra (Editora 34). A mesma obra é encontrada também em edições portuguesas, sob o título de *Os possessos*.

portanto, do relato romanceado dos quatro anos em que Dostoiévski passou em Omsk. Através do personagem Alexander Petrovitch Goriantchikov, condenado pelo assassinato da esposa, Dostoiévski revive literariamente sua experiência naquele mundo humilhante e estarrecedor.

Recordações da casa dos mortos é uma obra-prima, um livro cuja leitura certamente provocará no leitor muita emoção e reflexão, além do prazer de tomar contato com um texto de rara beleza e profundidade psicológica.

INTRODUÇÃO

Nas regiões distantes da Sibéria, é comum encontrarmos cidades rudes feitas de madeira, espalhadas entre estepes, montanhas ou florestas de difícil acesso, com mil ou, no máximo, dois mil habitantes, com duas únicas igrejas — uma na praça e outra no cemitério — e que mais lembram um miserável subúrbio de Moscou ou de qualquer outro grande centro. Em geral, elas são supridas por um corpo completo de inspetores policiais, assistentes e outros servidores subalternos. Na Sibéria, apesar do frio, os cargos públicos constituem um serviço bem aquecido. Os homens que lá vivem são simples e conservadores, não afetados pelas ideias liberais. Tais funcionários exercem, por assim dizer, um papel de nobreza local, sendo eles siberianos legítimos ou russo-europeus transferidos, a maioria destes últimos originários das nossas duas cidades maiores, e que optam por tais cargos provisórios tendo em vista futuras designações melhores ou, ainda, atraídos pelos vencimentos e abonos, além das ajudas de custo das viagens. Há também os que, com senso prático da vida, apegam-se à terra e se fixam de vez, e são esses que acabam ascendendo material e socialmente. A maior parte deles, porém, sem a sensatez daqueles e sem planos coerentes, não se adaptam, sofrem de saudades da terra originária e só vivem lastimando "a idiotice daquele exílio voluntário"; esperam ansiosamente que se esgote o período regulamentar de permanência — três anos — ou conseguem remoção antes, regressando para os centros onde estavam habituados a viver, desprezando e denegrindo a Sibéria, a ela se referindo como um pesadelo que é necessário esquecer. Grande insensatez, considerando que não só do ponto de vista das funções e vantagens de contagem de tempo como por muitas outras razões tal estadia na Sibéria, sendo bem entendida, constitui um período excelente de vida. O clima é muito salutar. A hospitalidade e a convivência social são realidades entre o funcionalismo e a burguesia, que, diga-se de passagem, é próspera. As moças em idade de casar vicejam como rosas magníficas, carregando, em si, virtude inata. A caça é abundante, cruzando o caminho dos caçadores. Tem-se champanha de sobra. O caviar é esplêndido. As colheitas e safras em certos lugares são extremamente fecundas. Por toda parte o solo é produtivo, bastando cultivá-lo. Os siberianos sabem como aproveitá-lo.

Numa dessas cidadezinhas amáveis abastecidas de tudo e cujos habitantes são imensamente corteses — localidade que ficou para sempre gravada no meu coração —, vim a conhecer um colono que fora um nobre proprietário rural na Rússia: Alexander Petrovitch Goriantchikov, que, por ter assassinado a esposa, estivera cumprindo pena de dez anos de trabalhos forçados num presídio de segunda classe,[2] e ao fim desse tempo se instalara, sossegado e quieto, na cidadezinha de K.[3] como colono. Embora obrigado judicialmente a viver nos arredores, morava na própria cidade, pois aí dispunha da possibilidade de se dedicar a ensinar crianças, atividade com a qual ganhava

2 Os estabelecimentos penais russos, na época, eram divididos em três categorias de trabalhos forçados: a primeira, a mais rígida, era a dos *trabalhos em minas*; a segunda categoria — a citada acima — a de *trabalhos em fortalezas*, e a terceira, relativa aos *trabalhos em oficinas*.

3 Presume-se que seja a cidade de Kusnetski, na província de Akmolinsk, onde Dostoiévski casara em fevereiro de 1857 com sua primeira mulher, Maria Dimitrievna.

seu sustento. Nas pequenas cidades siberianas se encontram muitos deportados que se devotam ao magistério, e não lhes falta trabalho. Dedicam-se principalmente ao ensino do francês — idioma indispensável na vida prática —, coisa que naquelas regiões remotas, sem esses professores, seria inaplicável. Encontrei-me pela primeira vez com Alexander Petrovitch na casa de um velho burocrata, o prestativo e generoso Ivan Ivanovitch Gvosdikov, cujas cinco filhas tão diferentes já prenunciavam as belezas que viriam a ser. Alexander Petrovitch lhes dava quatro aulas semanais, recebendo por hora trinta copeques em prata. Seu aspecto despertou meu interesse. Era um homem pequeno, muito magro e pálido, relativamente jovem, de uns trinta e cinco anos. Vestia-se decentemente, à moda europeia. Quando se conversava com ele, mostrava-se muito atento e correto, ouvia demonstrando uma polidez tal como se lhe estivesse sendo dirigida uma pergunta ou solicitada uma opinião, ou como se lhe estivessem comunicando um segredo ou dando provas de intimidade; a seguir respondia de modo preciso e claro, mas com tamanho pesar que o interlocutor, sem saber por quê, logo ficava apreensivo, dando graças a Deus assim que podia encerrar a conversa. Naquela época, tive a oportunidade de conseguir algumas informações sobre Goriantchikov com o próprio Ivan Ivanovitch, vindo a saber que levava uma vida irrepreensível e exemplar; aliás, só o fato de poder ser professor das cinco garotas já era uma prova disso. Informou-me que o professor levava uma vida muito fechada. Era uma pessoa altamente instruída, que lia muito e falava pouco, sendo muito difícil manter uma conversa solta com ele. Muitos o consideravam, com certa propriedade, apenas um sujeito esquisitão, e nada mais. A boa gente da cidade o tinha em boa conta, já que era prestativo, ajudando as pessoas em serviços de contabilidade e em requerimentos de toda natureza. De acordo com a opinião geral, devia ter na Rússia parentes da melhor estirpe, mas ninguém sabia informar isso ao certo por falta de elementos de comprovação, já que depois de sua entrada para o presídio interrompera quaisquer contatos com os seus; em suma, ele próprio havia se prejudicado muito. Todos conheciam o motivo de sua condenação: ter matado a mulher por ciúme, um ano depois de casar-se, entregando-se logo após o crime, fato que tinha lhe valido a atenuação da pena. É comum considerar crimes dessa natureza como desgraças recíprocas — para a vítima e para o criminoso —, formando-se posteriormente uma atmosfera de compaixão e tolerância. Daquela atmosfera, contudo, aquele sujeito calado apenas havia se servido para conseguir alunos.

De pronto, ele quase me passou despercebido, e nem mesmo agora chego a discernir quais os motivos que fizeram despertar em mim, paulatinamente, o interesse por aquela criatura tão taciturna. Mal falava comigo, respondendo às eventuais perguntas que se apresentam a toda conversação com muito esmero e cuidado, quase servilismo, não dando a menor chance para alguma intimidade, mesmo pequena, pois logo sua fisionomia denunciava um mal-estar agitado. Noutra oportunidade, por sinal numa noite de verão muito bonita, despedimo-nos juntos da família Ivanovitch e, uma vez na rua, convidei-o a vir até a minha casa, onde havia cigarros, uma vez que os nossos haviam acabado. Até hoje relembro o jeito conturbado que o dominou. Balbuciou uma desculpa vaga, tomou-se de um ar urgente de despedida ali mesmo, carregou a fisionomia com indícios de desconfiança ou desdém e, virando, tomou direção oposta àquela em que caminhávamos. Fiquei perplexo, olhando-o desaparecer. Daí por diante, se por acaso nos encontrávamos, mantinha uma postura desconfiada e, se podia, esgueirava-se. Tal atitude, é claro, apenas estimulou a minha curiosidade; tanto que semanas depois fui visitá-lo sem avisar, impelido não sei por qual atração, ou melhor, pela repulsa que ele teimava em manifestar. Bem sei que essa minha decisão era contra as regras da delicadeza, pois, com isso, eu mostrava claramente estar forçando uma porta. Morava no lado oposto da cidade, na casa de uma velha cuja filha, solteira e tísica, tinha uma menina, aliás, garotinha agradável, simpática, de uns dez anos. Atravessei os cômodos de Petrovitch justamente quando ele dava uma lição de cartilha à menina. Levantou-se logo, como se apanhado em ato impróprio, ficando com aquele ar atarantado que eu lhe causara antes. Pouco depois, sentados um diante do outro, continuava ele em guarda, temeroso e desconfiado, como se visse na minha visita alguma investigação ameaçadora. O modo com que me olhava parecia tão hostil que a todo instante julguei que se fosse levantar e exigir minha saída. Com grande esforço mantive a conversação, começando pelas novidades da cidade e da região, mas ele apenas retrucava com monossílabos econômicos. Mas não se tratava de escárnio, era apenas desconhecimento e desdém absolutos pelos casos e novidades que eu contava. Aventurei-me pela política, pela administração; idêntica atitude por parte dele. Fiquei desnorteado, procurei alternativas ou variantes. Tentei depois outro expediente: oferecer-lhe revistas e livros que acabara de retirar do correio. Revistas ainda enroladas, livros de folhas ainda por cortar. Isso no começo o agitou e humanizou um pouco; após ver os títulos, porém, não tardou a devolvê-los, dando a desculpa de não dispor de tempo. Que podia eu fazer? Levantei-me, despedi-me e fui embora, respirando fundo. Para que havia de insistir, irritar, saturar ainda mais um homem cujo único desejo era a solidão total? Resumindo, a visita estava feita e pelo menos a lenda de que se tratava de sujeito letrado, com muitos livros, esvaíra-se. Nem aceitou os meus, nem vi nenhum nos seus cômodos. É verdade que, em duas ocasiões, aliás em altas horas da noite, percebi — passando de carro diante da casa da velha — a luz do quarto dele acesa. Em uma dessas vezes já passava da meia-noite. Estaria escrevendo? Mas o quê?

Algumas circunstâncias obrigaram-me a me afastar durante meses da cidade de C. Retornei já em pleno inverno e uma das primeiras coisas que vim a saber foi que o tal Petrovitch tinha morrido em começos de novembro, sem assistência médica nem amigos. Tal morte quase já estava esquecida, tão poucos meses depois. E os cômodos onde havia morado continuavam vagos. Fui vê-los, mais como pretexto para me avistar com a velha. Dando-lhe uma moeda de vinte copeques, consegui dela notícias sobre o falecimento e ganhei uma cesta velha com papéis dele. Relatou-me, com seu ar sombrio, que, além das aulas, ele não fazia mais nada senão andar pelo quarto perdido em pensamentos, falando sozinho. Não lia nem escrevia. De sentimento humano só manifestava dedicação pela neta, e que em razão do nome dela — Kátia —, no dia onomástico de Santa Catarina, durante o tempo em que estivera como inquilino, mandava todos os anos rezar uma missa pela alma de alguém. Saía apenas para dar aulas, e que eu fora das poucas visitas que recebera em todo aquele período e que ela própria só entrava aos sábados nos cômodos onde ele vivia, permanecendo apenas o tempo suficiente para a limpeza. Morara ali durante três anos, quase não trocando palavra com a velha e a moça. Perguntei à garotinha se tinha saudades do seu professor de leitura. Voltando-se para um canto, começou a soluçar. Ao menos restava alguém neste mundo para chorar por um homem que detestava o mundo.

Levei os papéis comigo e passei o dia inteiro colocando-os em ordem. Três quartas partes eram anotações indecifráveis ou ocasionais e folhas de cadernos de lições corrigidas. Por último, encontrei um calhamaço cheio da primeira até a página trezentos e tantos com uma letra miúda. Certamente o autor não quisera ou não pudera terminar a narrativa que ali se desenvolvia, abordando justamente a vida que havia levado no presídio durante dez anos.

Naquele texto incompleto se alinhavam casos bizarros, recordações por vezes cândidas, redigidas em estilo nervoso, altamente pessoal, também repletas de paroxismos. Reli uma porção de vezes aquelas memórias e acabei chegando quase à conclusão de que tal obra devia ter sido escrita em meio a crises e acessos de alienação mental. Tenho para mim que aqueles escritos sobre o presídio — *Recordações da casa dos mortos*, como o próprio narrador em certo trecho os denomina — não deixam de ser interessantes. Um universo inteiramente novo — até então completamente desconhecido para mim —, toda aquela singularidade de fatos, determinadas observações sobre aquelas almas decaídas, fascinaram-me sobremaneira, e eu li tudo com muita curiosidade. Bem sei que posso estar enganando: que fique, então, ao juízo do leitor, apreciar os dois ou três capítulos iniciais e dar o seu veredito...

PRIMEIRA PARTE

1

A CASA DOS MORTOS

O NOSSO PRESÍDIO estava situado numa escarpa, encravado em meio a uma fortaleza. Mesmo forçando o olhar por entre as brechas da paliçada, pouco se oferecia à nossa visão: um trecho mínimo de céu, um barranco íngreme cheio de mato, dia e noite uma sentinela indo e vindo, sem parar. E eu pensava, desalentado, que anos e anos se passariam e, tal como agora, ficaria espiando pela fresta, não vendo nada mais que a mesma muralha, o mesmo barranco, a mesma sentinela e apenas um trechinho de céu; não o céu que cobre o presídio, mas sim aquele ao fundo, distante, livre. Imagine um vasto espaço de duzentos passos de comprimento e cento e cinquenta de largura, quase com a forma de um hexágono. Contorne-o com uma paliçada de troncos altos enterrados profundamente na terra, fortemente interligados, encimados com lanças pontiagudas, e terá então uma ideia da área do presídio. Num dos lados da paliçada, guardado por uma sentinela, há um portão permanentemente trancado, que se abre apenas para dar passagem aos detentos que seguem ao trabalho. Por detrás dessa saída, o claro mundo da liberdade. Do lado de cá o nosso mundo, em nada parecido com aquele, que por isso nos parecia uma ilustração de contos de fadas. O nosso era um mundo bem outro, regido por estatutos, disciplinas, horários específicos; uma casa para mortos vivos; uma vida à margem e homens de vivência muito diferente. É esse canto tão distinto da vida que me proponho descrever aqui.

Ao penetrar nesse recinto, deparamo-nos com algumas construções. Ao longo do grande pátio se estendem duas alas compridas, de madeira, formando um andar único. São os alojamentos. Ali vivem os condenados, distribuídos de acordo com suas categorias. No fundo do corredor, há outro prédio com as mesmas características: trata-se da cozinha, dividida entre dois blocos; atrás, em outro prédio, a despensa, o paiol e o depósito. O meio do pátio de chão batido está vazio, sem nada. É aí onde os detentos, a cada manhã, colocam-se em forma para a chamada e a contagem, ato que se repete ao meio-dia e ao anoitecer, ou quando as sentinelas desconfiam de qualquer anormalidade e resolvem conferir a contagem. Entre tais alas e as paliçadas corre um espaço livre. Ali, atrás dos prédios, os detentos mais melancólicos e menos sociáveis fazem caminhadas nas horas de folga e, assim, meio escondidos, entregam-se a seus pensamentos. Ao cruzar com eles, tentava ler seus pensamentos, através de seus semblantes tristes e remoídos de preocupações. Um deles tinha a favorita ocupação de contar as estacas da paliçada. Eram quinhentas, e ele as conhecia em cada uma de suas posições e características. Cada estaca, para ele, representava um dia; mas em vez de contar as estacas, ele as subtraía e, assim, as que restavam da operação eram os dias em que ainda permaneceria no presídio. Ele se sentia verdadeiramente feliz ao terminar cada um dos lados do hexágono! Faltavam-lhe ainda muitos anos para cumprir a pena, mas na prisão deve-se exercitar a paciência. Certa vez, vi um presidiário, solto após cumprir vinte anos de reclusão, não sair sem se despedir dos que ficavam. Mais de um detento lembrou como ele entrara, jovem e despreocupado, indiferente ao crime e ao castigo. E agora saía, já grisalho, o rosto macerado, velho, circunspecto. Entrou silenciosamente em cada um dos nossos alojamentos; parou em todos os seis, rezando uma prece diante do ícone; em seguida voltou-se para cada um dos prisioneiros e fez uma grande reverência, pedindo que nos lembrássemos dele com apreço. Também me recordo de outro presidiário, um antigo aldeão siberiano, antes abastado. Há cerca de seis meses vivia angustiado, pois tinha recebido a notícia de que a mulher havia se casado novamente. Ela foi até a prisão; conversaram por um ou dois minutos, rapidamente; ambos choraram; deram-se adeus. Eu vi seu rosto quando ele retornou! Sim, deve-se aprender a ter paciência neste lugar.

Ao escurecer éramos trancafiados em nossos alojamentos. Tratava-se de um momento penoso, esse, de sair do ar livre e entrar numa sala ampla e baixa, parcamente iluminada com candeias de sebo que tornavam o ar denso, irrespirável. Hoje me parece incrível ter conseguido passar dez anos naquele lugar. Minha cama era uma espécie de catre, restrito a três tábuas. Apenas nessa sala, cerca de trinta detentos estavam acomodados naqueles catres.

No inverno éramos trancados mais cedo. Às vezes demorávamos até quatro horas para pegar no sono. Enquanto isso, vozes, risadas, blasfêmias, arrastar de grilhões, fumaça e fedor, cabeças raspadas, rostos marcados, roupas esfarrapadas; tudo o que é vergonha e infâmia. A raça humana é forte. O homem é a criatura que pode se acostumar a tudo, e creio que essa é talvez a melhor definição para ele.

Havia em nosso presídio aproximadamente duzentos e cinquenta homens; esse número era quase constante. E que variedade de gente havia ali! Acredito que cada região, cada província, cada distrito da Rússia tinha o seu representante naquele lugar. Entre os condenados, contavam-se tanto russos quanto montanheses do Cáucaso. Eram divididos de acordo com seus crimes e, consequentemente, conforme as penas a que haviam sido condenados. Pode-se supor que se encontrava ali cada tipo de crime possível. A população do presídio compunha-se, principalmente, de condenados civis ao exílio. Eram privados de todos os direitos civis e posição social, carregando em suas faces a marca de sua condição. Estavam condenados ao trabalho forçado por um período geralmente variável entre oito e doze anos e, depois de cumprida a pena, eram distribuídos como colonos para distritos administrativos da Sibéria. Havia também criminosos militares, e esses não eram privados de seus direitos civis, como é usual nos estabelecimentos penais russos. Suas penas eram curtas; uma vez cumprida a condenação, retornavam como soldados para os regimentos siberianos da linha. Muitos voltavam, pouco tempo depois, condenados por crimes mais graves e, dessa vez, não mais por pouco tempo, mas por pelo menos vinte anos. Essa categoria era chamada de "os perpétuos". Contudo, mesmo esses não estavam completamente privados de seus direitos. Havia, finalmente, uma categoria especial, formada por criminosos terríveis, em sua maioria militares. Eram chamados de "classe especial" e vinham de todo canto da Rússia. Eles próprios não sabiam o total de suas penas e se consideravam condenados a penas perpétuas. Ficavam ali como que pendentes até serem deslocados para trabalhos realmente pesados em outros pontos da Sibéria. "Vocês estão aqui por um tempo determinado" — diziam eles para os outros presos. "Mas nós estamos por toda a vida". Ouvi dizer que essa categoria foi suprimida. Em nossa fortaleza, a categoria civil foi abolida, sendo construído um alojamento específico para os militares. Diga-se que ocorreram mudanças na direção. Isso quer dizer que aquilo que foi aqui descrito pertence ao passado, a um estado de coisas que já não existe.

Tudo foi há muito tempo; hoje é como se fosse um sonho. Lembro-

-me de minha entrada no presídio. Era um anoitecer de dezembro, estava escurecendo, e os presidiários voltavam do trabalho; preparativos para a hora da chamada: um oficial de baixa patente, bigodudo, abriu-me a porta de tão estranho lugar, para os dez anos vindouros, onde eu haveria de suportar sensações de tal tipo que, se não as estivesse experimentado, diria que seria impossível enfrentar. Eu jamais poderia, por exemplo, imaginar tormento maior do que não poder ficar sozinho um momento, ao menos, nos dez anos da minha sentença. No trabalho, vigiado; no presídio, com a companhia dos outros duzentos condenados; e nunca, nem uma só vez, a solidão! Contudo, tive de me acostumar.

Na prisão, encontramos assassinos por impulso e assassinos por profissão; membros e chefes de quadrilhas; ladrões, vigaristas e outros acerca dos quais era difícil discernir por que tinham ido parar ali. Mas cada um tinha a sua história, uma história tão desconcertante e enevoada como tentarmos enxergar através da embriaguez. Em geral, comentavam pouco sobre o próprio passado. Se não gostavam de falar, apreciavam muito menos pensar sobre o que passou. Conheci até mesmo assassinos tão cheios de vida, tão permanentemente despreocupados, que ninguém poderia dizer que eles encontrariam em suas consciências algo que os reprovasse. Mas havia outros que carregavam um sombrio e permanente silêncio. Falando em termos gerais, era incomum que alguém contasse sua história, e curiosidade não fazia parte dos hábitos dali. Portanto, se por acaso alguém quisesse falar por uma razão ou outra, seu interlocutor ia ouvi-lo com indiferença desanimada. Nada podia espantar ninguém. "Nós somos sujeitos educados" — diziam frequentemente, com certa presunção. Acabo de me lembrar de um bandido que estava bêbado (é possível conseguir bebida na prisão) e se pôs a contar de que forma matara uma criança de cinco anos, como a enganou com um brinquedo, levou-a para um barracão e ali a matou. O alojamento todo, que até então ria de suas piadas, soltou um grito, obrigando-o a parar de falar; não gritavam por indignação, mas simplesmente porque não se fala sobre isso, ali não é o lugar. Diga-se de passagem que não se tratava de gente totalmente ignorante; mais da metade sabia ler e escrever. Em que outro lugar, na Rússia inteira, é comum encontrar duzentas e cinquenta pessoas juntas, a metade constituída de alfabetizados? Já ouvi alguém deduzir que a instrução é nociva às pessoas comuns. Trata-se de uma avaliação errada, as causas são bem outras, embora seja impossível não concordar que a instrução desenvolve a autos-suficiência. Mas isso certamente não é errado.

As seções se diferençavam pelos uniformes; numa delas, a metade direita do blusão era marrom e a metade esquerda cinza, as calças tinham uma perna cinza e outra marrom. Certa vez, no trabalho, uma camponesa que tinha vindo vender roscas observou-nos passar, olhou-me e disse:

— Que mau gosto! Não tinha pano marrom o suficiente e o preto também não?...

Em outras seções, os blusões eram todos de tecido cinza, mas as mangas eram marrom-escuras. Também nos diferenciávamos pelo corte dos cabelos; em algumas seções os cabelos eram raspados pela metade; em outras, inteiramente. Mas à primeira vista percebia-se uma semelhança vívida entre os membros daquele estranho clã; mesmo as personalidades mais agitadas e originais, aquelas pessoas que costumam dominar as outras, acabavam tendo de se nivelar ao tom predominante na prisão, exceção feita apenas a certos sujeitos de temperamento insaciavelmente alegre, a quem, por essa razão, era destinado um total desprezo; todos os detentos eram desconfiados, invejosos, imensamente vaidosos, valentões, cínicos e tediosamente irritadiços. Era enorme a capacidade deles de não se espantar com o que quer que fosse. Eles tratavam firmemente de levar a vida de maneira uniforme. Isso não impedia, porém, que por vezes o sujeito mais insolente se transformasse num covardão. E o curioso é que havia ali gente fortíssima; mas eram simplórios e taciturnos. Contudo, por estranho que pareça, alguns deles eram extremamente soberbos, convencidos. Falando em termos gerais, vaidade e exibição eram apenas a aparência do retrato. A parte essencial era feita de corrupção e perversidade ilimitadas. Mas todos se sujeitavam à disciplina, às regras e mesmo aos hábitos já forjados na prisão. Todos se submetiam. Claro que vinham indivíduos cheios de vaidade, mas não tardava que a rotina do presídio os submetesse. Mesmo aqueles que tinham sido o terror de bairros e povoados acabavam sendo domados. Uma vez lá dentro, o recém-chegado logo se dava conta de que não encontraria eco ali e logo tratava de abaixar o tom. Este, em termos gerais, se caracterizava por uma espécie de desconjuntada dignidade que envolvia cada um deles de forma peculiar. Era como se fosse a natural declaração de culpa, algo como se a condição do condenado significasse para eles a dignidade das circunstâncias locais. Mas não havia a menor sombra de remorso, apenas constatações: "Não soubemos nos comportar direito lá fora, perdemos a liberdade, agora temos que passar correndo pela *rua verde*,[4] ficar em posição de sentido na hora da chamada e da contagem; quem não deu ouvidos aos pais e à lei, que ouça agora o tambor; quem não aprendeu a tecer com agulhas de osso, que aprenda agora a quebrar pedreiras!". Esses eram os provérbios e preceitos morais que costumavam citar, mas nunca eram levados muito a sério. Eram apenas palavras. Ninguém ali reconhecia a própria delinquência. Se alguém de fora daquele meio censurasse algum dos presidiários (coisa, aliás, rara no temperamento russo), corria grande risco de insultos e agressões. E eles eram mestres em insultos. Seus palavrões eram sutis e artísticos. Eles tinham elevado o uso de imprecações a um grau de ciência; o objetivo não era a palavra mais ofensiva, mas a ideia, o tom, a implicação, e aí residia justamente o máximo de veneno e refinamento. Todos ali trabalhavam sob a ameaça da chibata, sendo, consequentemente, preguiçosos e pervertidos; os que não eram pervertidos antes, tornavam-se na prisão. Como não estavam ali por vontade própria, consideravam-se sempre como estranhos uns aos outros.

"O diabo gastou três pares de sapatos para conseguir juntar esta manada aqui" — diziam entre si. Daí a intriga, o rancor, a inveja, as altercações e a malícia constituírem a atmosfera predominante naquele lugar fora da vida. A fofoqueira mais linguaruda, comparada àqueles assassinos, seria discreta. Claro que havia ali também homens de forte caráter, homens justos que souberam dominar seus impulsos e viver sob regras. Mereciam dos demais um respeito involuntário, embora cheio de inveja; não obstante, aqueles homens duros procuravam não aproveitar a situação e ultrapassar limites, disso resultando uma tendência geral à disciplina, não por princípio ou senso de dever, mas por conveniência. Eles, contudo, eram sempre vistos com muito cuidado. Lembro-me do caso de um desses camaradas; homem audacioso, conhecido pela administração por sua ferocidade e que frequentemente era punido com a chibata. Era um dia de verão, o trabalho já havia terminado. O oficial de plantão compareceu ao corpo da guarda para presidir a punição; tratava-se de um major, cuja índole produzia um efeito mortal entre os prisioneiros, fazendo todos tremerem diante dele.

4 Trata-se de uma referência ao que denominamos de corredor polonês: os prisioneiros são obrigados a atravessar duas fileiras de soldados que portam chibatas, e são açoitados nesse percurso.

Sua noção de disciplina ultrapassava qualquer limite, ele estava sempre "pisando nas pessoas", como diziam os prisioneiros. Sua característica mais temível eram os olhos de lince, dos quais nada escapava. Parecia que ele podia ver tudo. Quando entrava nos alojamentos, já se sabia que algo ia acontecer. Os detentos chamavam-no de "Oito Olhos". Em vez de contribuir para a disciplina, sua postura acabava produzindo uma atmosfera sempre em vias de explodir, o que não acontecia porque o comandante, seu superior, homem honrado e justo, neutralizava suas decisões arbitrárias. Não consigo entender como ele escapou daquilo tudo, mas foi obrigado a aposentar-se após ser processado numa corte marcial.

Aquele prisioneiro, do qual eu falava, ficou pálido quando foi chamado. Até então — quero dizer, até as punições anteriores — ele seguia silenciosamente para as chibatadas, suportando-as calado, encarando aquilo com filosófica indiferença. Além disso, não abusavam do chicote com ele. Dessa vez, contudo, por alguma razão, ele não quis se sujeitar. Ficou pálido e, sem que os guardas percebessem, apanhou uma afiada faca de sapateiro. Facas e todo tipo de instrumentos cortantes eram expressamente proibidos na prisão. As revistas eram permanentes e acompanhadas de punições severas no caso de encontrarem algo; embora tais revistas fossem feitas detalhadamente e envolvessem punições exemplares, ocorria um ou outro caso de se encontrarem facas e outros objetos, o que gerava, após as confiscações, outras iniciativas para conseguir novamente o arsenal secreto. A prisão inteira se alojou rente à paliçada, observando a cena, ansiosamente, por entre a sebe. Sabíamos que dessa vez Petrov não aceitaria o castigo, e que a vida do major corria perigo. Contudo, no último minuto, o major transferiu a execução das ordens a um subalterno, retirando-se do presídio. "Deus o salvou!" — comentaram os prisioneiros. Petrov então se sujeitou pacientemente ao castigo. Com a partida do major, sua raiva desaparecera. Um prisioneiro é obediente e passivo até certa medida, mas há um limite que não pode ser ultrapassado. Um homem suporta frequentemente anos e anos de castigos terríveis, até que um dia, sem mais nem menos, se enfurece por uma besteira qualquer. Alguns consideram que tais reações constituem o sinal evidente de que a insânia tomou conta do comportamento. Já disse que ao longo de muitos anos jamais testemunhei entre tais homens qualquer indício de remorso; pelo contrário, a maioria considerava ter agido certo no passado. Isso é um fato. Claro que a vaidade, os maus exemplos e o desejo de se mostrar contribuem para isso. Mas quem será capaz de penetrar o íntimo de tais almas para descobrir o que está oculto em seus mundos? Mas eu teria percebido, ao longo de tantos anos, algum sinal de desespero ou arrependimento, ainda que passageiro. Naturalmente, parece que cada crime não pode ser analisado de um único ponto de vista, posto que a filosofia do criminoso seja mais complexa do que podemos supor. Os presídios, mesmo os com trabalhos forçados, não conseguem reabilitar o sentenciado; são locais voltados exclusivamente para o castigo, garantindo, em termos teóricos, que o criminoso, encarcerado, não cometa outros atentados à paz social. A prisão e todas as formas de trabalho pesado desenvolvem apenas o desejo pelos prazeres proibidos, bem como uma terrível irresponsabilidade. Estou convencido de que o tão propalado regime de penitenciária oferece resultados falsos, decepcionantes, ilusórios. Esgota a capacidade humana, definha o espírito e, depois, apresenta aquele detento mumificado como um modelo de regeneração. Na verdade, ao revoltar-se contra a sociedade, esse criminoso a rejeita abertamente, considerando-se absolutamente inocente. Ou então acredita que, como está cumprindo o castigo, já acertou suas contas com a sociedade. Entretanto, não obstante o ponto de vista, há certos atos que todos consideram crime, desde a origem do mundo, e essa visão permanecerá enquanto o homem for homem. Na prisão a gente escuta histórias hediondas, as mais absurdas, contadas entre risinhos irreprimivelmente alegres. Nunca esquecerei, em particular, a de um parricida que conheci.

Era um antigo funcionário público, de origem nobre, que fizera ao pai como o filho da parábola da Bíblia. Sua conduta era tão desregrada que acabou conduzindo o pai à falência. Como o pai ainda possuía uma casa e uma fazenda, julgou que o velho lhe estava escondendo dinheiro; pensando na herança, matou-o e — depois de comunicar à polícia o desaparecimento do pai — entregou-se a orgias monumentais. A polícia acabou descobrindo o corpo preso a uma tora, enterrada num buraco feito no terreno da fazenda. O cadáver estava totalmente vestido; a cabeça, decapitada, havia sido colocada num tronco sobre um travesseiro. Ele nunca confessou. Foi processado, perdeu seu título nobre e sua cidadania, acabou condenado a vinte anos de trabalhos forçados. Durante todo o tempo em que convivi com ele, sempre me pareceu bem alegre e disposto. Embora não fosse tolo, era a criatura mais irresponsável e indiferente ao próprio passado que jamais vi. Também não demonstrava maldade. Os outros o desprezavam não pelo parricídio, que nunca era comentado, mas por sua maneira tresloucada, por não saber se comportar. Às vezes, ele fazia referências ao pai. Certa ocasião, falando sobre a forte constituição física da família, acrescentou: "Haja vista meu pai, que até o fim foi forte e sadio, nunca reclamando de doenças". Uma falta de sensibilidade assim brutal parece impossível. É incrível. Não pode ser apenas criminalidade, mas algum defeito no organismo, alguma doença ainda desconhecida da ciência. Eu não conseguia acreditar na culpa desse jovem. Mas seus conterrâneos, que conheciam cada pormenor daquela história, mostravam que os fatos eram tão claros que era impossível não lhes dar crédito. Certa madrugada, um dos prisioneiros acordou com ele aos gritos, dormindo: "Segura ele, estica o pescoço dele!".

Era comum os presos devanearem em sonhos, falando sozinhos; palavrões, gritos, alusões a punhais etc. estavam presentes nesses devaneios. "Durante o dia, calam nossos bichos; à noite, eles escapam."

Os trabalhos forçados eram compulsórios, não havia apelação; os prisioneiros dedicavam umas tantas horas à tarefa diária e depois retornavam ao presídio. Odiavam o trabalho. Mas, sem ele, um homem não suportaria a prisão. Que outro sentido a vida daqueles detentos poderia ter ali dentro — eles que também desejam uma existência social e foram levados a uma situação de massa amorfa, privados de liberdade? É claro que o ócio acentua instintos criminais, mesmo aqueles ainda não aflorados. Sem trabalho, desregrado, o homem não pode viver, deprava-se, torna-se um animal. Portanto, mesmo encarcerado, o criminoso, ainda que contrariado, procura desenvolver uma atividade por um instinto de conservação de sua humanidade, reorganizando sua capacidade de autopreservação. Durante o longo verão, as tarefas preenchiam o dia inteiro; as noites pareciam curtas para o corpo se recompor. No inverno, contudo, o regulamento ordenava a entrada para os alojamentos logo ao anoitecer. Que fazer nessas noites tão longas? Assim, apesar das proibições, todos se entregavam a atividades disparatadas. O trabalho em si não era proibido, mas sim o uso de ferramentas, sem as quais o trabalho inventado não tinha como ser executado. Não obstante, era realizado, e na maior discrição, com as autoridades fazendo vistas grossas. Muitos dos prisioneiros chegaram lá sem nenhuma profissão; contudo, aprendendo com os outros, acabavam saindo de lá aptos a ganhar a vida como sapateiros, carpinteiros, pintores, marceneiros, soldadores. Havia um judeu, Isaías Bumstein,[5] que era joalheiro e também se tornou agiota. Todos davam um jeito de ganhar algum dinheiro. Recebíamos encomendas da cidade. O dinheiro é um símbolo de liberdade, valendo dez vezes mais para quem está privado dela. Basta senti-lo no bolso, nem é preciso gastá-lo, pois ele serve como uma espécie de consolo. Mas também é útil para adquirir coisas, principalmente os frutos proibidos. Com o dinheiro era possível arranjar bebida. Fumar era terminantemente proibido; mas todo mundo fumava. Com tabaco e alimentos, os prisioneiros se livravam do escorbuto. E o trabalho, além do mais, tirava-nos do crime; sem ele, devoraríamo-nos como peixes famintos num aquário. Trabalho, só o forçado; o outro, que nos proporcionava dinheiro, era proibido. De tempos em tempos, os guardas faziam revistas em busca de objetos proibidos, e dinheiro, mesmo bem escondido, acabava também confiscado nessas revistas. Essa era a principal razão para que ele se transformasse rapidamente em vodca. Após cada busca, o detento, além de sofrer o confisco, era severamente punido. Porém, pouco tempo depois da apreensão, o trabalho clandestino era logo retomado, e os prisioneiros jamais reclamavam das punições, suas vidas seguiam como as subidas e descidas dos alpinistas do Vesúvio.

Aqueles que nada sabiam fazer matavam o tempo inventando outras formas de ganhar dinheiro. Alguns eram bem originais, cheios de expedientes. Havia os que viviam exclusivamente de artigos de terceira mão, coisas que fora dali não valeriam para nada, que ninguém pensaria em comprar ou vender. Um trapo transformava-se num artigo digno de comercialização. A miséria fornecia ao dinheiro um valor todo especial. Pouco dinheiro remunerava satisfatoriamente um serviço imenso e dificultoso. Até mesmo empréstimos eram realizados por meio de diversos agiotas. O detento necessitado de empréstimo empenhava seu bem mais precioso e recebia do agiota algumas moedas com juros exorbitantes. Se o pagamento falhasse, o objeto era inapelavelmente vendido. A agiotagem florescia de tal forma que compreendia até o penhor de objetos pertencentes à administração, tais como meias, botas e outros necessários ao prisioneiro no dia a dia. Tais penhores de coisas do governo por vezes assumiam

5 Trata-se do mesmo personagem mais a frente chamado de Isaías Fomitch (N. do T.).

um desfecho algo diferente: o detento que havia pedido empréstimo denunciava, sem maiores delongas, o negócio ao sargento; este apreendia do agiota a mercadoria penhorada e, frequentemente, nada comunicava a seus superiores. Curiosamente, muitas vezes tudo isso não acabava em briga. O agiota se resignava, talvez porque poderia se ver mais tarde no papel de cliente e fazer o mesmo. E, desse modo, mesmo que viessem a discutir sobre isso tempos depois, fariam-no sem rusgas maiores, quase como mero desabafo.

No geral, os prisioneiros roubavam-se entre si descaradamente. Quase todo detento possuía sua mala com objetos permitidos pela administração. Mas, embora possuindo travas, as malas não apresentavam a menor segurança, ainda mais sobrando por lá especialistas em arrombamentos. Um prisioneiro que era a mim muito devotado (falo sem exagero), roubou-me o único objeto cujo uso me fora permitido: uma Bíblia. E, diga-se de passagem, assim que me viu revirando as coisas, procurando-a, logo confessou, não por remorso, mas para que eu não perdesse mais tempo naquela busca inútil. Havia também um número impressionante de vendedores de vodca, que ganhavam muito dinheiro. Mais adiante detalharei esse comércio verdadeiramente digno de nota. Tinha ali muitos condenados por contrabando, não surpreendendo, portanto, que a vodca fosse trazida para dentro do presídio, apesar da vigilância. Pode-se imaginar que, para o contrabandista, a venda e o lucro ocupem um segundo lugar de importância. O contrabandista realiza seus atos por prazer e desafio, o lucro é uma consequência. É uma paixão como a que se tem por jogo de cartas. Conheci um detento cuja permanência ali era um mistério. Tratava-se de um gigante com um coração generoso; jamais teve uma briga com os outros. Nascido na fronteira, e ali contrabandeando, fora deportado por aquele crime; e, no presídio, não conseguia resistir, continuava contrabandista, agora de vodca. Quantas vezes não foi preso e castigado, sofrendo os açoites. E passava por tudo aquilo em troca de pouco, já que quem de fato ganhava era o fornecedor. Em suma, era por sua arte de contrabandista que aquele jovem querido e estranho se sacrificava. Chorava como uma garota e, após a punição, jurava não mais cometer a contravenção. Durante um mês mantinha a promessa, mas depois a tentação o vencia... Graças a personalidades assim não havia escassez de vodca no presídio.

Além da bebida, havia outra fonte de lucros que, embora pequenos, eram constantes e bem-vindos. Tratava-se das esmolas. As elites da nossa sociedade não imaginam o sentimento de caridade demonstrado pelo povo e pelas classes médias em relação aos "desafortunados". Vinham doações quase ininterruptamente, sobretudo diferentes tipos de pães, e dinheiro, com menos frequência. Sem essa caridade muitos detentos, principalmente os que aguardavam julgamento e, por isso, viviam em condições de carceragem pior que a dos outros, dificilmente suportariam a situação. As doações eram escrupulosamente divididas entre os presos. Tudo era distribuído de maneira equânime, mesmo quando a doação era pequena. O menor pedaço de pão era fatiado e compartilhado pelo grupo.

Lembro-me da primeira vez que recebi dinheiro da caridade; eu retornava de um dia de trabalho, seguido por um guarda. Em sentido contrário, pela estrada, uma mãe e sua filha, uma garota de uns dez anos, linda como um anjo; eu já as havia visto uns dias antes quando, doente, tinha sido encaminhado ao hospital militar onde o marido daquela mulher, um soldado, se internara também, com grave doença. Encontramo-nos aquela primeira vez, justamente no dia em que as duas choravam a morte dele. Quando me viram, a garota enrubesceu e sussurrou algo para a mãe, que pegou dentro da bolsa uma moedinha e deu para a menina me entregar.

— Tome, pobre homem, que Deus Nosso Senhor o ajude.

Peguei, e a menina, satisfeita, retornou para junto da mãe. Conservei cuidadosamente aquele dinheirinho por muito tempo.

2
PRIMEIRAS IMPRESSÕES (I)

O PRIMEIRO MÊS e, sobretudo, os primeiros dias da minha vida na prisão continuam frescos em minha mente. Os anos seguintes já se apresentam enevoados. Alguns desses anos parecem ter se desvanecido, confundindo-se completamente, restando apenas uma sensação de algo opressivo, angustiosamente monótono. Mas tudo o quanto vivi nos primeiros dias no presídio permanece intocado, como se tivesse ocorrido ontem. E tinha que ser assim.

Recordo-me perfeitamente que, quando dos meus primeiros passos nessa nova vida, nada encontrei de surpreendente. Minha imaginação já havia vislumbrado tudo aquilo na oportunidade em que, a caminho da Sibéria, sondava o destino que tinha diante de mim. Mas logo um inesgotável fluxo das mais estranhas surpresas, das mais absurdas enormidades, prendia minha atenção a cada um de meus passos. E foi só depois de viver tanto tempo lá dentro que pude compreender o excepcional de tal experiência, embora as indagações ainda me acompanhem.

Minha primeira impressão foi insuportável; contudo, e isso não deixa de ser bastante curioso, a rotina da vida me pareceu muito mais definida do que aquela que eu havia imaginado quando estava a caminho. Os prisioneiros, embora confinados e presos a grilhões, andavam pela prisão; proferiam blasfêmias, cantavam; trabalhavam, fumavam cachimbo, bebiam vodca (não todos) e, à noite, jogavam cartas manuseadas ao extremo. Mesmo a ideia que eu tinha de trabalho forçado não me pareceu tão verdadeira; a opressão estava mais na palavra "forçado", obrigatório, do que na palavra "trabalho", coisa que é da natureza humana, mas ali era imposição mantida pela lei da chibata. É certo que o camponês livre trabalha muito mais que um prisioneiro e, no verão, por exemplo, prolonga sua jornada noite adentro; mas tal trabalho reverte para benefício próprio, diferente de ser forçado a uma tarefa com a qual não conquista nenhuma vantagem pessoal.

Ocorreu-me certa vez que, para se aniquilar um ser humano livre, castigá-lo com a mais assustadora das penas — mesmo que ele fosse um rematado facínora —, bastaria que se desse a ele um trabalho o mais absurdo e inútil possível. Por mais duros que sejam os trabalhos forçados, agora, pelo menos beneficiam alguém, têm um fim utilitário. O prisioneiro faz tijolos, planta alicerces, levanta paredes; nisso ele se aplica, há um plano e tarefas a cumprir. Por vezes ele até se entusiasma e realiza o trabalho com mais capricho, maior envolvimento. Mas, em vez disso, se lhe ordenassem levar água de um depósito para outro até enchê-lo, depois esvaziá-lo, sendo obrigado a encher o que tinha acabado de vazar; ou fosse buscar e levar terra de um canto para outro, creio que tal humilhação, depois de alguns dias, o levaria a enforcar-se ou então o conduziria a cometer crimes, ou tentar fugir, mesmo com o risco de morrer. Esse tipo de castigo simplesmente se transformaria numa espécie de tortura e vingança, não servindo a nenhum propósito racional. Tal exemplo mostra como o trabalho forçado, por ser compulsório e carregar todo um sentido de tortura, degradação e vilania, é incomparavelmente mais cruel do que qualquer tipo de trabalho livre.

Cheguei, contudo, em dezembro e não pude, assim, ter uma ideia da jornada de verão, cinco vezes mais pesada. No inverno, havia poucas tarefas oficiais a se fazer no presídio. Íamos para o rio Irtich desmontar velhas barcaças, ou ficávamos por ali mesmo, trabalhando nas bancadas, ou varríamos os prédios, amontoando a neve, ou, ainda, executando o trabalho de queimar e fragmentar o alabastro, e assim por diante. Anoitecia cedo e, quando o trabalho terminava, retornávamos ao alojamento, onde poderia, ou não, haver mais alguma tarefa a cumprir, ou os detentos se dedicavam a um trabalho pessoal. Mas apenas um terço, no máximo, se dedicava a alguma tarefa; os demais esticavam as pernas, envolviam-se em brigas e intrigas, bebiam — no caso de ter com que pagar — ou, mais à noite, lançavam-se aos baralhos, tentando matar o tédio a qualquer preço. Logo compreendi que o trabalho forçado, a privação de liberdade são coisas horríveis, mas o pior de tudo é ser obrigado a ficar o tempo inteiro com os outros, sem direito a um momento consigo próprio. A vida em comunidade é um ato de escolha, voluntário, ao passo que na prisão é imposta, não estabelece laços, e eu creio que cada prisioneiro sente isso; ainda que inconscientemente, sente isso.

A comida ali era bem adequada. Os prisioneiros asseguravam que não havia nada igual nas colônias prisionais da Rússia europeia. Não posso confirmar essa opinião: nunca estive em outras colônias. Ademais, podia-se conseguir comida por fora. Meio quilo de carne custava dois copeques. Mas no verão aumentava para três. Claro que somente os que tinham fontes de ganho podiam comprar comida extra. Para os outros, era a alimentação normal. Do que mais se falava bem era do pão, sempre macio, que era servido generosamente, sem restrições, na ração diária. Nosso pão era famoso até na cidade, e era bom, diziam, por causa da qualidade do forno. O mesmo não se podia dizer da sopa, com aquele gosto aguado de couve crespa que se percebia já no cheiro que subia do caldeirão. Às vezes, costumavam engrossá-la com centeio. O que mais me horrorizava eram os pedaços de baratas boiando. Os outros detentos, contudo, não ligavam para isso.

Nos três primeiros dias não fui levado para o trabalho; todos os recém--chegados descansavam da viagem. Mas já no segundo dia conduziram-me ao ferreiro para receber os grilhões. O que eu usava não era o padrão, eram "ocos" como afirmavam os outros detentos. Em vez de argolas, usavam-se lá, para não atrapalhar o trabalho, quatro hastes de ferro interligadas por anéis que eram presos por debaixo das calças. Do anel do meio saía uma corrente que era atada a um cinto de couro que envolvia a cintura.

Lembro-me de minha primeira manhã na prisão. Vindo da guarita, o som do tambor nos despertou e, dez minutos depois, o oficial de ronda começou a abrir as portas dos alojamentos. Através da luz mortiça dos candeeiros, viam-se os presos despertarem, tremendo de frio, bocejando, esticando os braços, coçando as faces marcadas a ferro, uns se benzendo, outros já começando a brigar. O ambiente estava extremamente abafado. Tão logo a porta foi aberta, o frio entrou junto com a neblina. Os prisioneiros começaram a se aglomerar em torno dos reservatórios de água, de caneca na mão e, um após outro, molhavam o rosto, bochechavam, gargarejavam. O reservatório era cheio à noite por um dos presos especialmente escalado. Ele ficava temporariamente livre do trabalho forçado. Suas tarefas consistiam em arrumar os catres, limpar as latrinas, trazer água limpa para beber e para o asseio matinal. Brigas, nessa hora, eram muito comuns, esta aqui foi apenas uma delas:

— Sai pra lá, cabeça de bagre — berrou um detento enorme, moreno, que tinha na cabeça raspada umas protuberâncias, empurrando um outro detento, baixinho e gordo, com uma cara bem-humorada. — Sai fora!

— Está gritando por quê? De onde eu venho, tudo custa dinheiro. Dá o fora! Fica aí parado como uma estátua. Vejam só, irmãos, o sujeito esquentou a cabeça e nasceram nela uns calombos.

Aquilo de "calombos" produziu um efeito. Era o que já esperava o gordinho, que na prisão representava o papel de piadista. O outro preso o encarava com enorme desprezo.

— Sua vaca estufada! — continuou o gordinho, como para si mesmo. — Engordou de tanto comer o grude do presídio. Pois então espere a véspera do Natal, que vão lhe dar umas barrigadas de doze porcos!

— E você, o que é? Algum pássaro? — berrou o grandalhão, o rosto em brasa, danado da vida.

— Isso mesmo, eu sou um pássaro.

— Qual?

— Ora essa, um pássaro.

— Mas qual?

— Apenas um pássaro.

— Mas diga qual!

Estavam cara a cara. O grandalhão aguardava a resposta com os punhos erguidos, como se estivesse prestes a atacar o outro. Estava certo de que se pegariam de verdade. Tudo aquilo, para mim, era novidade, e eu prestava atenção neles com muita curiosidade. Apenas mais tarde percebi que cenas como essa eram meras representações, encenadas com o intuito de divertir, e que quase nunca resultavam em enfrentamentos. Tratava-se de uma das características dos costumes que prevaleciam no presídio.

O grandalhão ainda se ergueu um pouco mais pomposamente à espera. Estava gostando que os demais presos o observassem, esperando pelo desfecho. O outro tinha agora de manter a afirmação de que era um pássaro e dizer qual. Com um desdém imenso, calado, fixou o olhar no adversário olhando-o de cima, por sobre os ombros, como se o outro fosse um inseto. Depois disse devagar, bem pronunciado.

— Um *kagan* encrespado![6]

Uma salva de gargalhadas saudou sua presença de espírito.

— Você não passa de um velhaco — gritou o grandalhão, que, consciente de que perdera, havia ficado furioso.

Quando a disputa parecia estar no auge, os outros presos intervieram:

— Mas o que deu em vocês, irmãos? — gritaram-lhes de vários cantos do alojamento.

— Se querem brigar, que se peguem logo — atiçou alguém.

— Não custa nada esperar; talvez daqui a uns cem anos eles se peguem — era a voz de outro. — Um dos dois está esperando que entre mais gente na brincadeira, só briga contra sete.

— Eles formam um casalzinho perfeito! Um está aqui só porque roubou um pedaço de pão; o outro, cafetinava uma vagabunda...

— Agora já chega — gritou o velho soldado que, naquele alojamento, era uma espécie de chefe e até dormia numa cama de campanha especial.

— Água, irmãos! Papaizinho Petrovitch acordou! Água para o papaizinho! Petrovitch, amigão!

— Amigão... Desde quando sou seu amigão! Nunca bebemos nada juntos para você me chamar de amigão. Que intimidade é essa? — gritou o velho soldado, enfiando os braços nas mangas do capote.

Enfileiramo-nos para a chamada; o sol nascia; um grupo compacto apinhou-se junto à cozinha. Com os capotes transpassados, os prisioneiros passavam pelo cozinheiro, recebendo dele as fatias de pão. Os cozinheiros eram escolhidos entre os detentos, dois para cada cozinha, sendo responsáveis pela única faca disponível, que servia para cortar o pão e a carne.

Os prisioneiros espalhavam-se pelos cantos, enfiados em seus capotes. Alguns deles tinham uma caneca com kvass,[7] onde esmigalhavam o pão e depois engoliam tudo. O barulho estava um tanto insuportável, mas nas extremidades reinava algum silêncio.

— Bom dia, velho Antonovitch! Muito bom dia — disse um jovem presidiário para um velho desdentado.

— Bom dia, se é que não está zombando de mim — respondeu o outro sem erguer o rosto, triturando o pão com as gengivas.

---

6 Em povoados siberianos, essa palavra (kagan) designa não um pássaro, mas um tipo de raposa. O prisioneiro, portanto, joga com o desconhecimento do outro para zombá-lo (N. do T.).

7 Kvass: bebida fermentada, feita à base de pão preto e malte.

— Velho Antonovitch, quer saber, sonhei que o senhor tinha morrido. Juro!

— Pois ainda estou aqui. Você vai antes preparar o meu caminho, rapaz!

Fiquei ali por perto. À minha direita, dois presos conversavam, cada um falando mais ponderadamente que o outro.

— Ninguém vai roubar nada meu, isso eu garanto! — disse um deles. — Se mexem no que é meu, sai encrenca.

— Deixa disso. Como podemos impedir? Não passamos de prisioneiros. Ela vai enganar você, e depois nem um "muito obrigado" você vai ouvir. Da outra vez, levou meu último copeque. Mas para onde poderíamos ir? Pensei na casa de Fedjka, o carrasco. Era no subúrbio. Comprou daquele judeu, o Scurvy Solomon, que se enforcou.

— Sei. Aquele que vendia bebida escondido, cujo apelido era Grichka, o Taberneiro Sujo.

— Você não sabe. O Taberneiro Sujo era outro.

— Como assim, outro? Não sabe o que está falando? Posso trazer um monte de gente para provar que é ele mesmo.

— Você pode... você pode? Quem pensa que é?

— Já esqueceu que lhe dei uma surra? Quer que eu refresque a sua memória? Agora vem com essa de "quem pensa que é?"!

— Você me bateu algum dia?! Ainda está por nascer quem faça isso, e o único que tentou está debaixo da terra.

— Vai se danar!

— Que a praga da Sibéria o apanhe!

— Quero ver você cortado no meio por uma cimitarra turca!

E a troca de gentilezas continuou no mesmo tom.

— Agora chega. Vamos acabar com essa bagunça — os outros começaram a reclamar. — Lá fora, vocês nem sabiam viver em liberdade. Deviam estar contentes, pois aqui pelo menos têm a gororoba garantida.

Finalmente, os brigões foram apartados. Impropérios, xingamentos faziam parte do jogo. Em certa medida, ajudavam a desopilar. Apenas muito raramente chegava-se às vias de fato e, quando acontecia, os envolvidos acabavam sendo denunciados ao major, que vinha em pessoa instaurar o inquérito, fato que — numa palavra — era ruim para todo mundo, razão pela qual as brigas não eram muito toleradas. No mais das vezes, essas descomposturas não passavam de exercício de estilo. Os brigões endureciam, empinavam-se e, quando parecia que iam chegar ao corpo a corpo, nada acontecia. Eles avançavam até certo ponto, depois retrocediam. No começo, essas coisas me causavam estranheza. Apresentei aqui deliberadamente esses exemplos de brigas — e as usuais trocas de impropérios nelas presentes — para mostrar como é paradoxal tirar divertimento de tais situações. A vaidade, porém, é que motiva tudo. O vencedor das contendas tem seu prestígio elevado e é aplaudido como um ator.

Logo na primeira noite percebi que haviam implicado comigo. Pude captar alguns olhares ressentidos. Uns prisioneiros me cercaram, suspeitando que eu tivesse trazido algum dinheiro comigo. Não faltou quem me oferecesse favores, aconselhando-me como carregar os grilhões e, também, dizendo que poderiam me arranjar — por algum dinheiro, é claro — um pequeno baú com chave para eu guardar o que havia recebido da administração e o que trouxera comigo. Dias depois me roubaram, transformando tudo em bebida. Com o passar do tempo, um dos que haviam me roubado, e que continuou a me roubar, acabou também se tornando dedicado a mim. Era extremamente servil e agia assim automaticamente como se estivesse obrigado a fazê-lo; por conta disso, eu era forçado a tolerá-lo.

Entre outras informações, eles me disseram que eu tinha direito a chá e, por essa razão, seria interessante que tivesse um bule. Apresentaram-me também ao cozinheiro da temporada, o qual, com um terço de rublo por mês, cozinharia à parte para mim. Nem é preciso dizer que acabaram com todo o meu dinheiro. Sem contar que no dia seguinte ainda vieram, por três vezes, me pedir emprestado...

Na prisão, é comum implicarem com gente da antiga nobreza. Embora ali coisas como cidadania e títulos nada valham — todos estão reduzidos às mesmas condições —, os nobres não são considerados companheiros. Mas trata-se de algo que ocorre de maneira simples, genuína, espontânea, quase como uma zombaria: “Lá em Moscou, o Piotr gastava horas dando um nó na gravata; agora, leva horas trançando a corda com a qual vai se enforcar” é um dos exemplos das amabilidades que diziam.

Percebiam nossas angústias mesmo que disfarçássemos. Nos primeiros tempos, como não estávamos acostumados a trabalhos braçais, éramos alvos constantes de gozações. Tínhamos dificuldades em carregar pesos. Não há nada mais difícil do que ganhar a confiança desse tipo de gente;

pior ainda fazer com que o respeitem.

Havia certo número de nobres no presídio. Para começo de conversa, havia cinco poloneses; falarei deles mais adiante. Contudo, posso já afirmar que os prisioneiros não os toleravam, menos ainda do que aos nobres russos. Os poloneses — refiro-me somente aos presos políticos — tratavam os outros presos com uma espécie de ofensiva polidez, recebendo em troca desprezo pago em moeda similar.

Foram dois anos ali no presídio para ganhar a confiança de alguns detentos. Mas, passado esse tempo, grande parte me tinha na conta de um sujeito "decente".

Além de mim, ainda havia mais quatro russos de origem nobre. Um deles era um mau-caráter: espião, delator, corrupto, de cuja fama eu já tivera notícia antes mesmo de chegar à prisão; por esse motivo, evitei qualquer contato com ele. Outro era aquele a quem já me referi, o que matara o próprio pai. O terceiro era Akim Akimitch — creio que nunca havia encontrado figura tão estranha como ele. Sua imagem está indelével em minha memória: alto, ossudo, apático, terrivelmente ignorante, fiel a regulamentos como um alemão. Zombavam dele, mas perturbavam-no só até certo ponto, pois era de temperamento brusco. Ele estava há tempos ali, e já havia se atracado com muitos. Era escrupuloso, honesto em tudo. Quando se defrontava com alguma injustiça, tomava partido imediatamente, mesmo que não lhe dissesse respeito. Às vezes pregava lições de moral a ladrões notórios, recomendando a eles, seriamente, que não roubassem mais. Ficamos amigos logo na primeira semana, e foi ele próprio quem me contou o porquê de sua condenação. Começou a servir como alferes num batalhão do Cáucaso, vindo diretamente da academia militar após cumprir o período de comissionamento; foi promovido a comandante de uma fortaleza e para lá seguiu. Um príncipe das cercanias, que havia aceitado o domínio russo, fez uma incursão na região, incendiou o forte, mas, como não se saiu vitorioso, retirou-se para as suas terras. Akimitch fingiu desconhecer quem tinha sido o autor de tal incursão. Atribuiu a tribos nômades e, um mês depois, convidou o príncipe a uma visita amigável. Sem nada suspeitar, o príncipe compareceu. Akimitch mandou a guarnição se perfilar no pátio e, na frente dos soldados, acusou e reprovou o príncipe publicamente; relembrou-lhe as obrigações que tinha como príncipe tributário, quais as penalidades envolvidas no caso de traição e, para que não pairassem dúvidas, fuzilou-o, mandando imediatamente um relatório aos seus superiores. Encaminhado à corte marcial, foi condenado à morte, pena essa depois comutada em prisão com trabalhos forçados; veio então para a Sibéria, como preso de segunda classe. Tinha consciência de que abusara do poder ao mandar fuzilar o príncipe, que na verdade deveria ter sido julgado por um tribunal competente; mas, a despeito disso, não se considerava culpado:

— Pelo amor de Deus, ele incendiou o forte. Deveria ainda por cima lhe pedir perdão? — ele costumava responder a minhas objeções.

Os detentos consideravam-no um mero louco, mas o respeitavam por suas habilidades. Não havia ofício que não conhecesse: carpinteiro, sapateiro, pintor, serralheiro, marceneiro, tudo aprendido na prisão. Nas folgas do trabalho forçado, fazia com suas próprias mãos caixas, cestas, lanternas e brinquedos, que eram vendidos na cidade. Mas logo despendia todo o dinheiro com roupas e outras coisas, como um travesseiro ou um colchão mais macio. Ocupávamos o mesmo alojamento, e ele me ajudou muito nos primeiros tempos.

No caminho do presídio para o lugar dos trabalhos forçados, os prisioneiros formavam uma fila dupla, os guardas seguiam na frente e na retaguarda da formação com os fuzis engatilhados. O engenheiro-chefe costumava vir acompanhado de técnicos de obras que atuavam como controladores. Éramos divididos em grupos e distribuídos pelas diversas áreas previamente designadas.

Junto com outros, fui escalado para a oficina de engenharia. Tratava-se de um prédio baixo, todo de pedra, situado num grande terreno repleto de materiais. Lá dentro havia forjas, bancadas de marcenaria, seção de pintura e assim por diante. Akimitch trabalhava como pintor, aquecia o óleo, derretia as tintas e envernizava os móveis, dando-lhes a aparência de nogueira.

Enquanto esperava ali que meus ferros fossem forjados, comentei com Akimitch minhas primeiras impressões sobre o presídio:

— Eles não gostam de nobres — ele disse —, principalmente se vieram para cá por motivos políticos; se for por assassinato, eles não ligam muito. Bem, é compreensível, primeiramente porque os nobres são pessoas totalmente diferentes deles; em segundo lugar, porque trabalharam para a nobreza, foram seus servos ou soldados. É fácil ver, então, que não podem mesmo gostar de aristocratas. A vida aqui, esteja certo, é dura. Porém, nas colônias prisionais da Rússia europeia, é ainda pior. Até há os que, transferidos para cá, acabam tendo grande consideração por nosso presídio, como se tivessem deixado para trás o inferno e entrado para o paraíso. Mas o problema não é o trabalho. Ouvi dizer que nas seções da Categoria I as autoridades não são totalmente militares, pelo menos se comportam de maneira diferente das nossas. Nunca estive lá, mas me contaram. Não obrigam os presos a usar uniformes nem lhes raspam a cabeça, embora eu prefira conforme é aqui, de uniforme, de cabeça raspada: dá melhor impressão, é mais decente. Mas eles não gostam. E veja só que gente mais misturada! Uns vieram de escolas militares, o outro é circassiano, o terceiro é velho crente[8], o quarto é um antigo camponês ortodoxo que foi obrigado a deixar suas terras, mulher e filhos, o quinto é judeu, o sexto é cigano, o sétimo só Deus sabe. E todos nós temos de viver juntos, comer na mesma gamela e dormir no mesmo catre. E que tipo de liberdade se tem aqui? Só se consegue comida melhor às escondidas; qualquer dinheirinho tem que ser enfiado no fundo das botas; a vida é apenas prisão, prisão... Não é de admirar que toda sorte de ideias tolas invada a cabeça deles.

Disso tudo eu já sabia. O que realmente eu desejava era alguma informação sobre o major. Akimitch foi muito franco e as impressões que me transmitiu não foram nada agradáveis.

Tudo que Akimitch disse eu pude comprovar durante os dois anos em que vivi sob a tirania daquele homem, e a única coisa que diferiu mostrou-se mais assustadora que a descrição. Aquele homem terrível exercia poder quase absoluto sobre duzentos e tantos detentos. E ele não passava de um sujeito sem compaixão e disciplina. Era como se cada prisioneiro fosse seu inimigo natural, o que anulava qualquer possibilidade de que tivéssemos alguma qualidade a seus olhos. É verdade que possuía qualidades genuínas, mas todas elas, as boas e as más, eram distorcidas por sua personalidade. Violento, de instinto bestial, irrompia por vezes pelo alojamento e, ao se deparar com um prisioneiro dormindo sobre o lado esquerdo ou de bruços, mandava castigá-lo na manhã seguinte: "Isto é para você não se esquecer de que tem que dormir virado para o lado direito!". Todos no presídio o odiavam e temiam como a uma peste. Tinha uma cara avermelhada, de

8 Referência a uma seita surgida em meados do século XVII, caracterizada pela recusa de membros da Igreja Ortodoxa em aceitar as reformas introduzidas na liturgia pelo patriarca Nikon (N. do T.).

gente doentia. Os detentos sabiam que, apesar disso, seu ordenança Fedjka fazia dele o que bem entendia. Seu grande amor era seu cachorrinho Trezorka. Certo dia, o animal adoeceu, e o major quase ficou louco. Diziam que ele o ninava como se fosse seu filhinho. Expulsou um veterinário e até quis — como lhe era peculiar — fuzilar o homem. Fedjka contou-lhe que havia entre os detentos um que parecia ter prática para cuidar de animais; o major mandou convocá-lo imediatamente.

— Salve-o e eu lhe darei o que quiser. Quero meu Trezorka curado.

Tratava-se de um camponês siberiano, malandro, mas que de fato tinha prática com animais doentes, embora fosse apenas um mujique.

— Examinei o Trezorka — contou ele bem mais tarde aos outros, quando o episódio já estava um tanto esquecido. — O cãozinho estava num sofá, deitado sobre um travesseiro branco. Percebi que ele havia pegado alguma inflamação e que se eu lhe fizesse uma sangria talvez melhorasse. Mas pensei comigo mesmo: "E se eu não curar o bicho e ele morrer?".

Ele disse então para o major:

— Infelizmente, Vossa Excelência mandou me chamar muito tarde. Ontem ou anteontem talvez eu pudesse fazer algo; mas agora não há mais nada a fazer.

E Trezorka morreu.

Relataram-me, em detalhes, como certa vez o major quase foi morto. Havia no presídio um certo detento que já estava lá há muitos anos e se distinguia por seu comportamento exemplar. Como quase não conversava com ninguém, consideravam-no um tanto idiota. Ele havia aprendido a ler e a escrever e, naquele último ano, havia passado dia e noite pregado à Bíblia. No meio da noite, quando todos já estavam dormindo, ele se levantava, acendia um candeeiro, acocorava-se perto do aquecedor, abria seu livro e lia até o amanhecer. Um dia foi até o sargento e disse que não ia trabalhar. O sargento comunicou ao major, que veio pessoalmente, louco da vida, ao alojamento. Tão logo entrou, o prisioneiro atirou-lhe um enorme tijolo, que havia guardado com tal objetivo, mas acabou errando o alvo. Foi agarrado, julgado e punido. Toda a coisa se passou muito rapidamente. Passados três dias, ele morria no hospital. Pouco antes de morrer, declarou que não levava rancor de ninguém, que fizera tudo aquilo para sofrer mais. Não fazia parte, porém, de nenhuma seita. Lembrávamos dele com respeito.

Após esperar algum tempo, recebi meus novos grilhões. Enquanto isso, várias mulheres e moças apareceram vendendo na oficina. Algumas delas não passavam de garotinhas. Desde pequeninas, vendiam roscas brancas, habituando-se à freguesia; as mães preparavam, elas vendiam; esse era o curso natural das coisas. Entre tais vendedoras havia também moças já feitas. Cada rosca custava meio copeque, e quase todos os presidiários as compravam.

Minha atenção foi atraída para um detento já grisalho, um carpinteiro, mas com um rosto jovialmente sadio, que flertava sorridente com as vendedoras de roscas. Pouco antes da entrada delas, ele havia enrolado no pescoço um lenço vermelho. Uma senhora gorda, com o rosto cheio de marcas de espinhas, colocou-se bem à frente da bancada onde ele trabalhava. Começaram a conversar:

— Por que você não apareceu ontem? — disse ele, com um sorriso espirituoso.

— Eu vim... vocês é que não vieram — respondeu ela, prontamente.

— Fomos requisitados para outro lugar, do contrário você me acharia lá no lugar combinado. Mas anteontem vieram outras.

— Quem?... Quais?

— Vieram a Marjaska, a Khavroska, a Chekunda, a Duas Moedas...

— Que significa isto? — eu perguntei a Akimitch. — Então é verdade que...

— Acontece de vez em quando — respondeu ele, um tanto envergonhado, pois era homem muito pudico.

Tais encontros ocorriam, sim, mas envolviam grandes dificuldades. Falando em termos gerais, a vigilância sendo rigorosa, era mais fácil beber do que arranjar diversão dessa natureza. Um encontro com uma mulher significava toda uma série de empecilhos. O dia e a hora; o acerto do valor; um espaço de privacidade, o que significava descobrir um lugar apropriado, coisa dificílima: obter a complacência dos guardas, o que era ainda mais difícil, significando, mais que tudo, um desperdício louco de dinheiro — em nossos termos, naturalmente — com um monte de gente a subornar. Mesmo assim, testemunhei algumas vezes tais encontros amorosos. Recordo-me de um dia de verão em que três de nós estávamos num galpão às margens do rio Irtich, erguendo uma fornalha. Os guardas estavam de bom humor. Por fim apareceram duas *souffleuses*, como os prisioneiros as chamavam.

— Puxa! Que demora! Esse tempo todo com os Zverkov? — disse o presidiário com quem elas haviam ficado de se encontrar e que já as esperava desde muito.

— Eu, metida com os Zverkov?... É mais fácil um elefante voar do que eu me aproximar deles — foi a resposta alegre da moça.

Chamavam-na de Chekunda e era provavelmente a criatura mais imunda deste mundo. Vinha acompanhada de uma amiga, a Duas Moedas. Esta, então, conseguia ser pior ainda...

— Há quanto tempo não via você! — disse ele, dirigindo-se à Duas Moedas. Você emagreceu, hein?

— É bem possível. Antes eu era gorda como uma pipa, mas agora virei um palito.

— Ainda saindo com soldados?

— Não! Que fofoqueiros lhe disseram isso? Bem, e por que não? Todas as garotas finas gostam de soldados.

— Deixe os soldados para lá e prefira a gente. Nós temos dinheiro.

Para completar a cena, tem-se que imaginar a aparência desse galanteador: cabeça raspada, correntes nas mãos e nos pés, roupas feitas com emendas de tecidos de duas cores diferentes; e vigiado por sentinelas.

Como eu devia voltar para o presídio, me despedi de Akimitch e vim acompanhado por um soldado. As turmas já estavam regressando do trabalho. Em primeiro lugar, retornam os que haviam sido designados para uma tarefa específica. O único meio de fazer um prisioneiro acabar logo e se despachar na turma é lhe conferir uma tarefa especial no presídio. Geralmente tal trabalho é pesado; ainda assim, o detento realiza-o na metade do tempo normal, acabando-o antes que o tambor soe o horário do jantar, pois uma vez terminado o trabalho pode retornar ao alojamento sem que ninguém o impeça.

Não comíamos todos na mesma hora, mas sim à proporção que as turmas voltavam; na verdade, a cozinha não comportaria todos. Tentei engolir a sopa de repolho, mas por não estar habituado não consegui; preparei, então, um chá. Acomodei-me na extremidade da mesa, onde já havia uma pessoa, um aristocrata, como eu.

Os prisioneiros entravam e saíam. Havia bastante lugar, pois a maior parte ainda não tinha retornado. Um grupo de cinco estava sentado numa mesa grande. O cozinheiro encheu duas enormes gamelas de sopa e as colocou na mesa, junto com uma travessa cheia de peixe frito. Tratava-se certamente de um jantar especial, comemorativo de algo, encomendado por algum dos detentos. Olhavam para nós com desconfiança. Nisso, um polonês entrou e veio se sentar conosco.

— Eu não estava por aqui, mas logo adivinhei — exclamou, entrando na cozinha, outro presidiário, de porte alto, envolvendo com o olhar todo o grupo ali presente.

Ele tinha cerca de cinquenta anos, era musculoso e vivaz, com uma cara bem-humorada. O que de pronto chamava a atenção naquele rosto era o lábio inferior, grosso e caído, conferindo à sua expressão algo de cômico.

— Então, dormiram bem? Não respondem à minha saudação? Olá, rapaziada de Kursk! — acrescentou, sentando-se próximo do grupo. — Bom apetite! Deem boas-vindas a mais um convidado!

— Você está enganado, irmão. Nós não somos de Kursk.

— Então de Tambov.

— Muito menos de Tambov. Com a gente você não vai conseguir nada, irmão! Caia fora, vá procurar algum mujique rico, talvez consiga algo.

— Irmãos, tudo o que tem hoje no meu estômago é tristeza e vazio! Poderiam me dizer onde mora esse mujique de que falaram?

— Vá ter com Gazin, que é um dos tais.

— Irmãos, o Gazin está sem nada hoje. Bebeu todo o dinheiro que tinha.

— Ele deve ter, no mínimo, vinte rublos — observou outro. — É um bom negócio, irmãos, vender vodca.

— E então, companheiros, não cabe aqui mais um convidado?

— Saia fora! Não quer um pouco de chá? Vá tomar com aqueles nobres ali.

— Nobres? Nobres coisa nenhuma! Não passam de gente como nós — resmungou um dos detentos lá da outra ponta, que até então permanecera calado.

— Bem que gostaria de beber uma xícara de chá, mas não gosto de pedir, ainda tenho o meu orgulho — disse o detento beiçudo, olhando para nós com expressão zombeteira.

— Caso queira, fique à vontade — disse eu, fazendo um gesto de convite.

— Mas claro que quero! Por que não? — disse, aproximando-se da nossa mesa.

— Ora, vejam só: na casa dele costumava engolir sopa de repolho numa tigela, mas aqui aprendeu a tomar chá. Agora bebe coisa de nobres! — observou o preso resmungão.

— Mas ninguém aqui toma chá? — perguntei-lhe. Ele não me respondeu.

— Olhe, estão vindo com roscas brancas. Por que não me pagam também um pedaço de pão?

As roscas estavam sendo vendidas por um jovem detento, que entrou com elas enfiadas debaixo do braço. Ele trabalhava para uma vendedora de roscas que lhe dava uma grátis a cada dez vendidas; esse era o seu lucro.

— Roscas brancas! Roscas brancas! — gritava ele, entrando. — Quentinhas, acabaram de chegar de Moscou. Eu as comeria sozinho se tivesse dinheiro. Vamos, pessoal, são as últimas. Quem não teve mãe? Quem não provou disto quando criança?

Este apelo materno surtiu efeito e muitos compraram as roscas.

— Bem, irmãos — disse o beiçudo a seguir —, hoje o Gazin passou das contas e vai ter sérios problemas se o "Oito Olhos" aparecer por aqui de surpresa!

— O melhor é escondê-lo. Por quê? Ele está muito bêbado?

— Totalmente. Está ficando perigoso. Precisa de coleira.

— Então logo vai levar umas pancadas...

— Estão se referindo a quem? — perguntei ao polonês sentado perto de mim.

— Trata-se de um tal Gazin, um prisioneiro que faz contrabando de vodca aqui dentro. Quando junta bastante dinheiro, gasta de uma só vez em bebida. Depois fica totalmente transtornado, mas em estado normal é um sujeito inofensivo. Quando embriagado, põe os demônios para fora, avança para as pessoas até armado de faca. E então têm que... acalmá-lo.

— Como conseguem isso?

— Um grupo de uns dez detentos se atira contra ele aos socos e pontapés até que perca os sentidos. Deixam-no inconsciente, em seguida o escondem debaixo do catre e o cobrem com o capote.

— Mas podem matá-lo?

— Qualquer outro morreria; ele, não. É incrivelmente forte, é o mais forte de todos os detentos; tem uma constituição de touro. No dia seguinte está completamente bom.

— Diga-me uma coisa — prossegui, virando para o polonês. — Aqueles lá comem um jantar encomendado, ao passo que eu apenas estou tomando chá. Mas a todo instante olham para cá, ressentidos, como se invejassem estarmos tomando chá. Que significa isso?

— Não é por causa do chá — explicou o polonês. Estão implicando com a gente porque somos nobres, e eles não. Muitos gostariam de iniciar uma briga. O melhor é se precaver, pois eles desejam nos provocar e humilhar. Isto aqui para nós é insuportável. Sob qualquer ponto de vista, mais insuportável do que para quaisquer outros. É necessário ter muito tato e tratar de se adaptar. Sofrerá muitos dissabores e aborrecimentos só porque toma chá e pede comida extra, a despeito de eles também tomarem chá de vez em quando e encomendarem comida. Eles podem; nós, não!

Disse isso, levantou-se e saiu. Após alguns minutos, tive a comprovação da veracidade de suas palavras.

3
PRIMEIRAS IMPRESSÕES (II)

Tão logo Miretski[9] (o polonês com quem eu estivera conversando) acabou de sair, Gazin, completamente embriagado, irrompeu cozinha adentro.

Ver um presidiário bêbado em plena luz do dia — e num momento em que todos deveriam estar envolvidos em suas tarefas, quando, a qualquer instante, poderia aparecer um dos sargentos, uma sentinela ou qualquer outro responsável pela disciplina de presídio — era fato que fazia desmoronar toda a ideia de severidade que eu poderia conceber como prisioneiro. É verdade que eu, ao longo de tantos anos de prisão, haveria de assistir a fatos dessa natureza, tão espantosos, que apenas muito recentemente pude chegar a compreender.

Já tive a oportunidade de dizer que os detentos possuíam cada qual uma ocupação própria, independentemente do trabalho forçado, e que isso decorre de uma necessidade natural que eles têm de preencher suas vidas na prisão; com isso, conseguem algum dinheiro, coisa que eles estimam mais do que ninguém, quase tanto quanto a libertação, experimentando um consolo ao sentir moedas sacolejando no bolso. Sem dinheiro, ficam mal-humorados, apreensivos, lançando mão de vários recursos, roubando ou fazendo qualquer outra coisa para obtê-lo. Não obstante seja o dinheiro tão precioso para o detento, é difícil conservá-lo ali na prisão, pois sempre se corre o risco de tê-lo roubado ou confiscado. Se o major, em suas visitas-surpresa, descobre algum dinheiro, confisca-o imediatamente. É provável que o utilize para melhorar a alimentação dos presos; de todo modo, cai em suas mãos. Mais comum, porém, é que o dinheiro seja roubado;

9 A. Miretski, sentenciado em 1846 por conspirar contra a ocupação russa de seu país (N. do T.).

não se pode confiar em ninguém. Apenas muito tarde desenvolvemos um modo de guardar dinheiro em segurança. Os presidiários passaram a depositá-lo nas mãos de um Antigo Crente, um velho originário de uma dessas aldeias onde predominava aquela seita... Não posso aqui deixar de dizer alguma coisa sobre ele, a despeito de ter de fazer uma digressão.

Era um pequenino homem, todo grisalho, de cerca de sessenta anos. Começou a cumprir sua pena um ano após a minha chegada, e eu tive forte impressão dele logo de início. Era tão diferente dos demais, havia tamanha serenidade em seu olhar, que eu sentia um certo conforto em observá-lo; de seus olhos, de um azul-claro, irradiava uma luz. Conversava com ele frequentemente e raras vezes encontrei na minha vida criatura que transmitisse tamanha mansidão e simpatia. Fora mandado para o presídio por causa de um crime de enorme gravidade. É que entre os adeptos do Antigo Credo irrompera um movimento de retorno à Igreja Ortodoxa. O governo, naturalmente, fazia de tudo para estimular esse retorno e, desse modo, aumentar a divisão entre eles. Junto com outro grupo, os fanáticos renitentes, chefiados pelo velho, resolveram se levantar em prol da "fé", sendo que eles, como "crentes", trataram de fazer represálias. Incendiaram uma igreja do Estado, recém-construída na região. Como um dos líderes da luta religiosa e do sacrilégio, foi o velho condenado a trabalhos e enviado para a Sibéria. Era um próspero pequeno comerciante; deixara em casa mulher e filhos, mas veio para o exílio com ânimo altivo, porque sofria o "martírio em nome da fé". Bastava a gente ficar um momento perto dele para logo nos perguntarmos como um homem como aquele, tão calmo, poderia ter se transformado num rebelde. Conversei com ele muitas vezes sobre "a fé". Não cedia um ponto nas suas convicções, mas não havia em sua argumentação nenhum vestígio de rancor ou azedume. Não obstante, incendiara um templo e não se arrependia disso. Deduzi que suas convicções o levavam a considerar aquele seu ato e seu consequente "martírio" como uma glória, sendo-lhe portanto indiferente o sofrimento a que isso o levara. Mas como pude comprovar em meus contatos com ele, não havia nele sombra alguma de orgulho ou vaidade. No presídio, havia outros defensores dos antigos ritos, a maior parte siberianos. Tratava-se de gente relativamente culta, camponeses bastante esclarecidos, que acreditavam, de maneira pedante e acrítica, na verdade literal de seus antigos livros; essa gente, porém, era intolerante, reacionária, obstinada e rancorosa, não colocava suas ideias em debate. Aquele velho, no entanto, era muito diferente; tinha um temperamento muito espontâneo, ria sempre, não com aquela gargalhada cínica e boçal do presidiário, mas de um modo quase infantil, no qual se observava muita inocência, condizendo bem com seus cabelos grisalhos. Posso estar errado, mas creio que podemos julgar um homem por sua risada; se nos for dado simpatizar com um homem desconhecido por causa da sua risada, podemos tranquilamente garantir que se trata de um homem bom. Esse velho merecia e obtinha de todos no presídio uma consideração geral, que ele aceitava sem nenhuma vaidade. Os presos chamavam-no de avô e não o provocavam. Pude compreender por que conquistara o respeito de seus companheiros de seita. Contudo, mesmo com toda essa resignação com que cumpria sua pena, podia-se perceber um enorme pesar em sua alma, que, não obstante, ele procurava esconder de todos. Dormíamos no mesmo alojamento. Certa madrugada, aí por volta das duas horas da manhã, acordei com o ruído de soluços. O velho estava diante do aquecedor (o mesmo aquecedor diante do qual aquele louco prisioneiro havia atentado contra a vida do major) e lia orações em seu livro escrito à mão. Chorava, e eu podia ouvir suas súplicas: "Senhor, não me abandones! Senhor, dá-me forças! Meus pequeninos, meus pequeninos, nunca mais, nunca mais poderei vê-los!". Não consigo exprimir a tristeza que aquilo me causou. Foi a esse velho que os prisioneiros passaram a confiar a guarda do seu dinheiro. Embora quase todos ali fossem ladrões, por alguma razão tinham absoluta confiança no velho e sabiam-no incapaz de roubar. Ele escondia o dinheiro em um lugar secreto; mas nunca ninguém chegou a descobrir onde. A mim e aos poloneses ele acabou mais tarde revelando onde era. Numa das toras da paliçada, havia um nó aparentemente firme na madeira. Mas no fundo ocultava-se um grande buraco. Era ali que ele guardava o dinheiro, manipulando o nó com tal habilidade que jamais ninguém desconfiou do esconderijo.

Mas andei divagando em minha narração. Eu explicava por qual motivo o dinheiro não parava no bolso dos prisioneiros. Embora seja difícil mantê-lo seguro, há tanta infelicidade na prisão, que o prisioneiro — com uma enorme sede de liberdade e vendo a sociedade, de sua perspectiva, de uma forma tão irresponsável e indisciplinada — fica naturalmente aberto para a tentação de buscar uma fuga de sua realidade por meio do dinheiro. Era estranho vê-los trabalhar meses e meses a fio, indiferentes ao cansaço, já com o objetivo predeterminado de despender num só dia até o último centavo conquistado, para depois, outra vez, recomeçar tudo até a próxima gastança. Muitos compravam roupas novas, e sempre peças de roupa de gente livre: calças de terno, casacos, túnicas rendadas — qualquer peça que não parecesse uniforme. Camisas com motivos impressos também estavam na moda, bem como cinturões incrustados de cobre com fivela brilhante. Vestiam-se assim especialmente nos domingos e dias santos e começavam a circular pelos alojamentos, mostrando-se para todo mundo, numa atitude muito infantil. Diga-se de passagem, em muitas outras coisas eles eram como crianças. É verdade que todas essas coisas bonitas tinham duração efêmera, pois muitos dos objetos que exibiam acabavam sendo vendidos até o final do próprio dia. As bebedeiras, contudo, desenvolviam-se gradualmente. Para isso escolhiam habitualmente um feriado ou o dia onomástico. O detento que tinha o nome deste ou daquele santo logo cedinho acendia uma lamparina diante do ícone e rezava; depois se arrumava e encomendava para si próprio uma refeição especial: carne ou peixe, e empadas siberianas; comia como um porco, quase sempre sozinho ou, ocasionalmente, na companhia de um ou outro amigo. Em seguida, a vodca dava o ar da graça; o homem bebia até não poder mais e se exibia, em diagonais vacilantes através dos alojamentos, para mostrar a toda gente que estava encharcado, que "comemorava de verdade" o seu dia e que exigia o respeito de todos. Em toda a Rússia, o povo tem certa complacência para com os bêbados; no presídio eles são tratados até com respeito. Um período de bebedeira é regido por um estilo e código próprios de comportamento. Uma vez já ligeiramente embriagado, o beberrão deve contratar um músico. Havia entre nós um desertor polonês, uma criatura desprezível, que tinha uma rabeca, sua única propriedade. Não tinha outra habilidade manual; assim, ganhava dinheiro tocando para o bêbado algumas czardas. Acompanhava o festeiro de alojamento em alojamento, tocando a rabeca com a máxima habilidade que lhe era possível. Algumas vezes seu rosto expressava algum tédio ou repulsa, mas vinha logo o grito: "Toque, está sendo pago para isso!". E ele, então, continuava. Todo prisioneiro em seu dia de bebedeira não corria risco de reprimenda, pois se viesse a fazer balbúrdia e a guarda aparecesse, seria logo escondido, tudo fazendo parte do jogo. Por outro lado, o sargento e outros soldados responsáveis pela disciplina já haviam deixado claro que certos limites não poderiam ser ultrapassados. Desse modo, o alojamento inteiro cuidava do bêbado e, se necessário, desciam-lhe um murro bem aplicado, ou o amarravam como um feixe. Assim, as autoridades subalternas faziam vista grossa, certamente por saberem que, se proibissem a bebida, a coisa seria pior. Mas de onde vinha a vodca?

Era comprada, dentro dos próprios muros da prisão, dos chamados "taberneiros". Eles eram muitos, e esse comércio prosperava, embora houvesse relativamente poucos clientes, já que custava dinheiro, coisa que o prisioneiro quase não tem. O tráfico de vodca começou, se desenvolveu e foi tolerado de maneira muito peculiar. Vamos supor que um presidiário não saiba nem queira aprender qualquer ofício, não tendo, pois, nenhuma fonte de renda (há muitos assim), mas deseja ganhar algum dinheiro rapidamente. Com uns tostões para iniciar um negócio, decide comercializar vodca. Empreendimento ousado, cheio de risco. Deixa o lombo à mercê das chicotadas, está sempre na iminência de perder o dinheiro e a continuidade do negócio. Contudo, o lucro vale o risco. Como o capital empregado é pequeno, ele próprio transporta a mercadoria pela primeira vez para o presídio, já dispondo, é claro, de lucro nessa operação. Repete isso uma, duas vezes e, se não for descoberto, segue com o comércio. Logo tem uma empresa organizada: transforma-se em intermediário, em seguida, capitalista, contrata agentes e auxiliares, passa a se arriscar muito menos e a ganhar muito mais. Daí em diante, seus auxiliares correm o risco por ele.

No presídio há sempre muitos prisioneiros que — perdendo tudo no jogo ou com a bebida, já não dispondo de um mísero copeque e sem contar com qualquer habilidade especial — possuem um certo grau de audácia e resolução. O único capital dessa gente são suas costas, que passam a servir para alguma coisa. Ele procura então o contrabandista e se oferece para introduzir a vodca no presídio. O taberneiro bem instalado tem sempre diversos homens trabalhando nessas condições. O prisioneiro quase sempre conhece alguém lá fora — um soldado, um pequeno comerciante, às vezes até uma prostituta — que, em troca de uma comissão, para ele significativa, adquire vodca num armazém da cidade e vai em seguida depositá-la escondida, próximo ao local onde o detento trabalha naquele momento. Quase sempre o representante do taberneiro experimenta primeiro a qualidade da vodca e a batiza com água. As reclamações jamais poderão ser feitas; "é pegar ou largar". O fornecedor é procurado pelos detentos encarregados do transporte. Trazem algumas tripas que passaram dias cheias de água para esticarem bem. A vodca é então transferida para elas: os carregadores as enrolam pelo corpo, amarrando-as onde e como for possível. Agora é que o contrabandista interno vai dar mostra de sua capacidade e esperteza. Sua honra está em jogo; tem que atravessar os cordões dos guardas e das sentinelas. Um contrabandista correto tem que enganar o soldado que o escolta — quase sempre um recruta. Claro que o prisioneiro deve primeiro estudar uma estratégia, depois agir no tempo certo e de acordo com o local onde trabalha. O presidiário é, por exemplo, foguista na olaria; de repente sobe — nada mais natural — para a parte alta da olaria; o soldado, naturalmente, permanecerá na parte inferior. No caminho de volta do trabalho para o portão do presídio, o detento já tem em seu poder algum dinheiro — quinze ou vinte copeques — para o caso de necessitar na hora da revista. O contrabandista dá sempre jeito de o guarda sentir repugnância em revistar-lhe certas partes do corpo. Acontece, porém, que às vezes um inspetor mais meticuloso teima em revistar exatamente tais partes. Cabe, então, um último expediente: o contrabandista, silenciosamente, mostra que há um dinheiro disponível para o guarda. No entanto o que ocorre no mais das vezes é que a manobra dá certo e a vodca entra tranquilamente no presídio. Mas acontece também de toda a operação malograr e, então, o homem contribuir com o seu capital, as próprias costas. O assunto é comunicado ao major, o capital sofre o chicote e, o que é ainda pior, a mercadoria é confiscada, e o contrabandista aguenta com a responsabilidade de tudo, sem comprometer o taberneiro. Ele não o denunciará porque nada ganhará com isso a não ser a duvidosa consolação de ver o outro também ser flagelado. Mas não o fará, porque poderá vir a precisar do outro mais tarde, embora também nada o impeça de fazê-lo de acordo com os costumes da prisão. Por falar em denúncia, isso é algo que floresce no presídio. O informante não sofre qualquer represália. Ninguém fica indignado com ele, não o isolam, dão-se com ele como antes, e se alguém tentar argumentar que uma denúncia é algo vil, não será ouvido por ninguém. Aquele nobre mau-caráter a que me referi antes, e com quem sempre evitei contato, andava constantemente às voltas com Fedjka, o ordenança do major, fazendo espionagem para ele; este, é claro, comunicava ao major o que o presidiário lhe contava. Todos sabíamos disso, mas nunca houve um só que deixasse de falar com ele ou reprovasse seu comportamento.

Mais uma vez fiz digressões. Acontece, portanto, na maior parte das vezes, de a vodca penetrar tranquilamente no presídio; recebe então o taberneiro as tripas, faz os cálculos, paga por elas. Considerando que a mercadoria lhe saiu cara, ocorre-lhe a providência de, em nome de maiores lucros, adicionar uma razoável porção de água, pelo menos metade a mais, e, terminados esses preparativos, sentar e esperar os clientes. No primeiro domingo, dia santo ou feriado, às vezes mesmo num dia normal, aparece um freguês, um presidiário que trabalhou meses seguidos como um jumento, juntando centavo após centavo para poder gozar uma bebedeira com data marcada. O pobre diabo dedicado vem há muito sonhando com aquela hora. Sonhando, dormindo, mas também em meio ao trabalho, é por meio desse encantamento que consegue suportar as agruras. O dia nasce no leste, seu dinheiro está a salvo; não o furtaram, nem o confiscaram: vai agora intacto para as mãos do taberneiro. Este lhe dá a vodca mais pura possível, diluída apenas duas vezes. Mas tão logo o conteúdo da garrafa baixa seu nível, basta enchê-la com mais água. Um copo de vodca acaba custando cinco vezes mais caro do que na taberna. Como está misturada com água, pode-se imaginar o quanto ele terá de tomar para conseguir ficar bêbado. Mas, devido à sua perda de hábito e prolongada abstinência, o prisioneiro se embriaga muito rapidamente e continua a beber até esgotar o último centavo. É então que o taberneiro veste as roupas do agiota. Para continuar bebendo, o festeiro empenha todas as suas coisas, transformando tudo em vodca. Já quase nu, acaba por desfalecer e é então levado para o seu catre. No dia seguinte, sentindo um gosto estranho na boca, pede em vão mais um gole para se erguer. Como não consegue, segue assim mesmo, meio torto, para o trabalho. Ficará absorto por alguns meses, pensando no dia feliz, passado... e futuro. Reanima-se com a esperança desse dia futuro. Tardará, mas um dia chegará.

O "taberneiro", por seu turno, aguarda poder juntar uma certa quantia de dinheiro, uns dez rublos, e consegue um novo fornecimento de vodca, sem batismos, pois agora é para ele. Chega de negócios, agora é a sua vez de comemorar! Ele também tem direito ao bom copo, à comida, à música. Como está cheio de dinheiro, pode se fartar, dando propinas aos funcionários para que tudo corra bem. A comemoração atravessa às vezes dias e noites. Terminado o seu fornecimento ele recorre a outro "taberneiro", já agora não como rival e concorrente, mas como freguês, até que não lhe sobre nenhum tostão. Contudo, se um oficial aparece antes que os demais detentos possam avisar e surpreende o bêbado, é este empurrado ou arrastado até o corpo da guarda, revistam-no, tem seu dinheiro confiscado e, finalmente, é açoitado. Aguenta tudo, levanta-se, sacode a poeira, volta ao alojamento e, tão logo puder, reassume as funções de "taberneiro". Mas não é só bebedeira. Às vezes o festeiro inclina-se para o belo sexo; para isso, porém, se requer dinheiro, pois só assim é possível subornar o soldado da escolta para que este, em lugar da estrada habitual, consinta em seguir por um certo atalho que vai dar num local escondido. Lá, num casebre resguardado, a lascívia corre solta, embora saia bastante cara. O detento rico ou pobre não despreza o belo sexo; apenas tem que descer; não é qualquer soldado da escolta que serve; tem que ser um que conheça os locais. As consequências só se agravam para o soldado, que assim se candidata também a presidiário. Mas havendo dinheiro tudo vai bem, e tais escapadas quase sempre ficam ignoradas, mesmo porque não são frequentes, em razão do alto custo. No mais das vezes, o pessoal escolhe outros recursos menos arriscados.

Bem nos primeiros dias de minha vida no presídio, um jovem detento, de extraordinária e invulgar beleza, chamou minha atenção. Seu nome era Sirotkin. Levava uma existência muito misteriosa. O que mais me impressionou foi seu rosto. Devia ter no máximo vinte e três anos. Estava na Classe Especial, o que significa dizer que se incluía entre os "perpétuos" e consequentemente também entre os criminosos militares. Era modesto e quieto, falava pouco e ria menos ainda. Tinha olhos azuis-claros, feições bem proporcionadas, rosto delicado e cabelos claros. Mesmo o fato de estar com a cabeça meio raspada não o desfigurava, tão bonito ele era. Não comerciava nada, mas conseguia aqui e ali alguns copeques. Claro que era preguiçoso, vivia quase sempre meio esfarrapado. Às vezes recebia de algum detento uma peça de roupa um pouco melhor, por exemplo uma blusa vermelha; Sirotkin, então, exibia-se, alegre, de alojamento em alojamento. Não bebia, não jogava cartas e quase não se envolvia em brigas. Costumava passear por trás dos alojamentos, sossegado e pensativo. No que pudesse estar pensando é até difícil imaginar. Caso o chamassem e lhe perguntassem algo, fornecia respostas prontamente e de maneira quase cortês, não como os outros detentos, e sim com certa educação, tal como responderia uma criança de dez anos. Se conseguia algum dinheiro, torrava-o em coisas sem a menor utilidade, em vez de mandar consertar as roupas ou comprar botinas novas; pelo contrário, gastava tudo em roscas e pão de gengibre, prazeroso como uma criança de sete anos. "Que sujeito você é, Sirotkin!" Nas horas de descanso, perambulava pelos alojamentos, enquanto os outros trabalhavam. Alguém lhe dizia uma besteira qualquer (seu jeitão era sempre motivo para zombarias) e ele, então, saía de perto, seguia para outro alojamento; mas, quando a zombaria era muito forte, ele ficava com o rosto vermelho. Eu sempre me perguntava que tipo de crime poderia ter conduzido tal criatura ao presídio. Certa vez, adoeci e fui parar na enfermaria. Sirotkin também havia ficado doente e estava numa cama próxima da minha; num fim de tarde, começamos a conversar. Ele, então, de maneira surpreendentemente animada, começou a contar como entrara para o exército, como sua mãe se derramou em lágrimas ao caminhar ao lado dele na despedida, como achou dura a vida de recruta, porque todos eram tão brutos e idiotas, e os oficiais eram quase sempre desagradáveis com ele...

— E como tudo isso terminou? — perguntei-lhe. — Por que acabou sendo enviado para cá? E ainda mais para a Classe Especial? Diga-me, Sirotkin!

— Apesar de tudo, fiquei um ano no meu batalhão e só vim parar aqui porque matei Gregorij Petrovitch, meu capitão.

— Já tinha ouvido falar, Sirotkin, mas não havia acreditado. Por quê? Como pôde ter matado alguém?

— Pois eu matei, Alexander Petrovitch. Foi demais para mim, não aguentei.

— E os outros recrutas, não aguentam? Claro que no começo a vida no quartel é difícil, mas você acabaria se acostumando e se transformaria num bom soldado. Você deve ter sido muito mimado por sua mãe. Ela deve ter servido papinhas de milho e pão de gengibre até que você completasse dezoito anos.

— É bem verdade, ela me tratava muito bem. Quando me engajei no exército, ela caiu de cama e nunca mais se recuperou... E no fim das contas, tornar-me um recruta foi algo muito ruim para mim. O capitão tinha sempre a faca no meu pescoço, mandava me castigar por tudo.

Nunca aprontei nada, era muito disciplinado, não bebia, não me metia em confusão, pois, Alexander Petrovitch, confusão é algo que sempre acaba mal... Todos me tratavam com dureza, e eu não tinha como gritar meu sofrimento. Aconteceu de, certa vez, eu estar de sentinela; já era noite. Fiquei ali de guarda, acomodado na guarita principal, perto de onde as armas estavam enfeixadas. Ventava muito e, como era uma noite de outono, a escuridão era intensa. Comecei a me sentir doente, muito doente! Apoiei meu rifle no chão, tirei a baioneta, deixando-a ao meu lado, depois tirei a bota do pé direito, encostei o cano da arma contra o peito, deitei-me de bruços e puxei o gatilho com o dedo do pé. A arma falhou! Examinei a arma, limpei o cano, coloquei pólvora nova, encostei o cano outra vez contra o peito e acionei o gatilho. E o que aconteceu? A pólvora queimou, mas o tiro não saiu! "E então, o que acontece?", perguntei para mim mesmo. Coloquei de novo a botina, encaixei a baioneta no lugar e continuei a fazer a ronda de um lado para o outro, sem pensar em mais nada. Resolvi então abandonar de vez aquela vida de recruta, não importa o que pudesse acontecer. Meia hora mais tarde, aparece o capitão inspecionando a patrulha. Parou e disse: "É desse jeito que fica de guarda?!". Usei a arma como uma espada e enfiei a baioneta no corpo dele até o cabo. Por conta disso, recebi quatro mil chibatadas e aqui estou eu, como membro da Classe Especial...

Ele deve ter falado a verdade. De outro modo, como poderia estar na Classe Especial? Crimes comuns recebem penalidades menos severas... Mas Sirotkin tinha boa aparência, a melhor em toda a prisão. Entre os outros que faziam parte daquela seção, uns quinze, só havia mais dois ou três, digamos, tão apresentáveis; os demais eram horríveis, de orelhas disformes, com fisionomias horríveis, alguns já meio grisalhos. Caso ainda tenha oportunidade, falarei sobre esse grupo mais detalhadamente. Sirotkin, contudo, mantinha boa amizade com o tal de Gazin, sobre quem eu falei no começo deste capítulo, quando contei a forma com que invadiu a cozinha completamente bêbado, perturbando minhas primeiras noções da vida na prisão.

Esse Gazin era uma criatura terrível. Causava em todos uma impressão apavorante. Sempre me pareceu impossível existir alguém mais monstruoso e selvagem. Isso, embora eu já tivesse visto em Tobolsk o criminoso Kameniev, célebre por seus crimes cruéis, e de haver encontrado, mais tarde, Sokolov, desertor do exército e terrível assassino, quando ele estava esperando para ser julgado. Nenhum deles, contudo, me causou a impressão repugnante que me deu Gazin. Todas as vezes que o vi foi como se me deparasse com uma aranha monstruosa, do tamanho de um homem. Era originário da Tartária e incrivelmente forte, o mais forte de toda a prisão; não era muito alto, mas tinha uma estrutura de Hércules, com uma cabeça desproporcionalmente grande; caminhava meio curvado e tinha no rosto sempre um olhar carrancudo. Estranhos boatos eram correntes sobre ele na prisão; sabia-se que era desertor do exército; mas os detentos contavam, igualmente, que havia fugido de Nertchinsk, que já tinha sido mandado para a Sibéria várias vezes, fugira outras tantas, e que tinha trocado de nome até que, preso novamente, haviam-no alocado ali na Classe Especial. Falavam que tinha o hábito, quando em liberdade, de cortar cabeças de crianças por mero prazer; atraía uma criança para um local conveniente, assustava-a e atormentava-a e, após ter apreciado suficientemente o terror e a angústia de sua vítima, cortava-lhe a garganta lentamente, voluptuosamente. Tudo isso podia ser apenas invenção decorrente da opressiva impressão que sua figura causava em todo mundo, mas essas histórias pareciam combinar com ele. Na prisão, quando estava sóbrio, se comportava com prudência. Quase sempre quieto, não provocava ninguém; evitava disputas; mas sempre fazia pouco dos outros, como que se considerando melhor que eles. Parecia sempre deliberadamente taciturno. Seus movimentos eram lentos, medidos, seguros. Seus olhos mostravam que não era nem um pouco estúpido, pelo contrário, extremamente astuto; mantinha sempre um ar de escárnio no modo de rir e de olhar. Era um dos que comercializavam vodca, situando-se entre os "taberneiros" mais bem-sucedidos. Mas umas duas vezes por ano se embriagava e, então, mostrava toda a bestialidade da sua natureza. Tão logo ia ficando mais bêbado, começava a implicar com as pessoas, dirigindo-lhes observações provocativas, zombarias calculadas, gozações despretensiosas; mas, quando ficava totalmente embriagado, irrompia então em fúria e atacava os outros com uma faca. Os demais prisioneiros, conhecendo sua força descomunal, recuavam e se escondiam; ele atacaria quem encontrasse na sua frente. Mas acabaram descobrindo um meio de controlá-lo; uns dez do seu próprio alojamento se atiravam sobre ele por detrás e pelos lados, todos de uma vez, e começavam a bater nele sem parar; a cena de tal batalha era algo assombroso e chocante; davam-lhe pancadas no peito, no coração, na boca do estômago, nas virilhas, sem piedade nenhuma, e só paravam quando ele perdia a consciência e ficava estatelado no chão. Outro em seu lugar não aguentaria tantas pancadas e certamente morreria — mas não Gazin. Depois de conseguirem derrubá-lo, enrolavam-no na manta de carneiro e jogavam-no em seu catre, dizendo depois, ao se irem: "Vai dormir e amanhã já está inteiro!". E assim acontecia, pois, na manhã seguinte se levantava e ia, calado e moroso, para o trabalho. Todas as vezes que Gazin começava a beber o presídio inteiro sabia que, inevitavelmente, ia acabar derrubado. Ele também sabia, mas continuava a beber. E assim foi durante anos, até que de repente seu corpo começou a sucumbir. Passou a reclamar de dores, sentindo-se doente, e ficando, mais e mais, internado na enfermaria. "Esse já era...", diziam os outros condenados.

Ele precipitou-se para dentro da cozinha em companhia daquele polonês asqueroso e sua rabeca, que os prisioneiros costumavam contratar para dar um toque a mais às suas festanças; parou, no meio do corredor, encarando, calado, todos que estavam lá dentro. A conversa estancou. Firmando os olhos, deu comigo e com o meu companheiro, olhou para nós de maneira hostil, abriu uma risada satisfeita, tal como de quem se deparou com algo interessante e deu uns passos pesados e vacilantes na direção da nossa mesa.

— Permitam que lhes faça uma pergunta? — começou ele (falou em russo). — Qual a origem do dinheiro que lhes permitiu regalarem-se com chá aqui?

Silenciosamente, troquei um olhar com o meu companheiro, concordando que o melhor seria não lhe responder. O menor pretexto ia lhe dar espaço para partir para a ignorância.

— Então, com que dinheiro, hein?! — continuou. — Devem ter muita grana, hein?! E vieram aqui só para tomar chá, não é verdade? Só beber chá, não é?! Respondam, diabos!...

E, vendo que não respondíamos, pois estávamos decididos a não lhe dar atenção, ficou tomado de fúria e começou a sacudir-se com raiva. Ao seu lado, num canto, havia um enorme tabuleiro onde os pães eram cortados para serem servidos no almoço e no jantar. Tratava-se de um tabuleiro tão grande que bastava para acondicionar pão cortado para metade dos prisioneiros dali, mas agora estava vazio. Gazin ergueu-o com as duas mãos, brandindo-o sobre nossas cabeças. Mais um segundo e ele esmagaria nossos crânios com aquele tabuleiro. Note-se que um homicídio, ou tentativa de homicídio, podia trazer sérias complicações ao presídio inteiro, pois acarretaria investigações, diligências, disciplina agravada, constituindo razão, portanto, para que os presidiários, em seu próprio interesse, tentassem evitar tal acontecimento. Não obstante, todos se mantiveram imóveis, na espera. Nem uma palavra em nossa defesa! Nem um simples grito chamando-o à razão, tão grande era o ódio já existente contra nós. Nossa situação crítica causava-lhes nítida satisfação... Mas a coisa ficou nisso, pois, quando ele se vergava um pouco para jogar o tabuleiro em cima de nós, alguém gritou lá em cima:

— Gazin! Estão roubando sua vodca!...

Ele jogou o tabuleiro no chão e saiu da cozinha correndo, como um possesso.

— Nossa! Deus veio em socorro daqueles dois! — diziam os detentos uns aos outros. E muito tempo depois de tudo terminado ainda repetiam isso.

Nunca pude averiguar se aquele aviso de roubo da vodca foi verdadeiro ou simplesmente um artifício usado para nos salvar.

Quando estava anoitecendo, já meio escuro, mas antes que os alojamentos fossem fechados, caminhei rente à paliçada sentindo uma angústia que me apertava o coração. Nunca mais tive tamanha angústia em todo o meu período posterior de aprisionamento. O primeiro dia de prisão é difícil de suportar, seja numa cela, numa fortaleza ou num presídio... Mas lembro que, acima de tudo, tinha um pensamento fixo que, durante muito tempo, ali, em todo o período de minha detenção, me perseguiu; um pensamento que era uma pergunta insolúvel, sem resposta concreta ainda hoje. Era o seguinte: a desigualdade de castigos para crimes semelhantes. É verdade que os crimes não se parecem nunca uns com os outros; podem, no máximo, ser aproximados. Dois homens, por exemplo, cometem cada qual um homicídio; as circunstâncias são consideradas e, afinal, como se trata de um crime — assassinato — o mesmo castigo é determinado para ambos os casos. Mas quanta diferença entre um e outro caso. Um deles estraçalhou um homem por uma besteira, por causa de uma cebola (vinha pela estrada e, ao cruzar com um camponês, cortou-lhe a garganta porque o coitado nada tinha, apenas uma cebola. "Como é, pai Satanás, que sopra em meu ouvido uma dica, esgano um aldeão e encontro com ele apenas uma cebola?" Responde-lhe o diabo: "Deixe de ser idiota! Quanto vale uma cebola? Um copeque, não é verdade? Se você matar cem sujeitos e conseguir cem cebolas? Cem! Ora, cem cebolas fazem cem copeques, que é igual a um rublo. Não é, seu burro?!" — Esta é uma piada de presídio.). Já o outro matou para vingar a honra da amada, da filha, da irmã, que seja, de um facínora que a ameaçava. Outro, porque levava uma vida errante, se vê seguido por uma ronda de capturas e atira num perseguidor, já que tem que defender a sua liberdade, e até mesmo a desgraçada vida, talvez (o que não é raro) de fome. Outro degola criancinhas, só por satisfação mórbida, deliberadamente, para sentir espirrar o sangue inocente, para se deliciar com o terror, para sentir o último suspiro sob sua faca. E que acontece? Vão todos para o mesmo presídio. Ali, contudo, as diferenças de castigo são mínimas, enquanto as diferenças havidas num crime semelhante são incontáveis. Cada diferente personalidade representa um crime distinto. Vamos admitir que seja impossível discernir qualitativamente as diferenças, que isso seja um problema tão insolúvel como o da quadratura do círculo; está bem, vamos admitir. Mas, mesmo que essa desigualdade não possa ser esclarecida, encaremos agora a outra desigualdade, a chamada diferença que dizem existir no castigo mesmo... Aqui está um homem que vai se consumindo no presídio, da mesma forma que se extingue a luz de uma vela; e lá está outro que jamais pudera imaginar que a vida no presídio fosse assim tão agradável, uma alegre reunião de espíritos divertidos; existem também desses tipos na face da Terra. E este exemplo: um homem educado, com a compreensão desenvolvida, uma mente madura, um bom coração. Sua própria dor é maior que a pena que lhe coube. Condena-se a si próprio a nunca mais ter paz, sossego, pois é muito mais implacável consigo do que a própria lei. E bem ali em frente está outro condenado que, não importa quanto dure sua pena, jamais pensará no homicídio que cometeu, pois considera que agiu certo e bem. E há também os que cometem deliberadamente um crime apenas para virem para o presídio e, assim, se livrarem da vida dura, trocando, portanto, a servidão da vida livre pela prisão. Pois a vida "lá fora" estava cada vez pior, miséria tal que nem comer podiam, de nada servindo se esfolarem, de sol a sol, a serviço do patrão; na prisão, o trabalho é muito mais leve, pão é coisa que não falta e às vezes tão bom como antes nunca o viram; nos domingos e dias santos servem carne, há distribuição de esmolas, podem até ganhar uns copeques.

E a turma? Gente esperta, que sabe de tudo um pouco; ele senta-se no meio do grupo, dispensando a maior atenção; considera aquelas pessoas como as melhores que já encontrou na face da Terra. E, então, devem todos cumprir a pena da mesma maneira? Ou por que devo me perturbar com tal pergunta, já que se trata de um problema insolúvel? Estão batendo o tambor: é hora de entrar para o alojamento.

4

PRIMEIRAS IMPRESSÕES (III)

Estava começando a última chamada. Em seguida os alojamentos seriam fechados, cada um com seu próprio cadeado, e os condenados ficariam trancafiados até o próximo amanhecer.

A chamada era feita por um oficial de baixa patente e dois soldados. Os detentos formavam em linha no pátio e o oficial passava em revista. Frequentemente, porém, a cerimônia era mais doméstica e se realizava de alojamento em alojamento. E assim foi naquela vez. Os conferentes enganavam-se às vezes na contagem, eram obrigados a voltar e contar de novo. Finalmente os pobres guardas, tendo feito a conferência e chegado ao número certo, fechavam o alojamento. Havia cerca de trinta pessoas em cada um deles, a conta exata para, sem sobras de espaço, acomodarem-se nos catres. Ainda era muito cedo para dormir. Assim, cada um se encarregava de arrumar algo para fazer.

O responsável pela manutenção da ordem no nosso alojamento era aquele prisioneiro, velho soldado, a quem já me referi antes. Cada alojamento dispunha também de um monitor, escolhido pelo oficial em comando em consideração, é claro, ao seu bom comportamento. Muito frequentemente acontecia de esse próprio monitor cometer alguma infração; ele era então açoitado, rebaixado e imediatamente substituído.

O monitor em nosso alojamento era Akim Akimitch que, para minha surpresa, por vezes gritava com os outros detentos. Eles replicavam, habitualmente, com tiradas cheias de escárnio. O velho era mais sensato, pois não se metia na coisa; caso vez ou outra o fizesse, era só por noção de dever e para não perder de todo a autoridade. O mais comum, porém, era permanecer sossegado em sua cela, onde consertava sapatos. Os prisioneiros quase não prestavam atenção nele.

Naquele meu primeiro dia de vida na prisão, fiz uma observação que, mais tarde, pude reiteradamente constatar. Foi a seguinte: que todos os não-detentos, desde aqueles que se encontram em comunicação direta com os presidiários, como guardas e carcereiros, até os que de qualquer forma estão em ligação com o meio penitenciário, mantêm sempre uma atitude exageradamente preventiva, como se estivessem constantemente esperando que o prisioneiro fosse, digamos, dar-lhes uma facada traiçoeiramente. E o mais curioso é que os detentos, cientes de que são temidos, reforçam essa imagem. Assim, o comandante que não os teme é sem dúvida o mais respeitado, pois o detento, apesar de sua índole, sente confiança em quem nele deposita confiança. Tal conduta gera respeito. Durante a minha vida de prisioneiro acontecia, embora de maneira rara, de algum inspetor entrar nos alojamentos inteiramente só, sem escolta. Valia a pena ver como os detentos ficavam espantados, até favoravelmente impressionados. Um visitante destemido impõe respeito; claro que há sempre a possibilidade de algo desagradável acontecer, mas certamente os detentos fariam um esforço para que tal fosse evitado durante a sua presença. Esse temor que os detentos inspiram cresce por toda parte onde eles estejam e até hoje não lhe compreendi a razão. É claro que isso deve ter lá seus motivos, primeiramente fruto da aparência exterior do detento e da fama dos criminosos; além disso, decorre da má impressão que sente todo mundo que passa perto de uma prisão, saber que aquela gente está lá dentro obrigada, e que não importa o que se faça eles continuarão com seus sentimentos, sua sede de vingança e de liberdade, e o desejo de se satisfazer. Não obstante, estou convencido de que não há razão para ter medo deles. Um homem não sai por aí querendo agredir o outro com uma faca. Em suma, é algo raríssimo e, se às vezes acontece, não se pode pegar a exceção como regra. Estou falando dos detentos convencionais, e muitos deles sentem até uma espécie de alívio quando finalmente são presos (uma nova vida é algo que anima!), pois esperam finalmente desfrutar algum sossego, livrando-se do reboliço de sua vida pregressa; ademais, os próprios detentos não permitem qualquer tentativa, de algum deles, de ultrapassar limites. Todos, por mais atrevidos que sejam, sempre temem o que pode acontecer, considerando sua condição prisional. O criminoso que ainda não foi julgado, contudo, é outro caso. Ele é bem capaz de agredir qualquer pessoa livre, pois assim haverá novo inquérito, o seu caso não se encerra e, desse modo, pode adiar sua punição. Essa é a causa de muitos ataques, a ideia de alterar a situação a qualquer custo, e quanto mais possível. Conheço um estranho exemplo desse tipo de efeito psicológico. Nós tínhamos na seção militar da nossa penitenciária um prisioneiro, antigo soldado que fora condenado a dois anos, sem perda dos direitos de cidadania, indivíduo ao mesmo tempo covarde e insolente. Falando em termos gerais, esses dois defeitos não combinam bem com a índole do soldado russo, já que pouco tempo lhe sobra, mesmo que o quisesse, para jactância ou pusilanimidade. Mas quando ele é covarde, na certa também é preguiçoso e falso. Dutov (este era o nome dele) cumpriu sua curta pena e voltou ao seu batalhão de linha. Contudo, como sempre acontece, todo soldado enviado à prisão volta pior e, ao fim de duas ou três semanas de nova liberdade, comumente ele regressa para a prisão, não mais por dois ou três anos, e sim para a seção dos reincidentes, por quinze ou vinte anos. Assim foi nesse caso. Três semanas após ter ido embora, cometeu um assalto, insubordinou-se, passou dos limites. Levado a julgamento, foi condenado a severa punição. Sendo um rematado covarde, a perspectiva de receber chibatadas, como preliminar da condenação, já o deixara apavorado e, na véspera de tal castigo, atacou com um punhal o soldado que entrou na sua cela. Claro que sabia muito bem que com isso ia agravar bastante o seu caso, e que o tempo de trabalhos forçados seria aumentado; mas também sabia que o único recurso para adiar, nem que fosse por um par de dias ou por algumas horas, o tão temido castigo, era esse atentado. Era tão covarde que não chegou nem a ferir o soldado; a coisa toda foi feita *pro forma*, porque, assim, seria julgado novamente.

O momento que antecede à aplicação da pena disciplinar é, naturalmente, terrível para o condenado; e ao longo de todos aqueles anos tive a oportunidade de observar como ficavam os prisioneiros na véspera de serem castigados. Esses condenados muitas vezes acabavam na enfermaria e, como não era raro eu ficar doente, encontrava-os lá. Os prisioneiros em toda a Rússia sabem que só os médicos podem ter compaixão por eles. Os médicos nunca estabelecem diferença alguma entre um prisioneiro e um civil, como é comum outras pessoas estabelecerem, com exceção, talvez, do povo. De fato, nunca alguém do povo censura um prisioneiro ou o seu crime, por piores que um e outro sejam, perdoando tudo em consequência do castigo e em consideração à sua infelicidade. É curioso que utilizem uma palavra bastante característica — infelicidade —, principalmente porque o fazem instintivamente, inconscientemente... Desse modo, os médicos representam, para os prisioneiros, autênticos refúgios, sobretudo para os que estão sob alguma acusação, o que, naturalmente, significa a perspectiva de uma punição mais severa do que a de outros... Portanto, o sujeito prestes a levar o castigo corporal, sempre que lhe seja possível, tenta ir para a enfermaria quando se vê na iminência da punição, buscando adiá-la, ao menos por algum tempo. E quando recebe alta do hospital, agora certo de que no dia seguinte será a data fatal, fica num estado de extrema agitação. Há os que procuram esconder tal sentimento, mas não conseguem ocultá-lo dos companheiros; todos sabem muito bem como é a coisa e se não dizem nada é por compaixão. Conheci um prisioneiro, jovem ex-soldado, que cometera um assassinato e havia sido condenado ao número máximo de açoites. Sua angústia era tamanha que na noite anterior ao castigo bebeu uma caneca de vodca misturada com rapé. É comum, a propósito, o prisioneiro receber uma quantidade de vodca antes de se sujeitar ao castigo corporal. Compra-a com antecedência, a preço alto, e preferirá abrir mão de coisas úteis durante meses só para dispor de uma quantidade de vodca que possa beber um quarto de hora antes da penalidade. Consideram que, estando bêbado, o condenado sente muito menos os golpes dos açoites do que se estiver sóbrio. Mas estou fazendo digressões. O pobre rapaz após engolir a vodca misturada com rapé passou mal, vomitou sangue, tendo sido preciso levá-lo às pressas para o hospital. O esforço do vômito causou-lhe tantos danos que alguns dias depois, mostrou sinais de tuberculose, que o vitimou em menos de seis meses. Os médicos que o trataram jamais souberam o que havia causado a doença.

Uma vez que me refiro à covardia dos detentos frente aos castigos, sou obrigado também a reconhecer que muitos deles, por outro lado, mostram incrível coragem. Tomei contato com diversos casos que beiravam à indiferença, muitas vezes como se fosse uma espécie de inibição sensorial. Acabo de me lembrar da atitude de um temível criminoso. Numa bela noite de verão chegou até a enfermaria o rumor de que o conhecido assassino Orlov seria chicoteado e em seguida encaminhado para o hospital. Não se comentava outra coisa entre os detentos que lá se encontravam doentes, todos certos de que Orlov seria um perigo ali. Todos estavam muito preocupados, e igualmente eu, que sentia um misto de curiosidade e receio. Já tinha escutado coisas terríveis sobre ele: era um criminoso incomum, que não se importava em acabar com velhos ou crianças, dono de uma força descomunal e ciente de seu poderio físico. Tinha cometido uma porção de assassinatos e trouxeram-no no cair da noite para receber açoites. Um candeeiro foi aceso, pois já estava escuro. Ele, Orlov, foi trazido quase desacordado, assustadoramente impassível, com a cabeleira espessa, cor de corvo, completamente empastada de suor. Suas costas estavam inchadas e cheias de marcas arroxeadas. Os presos se ocuparam dele a noite inteira, aplicando-lhe as compressas, virando-o de um lado e do outro, medicando-o como se ele fosse um parente próximo ou um homem de bem. Recuperou a consciência no dia seguinte e chegou a dar uma ou duas voltas pela enfermaria! Isso me espantou, pois vira em que condições ele havia chegado no dia anterior. O fato é que tinha recebido só metade dos açoites, os outros sendo suspensos porque o médico assistente ficou com receio de que o criminoso viesse a morrer. Não obstante, Orlov era baixo e de constituição franzina, sem contar que estava enfraquecido por causa da reclusão prolongada. Era fácil reconhecer os condenados a tais castigos só pelo rosto macerado, chupado, aquele olhar doentio numa expressão que não se esquece. Contudo, Orlov logo se recuperou. A energia interior que possuía venceu os limites de sua natureza. Não se tratava, em absoluto, de um homem comum. Por mera curiosidade procurei me aproximar dele e assim me foi possível estudá-lo durante uma semana. Estou convencido de que em toda a minha vida jamais me deparei com um homem de vontade tão pétrea e firme. É verdade que em Tobolsk eu já havia conhecido um tipo assim, um consumado chefe de facínoras. Era um animal selvagem sob todos os aspectos e, quando a gente se aproximava dele, mesmo nada sabendo de seu passado, percebia instintivamente estar diante de um sujeito monstruoso. Não parecia existir nele nenhum sinal de espírito. A matéria tinha tanta predominância nele que toda a sua natureza era preenchida por instintos e apetites. Estou certo de que Koreniev — esse era seu nome —, tendo que enfrentar uma penalidade, perderia a coragem e tremeria de medo, não obstante fosse capaz de degolar uma pessoa com o maior sangue-frio. Orlov era exatamente o oposto dele: encarnava a vitória do espírito sobre a matéria. Era notório que tinha uma energia imensa, enfrentando com ela toda sorte de castigos e punições sem que nada o atemorizasse. De pronto, o que nele sobressaía era uma energia selvagem, um ritmo frenético, uma sede de vingança, um desejo de alcançar logo seus objetivos. Sua arrogância era o que mais me admirava. Mirava tudo com uma soberba incrível, mas não era atitude estudada, e sim consequência mesmo de seu caráter. Julgo que não havia uma só pessoa no mundo capaz de com sua autoridade influenciá-lo, não importa como fosse. Via tudo e todos com uma indiferença típica de quem nada encara neste mundo com alguma significação efetiva. Não obstante, ciente de que todos os detentos o temiam, nem por isso se aproveitava desse respeitoso pânico que inspirava. Vale não esquecer que arrogância ou soberba desproporcional são algo comum num presídio. Mas ele não era, em absoluto, estúpido, e frequentemente sua esperteza o levava a ser muito franco, embora falasse pouco. Respondia às minhas perguntas com muita simplicidade; que estava apenas esperando acabar de se curar para receber logo o resto do castigo físico. Disse também que antes achava que seu corpo não aguentaria o castigo, "mas agora", deu ele a entender com uma piscadela, "estou às ordens deles. Aguento o tranco para que me remetam sob escolta para Nertchinsk. E, no caminho, fujo! Ah, se fujo! Só vou esperar que as costas cicatrizem!" Aguardou com impaciência aqueles cinco dias antes de ter alta e só pensar naquilo já o deixava alegre e animado. Puxei a conversa várias vezes para as suas aventuras antigas. Fechava um pouco o cenho, mas respondia prontamente; não obstante, percebendo que eu estudava seus sentimentos como lhe querendo identificar algum traço de remorso, olhou-me demorada e fixamente, como se, frente a ele, eu tivesse me transformado num rapaz ingênuo com o qual é aborrecido perder tempo conversando. Percebi em sua fisionomia como se estivesse sentindo pena de mim. Na sequência, soltou uma risada aberta, satisfeita, seguida de outras, sem desprezo. Estou certo de que depois, ao recordar meu rosto e intenção, riu sozinho. Por fim, teve alta antes mesmo da cicatrização. Aconteceu-me também ter recebido alta na mesma ocasião, e saímos do hospital fazendo parte do percurso juntos: eu de volta para a prisão; ele para o corpo da guarda, perto dos alojamentos, onde já estivera antes do castigo físico. Senti que se despediu de mim satisfeito consigo próprio e com o mundo. Tinha motivos de sobra para me menosprezar, podendo me considerar como um ser frágil, sem valor e lamentável sob todos os pontos de vista. No dia seguinte, suportou honrosamente a punição...

Tão logo o nosso alojamento era fechado, mudava completamente, tomando a aparência de uma casa de verdade, como uma residência de cômodos. Era o momento em que eu podia reparar direito nos detentos que eram meus companheiros de alojamento, observando-os como se estivessem em suas casas. Ao longo do dia, podíamos a qualquer instante ser surpreendidos pelo sargento, pelos guardas ou por qualquer pessoa da administração; essa probabilidade punha o pessoal em estado de alerta e cuidado, pois só a eventualidade de tais visitas-surpresa já tirava a calma, porque algo desagradável poderia ocorrer. Mas, assim que o alojamento era fechado, cada qual se instalava imediatamente no seu lugar, pondo-se todos a trabalhar com calma. Aí o lugar se enchia de luzes, pois os detentos tinham velas em castiçais de madeira. Um fazia as vezes de sapateiro, outro consertava seu uniforme. O ar do alojamento logo ficava irrespirável. Um grupo de jogadores se instalava num canto, diante de um tapete desdobrado, aí se acocorando a jogar cartas. Em quase todos os alojamentos havia um detento que possuía um velho tapete pequeno e desfiado, uma lanterna e um baralho incrivelmente sujo e usado. "Banca do inferno" era o nome que davam a esse conjunto, o qual seu dono alugava por quinze copeques cada noite, tirando daí seu sustento ali dentro. Eram diversas modalidades de jogos de carta, todas de azar. Cada jogador punha na sua frente, sobre o tapete da "banca", moedas de cobre e não se retirava dali a não ser quando ficava sem uma única moeda ou enquanto não ganhasse todas de seus companheiros. O jogo corria pela noite inteira, ou até quase o nascer do dia, quando chegava a hora de abrir os alojamentos. Nos nossos cômodos, assim como nos dos demais, havia sempre sujeitos "quebrados", que haviam gasto seus bens com bebida ou com o próprio jogo; ou então já eram miseráveis por natureza. Digo "por natureza" e insisto nessa expressão. Na verdade, no nosso povo, há por toda parte e sempre haverá em todos os meios e em diferentes proporções, estranhíssimas pessoas sossegadas, de índole um tanto preguiçosa, que a sorte teima em reduzir a mendigos. Não possuem casa, são maltrapilhos, submissos, miseráveis, dispostos sempre à subserviência, ao domínio por parte de outros, sujeitando-se habitualmente a espertalhões que de uma hora para outra se endireitam e enriquecem. Acham qualquer disposição para a luta coisa difícil e chata, fogem de qualquer iniciativa. É como se tivessem vindo ao mundo com a missão de não fazer nada por si mesmos, servindo tão somente aos demais, outro ânimo não tendo senão o de se sujeitar ao ânimo alheio: o sentido de suas vidas parece se restringir à execução das vontades dos outros. E o destino desses indivíduos é invariável, de circunstância alguma se aproveitando para vantagens de melhoria material: serão eternamente miseráveis.

Minhas observações não se baseiam apenas nos que encontrei entre o povo, mas sim em todas as camadas, partidos e associações. E em cada alojamento encontrei um representante de tal humanidade. Tão logo instalavam uma "banca do inferno", logo aparecia um desses indivíduos para se pôr às ordens. E a verdade é que sem ele não funcionaria uma "banca do inferno". Os jogadores se cotizavam, contratando-o por cinco copeques por noite, principalmente para montar guarda à porta. Lá ficava de sentinela durante cinco, seis horas, na entrada, a trinta e cinco graus abaixo de zero, atento a qualquer ruído, qualquer sombra, qualquer passo lá fora no pátio. É que as sentinelas da ronda ou mesmo o major às vezes faziam uma inspeção noturna ao presídio — quase na ponta dos pés —, surpreendiam os jogadores, davam com os que ainda estavam trabalhando às escondidas, atraídos pelas luzes que viam de fora. Ouvido o ranger da chave no cadeado do portão que dava para o pátio ou já nas portas dos alojamentos, não havia mais tempo para apagar as luzes e se deitar nos catres. Ora, havendo vigias atentos em seus postos, não ocorriam surpresas, pois do contrário o vigia não receberia nada da "banca". Cinco copeques são, mesmo para um presídio, um ordenado muito baixo, eis porque sempre me impressionou, neste como em outros casos similares, a implacável e severa exigência dos "banqueiros": "Se tem ordenado é para trabalhar!" — tal era o argumento irrespondível. Por meio desse preposto, o dono fazia render o jogo, garantindo-se, e ainda se considerava benfeitor do pobre diabo. O jogador, o beberrão, o gastador que soltava o dinheiro a esmo, procurava, porém, sempre lograr e explorar o vigia em seu benefício; isso verifiquei sempre, não apenas no presídio nem somente na "banca do inferno".

Já contei que todos na prisão confeccionavam seus trabalhos particulares. Fora os jogadores, apenas uns cinco indivíduos ficavam sem fazer nada, tratando logo de dormir. O meu lugar no catre era a meio caminho da porta. Do outro lado do catre, com a cabeça rente da minha, jazia Akim Akimitch, que até as dez ou onze horas trabalhava numa lanterna de várias cores, encomenda de alguém da cidade, que lhe renderia bom dinheiro. Caprichava, trabalhando metodicamente, sem interrupção; acabado o trabalho da noite, punha tudo em ordem, desenrolava o seu colchão, rezava e se estirava, disposto a ferrar no sono. Ordem e limpeza preocupavam-no sobremodo, até nas coisas mínimas; quase uma mania. Tinha-se na conta de muito hábil e inteligente, como sempre sucede às pessoas obstinadas e de curtos horizontes. Causou-me mal-estar desde o primeiro momento, muito embora já nesse primeiro dia mesmo me admirasse muito por vê-lo num presídio, uma vez que se tratava de um homem respeitado, que tudo possuía para vencer na vida. Neste livro, ainda terei muitas oportunidades de me referir a Akim Akimitch.

Quero descrever ligeiramente o conjunto do nosso alojamento. Como aí deveria eu viver confinado durante muitos anos, e seus ocupantes eram meus companheiros de vida e de cômodos, compreensível é, pois, a curiosidade ardente com que eu os analisava. O lugar à minha esquerda, no catre, era ocupado por um grupo de caucasianos, quase todos sentenciados, por causa de pilhagens, a desterro maior ou menor. Tratava-se de dois lesguianos, de um checheno e de três tártaros do Daguestão. O checheno era um sujeito quietão e arrevesado; não trocava uma palavra com ninguém, só olhava de lado com um sorriso desdenhoso e enfurecido, seus olhos fundos emitiam um brilho sinistro. Dos lesguianos, um era velho, com um nariz comprido e adunco, com toda a aparência de um facínora da pior espécie. Completamente oposto a tal impressão era o outro, Nurra, que desde os primeiros dias me impressionou de maneira favorável. Relativamente moço, de compleição média mas de arcabouço hercúleo, loiro, de olhos azuis-claros, nariz chato, mais parecia um aldeão nórdico com pernas arqueadas de antigo cavaleiro. Tinha o corpo todo marcado por antigas cicatrizes de tiros e de lanhos de baioneta. Na sua terra fazia parte de uma família de montanheses pacíficos; metera-se, porém, sempre em incursões com gente guerrilheira, transpondo as fronteiras russas. Todos no presídio gostavam dele. Estava sempre alegre, era amigo de todos e se empenhava de bom grado no trabalho; ainda assim, muitas vezes se irritava contra a sordidez e a promiscuidade da vida de presídio; em regra, porém, era quieto e franco, só se revoltando com ladroeiras, provocações e bebedeiras, apartando-se com repugnância. Em todo o seu tempo de reclusão jamais lesou ninguém, tampouco cometeu qualquer maldade. Era muito piedoso, recitava sempre suas orações, observava todos os jejuns das vésperas das comemorações maometanas e, como um fanático, passava essas noites entregue a orações. Todos gostavam dele e confiavam na sua lealdade. "Nurra é um leão!", diziam a seu respeito os reclusos, e com esse nome ficou para sempre. Estava mais do que certo que, terminada a pena, o remeteriam de novo para o Cáucaso, só vivendo dessa perspectiva. Creio que morreria se alguém de repente lhe tirasse tal esperança. Já no primeiro dia de minha vida de prisioneiro reparei nele. Seria difícil não notar a diferença daquela fisionomia simpática e direita no meio de tantas outras mal-encaradas, soturnas e arrogantes. Meia hora depois que apareci no pátio ele batia no meu ombro, postando-se na minha frente e me encarando com um sorriso. No começo não entendi o que aquilo significava, mesmo porque ele compreendia mal o russo. E ele a sorrir, a me dar palmadas no ombro. Foi somente três dias depois que acabei percebendo o que aquele gesto e aquela mímica significavam: queria que eu visse que tinha comiseração de mim, que sabia quanto eu ia estranhar, que me oferecia sua amizade, pondo-se ao meu dispor. Bom e cândido Nurra!

Os três tártaros do Daguestão eram irmãos de sangue. Dois eram de idade madura; o terceiro, Ali, tinha vinte e dois anos, parecendo ter menos. O seu lugar no dormitório era ao lado do meu. Seu rosto admirável, franco, esperto e ao mesmo tempo ingênuo ganhou logo o meu coração; eu me senti feliz por me haver o destino dado um vizinho como ele e não outro. Toda a sua alma se expandia naquele rosto formoso, ou melhor, deslumbrante. Seu sorriso era tão espontâneo e inefável, seus grandes olhos negros tão suaves e leais, que era um consolo e um alívio, naquela vida de sofrimento e de angústia, contemplá-lo. Falo sem o menor exagero. Lá na terra natal, o irmão mais velho (tinha cinco irmãos maiores, dos quais dois haviam sido mandados para uma mina qualquer) instigou-o a pegar no iatagã, montar num cavalo e tomar parte de uma expedição. O respeito para com os mais velhos é tão sagrado nessas famílias das montanhas que o rapaz não perguntou sequer aonde iam, tal pergunta nem lhe passou pela cabeça; nem os mais velhos lhe deram qualquer explicação. Tratava-se de um assalto na estrada contra um abastado mercador armênio. O plano preestabelecido foi cumprido à risca, a caravana e seu séquito foram desmantelados, o armênio assassinado e sua mercadoria roubada. O assalto foi logo descoberto, os seis aprisionados e, após castigo de açoites, remetidos aqui para a Sibéria. O tribunal foi indulgente com Ali, condenando-o a um prazo menor: apenas quatro anos. Os irmãos gostavam muito dele, tratando-o mais como filho do que como irmão. Era para eles o único alívio na prisão e, por mais taciturnos que vivessem, logo sorriam quando o viam; ao falarem com ele (o que não era habitual, pois certamente o consideravam ainda muito jovem, a quem não era conveniente confiar certas coisas) suas fisionomias apreensivas se iluminavam, percebendo eu, pela mímica e pelos gestos, que brincavam com ele como com um garoto, comentando a rir, entre si, qualquer resposta do irmão. Ele próprio pouco lhes dirigia a palavra, tal o respeito que lhes dedicava. É difícil compreender como esse jovem conseguiu manter durante todo o tempo de sua reclusão ali essa candura de coração, essa honestidade a toda prova, uma tal fortaleza de ânimo, em lugar de se corromper e degradar. A verdade é que, não obstante a cordura de sentimentos, era uma natureza forte. Tive tempo suficiente para estudar sua índole e seu caráter. Era pudico como uma menina educada. A menor ação cínica, ignóbil e sórdida praticada nos alojamentos ou no pátio acendia um fogo de indignação em seus olhos, tornando-se ainda mais admiráveis. Comportava-se com equanimidade, mas isso não significava que fosse capaz de deixar que tripudiassem sobre a sua bondade e placidez. Jamais teve rixas com ninguém, todos o estimavam e respeitavam. No começo, mostrou-se delicado para comigo; nada mais; pouco a pouco, dei em conversar com ele; em alguns meses aprendeu russo, coisa que os irmãos durante todo o tempo de reclusão jamais conseguiram. Logo reparei que era inteligente, muito modesto e amigável, de índole vivaz e harmoniosa. Declaro que se tratava de pessoa inteiramente fora do comum, e considero o conhecimento que travei com ele um dos melhores prazeres de minha vida. Há criaturas que vêm ao mundo com tais dons, premiadas por Deus com tais virtudes, de modo que se torna absurdo pensar que um dia venham a se corromper. Tal hipótese é impossível. Ainda hoje não temo pelo destino de Ali. Onde quer que esteja, será o mesmo. E onde estará?

Certa vez, muito depois de minha chegada ao presídio, achava-me eu estirado no catre, absorto em pensamentos angustiosos. Ali, quase sempre atarefado, nessa ocasião não estava fazendo nada, embora tampouco querendo dormir, visto ser ainda cedo. A razão de não estar trabalhando era qualquer comemoração maometana que cumpria guardar. Estirado também, com as mãos cruzadas debaixo da cabeça, encontrava-se ele, igualmente, imerso em pensamentos. De repente, disse-me:

— Como é? Está muito preocupado?!

Olhei-o com curiosidade e estranhei aquela pergunta assim tão brusca, sendo ele como era de temperamento quieto, jamais se arrogando a uma confiança leviana. Mirando-o, porém, com mais atenção percebi em sua fisionomia uma tal expressão de dor, tamanha saudade manifesta, que logo compreendi: era ele que estava bastante preocupado naquele momento; disse-lhe isso. Suspirou e sorriu. Eu apreciava o seu sorriso leal e franco. Além do mais, quando ria, mostrava duas filas de dentes que mais pareciam pérolas, cuja beleza causaria inveja à mulher mais bela deste mundo.

— Está pensando, Ali, como este dia santificado lá na sua terra, no Daguestão, é uma festa bonita, hein? Lá deve ser maravilhoso...

— Isso mesmo... Se é. — respondeu, reavivando-se, e seus olhos brilhavam. — Como sabe que eu estava pensando nisso?

— Então eu não haveria de saber? Ora! Pois lá não é bem melhor do que aqui?

— Ah! Para que está dizendo isso?...

— Quanta flor não deve haver por lá!... Que paraíso!...

— Não me fale.

Ficou alvoroçadíssimo.

— Escute uma coisa, Ali: você tem uma irmã?

— Tenho. Por quê?

— Se for parecida com você, deve ser uma beleza.

— Parecida comigo?! Ora! No Daguestão inteiro não existe moça mais bonita do que ela. Ah! Como é bonita a minha irmã! Beleza assim nunca se viu. Minha mãe também foi muito bonita.

— E sua mãe gostava muito de você?

— Ahn?! Que pergunta! Talvez agora esteja morta de tristeza. Eu era o seu filho predileto. Gostava mais de mim do que de minha irmã, mais do que dos outros todos... Esta noite eu a vi, em sonhos, lavada em lágrimas.

Calou-se e, pelo resto da noite, não disse mais nada. Mas desde então deu em me procurar e, não obstante o respeito que eu lhe infundia, puxava conversa. Não sei, aliás, por que tinha tanta cerimônia assim comigo a ponto de não me dirigir a palavra em primeiro lugar. Ficava contente quando eu lhe dirigia a palavra. Fazia-lhe perguntas sobre o Cáucaso, sobre a sua vida de antes. Os irmãos não implicavam com esta nossa camaradagem, parecendo, pelo contrário, muito contentes e, à medida que notavam minha simpatia pelo irmão, se tornavam mais amigos meus.

Ali me ajudava no trabalho bem como, sempre que podia, no alojamento, ficando contente por me poder auxiliar em uma ou outra coisa; não havia nisto, porém, o menor interesse nem servilismo, mas somente uma ardorosa amizade, cujo impulso não procurava sofrear. Além de outros dons, dispunha de muito jeito para trabalhos manuais; aprendeu num instante a costurar peças de roupa, fazer botinas e mais tarde se tornou mesmo um regular marceneiro. Os irmãos gabavam-no, cheios de satisfação.

— Escuta uma coisa, Ali — disse-lhe eu um dia. — Por que não aprende a ler e escrever? Sabe muito bem como a língua russa lhe será útil mais tarde aqui na Sibéria.

— Gostaria, claro. Mas com quem aprenderei?

— Aqui há muita gente que sabe ler e escrever. Se quiser, eu me encarrego de lhe ensinar.

— Oh! Por favor, ensine-me — ergueu-se um pouco do catre e vincou a testa, enquanto me encarava, com as mãos juntas.

Na noite seguinte começamos com a lição. Eu tinha o Novo Testamento, em russo (na prisão não era proibido). Sem cartilha, apenas com o auxílio de tal livro, Ali aprendeu a ler regularmente em poucas semanas e três meses mais tarde já lia bem. Estudava com ardor e entusiasmo.

Uma vez li com ele todo o Sermão da Montanha. Notei que em certas passagens se entusiasmava muito.

Perguntei-lhe se gostara do que lêramos. Fitou-me com vivacidade, o rosto como que iluminado.

— Muito! Oh! Muito! Jesus foi um santo profeta. Jesus pregou palavras divinas. Que beleza!

— De que trecho gostou mais?

— Daquele em que diz: "Perdoa a todos; a todos ama; não ofendas a ninguém; ama o teu próprio inimigo". Ah! Que belas palavras!

Voltou-se para os irmãos, que assistiam à nossa conversa, e começou a explicar-lhes do que se tratava. Falaram demoradamente entre si, de vez em quando acenando com a cabeça. Depois me olharam com aquele sorriso grave e circunspecto, sorriso bem maometano (que eu tanto aprecio por causa de sua munificência) e declararam que Issa, isto é Jesus, era profeta de Alá e que obrara grandes prodígios: que, tomando do barro, fizera um pássaro e o soprara, pondo-se o pássaro a voar... Que tudo isso estava escrito em seus livros. E dizendo assim bem de Jesus, estavam persuadidos de me proporcionarem grande prazer. Ali, esse então, estava feliz por ver a atitude dos irmãos para comigo.

Aprendeu a escrever com a mesma facilidade e rapidez. Adquiria papel (não consentia que lhe comprasse), arranjou tinta e caneta e dois meses depois já sabia escrever, deixando os irmãos pasmos de alegria e de orgulho, não sabendo como me haviam de agradecer. Se acontecia estarmos trabalhando na mesma turma, me ajudavam o mais possível, de maneira prestativa, fazendo tudo para me poupar. Quanto a Ali, nem é preciso falar; sua gratidão não era inferior à dos irmãos. Jamais esquecerei o momento da sua saída do presídio. Puxou-me para trás do alojamento, atracou-se ao meu pescoço e desandou em pranto. Antes, jamais me abraçara nem beijara, e também nunca o tinha visto chorar. "Não esquecerei o que fez por mim! Mais do que meu pai e minha mãe puderam fazer. Você fez de mim um homem. Deus o recompensará e sempre lhe serei grato."

Onde, onde andará agora o meu bom, dedicado e esplêndido Ali?...

Além dos circassianos, havia em nosso alojamento um grupo de poloneses inteiramente em família, quase não se davam com os demais detentos. Já afirmei anteriormente que eles, devido ao seu exclusivismo, ao seu rancor para com os detentos russos, eram por isso detestados. Os poloneses — havia lá uns seis — tinham temperamentos arredios, solitários. Alguns eram cultos; sobre eles ainda virei a falar, principalmente sobre os de categoria melhor. Foi por meio desses que, nos últimos anos de reclusão, arranjei uns livros. O primeiro que li produziu em mim uma impressão singular, enorme e diferente. Referir-me-ei a tais impressões mais para adiante. Para mim tiveram grande interesse; acho, porém, que em quaisquer outras pessoas nada de mais despertariam. Há coisas que a gente, não as tendo experimentado, não pode avaliar. Resumo assim: os sofrimentos morais são muito mais duros de suportar do que os físicos. O homem atrasado ao entrar para o presídio se vê num meio às vezes superior àquele em que vivia antes. É óbvio que se sente privado de muita coisa: da sua terra, da sua família, de tudo quanto lhe era mais querido; mas o meio é o mesmo. Já o homem culto, que a lei puniu com o mesmo castigo, ressente-se de muito mais coisas; vê-se tolhido de todos os seus hábitos e necessidades, tem que se adaptar a um meio que repugna, tem que aprender a respirar uma atmosfera muito outra... É como um peixe jogado para a areia... E para ele o castigo, que a lei considera igual para todos, torna-se um tormento dez vezes maior. Essa é que é a verdade! Mesmo sem se falar no sacrifício dos hábitos materiais.

Os poloneses constituíam um grupo separado. Seis pessoas, sempre juntas. Dos detentos dos nossos alojamentos apenas gostavam do judeu, e isso com certeza porque ele os divertia. Aliás, todos gostavam desse judeu, embora sem nenhuma exceção todos se distraíssem à sua custa. Era o único judeu existente entre nós, e mesmo agora não posso me lembrar dele sem rir. Todas as vezes que o via me lembrava de Jankel, o judeu de *Tarás Bulba* de Gógol, que, ao tirar a roupa e entrar com a mulher para dentro de uma espécie de beliche, à noite, parecia um pinto pelado. O nosso judeu Isaías Fomitch parecia sem tirar nem pôr um frango depenado. Já idoso, em torno dos cinquenta, pequenino e fraco, vivo, mas muito bronco. Era sem-vergonha e impertinente, bem como medroso. De cara toda enrugada, tinha ainda por cima a testa e os malares marcados por cicatrizes de pelourinho. Era de pasmar que sujeito tão fraco tivesse podido suportar sessenta açoites de chicote. Fora processado por homicídio. Guardava de cor uma receita médica que outros judeus sentenciados como ele lhe haviam ensinado. Tratava-se da receita de um bálsamo que, aplicado durante alguns dias seguidos, fazia desaparecer os lanhos do rosto. Sendo impossível conseguir tal bálsamo na prisão, decidira que o único jeito era esperar que aqueles doze anos de trabalhos forçados passassem para, então, em qualquer ponto da Sibéria para onde fosse deportado, experimentar tão prodigioso remédio. "Do contrário, como eu me casarei?", disse ele certa vez. "E se há uma coisa que eu quero é casar!" Dávamo-nos muito. Seu estado de espírito era sempre esplêndido; isso de viver preso lhe era indiferente; era ourives e, como na localidade não havia ninguém da profissão, davam-lhe encomendas, alternando-as ele com as horas de trabalhos forçados. É mais do que lógico que também se dedicava à agiotagem e emprestava dinheiro a juros aos detentos. Entrara para o presídio bem antes de mim, e um dos poloneses contou-me pormenorizadamente a sua aparição ali dentro. É uma história engraçadíssima, que mais tarde ainda contarei, mesmo porque terei que falar diversas vezes desse Isaías Fomitch.

Os outros "moradores" do nosso alojamento eram: quatro Antigos Crentes; homens de idade, muito versados na Bíblia, entre eles o velho originário do Starodub; dois sujeitos oriundos da Pequena Rússia, meio casmurrões; um jovem detento de rosto adunco e nariz aquilino, que, embora com vinte e um anos apenas, já havia matado oito pessoas; um grupo de estelionatários e moedeiros falsos, um dos quais era o jogral do alojamento inteiro; e, por fim, uns sujeitos mal-encarados, sinistros, de cabeças enormes e raspadas, solitários e odientos, olhando sempre para o chão, dispostos certamente a manter tal atitude antipática durante os longos anos em que ali deviam permanecer cumprindo pena. Tais homens foram os que naquela primeira tarde tão triste da minha nova vida perpassaram diante de mim através da fumaça, do miasma, das blasfêmias e do inaudito cinismo, naquele ambiente contaminado, ao som estridente de grilhetas, palavrões e risadas. Estirei-me por sobre o catre sem enxergar, fiz de travesseiro (coisa que ainda não recebera) minha roupa enrolada e me cobri com a manta de carneiro. Durante horas não consegui dormir, apesar de exausto e completamente aniquilado ante as incríveis impressões daquele primeiro dia. Mas a minha nova vida apenas começara. Haveria ainda de me defrontar com muitas coisas que jamais me haviam passado pela mente, sendo impossível até mesmo prevê-las.

5
O PRIMEIRO MÊS

Três dias após a minha entrada para o presídio recebi ordem de seguir para os trabalhos. Permanece inesquecível esse primeiro dia de trabalho, muito embora nada se tenha passado de extraordinário, a não ser marcar o início de uma nova situação a que eu não estava acostumado. Mas tal dia não podia deixar de fazer parte das minhas primeiras impressões, principalmente caso se considere a curiosidade ardente que eu sentia por tudo. Já os três dias precedentes me haviam causado emoções incríveis. "Chegaste ao fim da tua jornada: à prisão!", não cessava eu de advertir a mim próprio. "Eis aonde vieste ancorar por longos anos; este é o teu estaleiro, onde entraste adernado e apreensivo, pesado de sensações dolorosas... Mas, quem sabe, talvez daqui a muitos anos, quando o tiveres de deixar, te despeças dele com certa emoção...", acrescentava eu com uma espécie de sadismo, levado pela vontade esquisita de descascar uma ferida, como se a dor renovada me pudesse fazer certificar quão imensa era de fato a mágoa com que me devia entreter. O pensamento de que um dia pudesse ter saudades de tal degradação me enchia de espanto; era como se já pressentisse até que grau a condição humana conduz à desdita. O que eu pressentia ainda estava por chegar; por enquanto só me cercava um ambiente hostil e execrável... Talvez não fosse tanto assim, mas então era como tudo se me apresentava. Aquela agudeza selvagem com que observava os meus novos companheiros de detenção, aquela má vontade deles para com o aristocrata recém-chegado e já se vendo em promiscuidade, o tratamento que me dispensavam, próximo já do rancor, tudo isso me enervava de tal maneira que meu único desejo ardente era dedicar corpo e alma ao trabalho forçado, a fim de me encravar de vez na profundidade do marasmo, como parte integrante daquele todo, chumbado àquele mesmo varal de miséria.

Então, muita coisa passou diante de mim sem que meus olhos vissem e notassem: ainda não me dera conta de que existe um consolo entre tanto desconsolo, isto é, que existiam certos rostos lá que já naqueles primeiros dias me encaravam com certa boa vontade. O mais amistoso de todos foi Akim Akimitch. Por entre as fisionomias soturnas e rancorosas de quase todos os reclusos, chegavam-me olhares condoídos. Dizia eu comigo, para me consolar: "Por toda parte existem homens ruins; mas entre os ruins sempre há bons. Provavelmente estes homens aqui não são piores do que os outros que existem do lado de fora do presídio". Mal o pensamento me veio, logo meneei a cabeça, como a enxotá-lo — e contudo, ó meu Deus, se eu tivesse ao menos percebido quão verdadeiro e certo era esse pensamento!

Havia, por exemplo, um homem que só cheguei a compreender após anos e anos, muito embora estivesse sempre perto de mim, vivendo sob aquele mesmo teto: o presidiário Suchilov. Ainda agora, ao falar nos moradores da prisão, suspeitando que talvez não fossem piores do que os que estavam lá fora, ele me veio logo à mente. Era um verdadeiro criado meu. Aliás, outro se me apresentou logo, também. Logo nos primeiros dias, Akim Akimitch me recomendou o recluso Ossip, que por trinta copeques mensais me faria os pratos que eu preferisse, caso não gostasse da refeição habitual e tivesse meios de encomendar algo diferente. Ossip era um dos quatro cozinheiros escolhidos dentre os presos para tomar conta das duas cozinhas do presídio, muito embora a escolha não os obrigasse a aceitar o novo encargo, ou o tendo aceitado não pudessem largar caso não gostassem. Os cozinheiros ficavam, em razão dessa incumbência, dispensados dos trabalhos de turma, passando a fazer pão e a preparar a sopa. Nós não os chamávamos de cozinheiros, e sim de cozinheiras; isso aliás não constituía ofensa, mas gracejo, pois os escolhidos saíam sempre dentre os homens mais bem-comportados e direitos que lá se pudessem encontrar; tratava-se de mera familiaridade inócua. A eleição de Ossip acabava virando sempre reeleição e durante anos seguidos exerceu ele quase ininterruptamente o cargo de "mulher" da cozinha. Digo quase ininterruptamente porque às vezes ele enjoava disso, atraído com certeza pelo vício antigo de contrabandista de vodca. Era homem direito e leal, coisas aliás raras, não obstante essa mania de contrabando. Já me referi a ele quando falei de um detento que tinha horror de castigos corporais a despeito de sua constituição forte e, que apesar de sua índole disciplinada e cortês — jamais se metendo em brigas e disputas — não podia dominar sua paixão pelo comércio proibido. Como os outros cozinheiros, Ossip também comerciava com aguardente, embora não em proporções de "atacadista" como Gazin, visto não ter coragem para se arriscar a tanto. Sempre mantive boa camaradagem com Ossip. Quanto à combinação para arranjar comida em separado, não saía isso muito caro. Se não me equivoco, gastava eu com tais encomendas no máximo um rublo em prata por mês, naturalmente não contando o pão, que fazia parte do fornecimento normal, bem como a sopa que, quando a fome apertava, eu tomava apesar da minha repugnância, coisa que com o tempo acabei vencendo. Via de regra encomendava um pedaço de carne, meio quilo no máximo, que dava para o dia inteiro. No inverno, a carne nos custava meio copeque. Em cada alojamento existia um velho soldado, trabalhando como vigilante, e diariamente eles aceitavam, sem cobrar excedente, encomendas como comprar carne quando iam ao mercado. Adotavam tal política só para terem sossego no alojamento, vivendo em paz com os detentos. Era assim que entrava carne, tabaco, chá, roscas, etc. na prisão; menos aguardente. Vodca não traziam, o que não quer dizer que não aceitassem uma talagada oferecida por algum preso. Durante vários anos seguidos Ossip me preparava um prato de carne, lá à sua vontade, jamais me metendo eu a dizer como queria. O mais interessante é que por todo o meu tempo de reclusão pouquíssimas palavras troquei com Ossip. Bem que às vezes eu procurava me entreter com ele, mas raramente ele sustentava um diálogo; ria, respondia "sim" ou "não", e mais nada. Difícil me será encontrar um outro Hércules assim com alma de criança.

Dentre as pessoas que se puseram às minhas ordens para me servir e ajudar, além de Ossip, havia também o já citado Suchilov. Não o procurei nem chamei. Foi ele que se apresentou, Deus sabe por quê, logo se pondo ao meu dispor; não saberei dizer ao certo quando nem de que modo isso se deu. Começou, por exemplo, a lavar a minha roupa. Atrás dos alojamentos havia um tanque com bombas e tinas, onde os detentos lavavam suas peças. A seguir Suchilov descobriu mil oportunidades para me servir; aquecia o meu chá, arrumava as menores coisas conforme via ser necessário, levava o meu casaco para cerzir, limpava e lustrava as minhas botas uma vez por semana, fazendo tudo isso de forma muito expedita, tomado não sei de que dever ou abnegação. Em suma: ligara-se totalmente ao meu destino, tomando a seu encargo tudo quanto dissesse respeito ao meu relativo bem-estar. Não dizia, por exemplo, "o senhor tem tantas camisas" ou "seu casaco está descosturado", mas sim "nós agora temos tantas camisas", "nosso casaco está descosturado". Cuidava de tudo, indubitavelmente tomando tais tarefas como finalidade de sua vida. No alojamento não enchia o tempo com nenhum trabalho manual seu, e creio que me considerava a fonte de suas parcas rendas; eu o recompensava como podia; ou, por outras palavras, com moedinhas de dois copeques, ficando ele contente. Tinha que servir a alguém e me escolhera para isso, talvez porque eu fosse mais indulgente e mais mão-aberta ao lhe pagar os serviços. Era um desses seres jungidos eternamente à miséria, dos tais que ficavam de sentinela durante a "banca do inferno" noites adentro, postados à entrada, ao frio, vigiando o pátio, para isso não ganhando mais do que cinco copeques, atentos sempre à alguma irrupção do major, arriscando-se, em caso de distração, a apanhar ainda por cima. Já falei a respeito disso. A característica dessa gente é a servidão, deixando sua personalidade se submeter à dos mais fortes, contentando-se sempre com uma situação de segundo ou até mesmo de terceiro plano, tudo consequência de suas próprias índoles. Suchilov era um pobre diabo, sem ânimo para uma determinação individual, sempre sujeito aos outros, querendo ser espezinhado apesar de ninguém de nós o tratar mal; tudo advinha do seu temperamento submisso. Não sei bem por que sempre tive pena dele. Realmente, o sentimento que ele me despertava era este: pena; a razão, porém, jamais saberei dizer, mesmo porque me constrangia a incapacidade de fazer que ele se abrisse comigo; não fazia nenhum esforço para tanto, enleava-se, ficando aliviado quando eu o mandava fazer alguma coisa, como a se livrar de um suplício. Acabei por me convencer de que só uma ordem o punha feliz. Não era alto nem baixo, bonito ou feio, bronco ou sagaz, muito jovem ou já maduro, só me lembro de que era ligeiramente bexiguento e alourado. Impossível era defini-lo ao certo. A não ser assim: que me parecia, tanto quanto pude inferir, da mesma categoria de gente a que pertencia Sirotkin, e isso por causa de seu amolgamento e de sua falta de personalidade. Os detentos não raro caçoavam dele, afirmando que durante sua viagem para o presídio "trocara-se" por um rublo de prata e por uma camisa escarlate. Por causa dessa soma tão baixa, pela qual se vendera, era escarnecido pelos presos. "Trocar-se" quer dizer, nem mais nem menos, ficar com o nome e a sorte de outro. Por mais inacreditável que isso pareça, tais casos eram verídicos, ocorriam no meu tempo entre os deportados que seguiam aqui para a Sibéria, sendo uma forma relativamente em vigor. Era-me impossível no começo acreditar nisso, mas tive que me render finalmente a uma evidência inegável.

O fato se processava do seguinte modo: uma coluna de deportados era remetida para a Sibéria. Compunha-se de vários tipos de gente; seguiam juntos tanto os que iam para o presídio destinados a trabalhos como os que se destinavam ao degredo. De repente, em qualquer baldeação, digamos, por exemplo, no Governo de Perm, acontecia de um deportado se acamaradar com um sentenciado. Um Mickhailov qualquer ou um assassino condenado por crime capital de qualquer outra espécie acaba considerando que isso de passar anos e anos seguidos no presídio, como é o caso de sua condenação, é coisa que nada tem de agradável. Se se trata de um sujeito esperto e sem escrúpulos, como só poderia acontecer, que se acha em tais apuros, precipita-se a procurar naquela misturadíssima leva algum camarada ingênuo e simplório, de declarada inexperiência, cuja condenação seja curta e leve, coisa para aí de uns dois anos em alguma mina ou localidade, digamos mesmo em algum presídio, mas, é claro, por prazo pequeno. Por fim, acaba encontrando um Suchilov. Ora, Suchilov provém de alguma granja onde é colono servil e, coitado, foi condenado a uma simples deportação. Já palmilhou mil e quinhentas verstas,[10] está com as algibeiras viradas para fora, mesmo porque Suchilov nunca teve um dinheirinho seu, fez toda essa marcha, está que não se aguenta, com o estômago colado na coluna vertebral, traz na carcaça apenas o que o Estado lhe deu, o uniforme e a caneca, disposto a fazer qualquer coisa para obter umas duas miseráveis moedinhas de cobre, qualquer servicinho. Mickhailov gruda-se a ele, força intimidade, torna-se seu amigo e acaba por, numa parada, convidá-lo para um trago de vodca. Até que por fim lhe pergunta: "Não queres trocar comigo? Hein?!". Que ele, Mickhailov, se destina ao presídio...

Isto é... não é bem para o presídio, mas para uma tal Classe Especial. Ora, nem mesmo em Petersburgo as repartições sabem ao certo o que seja

---

10 Cada versta (medida russa de distância) corresponde a aproximadamente 1.077 metros.

uma Classe Especial. Trata-se de algum recanto longínquo em qualquer região da Sibéria, com diminuta "lotação" (no meu tempo achavam-se lá umas setenta pessoas), difícil sendo saber ao certo o itinerário. Mais tarde, encontrei gente da administração do Estado que tinha estado já na Sibéria e que pela primeira vez ouviu da minha boca a existência dessa Classe Especial. O registro penal refere-se a ela apenas numas linhas: "No presídio tal fica anexada uma Classe Especial, destinada a criminosos piores, que nela permanecerão enquanto não for criada uma seção presidiária adequada a essa classe de delinquentes". Os próprios condenados a tal seção não sabem ao certo se lá devem permanecer perpetuamente ou se apenas por um prazo muito provisório. Não lhes foi declarado o tempo da penalidade, apenas tendo ficado especificado "até a organização de trabalhos forçados especiais"; e foi tudo, nada mais restando senão "tocar para o presídio!".

Não é de admirar, pois, que Suchilov sabia tão pouco a respeito dessa seção quanto os demais; sim, o próprio Mickhailov só sabe deduzir, por causa da natureza do seu crime, que já lhe custou trezentos ou quatrocentos açoites, que se deve tratar de um local nada agradável. Ora, Suchilov apenas foi condenado a degredo forçado. Que pode ele objetar? "Não gostarias de trocar comigo?" Suchilov, ligeiramente embriagado, alvoroça-se, trata-se de uma alma simplória, está cheio de gratidão pelo que Mickhailov tem feito por ele no percurso, trata-o tão bem, receia desagradá-lo não aceitando a oferta. De mais a mais, já ouvira dizer que tais trocas se faziam entre os sentenciados; anuir, aceitar, que havia nisso de extraordinário? Chegam a um acordo.

O safado do Mickhailov, aproveitando-se da simplicidade incomum de Suchilov, compra-lhe o nome pagando com uma camisa vermelha e um rublo de prata, que lhe entrega sob as vistas de testemunhas. No dia seguinte, a bebedeira de Suchilov já havia passado, mas ele quer mais, quer ficar bêbado outra vez, e troca o rublo. Desfazer o acordo já não é possível; o rublo de prata e até mesmo a camisa vermelha já se transformaram em várias doses de vodca. "Não quer mais? Então me devolva a prata!" Mas como Suchilov vai devolver o rublo? Não podendo devolver, não se livra mais do contrato. As testemunhas são implacáveis: "Deu a palavra, tem de cumpri-la". Quebrar a palavra tornaria a vida dele intolerável, as testemunhas são um verdadeiro tribunal secreto, acabarão com ele. Desse modo, caso houvesse vacilo, essa história de trocas nunca mais se daria. Se fosse permitido anular o acordo uma vez pago o dinheiro, como então daí por diante se poderia vir a fazer um contrato desses? Em suma, o interesse de todo o grupo ficaria comprometido, razão pela qual a decisão tem que ser implacável. Suchilov constata que não pode voltar atrás e acaba concordando. Todos são comunicados, e aos que convém persuadir dá-se alguma coisa para que fechem os olhos ou cuida-se de embebedá-los. Com efeito, para esses dá na mesma que Mickhailov ou Suchilov se lixem! Simplesmente concordam e tratam de fechar a boca. Na próxima parada, na hora da chamada, tudo se acomoda. Fazem a chamada: "Mickhailov!". "Aqui!", responde Suchilov. Na sequência chamam: "Suchilov!". "Presente!", grita Mickhailov. A marcha continua e não se fala mais nisso. Em Tobolsk, os deportados são separados. "Mickhailov" vai para a colônia, e Suchilov segue sob guarda reforçada, para a "Classe Especial". Daí por diante, já não caberia nenhum protesto. Além disso, como provar? Quantos anos um processo desses levaria, onde arranjar testemunhas? E quem confirmaria tal história? Em resumo, por um rublo de prata e uma camisa vermelha, Suchilov incorporou-se à Classe Especial.

Reservadamente, os prisioneiros faziam piadas sobre Suchilov, não por haver trocado de identidade, mas por ter sido estúpido e trocado por um rublo e uma camisa vagabunda. No geral, as trocas custavam um montante de verdade, mesmo guardando a relatividade das circunstâncias. Isso custava, quase sempre, algumas dúzias de rublos. Contudo, Suchilov era um pobre diabo tão insignificante que mesmo aquela gente acabou poupando-o de maiores zombarias.

Durante anos seguidos, eu e Suchilov vivemos juntos. Ele mostrava tal servidão comigo que acabei me habituando a vê-lo sempre perto de mim. Certo dia, porém — até hoje não me perdoo —, não cumpriu qualquer determinação minha, não obstante tivesse recebido dinheiro para isso e cometi a rudeza de lhe dizer: "Muito bem, Suchilov, você pega o dinheiro, mas não faz o que lhe mando!". Nada respondeu, foi logo cumprir o que havia esquecido, mas desde esse dia ficou acabrunhado. Dois dias se passaram. Pensei: "Foi por causa do que eu lhe disse!". Além disso, eu sabia que um detento, um certo Anton Vassiliev, o infernizava em razão de uma dívida. Suchilov não devia possuir nenhum dinheiro e certamente não tinha coragem de pedir. No terceiro dia, disse-lhe: "Suchilov, não quer o dinheiro para pagar Anton Vassiliev? Pegue!". Eu estava sentado no catre, e ele frente a mim. Pareceu ficar muito surpreendido por eu lhe oferecer dinheiro e sobretudo porque achava que ultimamente eu me considerava em demasia, estando ele completamente por baixo. Olhou para o dinheiro, depois para mim, virou-se repentinamente e saiu correndo do alojamento. Espantei-me demais. Fui atrás dele e encontrei-o atrás dos alojamentos. Havia parado frente à pálíçada, o rosto encostado num dos mourões, os braços segurando as estacas. "O que você tem, Suchilov?" Virou o rosto para olhar para mim e, espantei-me: notei que estava quase chorando. "Como poderia pensar, Senhor Alexander Petrovitch" — começou a falar com o rosto abaixado e a voz embargada — "que eu... por causa do dinheiro...". Nisto se agarrou outra vez à paliçada, voltando-se tão estabanadamente que bateu a têmpora na estaca e se pôs a soluçar, tristemente. Foi a primeira vez que eu vi um homem chorando no presídio. Apenas com muita dificuldade consegui acalmá-lo. E, mesmo quando, doravante, ele continuou a me servir ainda com mais dedicação, percebia — embora não desse sinais claros disso — que ele ainda não havia perdoado. E apesar de tudo ele convivia com os outros e aguentava as zombarias, quase sempre ofensivas, mas continuava de ânimo alegre e sincero, sem se mostrar perturbado. Convenci-me de que é difícil conhecer um homem, mesmo convivendo tão próximo.

O fato é que o presídio não se apresentaria, no primeiro momento, com a sua face autêntica, aquela que mais tarde acabei conhecendo. Verdade é que, embora encarasse tudo com a maior atenção, deixei de ver muita coisa evidente diante dos meus olhos.

Claro que as coisas mais evidentes me causavam impressões imediatas e certamente nem mesmo essas interpretei corretamente, razão pela qual produziram na minha alma uma sensação penosa, sufocante. Meu encontro com Aristov, um preso que dera entrada no presídio pouco antes de mim, também contribuiu para isso. Tal encontro foi para mim, sob todos os aspectos, e logo no primeiro dia, uma coisa terrível, infernizando logo de cara e piorando minha tortura espiritual. Preciso dizer algo sobre ele.

Trata-se de um exemplo de até que ponto um homem pode decair e se perder, destruindo dentro de si, sem arrependimento nem vacilação, o sentimento moral. Conforme já relatei, Aristov era aquele jovem detento de ascendência aristocrática que fazia chegar aos ouvidos do major tudo quanto acontecia no presídio, utilizando-se para isso do ordenança Fedjka, com quem tinha grande amizade. Resumo sua história assim: após ter brigado com a família, que não mais suportava seus desmandos, deixou Moscou e seguiu para São Petersburgo sem ter concluído os estudos. Ali, louco por dinheiro, denunciou infundadamente uma conspiração, comprometendo a vida de umas dez personalidades, vendidas por sua sede de instintos e prazeres reles. De tal forma dominou São Petersburgo, com seus cafés, antros e bordéis, que, não obstante sua inteligência, arriscou-se naquela vileza e acabou sendo desmascarado: sua denúncia incluiu personalidades completamente inocentes, e a coisa mudou de rumo; e ele, por fim, acabou condenado à deportação para a Sibéria, condenado a dez anos, em nosso presídio. Muito jovem, seria de se supor que uma tal reviravolta no seu destino pudesse transformá-lo, produzindo em seu temperamento uma mudança em sua postura de até então. Mas o fato é que encarou seu novo destino com incrível indiferença, sem humilhação, até piorando cada vez mais em sua condição; não se revoltou perante nada, com exceção talvez da obrigação de trabalhar e nunca mais ter à disposição espeluncas e bordéis. Percebeu de cara que sua situação de detento lhe permitia toda e qualquer espécie de iniquidade e ignomínia. "Já que sou um prisioneiro, eu o serei totalmente. Como tal, tenho que ser inteiramente sórdido, não me envergonhar de nada." Essa foi a sua programação de vida. Chamo a atenção sobre essa criatura detestável como um exemplo extremo de vilania. Por vários anos convivi com assassinos, loucos e delinquentes confessos, mas jamais vi nada comparável a esse Aristov, por sua decadência moral, baixeza hedionda e cínico aniquilamento. Havia ali um parricida, indivíduo também de origem nobre; humano e menos vil do que Aristov, conforme percebi por uma série de observações. Em meu período de reclusão, Aristov sempre se apresentou diante de meus olhos como um saco de carne com dentes e estômago, com uma avidez insaciável pelos instintos corporais mais baixos, sórdidos e animalescos. Para sua consecução estava pronto a tudo, com o maior sangue-frio, sendo capaz de matar, de degolar, contanto que o pudesse fazer às escondidas. Não exagero, pois tive oportunidades de sobra para conhecer Aristov na sua autêntica alma, mostrando-se exemplo do limite a que pode ir o lado animal do homem quando não lhe é imposto um freio. E como me enojava dar com o seu sorriso zombeteiro e permanente! Era um monstro, um Quasímodo moral. E o que mais me impressionava era ser ele muito vivo, possuir instrução e capacidade e até ser bonito. Não! Melhor seria um incêndio, a peste, a fome do que a companhia de um tipo como esse! Já tive a oportunidade de dizer que, no presídio, imperava tal depravação que o fato de lá florescerem a espionagem e a delação não ocasionava dissabores ou desprezo aos que as realizavam. Nada disso! Conviviam muito bem com Aristov, por exemplo, tratando-o com a condescendência que a nós era negada, certamente porque, como viam o nosso major bêbado dispensar-lhe consideração, achavam que ele tinha alguma importância. Havia dito ao major, entre outras mentiras, que sabia pintar retratos a óleo; para os detentos, dizia ser um antigo tenente da guarda. O major permitiu, por essa razão, que ele fosse trabalhar na sua residência, onde, é claro, deveria começar a pintar o retrato. Nessas idas e vindas aproveitou para se aproximar de Fedjka, ordenança do major, que exercia grande influência sobre o militar e, por consequência, sobre tudo quanto dizia respeito ao presídio — Aristov servia de espião no presídio por ordem do major, que não obstante, quando se embriagava, batia nele e o chamava de delator. Frequentemente, após esbofeteá-lo, o major se instalava numa cadeira e lhe ordenava que continuasse a pintá-lo. O major convencera-se de que Aristov era um grande retratista, quase um Brulov,[11] de quem já ouvira falar. Mesmo assim, achava-se no direito de esmurrá-lo, pois, "mesmo que fosse artista, não passava, ali, de um presidiário, e, mesmo que fosse um super-Brulov, sou seu chefe e faço o que quero". Chegava a ponto de mandar Aristov lhe tirar as botas e arrumar-lhe o quarto de dormir, embora o considerasse um grande pintor. E nada de o retrato ficar pronto, passado mais de um ano. O major acabou percebendo que fora enganado: quando constatou que o retrato não saía mesmo, ficando cada vez menos parecido com ele, enfureceu-se, esmurrou o falso pintor e o mandou de volta ao presídio, para trabalhar no serviço pesado. Aristov lastimou isso abertamente, passando a sentir falta daqueles dias de boa vida, dos restos magníficos roubados da mesa do major, do grande companheiro Fedjka e de todas as delícias que ambos desfrutavam na cozinha. Depois disso o major deixou de maltratar o detento Miretski, a quem Aristov não parava de denunciar pelo seguinte motivo: ao chegar ao presídio, dera com esse Miretski, que era

11 Pintor russo (1799-1852), representante do academicismo romântico.

o único nobre lá existente, vivendo quieto, sempre distante dos outros reclusos, no seu canto, evitando horrorizado a tudo e a todos. A situação de homens como Miretski se torna terrível num presídio. Miretski desconhecia a verdadeira razão que fizera Aristov parar ali; aproveitando-se desse desconhecimento, conseguiu fazer o pobre do Miretski acreditar que ele estava ali pelos mesmos motivos que ele, Miretski, não revelando, claro, que seu crime era a delação. Miretski ficou radiante em reconhecer nele um companheiro, um igual. Reconfortou-o como pôde e, tentando auxiliá-lo naqueles primeiros dias de prisão, ofereceu-lhe o último dinheiro de que ainda dispunha, dividindo com ele as coisas mais indispensáveis. Apesar disso, Aristov cismou com o outro, justamente por causa da nobreza de caráter, por Miretski incomodar-se com a promiscuidade, por ser o contrário dele em tudo e por tudo. E tão logo Miretski se queixou das condições do presídio, Aristov o denunciou ao major na primeira oportunidade, deixando o militar furioso, começando então uma perseguição que, se não fosse a interferência do comandante, teria feito as coisas piorarem muito para Miretski. Quando finalmente descobriu a sordidez de Aristov, este não sentiu o menor constrangimento; pelo contrário, fazia questão de passar diante dele para encará-lo com ar provocante. Isso parecia causar-lhe satânica alegria, conforme o próprio Miretski confidenciou-me muitas vezes. Essa infame criatura fugiu daí a tempos junto com outro detento e ajudado por uma sentinela, coisa que mais tarde contarei. Logo de minha chegada ao presídio, Aristov ficou me rodeando, certamente achando que eu ignorava o seu passado. Repito: envenenou os meus primeiros dias de presídio, tornando-os ainda mais intoleráveis. Repugnava-me a terrível baixeza em que eu estava imerso, pois acreditava que ali tudo era vil e desprezível. Mas estava errado, pois julgara tudo e todos pela postura de Aristov.

Passei aqueles dias em completo marasmo pelo presídio ou então estendido no meu catre. Dei a um detento que Akim Akimitch me recomendara o tecido que a administração me entregara; encomendei-lhe camisas — a quatro copeques cada uma — e consegui também, com auxílio de Akim Akimitch, um colchão enrolável (de estopa, com uma capa de algodão), fino como uma sola, e um travesseiro de lã socada, que me pareceu insuportavelmente duro. Akim Akimitch moveu mundos e fundos para me arranjar tudo isso e me preparou pessoalmente um cobertor costurando os pedaços de panos velhos tirados de velhas roupas compradas dos detentos. O que o almoxarifado entregava aos presos acabava com o correr do tempo e do uso, tornando-se propriedades destes, sendo vendidas depois; mesmo rota, a peça encontrava sempre um comprador. A princípio, tudo isso me deixou pasmo. Era o meu primeiro contato com o povo. Eu próprio me tornara subitamente tão "povo" quanto os demais, tão "prisioneiro" quanto eles. Seus gestos, opiniões, modos de ser, gírias, ficavam sendo também meus, pelo menos na forma e na rotina, mesmo que eu tentasse evitar. Aquilo tudo me amedrontava e irritava, embora antes já previsse ou soubesse por meio de informações alarmantes. Porém, nada impressionava mais que a própria realidade, coisa muito diferente das meras informações. Mas em outros tempos, como haveria de supor que mesmo roupas maltrapilhas e sujas têm valor? E não tinha eu mesmo conseguido um cobertor? Contudo, dar nome ao pano que veste os reclusos é bem difícil. Parece, à primeira vista, que seja o mesmo dos uniformes para soldados; após pouco tempo de uso, fica logo gasto e desfiado, esburacando-se em seguida. A roupa para cada detento deveria durar um ano inteiro, mas era impossível que aguentasse assim, uma vez que o detento trabalhava, carregava pesos, fazia tudo com aquela roupa, desgastando-a. A pele de carneiro só era substituída a cada três anos e durante todo esse tempo servia de coberta e de colchão. Claro que mesmo essas peles acabavam antes de passados os três anos, pois os pelos saíam tornando-se apenas algo entre pano e couro. Mesmo nesse estado, valiam bem alguns quarenta copeques. Mas quando ainda estavam relativamente novas eram negociadas a sessenta ou mesmo setenta copeques de prata; coisa que no presídio é bastante dinheiro.

Creio que já deixei transparecer que o dinheiro tinha no presídio um valor enorme, fundamental. Afirmo de forma absoluta que o presidiário com algum dinheiro, por menor que fosse a quantia, sofria dez vezes menos do que o que nada tivesse. A administração possuía o seguinte ponto de vista: se o governo fornece tudo, não é preciso dinheiro. Repito, porém: caso tirassem dos detentos a possibilidade de terem dinheiro consigo, ou perderiam a razão, ou morreriam como moscas (embora providos de tudo); ou acabariam cometendo as piores faltas, uns por desespero, outros para forçar novo julgamento e tentar mudar seu destino; de algum modo: "já estamos ferrados mesmo", diriam.

Uma vez que o detento consegue uns dois copeques a duras penas — ou se apossa de algumas moedas, em função de alguma esperteza arriscada, até mesmo às vezes por furto ou embuste —, logo os gasta de maneira tola, infantil; isso não significa, embora possa parecer, que ele ignore ou menospreze o valor do dinheiro. O prisioneiro tem para com o dinheiro uma avidez extrema, maníaca, e exatamente se o gasta loucamente, em bebedeira, por exemplo, isso prova que o valoriza. E, acima do dinheiro, a que o detento dá enorme importância? À liberdade. E não dá o dinheiro ao menos uma ilusão de liberdade? Os detentos são grandes sonhadores. Mostrarei isso mais adiante; por ora farei uma simples menção: acreditariam se eu dissesse que conheci presidiários condenados a vinte anos de trabalhos forçados, e que do modo mais cândido deste mundo dizem coisas do tipo: "Pode deixar que quando eu, com a ajuda de Deus, sair daqui, então...". — A expressão "detento" significa por si mesma um homem que não pode querer; mas se tem algum dinheiro, ele acha que pode fazer "o que lhe dá na telha". Apesar das torturas, dos grilhões e da odiosa jaula que o rodeia como um animal, ele pode por intermédio do dinheiro materializar desejo de outro modo inatingível; por exemplo, conseguir vodca, mulher e até mesmo, às vezes — embora nem sempre — subornar seus guardas, os supervisores ou mesmo os funcionários menos graduados para que fechem os olhos frente a infrações do regulamento e da disciplina; pode agitar e escandalizar toda a gente, mostrando que está em suas mãos fazer coisas que os outros pobres diabos nunca conseguiriam. Quem sabe aí resida a razão pela qual os detentos, até mesmo os mais sensatos, se entregam a tal tipo de exibições esdrúxulas, ingênuas, mesmo que esteja na cara se tratar de fantasia. Obviamente, em todas essas ações irresponsáveis, existe sempre perigo ou risco, o que dá ainda mais significado a elas, por sua fugaz aparência de liberdade. E o que não faz um homem pela liberdade? Pois se até mesmo um na iminência de ser enforcado não daria toda a sua fortuna para liberar sua garganta do laço fatal?

Frequentemente, as autoridades pensam: como um certo prisioneiro passa anos e anos suportando seu destino em silêncio, acomodado, chegando mesmo, devido ao seu comportamento, a ser promovido a "monitor" e, de repente, sem um motivo lógico, como possuído pelo demônio, se põe a beber, a fazer estardalhaço, a brigar, chegando a cometer as maiores atrocidades, matando ou ferindo alguém, desobedecendo abertamente um funcionário graduado ou coisa assim? A administração não consegue entender. Contudo, há razão e de sobra para explosões dessa mudança súbita de temperamento. Por mais repentinas, essas coisas surgem de uma ânsia pelo resgate da personalidade, de uma instintiva e angustiosa busca de si mesmo, o desejo de recuperar sua identidade arrancada, num crescendo que chega até aos extremos mais loucos e incontidos. É algo comparável ao enterrado vivo, que acorda de repente e desanda a dar murros na tampa do caixão tentando quebrá-lo, não obstante sabendo que de nada adianta todo esse desesperado esforço. Não se trata mais de saber se há ou não lógica. A razão não conta nesse caso. Além disso, consideram que qualquer afirmação de personalidade num detento nada mais é do que um novo acesso criminoso; eis por que ele mesmo não liga para as consequências, tanto faz. Se está com vontade de beber, então beberá até cair. Se correrá riscos, então que assim seja! Até, se for preciso, matar. Uma vez a coisa começada, então é deixar tudo vir! O melhor é permitir a esse homem expandir um pouco a sua potencialidade. Assim todos saem ganhando.

Será? Mas como?

6

O PRIMEIRO MÊS (II)

Ao chegar à prisão trazia comigo algum dinheiro; mas com medo de que me tomassem tratei de escondê-lo, enfiando-o na encadernação do Evangelho que deixaram conservar comigo; eram apenas alguns rublos. O livro e o dinheiro me foram dados em Tobolsk por um grupo que havia cumprido pena por degredo já há quase uma década e que se dedicava a considerar cada condenado como seu próprio irmão. Por alguma razão, há e sempre haverá na Sibéria pessoas cujo sentido na vida se reduz a cuidar fraternalmente de companheiros de infortúnio, compadecendo-se deles, tratando-os como aos seus próprios filhos, com uma delicada consideração. Tenho que fazer uma referência mais precisa. Na localidade onde se encontrava o nosso presídio vivia uma senhora, Nastásia Ivanovna; era viúva. Apenas eu tive a oportunidade de conhecê-la pessoalmente durante o tempo de prisão. Sua vida era consagrada a apenas uma finalidade: auxiliar os condenados a trabalhos forçados, e era evidente que nos havia escolhido para tal propósito. Nunca se soube se na sua família teria havido um caso assim de infelicidade ou se alguém que amara tinha sofrido idênticos vexames por qualquer delinquência. O fato é que dentro de suas possibilidades se esforçava por minorar a nossa pobre sorte. Diga-se que não podia fazer muito, pois estava longe de ser rica. De todo modo, tínhamos consciência de que aquela senhora representava uma amizade autêntica fora daquelas paredes. Entre outras coisas, a senhora Ivanovna fazia chegar a nós informações de que muito precisávamos. Ao deixar o presídio e ir para outra localidade, consegui tempo para entrar em contato com ela. Morava nos arredores em casa de um parente. Difícil precisar sua idade, tampouco se era bonita ou feia, nem mesmo podia-se dizer se era instruída ou inteligente. O que de pronto se inferia de seus gestos e modos era sua bondade inerente e seu desejo natural de agradar, de ajudar no que fosse, de fazer algum bem. Podia-se ver isso tudo em seu rosto singelo. Passei todo um fim de tarde em sua residência, com mais um antigo companheiro de prisão. Observava-nos muito, sorria quando sorríamos, falava quando falávamos, fazendo tudo para nos agradar da melhor forma possível. Serviu-nos um chá com bolos, um lanche familiar. Caso tivesse dinheiro, de bom grado nos daria, só para atenuar a triste sorte dos nossos companheiros que ainda estavam no presídio. Ao nos despedirmos, deu a cada um de nós uma piteira, como lembrança, feita por ela própria. Meu Deus, ela recortara cartolina, havia enrolado cada um dos pedaços, arrematando com um cartão colorido desses de capas de aritméticas elementares; certamente os tirara de uma dessas cartilhas. Para deixá-las mais graciosas, rodeara as pontas com um papel dourado, buscando aparentar com coisa adquirida numa loja da cidade. "Fumam? Então podem usar, não é mesmo?", disse timidamente, como se pedindo perdão pelo pouco valor do presente... Já ouvi dizer — e também li em algum lugar — que a mais alta manifestação de amor pelo próximo não passa, no fundo, de mero egoísmo. Não consigo entender como isso pode ser considerado verdadeiro.

Apesar de ter chegado ao presídio com pouco dinheiro, deixei que alguns prisioneiros o pegassem, imediatamente, dando-lhes moedas e cédulas duas, três e até mais vezes ao mesmo sujeito. Confesso que só uma coisa me irritava, o fato de que todos esses indivíduos me tratavam como se eu fosse algum tolo; olhavam-me zombeteiramente, certos de que haviam me enganado, arrancando de mim dinheiro até pela quinta vez no mesmo dia. Achavam que me convenciam com suas artimanhas, promessas e prazos de devolução, o que os desobrigava de qualquer explicação posterior. Penso agora que se tivesse negado aquele jogo, teria me imposto perante eles, mostrando energia e caráter. Embora furioso, não consegui dizer não; e meu descontentamento não era por ter que dar dinheiro, e sim por já estar percebendo que aquilo seria uma constante. Percebi nitidamente que penetrava num território movediço e que tal vida seria insuportável. De pronto, devia, pois, me preparar, concordando não tanto com os pedidos, mas com os impulsos íntimos e com a consciência; no fundo, porém, sabia que aquilo era apenas um anteparo que ocultava uma experiência absolutamente nova para mim.

Não obstante os contratempos relativos à minha chegada — os quais já comentei antes e que Akim Akimitch me ajudou a resolver, coisa que no começo me distraía — logo fui apanhado numa enorme e crescente angústia: "Este lugar é uma casa de mortos!", dizia para comigo, observando ao crepúsculo, em pé no patamar do alojamento, o retorno dos que estiveram nos trabalhos forçados e que paulatinamente se espalhavam pelo pátio, indo ou vindo dos alojamentos para as cozinhas. Observava-os e procurava identificar, em suas fisionomias e gestos, que espécie de homem cada um seria e qual o caráter deles. O que eu via, porém, eram rostos crispados ou fingindo parecer alegres. Esses são os dois tipos de fisionomias que mais se encontram no presídio, podendo mesmo classificar seu duplo e oposto modo de ser. Uns falavam em conversa normal, ou por meio de palavrões; outros se retiravam sozinhos, como mergulhados em pensamentos sombrios. Alguns com ares entediados ou demonstrando naturalidade. Outros com maneiras mal-encaradas ou apreensivas. E até mesmo ali se encontravam uns com ar arrogante ou displicente, de boné de lado, a pele de carneiro jogada num dos ombros, os olhares atrevidos, gozadores, os sorrisos cinicamente amargos... "Este agora é seu meio; daqui para dentro é o seu mundo", pensava eu, "é onde, quer queira, ou não, terá que viver..." Falei a respeito disso com Akim Akimitch, com quem sempre que possível tomava chá para espantar a solidão. Queria saber que gente era aquela, informar-me sobre eles. Para ser franco, posso dizer que o chá praticamente constituiu, naqueles primeiros tempos, a minha única alimentação. Akim Akimitch não recusava nunca o chá, e o pequeno samovar de latão em que o preparávamos havia sido feito para ele por encomenda de Miretski, que acabara por me emprestá-lo. Akim Akimitch tinha o seu próprio copo; sorvia calado, cheio de cerimônia, emprestava-me e, muito concentrado, continuava a trabalhar no meu cobertor. Não obstante, o que eu queria saber ele não sabia me comunicar; ele não compreendia de modo algum por que razão eu me interessava tanto pelo caráter dos presidiários que nos cercavam; ele escutava minhas perguntas e observações com um sorriso meio estranho de que ainda me lembro bem. "Você mesmo é que tem que descobrir" — eu dizia aos meus botões.

No quarto dia, igual à manhã em que fui trocar de grilhetas, reuniram todos nós, condenados a trabalhos forçados, em duas fileiras na praça, diante do grupo da guarda, ao lado do portão geral. Na vanguarda e na retaguarda havia soldados com armas engatilhadas e baionetas caladas. Os guardas devem atirar num prisioneiro, caso ele intente fugir, mas ficam responsabilizados também se desfecharem tiros sem razão clara; o mesmo lhes compete no caso de uma revolta dos condenados. Mas quem fugiria assim às claras?

Veio o capataz; na sequência, o condutor; e, por fim, os sapadores técnicos. Aguardaram o fim da chamada; o grupo de presidiários que labutava na alfaiataria foi o primeiro a partir, pois trabalhavam no presídio mesmo, costurando uniformes e outras roupas. Em seguida, partiram os que cuidavam dos serviços gerais e, finalmente, aqueles que pertenciam propriamente aos "trabalhos forçados". Na companhia de uns vinte outros detentos, segui para o local de trabalho. Na parte de trás da fortaleza, na margem do rio congelado, havia duas velhas barcaças do Estado, que deveriam ser desmontadas para que se aproveitasse a madeira. O fato é que ela não era necessária, uma vez que madeira não faltava ali, por estarmos cercados de florestas. Todos sabiam que o trabalho era inventado, apenas para que os detentos tivessem o que fazer. Esse tipo de trabalho era sempre feito com má-vontade, sem disposição, diferente de quando uma tarefa tinha uma utilidade verdadeira, um fim implícito que os entretinha durante muitas horas. Nesse caso assumiam a empreitada, mesmo sabendo que nenhum lucro ou vantagem tirariam daquilo, coisa que muitas vezes testemunhei, inclusive como integrante de trabalhos feitos com ânimo e dedicação. Algo que entrava em jogo era o amor-próprio. Contudo, no caso desse trabalho de que falo, feito mais por disciplina do que utilidade, o grupo tão somente tinha que trabalhar até que o tambor tocasse indicando já ser o horário de voltar para o presídio. Era um dia quente e encoberto. Por detrás da fortaleza nosso grupo seguiu um caminho elevadiço, balançando as grilhetas escondidas sob o uniforme e que a qualquer movimento mais forçado emitiam um som característico. Dois ou três de nós rumaram para o depósito para pegar os utensílios necessários. Eu fiquei ali embaixo com os outros, até com certa animação, pois tinha curiosidade de ver em que consistiam tais trabalhos. Como seria, então, o trabalho do presidiário? Era daquele jeito? E eu, que nunca havia trabalhado em minha vida, iria começar a fazê-lo agora?

Ainda guardo na memória alguns detalhes. No caminho, cruzamos com um sujeito barbudo. Ele parou e colocou a mão no bolso, momento em que um detento da nossa turma se adiantou para receber dele cinco copeques, voltando imediatamente para o grupo. O homem fez o sinal da cruz e continuou seu caminho. Naquela manhã mesmo aqueles cinco copeques foram trocados por algumas roscas, divididas em porção igual para cada um.

O grupo era formado por gente calada e sorumbática, havendo um outro grupo apático e displicente, ambos trocando palavras ocasionais sabe Deus sobre quê; um detento estava mesmo bastante alegre e durante o caminho cantava e dançava ao som das suas correntes. Era aquele mesmo detento baixote e troncudo que na primeira manhã após a minha chegada ao presídio havia discutido com outro, na hora de lavarmos a cara, e que acabara sendo chamado, entre outras coisas, de "*kagan* encrespado". Era um sujeito alegre chamado Skuratov. No final, começou a cantarolar uma cançoneta divertida da qual só recordo o refrão:

Fui trabalhar no moinho um dia
Quando voltei, estava casado e nem sabia.

Só faltava uma balalaica. Sua alegria fora de hora acabou irritando alguns do nosso grupo, que logo reagiram.

— Mas que miado de gato! — gritou um dos da frente, embora nada tivesse a ver com a cantoria. E um de trás, dos ranzinzas, declarou com seu sotaque de ucraniano:

— Os lobos só sabem cantar uma música, e é essa que ele está imitando! Mas, pudera, ele vem de Tula...

— Sou de Tula, sim, com muita honra! — respondeu Skuratov na ponta da língua. — Mas você, lá em Poltava, vivia se entupindo de almôndegas até engasgar!

— Olha quem está falando! E você? Fede a quê? Tem cheiro de sopa de chulé! E aposto que o Diabo o alimenta com amêndoas! — comentou um terceiro.

— Para ser sincero, irmãos, sou bem-nascido — disse Skuratov, com um suspiro, sem se dirigir a ninguém em particular, mas com ar meio compenetrado. — Fui criado desde menino com balas e doces (Deu ênfase à palavra "bala", querendo lhe dar um sentido de tiro). Meus irmãos legítimos estão estabelecidos em Moscou, negociam com pastéis recheados de vento e são burgueses riquíssimos.

— Quanto a você, o que negociava?

— Com um monte de coisas... Tanto que foi lá que ganhei meus primeiros duzentos...

— Duzentos o quê?... Rublos?! — Perguntou logo um, espantado com tanto dinheiro.

— Duzentos rublos? Não!... Duzentos... açoites! Ah, você, Luka, Luka!

— Olha o respeito, não me chame de você nem de Luka só. Trate-me por Luka Kusmitch! — retrucou todo ofendido um detento baixote e narigudo.

— Já que é assim, faça de conta que o chamei de Luka Kusmitch e, antes que eu esqueça, vá para o inferno!

— Está bem: para a maioria, Luka Kusmitch, mas permito que me chame de tiozinho.

— Vá também para o inferno com seu "tiozinho"! Não estou nem aí para você, mesmo porque ainda tenho coisas sérias para contar. Mas, continuando, turma, a permanência em Moscou não foi demorada; para encurtar, cheguei a receber quinhentas chibatadas e fui despachado. E aqui cheguei.

— Mas por que mandaram você para cá? — perguntou mais um, que escutava a história atentamente.

— Apenas porque pulei um muro e bebi um tonel; aí está a razão pela qual, mesmo tendo ido parar em Moscou, não consegui enriquecer. E logo eu, que tinha uma vontade imensa de ficar rico!... Nem quero falar mais nisso.

Muitos riram. Skuratov desempenhava à vontade o papel de bufão, considerando seu dever divertir os companheiros tristes, obrigando-os a ficar de bom humor e recebendo em troca apenas impropérios. Era um tipo especial e até notável à sua moda; a ele talvez ainda volte a me referir.

— Mas se der na nossa telha, ainda podemos arrancar de você essa pelica — observou Luka Kusmitch. — Esse couro deve valer uns cem rublos.

Skuratov trazia nos ombros uma pele de carneiro bem gasta e escangalhada, caindo aos pedaços. Examinou-se de cima até em baixo, analisando-se, mas com certa naturalidade.

— O que vale é a cabeça, camarada. A cabeça, isso sim. Ao me despedir de Moscou, o meu único e último consolo era ainda tê-la aqui comigo, em cima do pescoço. Bendita seja Moscou, sou grato pelos banhos turcos e por seus bons ares. Mas, com você, aprendi muito bem a lição! Quanto à minha pele de carneiro, deixe-a em paz. Se ela o irrita, irmão, não olhe.

— Quer dizer com isso que só devemos olhar para essa sua cabeça?

— Mas essa cabeça não é dele! — intrometeu-se novamente Luka Kusmitch. — Deram-lhe essa aí de esmola quando passava por Tiumeni.

— Diga uma coisa, Skuratov, chegou mesmo a ter uma profissão?

— Foi guia de cego — disse um outro. — E, enquanto o cego pedia esmolas, ele ia roubando o que caía no prato.

— Fui aprendiz de sapateiro! Juro! — respondeu Skuratov, sério. — E cheguei até a fazer um par de botinas. Só um.

— E alguém comprou?

— Sim, teve um comprador. Era um sujeito que não temia a Deus nem respeitava pai e mãe. Aí ele foi castigado por Deus: comprou minhas botinas.

Todos gargalharam.

— Só bem mais tarde, já aqui, trabalhei mais uma vez — prosseguiu Skuratov com imperturbável calma. Coloquei solas novas nas botas do tenente Stepan Fedorovitch Pomorzev.

— Ele ficou contente com o trabalho?

— De jeito nenhum! Xingou-me com nomes que ruminarei por toda a eternidade e ainda me deu uns pontapés na bunda. — Que coisa, horrível, parecia possuído. Como tenho sofrido. Oh! Vida desgraçada!

Logo em seguida começou a cantar repentinamente em altos brados, batendo com o solado na terra, abaixando e levantando:

Mal deu meio minuto e agora
O marido da Akulina vai pra fora...

— Mas que sujeito! — resmungou o ucraniano casmurro que estava ao meu lado, olhando enviesado para Skuratov. E outro ajuntou, categórico:

— Um vagabundo!

Não consegui entender por que implicavam com Skuratov, como, aliás — conforme eu já reparara naqueles poucos dias anteriores —, também desprezavam outros temperamentos alegres. Achei, inicialmente, que o rancor do ucraniano e dos outros era apenas característica deles, mas não era. Tinham raiva de Skuratov porque consideravam que era bobo, não preservando aquele ar de falsa dignidade que os presidiários ostentavam. Porque ele, conforme diziam, não passava de um "reles vagabundo". Mesmo assim nem todos os brincalhões eram tratados com tanto desdém quanto tratavam Skuratov e outros como ele. A coisa acontecia assim: caso o sujeito fizesse apenas brincadeiras, recebia de volta desprezo; mas se além de brincadeiras demonstrasse ter uma língua afiada, investindo contra quem zombasse dele, eles o isolavam. No grupo em que eu estava agora, havia um desses rapazes mordazes que era de natureza muito amável e alegre, características essas que só vim a perceber mais tarde. Era forte, alto, com uma verruga no rosto e, não obstante, bonito e vivaz, com uma constante expressão bonachona. Chamavam-no de Pioneiro pois havia servido em batalhões de engenharia, achando-se agora na Classe Especial. Falarei dele depois.

Mas nem todos os detentos taciturnos se manifestavam, havendo poucos tão expansivos como o ucraniano. Alguns procuravam se manifestar através de sua presteza no trabalho em diversas atividades, por sua inteligência ou caráter. Havia os que eram de fato argutos, conseguindo o que desejavam: alto prestígio e grande autoridade moral sobre os outros. Claro que existia muita rivalidade, alimentada por mútua inveja. Aqueles mais sagazes encaravam os demais companheiros com desprezo e ar de superioridade, evitavam disputas inúteis, respeitavam as autoridades e eram por elas considerados; mostrando-se no trabalho de modo geral como excelentes capatazes, nunca se deixando levar ou exaltar por cançonetas maliciosas ou qualquer outra besteira. Durante todo o tempo de minha prisão eles manifestavam uma cortesia monótona em relação a mim, mas de pouca conversa, certamente querendo impor respeito. Voltarei a falar sobre eles.

Chegamos à margem, onde encontramos as velhas barcaças que deveríamos desmontar. Para além do rio se estendia a estepe azulada: uma charneca desolada e erma. Pensei que, assim que chegássemos, nos lançaríamos ao trabalho; mas ninguém moveu uma palha. Sentaram-se na borda, sobre uns barrotes que havia ali, e tiravam das botinas o fumo siberiano vendido em folhas por três copeques no mercado, preparando-os em cachimbos curtos, de pedaços de fibra de salgueiro, feitos à mão no presídio. Acenderam os cachimbos. Os guardas nos rodearam e começaram a tomar conta com ar entediado. Ao fim de um tempo, um dos detentos falou sem olhar para ninguém:

— Para que desmontar essas barcaças? Estarão com falta de tábuas?

E outro respondeu:

— Só pode ter sido ideia de alguém que quer que nos danemos.

— Para onde seguem aqueles mujiques? — perguntou o que falara primeiro, já esquecido da sua pergunta anterior, vendo e apontando para o bando de mujiques ao longe, que caminhavam em fila de ganso sobre a neve brumosa. Todos se voltaram preguiçosamente para a direção apontada e começaram a zombar dos mujiques. O último deles vinha com jeito engraçado, sacudindo a cabeça com um gorro e mexendo muito os braços. A sua figura enorme destacava-se nitidamente sobre a neve espessa.

— Olhem como o irmão Petrovitch vem afoito! É esquisito! — comentou um deles, imitando as expressões e o sotaque dos camponeses da Sibéria. O curioso era que todos os detentos, mesmo também originários de zonas rurais, olhavam os mujiques com ar superior.

— Camaradas, reparem nele. No último! Aquilo é modo de andar? Ficou assim de tanto plantar nabos.

— Cabeça enorme! E deve ser dura! — comentou.

Todos riam, mas de modo mecânico, sem espontaneidade. Nesse meio tempo chegou a vendedora de roscas, uma mulher baixinha e descontraída. Os cinco copeques recebidos de esmola pouco antes compraram duas dúzias de roscas, repartidas imediatamente entre todos.

O jovem que havia vendido pão na prisão separou algumas roscas e entabulou violenta discussão com a mulherzinha, tentando convencê-la a pagar três roscas (em vez de duas) como comissão pela venda das vinte e quatro. Ela não queria ceder.

— Então me dá outra coisa... Rosca o rato come...

— Que o diabo o carregue! — gritou a mulher, rindo.

Foi quando apareceu o suboficial que coordenava os trabalhos. Trazia um pequeno galho na mão.

— Que história é essa de ficarem aí sentados? Vamos trabalhar!

— Ivan Matveitch, dê-nos uma tarefa útil! — pediu um dos veteranos, levantando-se vagarosamente de onde estava.

— Por que não falaram antes da chamada? Estou encarregado apenas de mandar desmontar as barcaças. Esse é o trabalho de vocês.

Preguiçosamente os detentos começaram a se levantar, dirigindo-se para o rio com as pernas entorpecidas. Havia no grupo alguns dos "práticos", assim chamados por seus papéis de capatazes. A barcaça devia, por assim dizer, ser desmanchada organizadamente, de forma a conservar o mais possível as tábuas do cavername e sobretudo as pranchas dos bordos presas por cavilhas. Tarefa chata e difícil.

— Para começar, despreguem o tirante. Vamos, mãos à obra, pessoal! — falou um que não era monitor nem veterano, mas um simples trabalhador, um rapaz casmurro que até ali se mantivera taciturno. Inclinou-se e agarrou com as mãos o pesado tirante e esperou que os demais viessem ajudá-lo. Ninguém mexeu um dedo.

— O que você tem na cabeça? — interrogou um. — Nem mesmo um urso como o seu avô aguentaria esse peso.

— Está bem, gente. Começamos então por onde? Eu não sei, amigos — reconheceu o entusiasta de pouco antes. Largou o tirante e se levantou, à espera.

— Está vendo? Sozinho não se faz nada! Convenceu-se disso, não?

— Vejam só, um tipo que não saberia alimentar galinhas, querendo dar ordens aqui! Fora, idiota!

— Camaradas, eu apenas quis... — começou a desculpar-se o rapaz. — Eu apenas quis...

— É para comer agora ou preferem que eu os embrulhe para mais tarde? — ironizou o superintendente, mirando furioso aquele bando de vinte sujeitos que não queriam trabalhar.

— Então! Esse trabalho sai ou não sai?

— A pressa é inimiga da perfeição, Ivan Matveitch!

— Você é o último que pode falar, Saveliev! Para criticar está pronto! Sim, é com você que estou falando, por que me arregala os olhos? Vamos, ao trabalho!

— Mas eu não posso fazer isso sozinho!

— Ivan Matveitch, dê-nos uma coisa melhor para fazer!

— Já falei, o trabalho é esse! Desmontem a barcaça, só depois então é que os deixarei sair daqui. Comecem logo de uma vez!

Dolentes, sem ânimo, afinal começaram a trabalhar. Era constrangedor ver tanta gente forte e vigorosa, mas incapaz de tocar aquele trabalho. Tão logo alguns dos detentos pegaram a primeira travessa, a menor, ela acabou quebrando "sozinha", conforme disseram ao superintendente. Daquele jeito não dava para continuar. Era preciso descobrir um outro modo.

Seguiu-se uma longa discussão para se decidir o que seria preferível. Por pouco não virou briga...

O superintendente começou a gritar no meio deles, ameaçando-os com o galho. Mas a segunda travessa se despedaçou como a primeira. Havia ficado claro que precisavam no mínimo de machados, além de outros instrumentos. Dois homens foram logo mandados ao presídio, acompanhados por um guarda, apanhá-los no depósito das ferramentas. Outros presos sentaram-se, à espera, na beira da barcaça, pegaram seus cachimbos e recomeçaram a fumar.

O superintendente estava furioso.

— É, vocês têm muita vontade de trabalhar! Nunca vi gente assim! — Depois, com um gesto desesperado de mãos para o ar, voltou para a fortaleza, agitando o galho.

Cerca de uma hora depois apareceu o diretor-geral. Ouviu calado as explicações dos detentos e ordenou como tarefa desmontarem só quatro travessões das cavilhas, recomendando, porém, que não os quebrassem, mas que os tirassem inteiros; ademais, determinou que desfizessem uma parte regular da barca do lado dos travessões tirados, e depois poderiam ir embora. Era bastante trabalho, mas foi curioso ver com que ímpeto aquela gente se lançou ao serviço. Deixaram de lado o desânimo e a má vontade. Rapidamente, os machados principiaram a trabalhar, e os pedaços do cavername começaram a ser retirados. Alguns firmaram escoras por baixo das cavilhas e, então, quarenta mãos forçaram-nas até soltarem e extraíram as tábuas e as travessas, que, para meu espanto, foram destacadas inteiras, num trabalho sequenciado. De repente, mostravam-se desembaraçados. Nenhuma reclamação, cada um sabendo o que devia dizer ao outro, o que devia fazer sozinho, como se ajudarem. Cerca de meia hora antes de o tambor rufar, a tarefa já estava finalizada, e eles voltavam para o presídio cansados, embora contentes. No que me dizia respeito, fiz a seguinte observação: onde quer que durante o trabalho eu quisesse me intrometer para ajudar, consideravam-me a mais, atrapalhando, mandando-me sair dali sempre, como um moleque.

Até os mais desajeitados entre eles, cujo trabalho os demais consideravam atrapalhação, atreviam-se a gritar comigo quando eu tentava ajudar, mandando-me embora para não estorvar. Um até me disse na cara:

— Some daqui! Vai atrapalhar outro!

E mais um logo aprovou:

— É isso mesmo. Chispa!

— Vai pegar uma panela e fazer bolos — aconselhou-me um terceiro. — Aqui não é teu lugar.

Era vergonhoso ficar ali de braços cruzados. No entanto, foi ao que tive que me resignar, humilhado, enquanto todos trabalhavam. Mas foi só eu decidir permanecer na popa da barcaça, começaram logo a gritar:

— Olha o tipo de ajudante que nos mandam! Não serve para nada! Foge do trabalho!

Falavam isso com evidente propósito de jogar os outros contra mim, aproveitando, excitados, a chance de humilhar um ex-nobre.

Pode-se agora compreender por que, quando entrei para o presídio, perguntei-me conforme já disse, como deveria me comportar perante aquela gente. Na oportunidade já pressentia que viveria confrontos dessa natureza. Tratava-se já de uma prova. Não obstante, mesmo com tal demonstração, decidi manter a tática já esboçada, sem alterá-la em nada. Sabia que era o único caminho, ou seja, havia decidido comportar-me da maneira mais simples e amigável, sem mostrar ansiedade em me aproximar nem, ao contrário, repelir caso viesse a mim. Sem me perturbar com ameaças e provocações e, dentro do possível, fingir mesmo que não percebia, mas, igualmente, em certos pontos, não ceder um milímetro, resistindo à sordidez. Em suma, não forçar amizade, pois tinha certeza de que adotariam tática oposta se notassem covardia ou excesso de confiança da minha parte. Na opinião deles, minha origem aristocrática ia me dar oportunidade — como bem mais tarde me fartei de verificar — de tratá-los com arrogância e de ostentar meu sangue azul; para eles esta é a marca de um nobre. Viam-me com uma mistura de ódio e respeito. Esse papel, contudo, não condizia com o meu temperamento; eu não era um nobre conforme a noção genérica que eles tinham disso. Decidi firmemente nunca descer da minha educação e do meu caráter só para conseguir qualquer vantagem ou deixar aberta qualquer mútua concessão. Coitado de mim se me mostrasse metido, arrogante, se usasse suas gírias, suas posturas! Considerariam isso apenas covardia, e daí decorreria logo o tratamento a que me sujeitariam. Exemplo disso foi o que ocorreu com Aristov: frequentava a casa do major, e os detentos o temiam; mas qual conceito tinham dele? Por outro lado, fazer como os poloneses, ou seja, manter uma distância fria, era atitude que eu também não adotaria. Havia acabado de perceber que me menosprezavam porque eu desejava trabalhar como qualquer deles, desistindo de me lastimar ou me retrair. Caso eu desejasse que mudassem de opinião sobre mim, só tinha que fazer uma coisa: deixar o tempo passar. Mas naquele momento só o fato de querer ser útil e ser rechaçado já me deixava aflito, e, ao final da tarde, quando voltei exausto para o presídio, apossou-se de mim uma angústia imensa. Pensei: "Quantos milhares de dias iguais a este tenho ainda pela frente, imutáveis...". Enquanto assim meditava, circulando por detrás dos alojamentos naquela hora de um crepúsculo sombrio, surgiu Charik, um dos cães que vagavam pelo presídio. Ninguém cuidando dele, vivia por ali, pertencendo a qualquer um de nós, mas por todos ignorado, fuçando os restos das cozinhas. Um cão comum, porém grande, preto, com manchas brancas, um vira-lata não muito velho, com os olhos inteligentes e cauda espessa. Eu era o único detento que lhe dava atenção; como já não me via há algum tempo, veio saltitante em minha direção. Aquela alegria dele mexeu comigo, de um jeito que não saberei explicar. Acariciei-lhe a cabeça e comecei a beijar o bicho. Ele ficou com as duas patas sobre os meus ombros e me lambia o rosto. "Aqui está o amigo que a sorte me destinou!" — pensei. Assim, todas as vezes que, naqueles primeiros e soturnos tempos, retornava dos trabalhos forçados ia logo para os fundos da fileira de alojamentos, ao encontro de Charik, que vinha correndo ao meu encontro, latindo de satisfação; fazia-lhe carinhos na cabeça, beijava-o, e uma sensação de paz ganhava meu espírito. Percebi, então, que em meio a toda aquela aflição, tinha consolo de saber que no mundo inteiro, àquela altura, eu tinha um companheiro que me amava e a quem eu podia fazer algum bem: o meu amigo, o meu grande e único amigo, aquele solitário cão Charik.

7
NOVOS CONHECIMENTOS — PETROV

Mas eu ia aprendendo com o correr do tempo. Conforme os dias passavam, os acontecimentos me irritavam menos. Habituava-me ao cotidiano, ao ambiente e aos homens, mas era evidentemente impossível adaptar-me àquela vida, embora já fosse tempo de uma resignação íntima. Tratei de enterrar profundamente no meu ser todas as reações que ainda procuravam me inibir. Já não vagueava como um zumbi pelo presídio, não escondia mais o meu mal-estar. A curiosidade de que eu era alvo por parte dos detentos já não me incomodava como antes, quando a via apenas como insolência. O fato é que aprendi a tratar a coisa com certa indiferença, o que convinha à minha paz. Andava no presídio como dentro de minha casa, deitava-me no catre quando me dava na bola, acostumava-me às coisas e às situações, fenômeno de adaptação que antes parecia ser impossível. Uma vez por semana me apresentava como o regulamento impunha, para que me raspassem a cabeça. Para isso nós nos dirigíamos todo sábado, dia em que não havia trabalho no período da tarde, para o posto da guarda onde os barbeiros do batalhão nos ensaboavam a cabeça com água fria e a raspavam com uma navalha cega. Ainda agora, só a lembrança me provoca arrepios. Mas me foi possível atenuar isso: Akim Akimitch me apresentou a um detento da seção militar que gentilmente fazia a raspagem cobrando apenas um copeque, constituindo esse serviço seu único ganha-pão. Embora isso representasse uma despesa, muitos dos condenados eram seus fregueses, não suportando os barbeiros oficiais, por mais carecas que fossem. Esse barbeiro tinha o apelido de "Major"; não sei dizer se o apelido provinha de alguma semelhança com o verdadeiro major; por mais que buscasse analogias, não encontrava nenhuma. Neste momento em que escrevo, revejo o Major diante de mim, um rapaz alto, magro, quieto, aparentemente bronco, sempre entregue ao seu ofício, com uma correia na mão para afiar sua admirável navalha; entregava-se de corpo e alma à sua arte, como se fosse a única de sua existência. Apreciava quando alguém aparecia para ser raspado com sua lâmina sempre magnífica, elegantemente ensaboava o freguês com água morna e sua mão leve fazia a navalha deslizar, aquela "arte" lhe conferindo ao mesmo tempo satisfação e importância. Tanto que recebia com displicência o copeque, como para mostrar que não trabalhava por dinheiro, mas pelo mero prazer de servir. Certa vez, Aristov, numa de suas delações ao major, referiu-se ao nosso barbeiro particular chamando--o inadvertidamente pela alcunha de Major. O verdadeiro se sentiu tão desconsiderado que desandou em fúria: "Então não conhece, seu cretino, o sentido da palavra 'major'? — interrompeu ele furioso, tratando Aristov conforme a maneira habitual. "Não sabe o que é ser um major? Como pode dar esse nome a um reles presidiário?". Apenas um sujeito como Aristov poderia suportar aquele autoritário.

Comecei a sonhar com a liberdade desde o primeiro dia de reclusão. Passei a fazer a contagem do tempo de minha vida de presidiário por milhares de combinações diferentes, pensando sobre a maneira de utilizá-lo. Esse tipo de operação mental não me largava e creio que o mesmo se passa com todo aquele que vê sua liberdade eliminada, seja lá por que tempo for. Não sei dizer se os outros detentos faziam tais cálculos de descontos como eu; entretanto, o que desde o início me surpreendeu foi a leviandade de seus otimismos. O fato é que a esperança num detento não tem nada que ver com a de um homem livre. Este, claro, também alimenta esperanças — por exemplo, quanto à mudança de sua sorte ou quanto à concretização de um desejo —, mas age e vive segundo o andamento de uma vida real. O mesmo não acontece com um prisioneiro. Obviamente, ele também tem uma vida — a da cadeia —, mas, não importa quem seja o prisioneiro ou o seu tempo de detenção, não consegue considerar a sua sorte como algo estabelecido, como parte de sua vida real. Cada detento acaba por se considerar na prisão não como morador, e sim como hóspede. Age como se a pena de vinte anos fosse de apenas dois anos e nada lhe muda a convicção de que quando deixar o presídio aos cinquenta e cinco anos, por exemplo, já não seja uma pessoa de trinta e cinco. Acredita que, ao sair, voltará à vida como antes, e todo e qualquer pensamento duvidoso e desagradável a esse respeito ele elimina. Mesmo os prisioneiros de tempo indeterminado, da seção especial, ficam à espera de que alguma alteração venha de São Petersburgo: "Encaminhe-se detento Sicrano para as minas em Nertchinsk. Seria ótimo! Para começar, só a viagem dali até Nertchinsk" demora quase seis meses; além disso, é muito melhor marchar do que ficar estancado num presídio! E, depois de pagar a pena lá em Nertchinsk, então... E eles continuam pensando, enquanto os cabelos vão ficando brancos!

Em Tobolsk dei de cara uma vez com um detento preso na parede por uma corrente de uns dois metros. Acorrentavam-no ali por causa de um crime horrível que havia cometido já depois de sua vinda para a Sibéria. Há os que ficam assim durante cinco, dez anos, uma pena imposta a culpados de latrocínios. Além desse que acabei de citar, vi outro que parecia de boa origem social. Havia sido antes funcionário de uma determinada repartição, seu modo de falar era educado, resignado e o seu sorriso simpático. Mostrou-nos suas correntes e o jeito que havia descoberto para dormir melhor no seu catre. Devia ter sido uma boa ave de rapina! Vão aguentando aquilo com paciência, até que tudo pareça indiferente. Mas, na verdade, não param de pensar em quando ficarão livres das correntes. Apenas para, ao se livrarem daquilo, ficarem num presídio com um pátio onde possam simplesmente andar... Não é com a liberdade do mundo exterior que sonham, pois sabem muito bem que ficarão na cadeia até a morte, com algemas nos pulsos e nos tornozelos. Todo detento sabe disso e, entretanto, sua mais forte esperança, seu mais ardente desejo é tão somente não ficar chumbado à parede. Como suportariam ficar assim acorrentados durante cinco ou mais anos, sem essa esperança? Certamente morreriam ou ficariam loucos.

No que me dizia respeito, eu percebia que só o trabalho me salvaria, resguardando minha saúde e meu corpo das influências de um pessimismo destrutivo. A constante inquietação espiritual, a provação dos nervos, o ar viciado dos alojamentos acabariam comigo. Respirar ar livre, todos os dias; trabalhar até o esgotamento; carregar pesos: fazer isso, pensava eu, pelo menos movido pela vontade e necessidade, possibilitará que meu corpo não se atrofie, isso me dará saúde, vigor para não deixar um dia o presídio como um velho. Eu não estava errado: o trabalho e os exercícios me fizeram bem. Acompanhei, abismado, a decrepitude de um camarada, ex-nobre. Havia chegado à prisão na mesma época que eu: veio ainda moço, bonito e robusto, e de lá saiu consumido e quase grisalho, já nem conseguindo andar, sofrendo de asma. "Não!", revoltava-me quando o via assim. "Quero e vou viver!" Sofri, no começo, perseguições dos detentos devido ao meu amor pelo trabalho. Durante muito tempo eles me odiaram implacavelmente; mas eu não ligava: cumpria minhas tarefas, seguia para onde mandavam e até, por exemplo, queimei e fiz a moagem de alabastro, um dos primeiros trabalhos que aprendi a executar. Diga-se de passagem, uma tarefa tranquila. A direção técnica poupava, até certo ponto, os nobres dos trabalhos mais duros, não que fosse consideração pessoal, mas por uma questão prática, uma vez que os homens não acostumados a trabalhos físicos e bem menos fortes não suportavam as mesmas tarefas que antigos operários ou trabalhadores. Não quero com isso dizer que a consideração fosse permanente, ou que quando suspensa ocasionava tratamento pior, pois tudo dependia da vigilância existente. Acontecia às vezes de recebermos trabalhos pesados que para nós, claro, representavam esforço duplo se comparado com o que despendiam os já acostumados com aquela tarefa. Para a torrefação e moagem do alabastro, habitualmente escolhiam três ou quatro dos mais fracos, ou então velhos. Fui incluído nesse grupo para aprender, favorecendo-me também o fato de que o capataz era muito prático nesse serviço. Almazov era o nome dele. Ele nos acompanhava, sério, mas boa-praça, envelhecido, de pouca fala. Vigiava-nos com indiferença, e isso condizia de tal forma com seu temperamento fechado que suas repreensões eram moderadas. O telheiro onde o alabastro era queimado e moído estava instalado num barranco escarpado e sombrio da margem de cá do rio. Quando, sobretudo nos dias escuros de inverno, eu olhava para o rio e para a margem oposta, era tomado por uma angústia mortal. Naquela inóspita e erma charneca imperava uma melancolia que o coração da gente não podia deixar de sofrer. Era ainda pior, porém, quando aquela imensidão de inferno era coberta de neve claríssima e brilhava o sol. Dava um desejo enorme de alçar voo como um pássaro por aquela estepe afora que começava na margem de lá, desdobrando-se como uma toalha de milhares de verstas rumo ao sul!

Almazov, no decorrer do trabalho, mantinha-se sempre casmurro e altivo. Frequentemente nos envergonhávamos de não poder auxiliá-lo efetivamente. Por assim dizer, ele trabalhava sozinho, sem contar com nossa cooperação, como se quisesse deixar claro que éramos inadequados e, até mesmo, inúteis. O trabalho caracteriza-se em aquecer o forno até uma certa temperatura e depois enchê-lo com o alabastro que coubesse, e que trouxéramos para queimar. No dia seguinte, estando já o alabastro queimado, nós o retirávamos do forno. Era quando cada um de nós começava a triturá-lo com um malho pesadíssimo, depois de colocá-lo numa caixa de ferro. Era fácil. Pouco a pouco, o alabastro queimado ia virando fragmentos, depois um pó muito branco e brilhante, fino e bonito. As batidas fortes produziam tal ruído que nos agitava e entusiasmava. Logo cansávamos, mas sentíamo-nos leves, de faces rosadas, o sangue circulando mais depressa. Almazov então punha-se a nos observar com displicência como se fôssemos crianças; e assim ficava, fumando seu cachimbo, quando não nos recomendava menos estardalhaço e mais eficiência. Era seu jeito, em outras situações. No fundo, era apenas um sujeito que queria tudo certinho.

Recebi depois outra tarefa: movimentar a roda do torno na oficina. O torno era grande e pesado, obrigando-me a fazer força para virá-lo, sobretudo quando o torneiro (um operário especializado) tinha que tornear madeira para eixos de escadas em caracol ou para o apoio central de alguma mesa grande, encomendas feitas à administração por autoridade interna ou local, trabalho no qual se usava quase uma tora! Em casos como esse um homem não bastava, razão pela qual eles mandavam sempre dois: eu mais outro ex-nobre, Boguslavski. Durante anos e anos esse foi o trabalho dele e meu, sempre que havia alguma coisa para tornear. Boguslavski era um rapaz esquálido, enfermiço, quem sabe até tuberculoso. Havia chegado ao presídio um ano antes de mim, junto com mais dois companheiros de destino: o primeiro, um velhote que enquanto esteve preso não fez outra coisa a não ser rezar, razão pela qual os detentos o respeitavam; morreu quando eu ainda estava lá; o outro era um indivíduo ainda jovem, corado, forte e desenvolto; quando vieram, ele havia carregado Boguslavski nas costas em mais da metade do percurso, mais ou menos umas setecentas verstas. Chamava a atenção a amizade de um para com o outro. Boguslavski era uma pessoa bastante instruída e educada, de caráter nobre e benevolente, mas a doença o tornara irritadiço. Logo nos acostumamos ao torno, e o trabalho nos entretinha, sendo muito conveniente para minha saúde.

Outro trabalho de que eu também gostava muito era o de remover neve. As borrascas eram comuns e caso nevasse seguidamente um dia e uma noite, bastava para os alojamentos quase sumirem, pois a neve chegava até a metade da parede, encobrindo até as janelas. Tão logo a nevasca passava, e o sol voltava a brilhar, nós, os detentos, íamos com grande balbúrdia, aos bandos, e, por vezes, todos juntos cumprir a ordem de liberar as construções da neve que as cobria e ladeava. Cada um de nós recebia uma pá, cabendo aos grupos trabalhos medonhos, de tal forma que depois ficava admirado de os ter realizado tão depressa. Como a neve ainda estava fina — havendo sobre ela apenas uma crosta de gelo —, as pás entravam com facilidade e formávamos montes e montes que atirávamos para o ar, em sentido contrário às construções da administração e dos alojamentos. Aquela poeira de neve brilhava no ar e esse era o único trabalho feito pelos detentos com verdadeira alegria. O ar gelado e o movimento nos estimulavam; havia troca de risadas, gracejos, bate-papos. Jogávamos bolas de neve uns nos outros, e até os mais fechados acabavam se contagiando pela alegria imperante, apesar de muitas vezes tal alegria dar origem a brigas e diferenças.

Pouco a pouco se ampliou o círculo de minhas relações, embora eu não as buscasse, uma vez que meu temperamento era reservado. A verdade é que foi mais por iniciativa dos outros que ampliei minhas relações e a primeira foi com Petrov. Preciso dizer e insistir que se tratou de uma visita. Petrov fazia parte da Classe Especial e vivia num alojamento afastado do nosso. Julgo que tal relação não tinha lógica inicial de tipo algum. Nem mesmo nasceu de qualquer interesse particular. Fosse qual fosse a razão, Petrov achou por bem realizar as visitas ou então vir ao meu encontro quando, nos finais de tarde, após o trabalho, eu me punha a passear atrás dos alojamentos, quase sempre sozinho. Inicialmente, sua companhia não me agradou; ele, porém, tanto fez que por fim me habituei, divertindo-me até com sua chatice. De físico mediano, embora ágil e serelepe, tinha o rosto lívido mas não desagradável, dentes salientes e serrilhados, olhar atento e boca mascando sempre um pedaço de fumo, vício comum entre os detentos. Aparentava ter menos idade — uns trinta — do que a verdadeira, em torno dos quarenta. Falava comigo de igual para igual sem cerimônia alguma, imitando talvez a minha delicadeza e atenção. Tão logo notava que eu desejava ficar sozinho, me deixava em menos de dois minutos, agradecido por eu aturá-lo, coisa que já não fazia com os outros detentos. É curioso que nossa relação se manteve por muitos anos, sem degenerar, embora Petrov demonstrasse afeição. Não saberia dizer, ainda hoje, o que em mim o atraía e qual a razão de suas visitas diárias. Seria para me furtar coisas? Não posso responder que esse fosse o motivo fundamental; jamais me pediu dinheiro nem mesmo emprestado; não era, portanto, por interesse meramente material.

Quando aparecia, a impressão que eu tinha era que não vinha de nenhuma parte do presídio, e sim de fora, da cidade, digamos, trazido ali pela curiosidade, para saber como eu estava passando, o que havia acontecido, fazer perguntas fortuitas, etc. Chegava sempre com ar apressado, como se tivesse deixado por fazer alguma tarefa, como se do lado de fora alguém estivesse à sua espera. Não obstante, ficava bastante tempo. Seu jeito de olhar também era esquisito, agudo, arguto, embora afável. Já de longe fixava seu olhar nas coisas, como querendo penetrá-las no interior. O que lhe dava uma expressão vaga. Frequentemente eu me perguntava, abismado, para onde iria Petrov ao me deixar. Alguém o esperava? Onde? Para quê? A verdade, porém, é que, uma vez se despedindo de mim, se dirigia apressado para um dos alojamentos das cozinhas, parava perto de um grupo que estava conversando, ouvia com atenção, entrava na conversa também, às vezes mesmo com pressa para pouco depois parar, falar e escutar, imóvel. Porém, tomando parte ou não na conversa, o ar era sempre de pressa, como se estivesse prestes a ir a algum lugar, como se alguém o esperasse. O mais interessante é que não fazia absolutamente nada, ficando sempre de papo para o ar — exceto, claro, o trabalho obrigatório —, sem saber nenhum ofício, nunca tinha dinheiro, coisa que certamente o incomodava.

E sobre o que conversava comigo? Isso era tão curioso quanto ele próprio. Quando percebia, por exemplo, que eu estava sozinho atrás dos alojamentos, acelerava os passos na minha direção. Aproximava-se com aquele seu jeito, dando sempre a impressão de que tinha vindo correndo.

— Bom dia.

— Bom dia.

— Atrapalho?

— De jeito algum.

— Gostaria de lhe fazer uma pergunta sobre Napoleão III. Por acaso é parente daquele outro de 1812? — (Petrov, antigo soldado, sabia ler e escrever.)

— Sobrinho.

— Mas por que o chamam de... presidente?

Indagava sempre depressa e com ansiedade, como se quisesse logo esclarecer uma dúvida que, de alguma forma, o perturbava muito.

Foi quando eu expliquei como Napoleão III chegara a presidente, acrescentando que certamente ainda chegaria a ser imperador, como o tio.

— Imperador?

Falava-lhe, então, sobre as razões dessa possibilidade. Petrov escutava com muita atenção, entendia perfeitamente tudo com vivacidade, frequentemente inclinava a cabeça de lado para ouvir melhor.

— Ah!... Tenho ainda outra pergunta, Alexander Petrovitch: é verdade que existem macacos do tamanho de um homem e com braços que chegam até o chão?

— É verdade.

— Que macacos são esses?

Eu lhe passava a informação conforme era possível.

— E onde vivem?

— Nas regiões tropicais. Existem bandos deles, por exemplo, na ilha Sumatra.

— Onde fica isso, na América? É verdade que na América as pessoas andam com a cabeça para baixo?

— Como, de cabeça para baixo?! Ah! Você quer dizer que são antípodas?

Explicava-lhe a situação geográfica da América e também o que significava ser antípoda. Ele ouvia tudo muito sério, como se tivesse vindo justamente para saber que gente era aquela chamada antípoda.

— Ah! Entendi! Outra coisa. No passado, li um livro sobre a Condessa La Vallière. Arefiev foi quem trouxe esse livro, que o secretário lhe emprestou. O que o livro diz aconteceu mesmo ou é pura imaginação? É um livro de Dumas.

— Claro que é imaginação.

— Então, muito obrigado, passe bem.

E Petrov ia embora. As conversas que tínhamos eram desse tipo.

Tive informações sobre ele. Quando Miretski percebeu que ele me procurava, advertiu-me: falou que, se havia ali detentos que desde o primeiro dia o atemorizavam, nenhum, nem mesmo Gazin, chegara aos pés de Petrov.

— É o sujeito mais perigoso e ousado de todo o presídio — disse Miretski. — Nada o detém quando decide cometer algo para atender a seus instintos. Degolaria até mesmo você, se tal vontade lhe vier, sem vacilar nem sentir.

Ele é louco.

Essa informação interessou-me sobremaneira, porém Miretski não conseguiu me explicar direito por que fizera aquela ilação. O fato curioso é que mantive relações com Petrov durante anos seguidos, conversando com ele quase diariamente; percebia bem que manifestava afeição por mim — não obstante nunca tenha descoberto por quê, e durante todo esse tempo sempre se comportou corretamente, sem cometer nada que o desabonasse. Mesmo assim, quando conversava com ele e o via na minha frente, sentia que Miretski tinha razão e que Petrov talvez fosse mesmo um homem abominável, prisioneiro dos instintos. Mas eu também não sei explicar por que achava isso.

É preciso dizer que Petrov era aquele detento que uma vez havia decidido matar o major ao ser punido com um castigo corporal. Apenas um milagre salvara o major, segundo os detentos, pois um minuto antes da execução da penalidade o major saiu do presídio. Houve também outro episódio antes do presídio, quando ainda era soldado e, durante uns exercícios de manobra, foi espancado pelo comandante de seu regimento. Embora já tivesse sofrido castigos desse gênero, daquela vez, porém, não deixou passar e se agarrou com o coronel, diante da tropa formada. Não conheço os detalhes dessa história: ele nunca me contou. Tais explosões já mostravam sua índole, embora fossem raras, pois quase sempre se mantinha sossegado, como brasas encobertas por cinzas. Nunca percebi qualquer sinal de vaidade ou descaramento, coisas muito comuns ali. Quase nunca arrumava brigas, até porque não dava grande confiança aos camaradas, com exceção de Sirotkin, mesmo assim conforme a disposição. Apenas uma vez quase o vi furioso por não conseguir uma coisa. Brigou com um certo Vassili Antonov, um condenado civil, hercúleo, mal-encarado e atrevido. Os impropérios mútuos se prolongavam bastante, o que me fez pensar que a briga ficasse nos simples empurrões, pois Petrov não era homem para se atracar, a não ser em casos raros, como qualquer detento comum. A coisa, contudo, degringolou: Petrov de repente ficou branco, seus lábios tremiam, seu peito ofegava. Enrijeceu o corpo e pouco a pouco começou a se aproximar de Antonov sem o menor ruído, pois durante o verão preferia andar descalço. Era como se fosse o voo de uma mosca. Todos pararam para ver o que iria ocorrer. Antonov saltou ao seu encontro, ambos com as fisionomias desfiguradas. Furtei-me de assistir à cena e saí do alojamento, pois tinha a certeza de que da porta escutaria o grito de um homem sendo morto. Mas tudo terminou antes que Petrov pegasse Antonov, pois este lhe devolveu o objeto que dera origem à briga, alguns simples farrapos. Uns dois minutos depois, Antonov se contentava em fazer novas ameaças, falando alto e sozinho, querendo mostrar que não tivera nem tinha medo, aquilo na verdade não passara de simples encenação, à qual Petrov não prestou a menor atenção. Pragas e xingamentos já não o afetavam, pois já tinha pegado o farrapo de volta. Tanto que pouco tempo depois andava como sempre por entre os detentos, com aquele ar habitual de procurar alguém, parando aqui e acolá, prestando atenção à conversa de algum grupo, fazendo algum comentário paralelo. Aparentava estar interessado por tudo, mas se via logo que aquilo era comportamento de quem, nada tendo o que fazer, procura distrair-se de um lado para outro. É o mesmo que acontece com operários troncudos que enquanto estão de folga só falam do trabalho, mas, uma vez entregues a uma tarefa, abandonam e esquecem-na, descendo do andaime para brincar com crianças na calçada. Sempre me surpreendeu o fato de ele não pensar em fugir. Se tal vontade aparecesse, ele não vacilaria um segundo. Em pessoas como Petrov o juízo só impera enquanto não chega uma tentação, pois, quando esta surge, não há obstáculo que interrompa sua força. Creio até que ele era do tipo que, se fugisse, enganaria seus perseguidores, escondendo-se numa floresta ou num pântano por mais de uma semana sem comer, coisa que possivelmente ainda não lhe ocorrera ou ainda não tivera estudado com mais vagar. Mas o fato é que o ponderar sobre algo, ou mesmo o mínimo senso comum, foi coisa que jamais percebi nele. Gente como Petrov só pensa automaticamente, vivendo ao sabor das circunstâncias ao fio de anos e anos, até que de súbito venha uma ideia ou, digamos, um desejo definido; aí, nada o segura. Foi o caso desse homem, que assassinara um comandante para dele se vingar por causa de umas chibatadas e, agora, depois de tudo, recebera mais açoites. A partir daí, era submetido a castigos corporais sempre que lhe descobriam os contrabandos de vodca, comércio a que se dedicava de tempos em tempos para conseguir algum dinheiro. Então, oferecia as costas ao chicote, submisso, como a se considerar merecedor. Por outro lado, caso não quisesse, ninguém deste mundo bateria nele, a não ser morto. Admirava-me também o fato de ele, apesar disso, roubar-me coisas. Era como se sentisse cócegas nas palmas das mãos. Furtou-me a Bíblia que eu lhe pedira para guardar, no meu catre e, logo mais à frente, não é que encontrou alguém a quem propôs a compra? Vendeu e foi gastar o dinheiro em bebida. Claro que estava com uma vontade danada de beber, quando isso acontecia, ele a satisfazia sem qualquer embaraço. Por alguns copeques um homem desses era capaz de acabar com qualquer pessoa só para conseguir o dinheiro da bebida, enquanto, em outra situação, desdenharia cem mil rublos. Mais tarde, naquela noite, ele próprio me "comunicou" o furto, sem o menor constrangimento, com a maior naturalidade, como se ele nem estivesse envolvido. Protestei, chamando a atenção dele, pois gostava da minha Bíblia. Escutou sem reagir, em silêncio, concordou que de fato uma Bíblia é sempre útil, lamentou com sinceridade que ela já não me pertencesse, mas nem me pediu desculpas por tê-la roubado. Olhava-me com tanta segurança que parei de falar. Creio que ouviu calado a minha censura por se julgar merecedor dela, por considerar que é sempre bom desabafar, como querendo dizer: "Isso, reclame mesmo, já que certamente gostava do livro". No fundo, porém, não estava nem aí. Tratava-se de uma besteira, era até ridículo ficar discutindo uma coisa daquelas. Acho até que me considerava uma criança, quase mesmo um garoto incapaz de compreender as coisas mais banais da vida. Toda vez que eu conversava com ele sobre assuntos que não fossem ciência ou livros em respostas às suas perguntas, ele permanecia distraído e fazia um ou outro comentário ligeiro, apenas por delicadeza. Nunca entendi o que conduzia uma criatura daquela espécie a se interessar por livros, tanto que, ante certas perguntas, eu, enquanto respondia, olhava-o de viés para ver se era zombaria. Não era. Ele escutava com muita atenção e seriedade. Por vezes não entendia bem, o que então me aborrecia ou me obrigava a explicar melhor. Suas perguntas eram diretas, claras, mas quanto às explicações que eu lhe dava não lhe causavam grande admiração, ouvindo-as às vezes sem demonstrar surpresa. Por fim fiquei convencido de que ele, por seu turno, chegara à conclusão firme de que deveria conversar comigo de forma diferente da que conversava com os demais detentos, uma vez que eu nada sabia de crimes e peripécias, pois era eu uma criança, interessado em coisas de ciência e de literatura. Desse modo, devia tratar comigo tão somente de fatos imaginários e vagos, e não de coisas sérias.

Estou certo de que gostava de mim e me admirava, mas não sei se, efetivamente, me considerava uma criança ou apenas um homem inexperiente. Será que sentia por mim a compaixão que os fortes sentem pelos mais fracos? Considerando que tudo isso não o impedia de me roubar, acabo por me convencer mais ainda que ao roubar sentia pena de mim. Quem sabe pensasse ao pegar minhas coisas: "Quando esse coitado aprenderá a guardar direito suas coisas?". Talvez gostasse de mim só por causa disso. Uma vez me disse, com certa displicência, que eu "era um homem com uma alma boa demais", e que me considerava simples, tão simples, que até lhe causava pena; olhou-me de alto a baixo e concluiu: "Não leve a mal o que lhe disse, Alexander Petrovitch, eu só quis ser gentil".

Com homens assim acontece às vezes de se tornarem o centro de grandes movimentos e revoluções, sendo a atividade que lhes convém. Não têm o dom da oratória nem sabem ser instigadores ou líderes, mas seu vigor e ímpeto colocam-nos no olho do furacão. De normal, agem sem espalhafato e sem aviso e são os primeiros a avançar contra quaisquer obstáculos, obstinadamente, indiferentes aos perigos; e conduzem os outros às cegas, do primeiro ao último, arrastando-os à morte. Acredito que Petrov não acabará bem. A qualquer momento, algo poderá estimulá-lo à ação, coisa que ainda não aconteceu porque a ocasião não surgiu. Pode até ser que ele envelheça e morra de modo tranquilo, apaticamente. Mas talvez Miretski tivesse razão ao afirmar que Petrov é o homem mais assustador de todo o presídio.

8

FACÍNORAS — LUKA

É DIFÍCIL FALAR sobre facínoras. Mas não existem muitos, nem aqui nem fora do presídio. O aspecto deles é terrível, e a lenda de horrores que os acompanha já é suficiente para se manter distância deles. Um sentimento incerto obrigava-me, no começo, a me afastar desses indivíduos. Com o tempo mudei meu julgamento, mesmo em se tratando de criminosos medonhos. O fato é que muitos que nunca mataram alguém são muitíssimo piores que outros confinados por seis assassinatos. Há crimes sobre os quais é complicado ter até mesmo uma explicação, tão surpreendente é o fato de terem acontecido. Entre o nosso povo, nas camadas inferiores, existem crimes que são inacreditáveis quanto às suas causas. Existe, por exemplo, um tipo de criminoso que é até frequente: aquele homem que vive em paz com todos, aceitando seu destino com paciência. Trata-se, vamos dizer, de um mujique, um servo, um operário ou um soldado. Mas algo inesperado acontece, algo dentro dele se perturba, e ele, subitamente, mata um inimigo ou opressor. É quando esse homem destrambelha de vez. O primeiro que ele assassinou era um inimigo, um opressor; foi um criminoso, mas houve um motivo. Daí para diante o alvo já não é mais um inimigo, mas qualquer um que lhe ocorrer à mente; e mata por implicar com uma palavra mal colocada, um olhar, ou apenas para completar um número exato ou para marcar sua passagem, "sai da frente, aqui estou!", ou como consequência de bebedeira ou de delírio. Uma vez tendo ultrapassado uma fronteira até então respeitada, nada mais o deterá. É como se um arrebatamento o jogasse contra a lei e contra a ordem, empurrado por um desejo de liberdade total, causando pavor até nele mesmo, pois sabe que certamente um castigo implacável o apanhará. Mas seu estado mental é como o de um homem que se debruça no alto de uma torre e, ao ver o vazio, tem a súbita tentação de se atirar de cabeça para baixo só para se despedaçar; basta se atirar e tudo acabará! E acontece com pessoas que até então viveram pacificamente. Se fraca e resignada antes, mais forte, selvagem e terrível passa a se apresentar depois. Aprecia o medo que produz nos outros, acaba por se fascinar pelo pavor que infunde. Uma ansiedade louca se apossa dele, como se buscasse a punição, sedento para que o livre daquele desespero, daquele peso, daquela danação que já não aguenta. Curioso é que essa atitude febril permanece até ele chegar ao local do castigo, onde, de repente, tudo para, o vazio temporal se extingue, agora existindo algo a que se submeter. É quando ele fica subitamente quieto, inerte como um trapo qualquer. Às vezes torna-se um chorão, pede perdão e no fim é levado para o presídio e lá se comporta de tal maneira que quem observar aquele farrapo humano, aquele "pobre diabo", acabará exclamando com admiração: "Então foi esse aí que matou cinco ou seis pessoas? Foi mesmo?".

Mas não quer dizer que todos se comportem assim. Muitos mantêm sua arrogância, como se dissessem: "Cuidado, não sou nenhum afeminado. Já despachei seis para o inferno!". Mas mesmo esses acabam por abaixar o tom, satisfazendo-se em, de vez em quando, recordar seus feitos do tempo em que foram terríveis, destruindo quem aparecesse. Para isso, gostam de ter como ouvinte um recém-chegado ainda temeroso, para quem podem narrar as suas peripécias. Não objetivam a mera exibição cínica; mas, sim, para, com certa displicência na narrativa feita em tom fortuito, poderem concluir: "Percebe o tipo de sujeito que eu era?".

Com esse tipo de conversa conseguem ao mesmo tempo apresentar uma espécie de confissão arrependida e de ostentação despretensiosa, oscilando a história entre a lástima e a presunção, interligando habilidades. Como terão chegado a isso?

Numa daquelas primeiras noites infindáveis, eu estava derrubado em meu catre, invadido por uma angústia difusa, quando ouvi uma dessas conversas. Sem saber o contexto e a realidade da história, considerei o narrador como um facínora dando mostras de seu caráter medonho, um tipo feito não de carne, mas de ferro, que deixava longe a impressão causada em mim por Petrov. O assunto da história era o seguinte: de que maneira ele, no caso Luka Kusmitch, simplesmente por prazer, liquidara com um major. Luka Kusmitch era aquele detento baixo e fracote, de nariz arrebitado, o ucraniano de quem falei páginas atrás. Embora russo, nascera no Sul, como servo, acho. Admito que tinha algo notório em sua aparência: arrogância e desembaraço. "Posso ser um passarinho pequeno, mas tenho um bico e umas garras poderosas!" A bem dizer, os detentos eram bons psicólogos. Por exemplo, não davam a ele grande importância, embora insistisse em se fazer notar. Pois naquela noite estava ele sentado no catre consertando uma camisa, uma vez que era alfaiate. Ao seu lado estava seu companheiro de catre, Kobilin, um rapaz com cara de idiota, musculoso, até meio simpático de rosto e de comportamento, um tanto grandalhão. Certamente por serem vizinhos de dormitório, o magricela Luka às vezes atritava com ele, tratando-o como inferior, com petulância e autoritarismo, coisa a que Kobilin pouco ligava. Agora, por exemplo, cerzia uma meia de lã sem dar atenção a Luka. O outro falava alto e nitidamente, querendo ser ouvido por todos, não obstante desse a impressão de estar falando apenas com Kobilin. Manuseando a agulha, disse:

— Prenderam-me por vadiagem na minha terra e me mandaram para Kiev.

— Quando foi isso? Faz tempo? — perguntou Kobilin.

— Estará fazendo dois anos quando as ervilhas amadurecerem. Aí, quando chegamos em Kiev, eles me colocaram no xadrez por pouco tempo. Olhei à minha volta e tinha lá uns doze rapazes... Uns ucranianos, enormes, com saúde, fortes como touros. E muito obedientes! A comida era péssima. O maioral de lá fazia o que bem queria. Um dia se passou, e outro, e eu só observando. Aquela gente era dominada pelo medo. "Que história é essa? Vocês não passam de uns idiotas!" "Meta-se com ele e vai ver por que somos assim!" Fiquei quieto. Querem saber? — continuou Luka, já não se dirigindo mais a Kobilin, e sim a todos. — Havia lá um ucraniano divertido, acreditem! Ele nos contava como tinha sido levado à corte, as respostas que havia dado e como chorava aos borbotões, dizendo: "Minha mulher e meus filhos vão ficar sem mim!". Imaginem, um sujeito enorme assim, de cabelos brancos. "Eu queria emocionar o juiz", contava-nos ele, "mas o desgraçado ficava só escrevendo! Escrevia, escrevia e, quando por fim acabou de escrever e pingar o ponto final, eu também acabei cá por dentro a xingá-lo assim: "Filho da mãe, não liga para o que eu falo!".

Foi quando interrompeu a narrativa e falou:

— Passe-me essa linha, aí. Saco, esta linha do presídio está podre!

— É da feira! — disse Vassia, passando-lhe o novelo.

— Aquela da alfaiataria é melhor. Não foi esta a que o *Prestapranada* trouxe outro dia? Vai saber em que casa de puta ele a comprou! — continuou Luka, colocando a linha na agulha, próximo ao candeeiro.

— Ele a compra da casa de alguma comadre dele, certamente.

— Ah, sim, pode ser da casa de alguma comadre dele!

— E, então, como foi com o tal major? — perguntou Kobilin, que a essa altura havia sido esquecido.

Luka só esperava essa pergunta. Mas não retornou de pronto à história, aparentando até distração quando Kobilin indagou do resto do caso. Terminou de enfiar a linha, voltou ao seu lugar, cruzou as pernas e finalmente prosseguiu:

— Continuei questionando os meus ucranianos. Queriam que eu visse como era o major. Pela manhã eu já tinha pegado um punhalzinho de um companheiro, para o tudo ou nada. Assim que desceu do carro, o major surgiu como um furacão, transpondo o pontal, furioso. Eu disse então aos ucranianos: "Coragem, seus idiotas!". Mas eles estavam tremendo de pavor, como varas verdes. O major começou a se aproximar; percebi logo que estava completamente bêbado. "Pra trás! Não estão vendo quem chegou? Eu aqui dentro sou o tzar! Eu aqui dentro sou Deus!"

Enquanto ele repetia "Eu aqui dentro sou tzar, eu aqui dentro sou Deus, pra trás!", comecei a ir em sua direção, com a faca enfiada na manga. Foi quando eu disse: "Vossa Excelência é quem? Vossa Excelência não pode ser o tzar e Deus!" "Ah! Você é o cabeça!", berrou o major. "Não é possível", dizia eu, enquanto me aproximava mais, cada vez mais. "Não é possível, Excelência, pois deve saber que Deus só existe um, todo-poderoso e onisciente! E tzar também só tem um colocado acima de nós pelo próprio Deus. Ele é, Excelência, nosso soberano, enquanto Vossa Excelência não passa de um major do tzar, Excelência, e isso mesmo por vontade e complacência dele!..." "Como? Como? Como?!" Ele só consegue dizer isto, gaguejando, descontrolado, tomado de fúria. "É o que lhe estou dizendo!" Dei um salto e enfiei o punhal todo na barriga dele. Entrou que foi uma maravilha! Ele caiu com todo o peso no chão, causando um estrondo no assoalho. Puxei o punhal e disse para os ucranianos: "Ergam este homem, vamos!".

Devo agora fazer uma digressão no tema. Expressões como "Eu sou Deus!" e muitas outras desse tipo eram antes usadas por muitos comandantes.

É verdade que comandantes com tais atitudes estão ficando cada vez mais raros, ou quem sabe até já nem existam mais. Esclareço também que os que se portavam assim, empregando tais expressões, eram normalmente oriundos de ascensões progressivas da tropa, vinham de posições inferiores. Quando promovidos a oficiais e a autoridades, perdiam completamente o senso, o equilíbrio, antes sujeitos a rotinas e regulamentos, e a cada novo galão ou cargo tornavam-se mais prepotentes e ostentadores. Claro que agiam assim apenas contra os subordinados. Frente aos mais graduados, mostravam-se subalternos como quem conhece seu lugar, e, a despeito dessa postura, provocavam incômodos. Sua subserviência chegava a ponto de declararem aos seus superiores nas tropas ou nas repartições que, embora fossem oficiais também, sabiam-se inferiores em relação a outros oficiais. Entretanto, com relação aos presos, agiam como déspotas. Claro que isso praticamente acabou, sendo raríssimo achar algum que diga: "Eu sou o tzar, eu sou Deus!". Evidente que nada irrita mais um preso ou um funcionário do que ouvir expressões como essas por parte de seus superiores. Tal arrogância absoluta acaba levando ao ódio o homem mais submisso, fazendo-o perder a paciência. Ainda bem que se trata de algo já extinto; e mesmo antes esses abusos já motivavam medidas rigorosas de punição, acerca das quais tive notícia. É irritante para uma pessoa das camadas modestas ser tratada sem nenhuma consideração. Há quem cuide que, dando boa alimentação ao presidiário, agindo com ele conforme o regulamento, tudo está bem. Trata-se de um equívoco. Qualquer pessoa, seja lá quem for e ocupando posto por mais baixo que seja, se considera no direito, ainda que por instinto, de exigir respeito para com a sua dignidade humana. O detento sabe muito bem a distância que o separa das autoridades; mas não há torturas nem correntes que consigam fazê-lo esquecer que é um homem e, portanto, deve ser tratado como tal. Deus meu! Um tratamento correto pode devolver a condição humana até mesmo para os que denegaram a centelha divina. Assim devemos fazer com esses "infelizes", tratá-los da forma mais humana possível, proporcionando-lhes júbilo e salvação. Já encontrei comandantes benevolentes e constatei o poder que exerciam sobre humilhados. Umas duas palavras cordiais bastavam para levantar o moral do detento, que ficava feliz como criança e passava a lhe dedicar apreço. Mas uma particularidade: os detentos não gostam de familiaridades nem de confianças por parte dos superiores; querem respeitar seus chefes e tais posturas exageradas produzem efeito contrário. O prisioneiro fica contente, por exemplo, por ter um chefe condecorado, de porte elegante, que frente aos superiores se mostra solene e jovial, e no dia a dia seja severo, porém justo. Um superior assim será querido pelos detentos, pois veem que é pessoa digna e se interessa por eles. Desse modo, caminhará.

— Foi quando dobrou as costas nas chicotadas? — perguntou Kobilin, displicentemente.

— Foi mesmo, paguei a minha conta, e como! Ali, passe-me a tesoura. Como é, pessoal, a "banca do inferno" não vai funcionar hoje?

— Com a bebedeira de ontem não sobrou dinheiro — disse Vassia. — Se não fosse isso, a estas horas a "banca do inferno" estaria agitada.

— E quando vai recomeçar? Em Moscou, costumavam cobrar antecipadamente cem rublos o dia de entrada para a jogatina!

— E quanto levou nas costas, Luka, por causa disso?

— Quinhentas chicotadas, camarada. Devo ser mais claro — acentuou Luka, dirigindo-se de Kobilin para os demais. — Por pouco não me mataram. Após me sentenciarem aos quinhentos açoites, me levaram para a praça. Até esse momento eu estava virgem dessa história. A população inteira da localidade encontrava-se na praça. "Vão açoitar um assassino, um louco!" Nunca vi sujeito mais animal do que Timochka, o carrasco. Desceu-me a roupa até a cintura, amarrou-me e exclamou: "Vou acabar com você!". Esperei. Como seria? Quando o primeiro golpe desceu, quis gritar, mas quem é que diz que eu tinha voz? Ficou engasgada na garganta. Na segunda chicotada, confesso, acreditem ou não, fiquei sem ouvir mais nada entre as palavras "dois" e "dezessete". Aconteceu assim. Ouvi o sujeito dizer: "Dois!" Quando percebi, ele já estava no "dezessete!". Por quatro vezes fui retirado do patíbulo, ficando mais de meia hora desacordado, voltando a ser reposto no cavalete após me jogarem água fria. De olhos esbugalhados, vendo e não vendo nada, pensava comigo: "Agora vão acabar comigo!".

— Mas não morreu daquela vez? — perguntou o idiota do Kobilin.

Luka lançou sobre ele um demorado olhar de desprezo. Todo mundo riu.

— Palhaço!

Como se estivesse arrependido de ter perdido tempo com aquele sujeito, Luka sentenciou:

— Tem um parafuso a menos na cabeça!

Vassia concordou:

— Ele não bate muito bem.

Não obstante Luka tivesse matado seis pessoas, não causava medo a ninguém; no fundo, porém, gostava de ser considerado um facínora medonho.

9

ISAÍAS FOMITCH — O BANHO — A HISTÓRIA DE BAKLUCHIN

O NATAL ESTAVA chegando. Entusiasmados, os detentos só pensavam nas solenidades. De certo modo, também fiquei contagiado, aguardando aquela data. Uns quatro dias antes do Natal fomos levados à casa de banhos. No meu tempo, sobretudo nos primeiros anos, era raríssimo os detentos tomarem banho. Imagine-se, então, a alegria com que se prepararam. Uma vez que deveríamos ir para a casa de banhos logo após o almoço, não haveria trabalho à tarde. O mais agitado e satisfeito do nosso alojamento era Isaías Fomitch, um judeu, de quem já falei no capítulo anterior. Ele ansiava por enfim transpirar até não aguentar mais de vapor. E toda vez, como agora, que busco minhas antigas recordações — entre as quais esse episódio do banho dos presidiários —, as quais eu não poderia esquecer, vejo bem na minha frente a cara feliz do inesquecível Isaías Fomitch Bumstein, meu companheiro de prisão e de alojamento. Meu Deus! Que sujeito mais engraçado e irresistível! Já comentei sobre seu aspecto: tinha lá uns cinquenta anos, era magricela, fracote, tinha o rosto, além de enrugado, bexiguento. Um corpo de frango arroxeado. Seu jeitão era de uma autossuficiência impressionante, quase beatífico. Parecia não reclamar de sua condição de presidiário. Como era ourives, e não havendo outro no lugar, tinha sempre encomendas e trabalhos, sendo seus fregueses os funcionários do presídio e mesmo os particulares, e ganhava, por pouco que fosse, pelos serviços. Desconhecia privação, vivia até como um homem rico e, ainda assim, economizava dinheiro suficiente para emprestar aos detentos, sempre com juros. Tinha um samovar autêntico para seu uso exclusivo, xícaras, talheres e um colchão. Os judeus da cidade não o renegavam, até o protegiam. Aos sábados à tarde ia escoltado à sinagoga, pois a lei permitia. Vivia, pois, satisfeito, não obstante aguardasse com impaciência o fim da sua pena de doze anos. Ele era uma mistura exótica de ingenuidade, estupidez, malandragem, arrogância e condescendência. Achava estranho que os detentos não o perseguissem ou zombassem dele, salvo uma vez ou outra em que ele era o motivo de alguma gozação. Isaías pelo menos lhes servia de entretenimento. "Não tem outro Isaías Fomitch aqui dentro. Então, vamos tratá-lo com todo carinho", costumavam dizer por brincadeira; como era esperto, sabia o que queriam dizer, fazendo-se de bobo para distrair os detentos. A sua entrada no presídio, que ocorrera pouco antes da minha, sobre a qual haviam me contado com detalhes, deu-se de maneira engraçadíssima. Certa noite, num sábado, chegou a notícia de que um judeu tinha vindo para o presídio e já estava no corpo da guarda, onde lhe raspavam a cabeça, e logo se juntaria a nós. Naquele momento não havia nenhum judeu no presídio. Todos o esperavam com impaciência e, logo que ele entrou, o cercaram. O funcionário trouxe-o às barracas dos civis e lhe mostrou qual era o seu catre. Isaías Fomitch trazia na mão um saco com as coisas que lhe haviam sido entregues no almoxarifado, além das que trouxera consigo. Largou o saco, sentou-se no catre com as pernas dobradas e não teve coragem de olhar para ninguém. Ao seu redor espocavam risadas referentes à sua condição de judeu. Foi quando surgiu do meio do grupo um jovem detento, trazendo na mão uma calça usada, suja, juntamente com outros farrapos. Sentou-se ao lado de Isaías Fomitch e lhe tocou o ombro, amistosamente.

— Ei, amigão! Estou à sua espera há seis anos. Vê estas roupas? Você vai me dar muito dinheiro por elas?

E mostrava para o judeu aqueles restos de roupas.

Isaías Fomitch, que pouco antes havia chegado com ar tão descontraído e mudo, sem coragem para encarar aquele grupo de rostos assustadores, mal-encarados e zombeteiros que o rodeavam, e, intimidado, ainda não ousara dizer nada, acabou despertando ante aquelas coisas e começou a palpar com os dedos os farrapos, examinando-os perto da luz. Todos esperavam o que ele ia falar.

— Não vai emprestar um rublo de prata por isto? Olha que elas valem! — disse o detento, piscando um olho.

— Um rublo de prata, não, mas valem sete copeques.

Essas foram as primeiras palavras que Isaías Fomitch disse no presídio. E todos começaram a gargalhar.

— Sete copeques! Com mais três de juros, somam dez. Você fez um bom negócio, hein? Só tome cuidado com o penhor. Sua cabeça responderá por ele!

— Sete copeques! E mais três por cento de juros — continuou o judeu num jeito entusiasmado, procurando o dinheiro no bolso e olhando ressabiado para todos detentos. Via-se que, mesmo cheio de medo, não deixava passar a oportunidade para um bom negócio.

— Você quer dizer juros de três por cento ao ano?

— Por ano! Que nada! Isso é por mês!

— Ó, judeu, você é bem pão-duro, hein? E vai dizendo logo o seu nome.

— Isaías Fomitch.

— É, Isaías Fomitch, você vai longe aqui!

Isaías Fomitch voltou a olhar a roupa maltrapilha, dobrou-a bem e colocou-a no saco, sob as barulhentas risadas dos detentos.

E foi desse modo que ele conquistou a simpatia dos detentos. Ninguém o ofendia, muito embora quase todos fossem seus devedores. Ele próprio tinha o vigor jovial de um pintainho. Tão logo percebeu ao certo a estima de que desfrutava, criou para si um personagem, entre fanfarrão e abobado, meio grotesco, que servia aos seus interesses. Luka, que já havia se relacionado com muitos judeus, mexia muito com ele, não por maldade, mas por pura brincadeira, do modo como se brinca com um cãozinho, com um papagaio, enfim, com um animal de estimação. Claro que Isaías percebia muito bem, mas não ficava bravo e, sem dar o braço a torcer, respondia aos gracejos.

— Vai pra lá, judeu, senão te quebro!

— Para cada pancada eu lhe devolvo mais dez — respondia Isaías Fomitch, sem medo.

— Lazarento dos infernos!

— Não se incomode com a minha lepra!

— Judeu piolhento!

— Não ligue pra isso. Sou piolhento, mas tenho dinheiro!

— Tem dinheiro porque vendeu Cristo!

— É você quem está dizendo!

— Boa resposta, Isaías Fomitch, bravo! Deixem ele em paz, é o único que temos aqui!

— Ó, judeu, cuidado com o chicote e com a Sibéria.

— Na Sibéria eu já estou.

— Mas vai para ainda mais longe!

— Para onde for encontrarei Jeová.

— Por acaso lá não tem como aqui?

— Sim, ele está em toda parte. Assim, não se meta. Tendo Jeová e dinheiro, está tudo muito bem.

— Boa resposta, Isaías! — gritavam de todos os lados. Ele ficava radiante, não obstante soubesse que era gozação; esses estímulos lhe causavam manifesto entusiasmo e começou a cantar com timbre altíssimo: lalalalala! Uma melodia sem sentido nem palavras, a única canção que cantou em todo o período em que esteve preso. Quando me encontrei com ele, garantiu que era a mesmíssima canção que os seiscentos mil judeus de todas as idades cantaram quando atravessaram o mar Vermelho, e que tinha sido composta durante o cativeiro; todo judeu deveria cantá-la nos momentos de triunfo sobre o inimigo. Nas sextas-feiras à noite, todos os detentos dos outros alojamentos se juntavam no nosso para ver Isaías Fomitch comemorar o Sabá. Ele era de uma vaidade e presunção tão inocentes que tal curiosidade lhe dava prazer. Com circunspecção forçada, cobria a sua mesinha de canto com uma toalha, abria o livro, acendia duas velas e começava a balbuciar palavras misteriosas, paramentando os ombros com uma veste talar. Tratava-se de uma toga curta, colorida, sempre guardada cuidadosamente na mala. Sacudia nas mãos braceletes litúrgicos e sobre a cabeça amarrava com um cordão uma espécie de caixinha de madeira, o que dava a impressão de lhe haver nascido um chifre. Depois, começava a rezar e cantar, emitindo lamentações, cuspindo, virando-se para um e outro lado, com gestos selvagens e esquisitos. Aquele ritual nos parecia ridículo e grotesco e nos dava vontade de rir por causa da maneira com que fazia aquilo tudo, exagerando sem necessidade, apenas para se exibir. Cobria a cabeça com as mãos, emitia lamentações em tom de choro e aquilo tudo ia num crescendo, cada vez mais desesperado, até que, prostrado, ia abaixando a cabeça até tocar o livro. Era quando, interrompendo repentinamente a gritaria lancinante, soltava risadas e vociferava, com acessos de incontido júbilo, ao mesmo tempo em que lia os salmos no livro aberto. Alguns comentavam: "Daqui a pouco ele se desmancha todo!". Certa vez, perguntei a Isaías Fomitch qual era o significado daquela gritaria terrível seguida de uma alegria triunfal, e ele, contente com minha curiosidade, logo me esclareceu que o pranto e os soluços significavam a dor frente à perda de Jerusalém. E a lei ordenava que ante tal lamentação devia-se chorar o mais possível, ferindo o peito. E que, depois, no momento de maior desespero, devia repentinamente se alegrar como que tomado de uma lembrança súbita (conforme prescrito pela lei): a recordação da profecia, o prometido retorno a Jerusalém. Era fundamental, então, manifestar júbilo, cantando e rindo durante a oração, demonstrando com a voz esse enorme contentamento o mais possível e dando ao rosto expressões de alegria e prazer imenso. Certa vez, quando ele estava no ápice do êxtase, o major entrou no alojamento acompanhado de funcionários e soldados. Todos os detentos ficaram em continência, ao lado de seus catres, imóveis. Apenas Isaías continuou como estava, ou seja, com gritos e caretas. Sabia que a oração era permitida e que não podia ser interrompida, razão pela qual ficar gritando na frente do major não lhe acarretaria nenhum risco. Mas resolveu fazer ainda maior estardalhaço para chamar a atenção do major. Este se aproximou até um passo do judeu. Isaías ficou de costas para sua mesinha e continuou, virado para o major, ali tão perto, gritando o seu salmo e batendo no peito e no ar, recitando a triunfal profecia. Como estava prescrito que em tal momento deveria se manifestar com êxtase e felicidade, Isaías pôs-se a revirar os olhos, a rir e a sacudir a cabeça para o major, que o olhava sobressaltado e, logo em seguida, soltando uma risada, se afastou, chamando-o de doido, enquanto Isaías Fomitch gritava ainda mais alto. Uma hora mais tarde, quando ele mordiscava seu pão noturno, indaguei:

— E se o major ficasse furioso com você? Não sabe o quanto ele é autoritário?

— Major? Qual major?

— Como? Então você não o viu?

— Não.

— Mas ele esteve a dez centímetros de você! Com a cara quase encostada na sua!

Contudo, Isaías Fomitch jurou de pés juntos que não vira o major de jeito nenhum. Quando rezava, ficava sempre em tal estado de êxtase que não percebia o que se passava à sua volta. Mesmo agora visualizo Isaías Fomitch diante de mim, tal como vagueava o sábado inteiro pelo presídio, sem fazer nada, guardando o sábado segundo os preceitos da sua religião. E também das tantas anedotas inverossímeis que ele me contava ao regressar da sinagoga, dos boatos incríveis sobre São Petersburgo, ouvidos da boca dos seus conhecidos, que por sua vez o colhiam de fontes recentíssimas... Bem, já falei demais sobre Isaías Fomitch.

Havia, para a cidade inteira, apenas dois estabelecimentos públicos de banhos. O primeiro, pertencente a um judeu, era constituído por banheiros separados, cujo uso custava cinquenta copeques, servindo-se deles os ricaços e gente de elite. O outro balneário, destinado ao povo, era antiquado, sujo, escuro e quase insalubre. Foi a esse que nos levaram, num dia frio, mas de sol tépido. Os detentos estavam contentes por poderem sair da fortaleza para rever a cidade, rindo e gracejando sem parar durante todo o caminho. Um pelotão completo nos escoltava, o que era motivo de júbilo na cidade inteira. No balneário, fomos divididos em dois turnos. Enquanto o primeiro tomava banho, o outro esperava no saguão gelado. O lugar do banho era tão pequeno que quase não cabíamos lá, não obstante termos sido divididos em dois grupos. Petrov não saía de perto de mim; sem que eu lhe pedisse, se pôs às ordens até para me esfregar. Além de Petrov, apresentou-se também espontaneamente um segundo detento da Classe Especial, Bakluchin. Era aquele cujo apelido era "Pioneiro"; já comentei que ele era um dos detentos mais alegres e simpáticos. Já nos dávamos um pouco. Petrov ajudou-me a me despir, pois eu não estava acostumado com as correntes e me atrasava, além do que ali no saguão fazia tanto frio quanto na rua. Apenas com o tempo um prisioneiro acaba aprendendo a se despir rapidamente. Primeiramente, é preciso soltar e tirar as correias, que usamos entre os tornozelos, e as argolas, de uns quinze centímetros de largura, colocadas por debaixo das ceroulas, e a argola presa em cada perna. Embora o par custe sessenta copeques, cada detento trata logo de comprar porque, de outro modo, com o movimento de andar, se machucaria todo, pois as argolas, sendo um tanto largas, sacolejam com o movimento e causam feridas e calos que podem ser evitadas com as correias. Mas elas não atrapalham a gente de se despir, e sim as ceroulas, que as argolas prendem por cima. Tirá-las é uma verdadeira arte. Para tirar, por exemplo, a perna esquerda da ceroula, é preciso puxá-la por entre o tornozelo e a argola. Após desnudar a perna, tem que passar esse lado da ceroula pela perna e pela argola do lado direito e em seguida puxar toda ela pelo aro do lado direito outra vez, para conseguir retirá-la. A mesma operação confusa para se vestir, toda vez que se troca de roupa. O novato tem dificuldades até para começar a entender. Quem primeiro me ensinou tudo isso foi o detento Tobolsk Koreniev, velho ladrão que já tinha passado cinco anos acorrentado a uma parede. Com o passar do tempo quase todos os detentos acabam se acostumando com tais invenções e as dificuldades diminuem.

Dei alguns copeques a Petrov e pedi que ele comprasse sabão e esfregão para mim. A administração fornece sabão aos presos, uma barra para cada um, mas as barras são minúsculas como uma moeda de dois copeques e finas como a fatia de queijo que servem de sobremesa no jantar das "tascas". No saguão do balneário vendiam sabão, além de geleia, roscas e água fervendo. Conforme o acordo com o proprietário do balneário, cada detento tinha direito a um balde de madeira com água fervendo, porém, quem quisesse se lavar melhor conseguiria, por meio copeque, mais um balde de água quente, que era passado do saguão para o recinto através de um portão particular. Depois de me despir, Petrov percebeu que eu não conseguiria andar com as correntes no corpo, razão pela qual me tomou nos braços e me levou do saguão para o banheiro comum. "Puxe as correntes para cima o mais que puder", disse-me ele, após me segurar como uma ama. "Cuidado, vou colocá-lo no chão, mas veja que tem degrau." Fiquei com vergonha, preferindo que Petrov me largasse para eu caminhar sozinho, mas ele me carregou como uma criança desajeitada e tímida que precisasse de auxílio. Petrov não era nenhum lacaio; sim, tudo, menos um lacaio; caso eu o ofendesse um dia, receberia um troco. Não havia lhe prometido nenhum dinheiro por seus serviços, nem ele me pedira nenhum. Por que, então, se dedicava tanto a mim?

Ao entrarmos através da porta que conduzia ao balneário, pensei que estávamos entrando nas caldeiras do inferno. Imagine-se uma sala com doze metros de largura e outros tantos de comprimento onde se encontravam ao menos oitenta pessoas comprimidas, uma vez que ali estava quase metade do presídio, que em seu total tinha duzentos detentos. Um vapor espesso e sufocante, lama e um aperto tal que praticamente não se conseguia lugar para pôr o pé. Fiz então menção de sair, mas Petrov me aconselhou a ficar. Com grande dificuldade, passamos por entre as cabeças das pessoas sentadas no cimento e que tinham que se curvar e contorcer para nos dar passagem. A ideia era chegar se possível até os bancos, mas todos esses estavam literalmente ocupados, motivo pelo qual Petrov me fez ver a necessidade de comprar um lugar e logo entrou em negociação com um detento já instalado. Por um copeque, que Petrov trouxera para tal fim já no saguão, comprou do outro o lugar, ele próprio se enfiando por baixo do banco, no escuro e na imundície, abaixando-se no cimento coberto por uma camada de sujeira grudenta. Havia gente até mesmo debaixo dos bancos, no menor espaço daquele lugar, todo lotado pelos banhistas e seus respectivos baldes. Os que eram obrigados a ficar de pé seguravam o balde de um lado e se esfregavam com a outra mão livre, água e sujeira escorrendo deles para cima dos que estavam abaixados. Os degraus que davam para as estufas, junto das quais estavam os bancos, estavam igualmente intransponíveis, com detentos esticados. Contudo, poucos se esfregavam, pois nesses banhos públicos o povo quase não se utiliza de água quente nem de sabão para se lavar, preferindo transpirar até não poder mais e depois jogar sobre si um balde de água fria. Assim é o banho dessa gente. Uns cinquenta banhistas se derretiam nos bancos, junto à fornalha, de onde saíam jatos que poderiam ser definidos como jatos do inferno. Eles gritavam e grunhiam em meio ao ruído de tantos grilhões batendo no chão. Ao se movimentarem, alguns prendiam sem querer suas correntes nas dos outros, resvalavam pelas cabeças dos que estavam abaixados e acabavam tropeçando e caindo, levando-os consigo na queda. Era uma imundície só. Parecia que todos estavam numa espécie de embriaguez, emitindo gritos e berros. Próximo ao lugar por onde serviam os detentos com baldes de água fervendo, havia uma aglomeração furiosa, com uma confusão que chegava a brigas, a água se derramando sem parar sobre os que estavam na parte de baixo, conforme os baldes iam passando. De tempos em tempos um soldado barbudo observava pelo postigo ou pela porta, que ele entreabria com a coronha da arma, para ver se tudo estava mais ou menos sob controle. Jamais, como naquela oportunidade, as cabeças raspadas e os corpos avermelhados pelo vapor haviam adquirido um aspecto tão asqueroso. Com o banho, as costas lanhadas pelas chicotadas se pronunciavam, as cicatrizes parecendo recentíssimas.

Que cicatrizes horríveis! Fiquei arrepiado ao vê-las. Novos jatos de vapor eram lançados; tudo era imerso numa névoa e os grunhidos repercutiam. Em meio à bruma imunda surgiam as cabeças raspadas, costas repletas de lanhos, braços esquálidos, pernas retorcidas. Naquela algaravia avistei a figura de Isaías Fomitch num banco, tostando-se junto à estufa mais alta, aos berros e, não achando o calor suficiente, flagelava-se com o esfregão como se estivesse possuído pelo demônio. Pagou para outro detento esfregá-lo e, quando este se cansou, largando o esfregão e correndo para se livrar sob um jato de água fria, o judeu não se deu por satisfeito: arranjou outro, e mais outro. Nesse caso, não ia economizar e acabou tendo cinco homens se revezando na tarefa.

— Isso é que é banho, Isaías Fomitch! Viva! — gritavam-lhe os detentos.

Isaías Fomitch estava transfigurado, transportado muito acima de todos, a um verdadeiro paraíso. Inebriado, cantava com voz tresloucada a sua ária, "lalalalala". Foi quando pensei: o inferno deve ser parecidíssimo com isso aqui. Tentei, mas não consegui passar esse pensamento a Petrov, que apenas olhou em volta e nada disse.

Fiz menção, igualmente, de lhe comprar um lugar ao lado do meu, mas ele se instalou aos meus pés e disse que assim estava bem. Enquanto isso, Bakluchin comprava a água de que necessitávamos e a trazia à medida que a utilizávamos. Petrov decidiu esfregar-me da cabeça aos pés num banho, chegando a intimar-me que aproximasse o banco para junto da estufa, no que não concordei. Ensaboou o meu corpo todo com esfregão e disse: "E agora vou lhe lavar os pezinhos!". Recusando, disse que eu mesmo acabaria de me lavar, mas ele retrucou que não o atrapalhasse e fez o que quis de mim. Após ter me lavado, levou-me ao saguão com os mesmos cuidados e cautela, carregando-me como se eu fosse de porcelana; e só depois de me ajudar a vestir a roupa branca foi que voltou ao banheiro geral para transpirar.

Quando voltamos ao presídio, preparei-lhe um copo com chá. Aceitou, bebeu e agradeceu. Tantos favores inclinaram-me a ser benevolente: ofereci-me para lhe pagar um cálice de vodca, o que aconteceu ali mesmo no meu alojamento. Alegre, Petrov bebeu, tomou fôlego e disse que aquele trago o ressuscitara, logo se precipitando para a cozinha, como se alguém o tivesse chamado. Em seu lugar, apareceu Bakluchin, o Pioneiro, que eu já convidara a vir tomar chá comigo, quando ainda estávamos no balneário.

Nunca encontrei ninguém com temperamento mais jovial do que Bakluchin. É verdade que ele não aceitava desaforos, brigava com frequência e não permitia que se metessem com sua vida; em suma: sabia se defender sozinho. Contudo, suas brigas não duravam muito, o que o aproximava dos demais; por onde passasse era bem recebido e até na cidade o conheciam como um sujeito correto, sempre à disposição. Tratava-se de um rapaz em torno dos trinta anos, com um rosto bem feito e simpático, embora tivesse uma grande verruga. Costumava imitar os conhecidos com trejeitos tão cômicos que os assistentes estouravam de rir. Era nossa distração garantida, não ligando para os mal-humorados que não tinham o atrevimento nem a coragem de chamá-lo de "sem-vergonha" ou "vagabundo". Tinha espírito e simpatizei com ele. De cara ele me contou que, quando recruta, tinha sido mandado para o regimento de sapadores, onde pôde conviver com várias personalidades, coisa de que se lembrava com nostalgia. Logo de início falou-me de São Petersburgo. Lia às vezes um ou outro livro. Quando veio tomar chá comigo, fez toda a gente rir, por exemplo, contando como naquela manhã um alferes havia humilhado o nosso major. Disse-me com agitação, ao sentar perto de mim, que o teatro era algo já decidido, que haveria uma representação teatral nas próximas festas, e que os cenários já estavam quase prontos. Estava certo de que algumas pessoas da cidade emprestariam os figurinos necessários, inclusive os dos papéis femininos, além de que se arranjaria por intermédio de um funcionário um uniforme militar com alamares. Isso, claro, se o major não proibisse tudo, como fizera no passado, quando, por causa do mau humor resultante de perdas no jogo, havia cismado com os presidiários que, diga-se de passagem, tinham exagerado nos preparativos das festas. Mas agora esperava não lhe dar motivo nenhum para uma proibição. Resumindo: Bakluchin estava no auge do entusiasmo, pois era um dos organizadores da diversão. Quando eu lhe disse que ia assistir à apresentação, ficou tão satisfeito que até me comovi. Tudo isso estimulou nossa conversa sobre outras coisas, contando-me que não completara seu serviço militar em São Petersburgo, pois havia feito algo errado e fora enviado para servir num batalhão em Riga, onde chegou a sargento. E acrescentou:

— Foi de lá que me mandaram para cá.

— Mas por quê? — perguntei.

— Por quê? Imagine só, Alexander Petrovitch, porque... porque me apaixonei.

— Mas por isso não mandam ninguém para cá — reagi, rindo.

— Pois é a pura verdade — disse Bakluchin. — Por causa de uma paixão matei a tiros de revólver um alemão. Está correto, mandarem um homem para o presídio por causa de um alemão? O que acha?

— Um absurdo — concordei. — Mas como foi isso? Conte. Deve ser interessante.

— Não é nada engraçado, Alexander Petrovitch...

— Mesmo assim, conte!

— Quer que eu conte mesmo? Então ouça!...

Na verdade, não era engraçado, mas sim uma história bem singular de assassínio.

— Tudo aconteceu assim — iniciou ele. — Ao chegar a Riga, busquei me adaptar. Cidade bonita, grande, mas com muitos alemães. Veja, naquela época eu era ainda rapaz, boa aparência, usava o gorro por sobre uma das orelhas, gozava bem as folgas e apreciava atentamente as beldades alemãs. Uma alemãzinha, Luísa, foi a que mais me agradou. Ela e a tia eram engomadeiras de luxo. A tia, velha desconfiada e severa. A sobrinha era um doce. Comecei a andar pela calçada da rua dela, acabando por estabelecer uma amizade. Ela dominava bem o russo, apenas carregando um pouco nos erres. Uma graça de garota, como jamais tinha visto outra. No começo avancei um pouco, mas ela foi logo dizendo: "Não, Sacha, comporte-se direitinho, quero ser muito correta para poder me tornar sua esposa". Era carinhosa, e aquele sorriso... E sempre tão bem vestida, cheirosa, precisava ver. Ela foi quem primeiro falou em casamento. Sim, por que não havia de me casar com Luísa? Até tomei coragem para pedir permissão ao comandante. Mas, veja só, tínhamos um encontro marcado, e ela não foi; falhou também no outro dia, e no terceiro... Enviei-lhe um bilhete. Nenhuma resposta. "Que teria acontecido?", pensei comigo. "Se quisesse me enganar, responderia à carta e viria ao novo encontro marcado. Mas não quis mentir. Certamente resolveu acabar, simplesmente. Deve ser culpa da tia." Não tive coragem de visitá-las por causa da velha. Como a tia sabia de nosso sentimento, Luísa e eu disfarçávamos para que a velha não desconfiasse.

Perturbado, escrevi-lhe uma carta, que acabava assim: "Caso não venha ao nosso encontro, vou procurar sua tia". Temerosa, veio e contou chorando que um alemão, chamado Schutz, até parente afastado, um relojoeiro já não muito moço, mas abastado, tinha manifestado desejo de casar com ela. "Ele quer me fazer feliz", disse ela, "não quer ficar sozinho pelo resto da vida e gosta de mim. Anda com essa ideia já desde muito, levou muito tempo indeciso, porque é de seu natural acanhado. Bem vê, Sacha, ele é rico e será bom para mim. Não quer que eu seja feliz?" Chorou, abraçou-me. "Pobrezinha, não deixa de ter razão", pensei comigo. "De que lhe serve casar com um soldado? Nunca passarei de sargento!" Foi quando lhe falei: "Está bem, Luísa, será como você quiser e que Deus a proteja. Não vou impedir sua felicidade. E ele... como é? Bonito?". "Que nada, horrível, com um nariz enorme..." — e ela mesma riu ao se lembrar do nariz do alemão.

Tomei meu caminho. "Não há nada a fazer, é o destino", pensei. Na manhã seguinte, passei diante da loja dele, pois Luísa me dissera o nome da rua. Olhei pela vitrine e vi um alemão sentado, consertando um relógio; tinha lá uns quarenta e cinco anos, o nariz adunco, os olhos de coruja; vestia um fraque, o colarinho altíssimo com as pontas cravadas no queixo... Tive vontade de estourar a vitrine. Mas me contive: "Vou deixá-lo em paz, não vale a pena". Voltei para o quartel ao anoitecer, estirei-me na minha cama e, confesso uma coisa, Alexander Petrovitch... comecei a chorar...

Mais um dia passou. E outro. Mais outro sem Luísa. Por intermédio de uma vizinha — uma velha engomadeira que Luísa vez ou outra visitava — descobri que o alemão, desconfiado do nosso caso, estava tratando dos papéis do casório com toda pressa. Esse deveria ser o motivo, pois, conforme a combinação anterior, eles só se casariam daí a dois anos. Obrigara Luísa a jurar que nunca mais pensaria em mim e passou a fazer certas proibições (inclusive à própria tia), pois desconfiara que a moça ainda estava indecisa. A vizinha disse também que ele convidara as duas para irem no domingo à casa dele, situada na própria loja, para passar o dia, encontro ao qual compareceria também um velho parente, antigo comerciante, agora empobrecido e trabalhando como vigia de uma casa atacadista de vinhos. Concluí que a coisa seria decidida no domingo e fui logo tomado de uma fúria que não consegui dominar. O resto desse dia, bem como o outro todo, só pensava naquilo. Queria engolir o desgraçado do alemão. No domingo de manhã, ao terminar a missa, vesti a farda e fui correndo para a casa do alemão. "Lá os encontrarei reunidos", pensava no caminho. Não tinha a menor ideia por que me dirigia à casa do alemão nem sabia o que lhe ia dizer. Mesmo assim, levava comigo um revólver enfiado na algibeira, para o tudo ou nada. Diga-se de passagem, um revólver velho e ruim, de gatilho antiquado, com o qual eu brincava de tiro ao alvo quando garoto, e agora estava quase imprestável. Mas carreguei-o com balas, uma vez que estava certo de que ia ser expulso da casa do alemão e, assim, era conveniente ir armado para assustá-lo. Ao entrar na loja não avistei ninguém, pois todos se achavam na parte interna da casa. Ninguém mesmo, nem a cozinheira, também alemã. Atravessei a loja; a porta que dava para dentro estava fechada; uma porta velha com um trinco. Meu coração batia. Parei. Escutei. Falavam alemão. Meti o pé com toda força na porta, que se escancarou para dentro. A mesa estava posta e, sobre ela, uma grande cafeteira chiando ao lado de um candeeiro. Biscoitos e torta. Uma garrafa de vodca. Arenques. Salsichas. Uma garrafa de vinho. Luísa e a tia, ambas de vestido novo, sentadas num sofá. Na frente delas, numa cadeira, o tal alemão, o noivo, todo chique, de fraque e de colarinho engomado. Na cadeira do lado um alemão já velho, entroncado, grisalho, imóvel. Luísa ficou branca como cera. A velha deu um pulo, tornou a se sentar, o alemão franziu a cara. Ergueu-se, rijo, veio ao meu encontro.

— Que deseja?

Logo fiquei meio zonzo, mas a raiva me dominou.

— Que desejo? — perguntei eu. — Fale direito comigo, trate-me como visita, ofereça-me vodca, pois eu próprio me convidei para este encontro.

O alemão se conteve e me disse:

— Sente-se, então.

Sentei-me.

— Sirva-se de bebida, vamos! Aqui tem um copo e a garrafa. Beba à vontade.

— Mas isto é uma porcaria! Quero coisa boa!

Minha falta de educação crescia na medida da minha raiva.

— Esta vodca é boa.

Olhava-me de viés, com ar de pouco caso. E Luísa assistindo a tudo aquilo. Bebi e disse:

— Por que essa cara arrogante, alemão? Exijo respeito, pois sou visita.

— Não o considero visita. Não recebo soldados.

Foi o suficiente para eu me enfurecer.

— Seu fazedor de salsicha! Não percebe que posso acabar com você, basta eu querer? Quer que eu o mate com meu revólver?

Puxei o revólver, apontei o cano na direção da cabeça dele. Os outros estavam mortos de medo e nem respiravam. O velho tremia como uma folha, branco...

O alemão ficou sobressaltado, mas logo se refez, dizendo-me:

— Não pense que me mete medo e lhe peço que, como homem educado, termine com essa brincadeira de mau gosto. Que, diga-se de passagem, não me atemoriza.

— Mentira! Está morrendo de medo. Experimente se mexer!

Na verdade, ele não mexia um músculo. Era como uma estátua.

— Você não tem o direito de agir assim.

— Por que não?

— Porque é contra a lei e lhe custará muito caro.

Aquele alemão era um cabeça-dura. Caso não começasse a me responder, hoje ainda estaria vivo, tudo não passaria de uma discussão. Mas ele era um sujeito teimoso e provocou tudo aquilo.

— Acha que eu não me atreverei...

— Não se atreverá.

— Acha mesmo?

— Não, não se atreverá a tanto...

— Pois aqui vai, seu salsichão!

Tão logo atirei nele, escorregou da cadeira para o chão... Os demais começaram a gritar.

Enfiei a pistola no bolso e tratei de fugir. Antes de entrar no quartel, joguei a pistola no mato, muralha abaixo.

Entrei, deitei-me na cama e pensei: "Vou para o xadrez". Passou-se uma hora. Outras muitas. E nada de virem me prender. Pouco antes do anoitecer, fiquei tomado de tal mal-estar que saí para a rua. Tinha que ver Luísa urgentemente. Cheguei às proximidades da relojoaria, onde havia um monte de gente. A polícia estava lá. Entrei na casa da tal comadre e mandei que ela chamasse Luísa, que logo veio. Agarrou-se ao meu pescoço, chorando e dizendo: "Sou a culpada! Por que fui dar ouvidos à minha tia?". Na sequência, contou-me que a tia, depois do acontecido, entrou em pânico, fugiu com ela da loja sem serem vistas, trancara-se em casa e a proibira de dizer uma só palavra, exigindo que escondessem o ocorrido. Estava apavorada, aguardando o que sobreviria. "Lá ninguém nos viu." A tia disse então para ela que o alemão havia liberado a própria cozinheira, pois tinha medo dela. Se esta soubesse que ia se casar, era capaz de lhe arrancar os olhos. Não chamou nenhum outro empregado, ele próprio preparara o café e pusera a mesa. Quanto ao parente, já sofrera tanto na vida, além de ser tão calado... não ia querer se meter em encrenca e, portanto, tinha pegado o chapéu e ido embora. Luísa achava que ele não falaria nada.

E assim foi. Nas duas semanas seguintes ninguém apareceu para me buscar e não houve a menor desconfiança a meu respeito. E aquelas duas semanas, Alexander Petrovitch, por mais que lhe pareça incrível, foram as mais felizes da minha vida. Encontrava Luísa todos os dias. Apertava-a contra o peito! E como ela chorava: "Irei para onde mandarem você. Abandonarei tudo". Eu pensava em sumir. Tamanha era a pena que sentia dela... Porém, passadas duas semanas, me prenderam. O velho e a tia acharam mais prudente me entregar...

Foi quando eu o interrompi.

— Mas por que você está na Classe Especial? O caso é para uma condenação de uns doze anos no máximo num presídio comum. Como é possível?

— Isso já é uma história diferente — disse Bakluchin. Quando fui a julgamento, na Corte Marcial, o capitão começou a me agredir perante os juízes. Não aguentei e disse: "Não fale assim comigo! Não vê que está diante do espelho da justiça, arrogante!?". De modo que a coisa tomou outro rumo e levei nas costas outro processo. E a soma do primeiro com este acabou me trazendo para a Classe Especial. Porém, quando me sentenciaram, não se esqueceram: eu fui açoitado e mandado aqui, mas ele foi mandado para o Cáucaso como simples praça. Até logo, Alexander Petrovitch. Não deixe de ir ao nosso espetáculo.

10
A FESTA DE NATAL

Finalmente, chegaram os dias de festas. Quase já não se trabalhava nas vésperas do dia santo. Funcionavam somente a alfaiataria e as oficinas, os demais serviços ficavam paralisados. Quando nos mandavam fazer alguma coisa no presídio mesmo, atendíamos à chamada, mas não demorávamos a voltar em pequenos grupos ou isoladamente para o pátio ou para os alojamentos e, depois da refeição, ficávamos todos à vontade ou entregues aos trabalhos particulares. Havia os que tramavam a melhor maneira de conseguir vodca, de como se encontrariam com os amigos ou mulheres; os envolvidos na coisa do teatro procuravam conhecidos, sobretudo ordenanças da superintendência militar, para conseguir o figurino para o espetáculo. E os demais fingiam expressões atarefadas só porque viam os outros atarefados, chegando até a encenar cobranças ou atividades. Tudo isso porque no dia seguinte era Natal, um acontecimento extraordinário, fora do comum! Ao cair da noite, os inválidos regressaram, trazendo do mercado as encomendas feitas pelos detentos, praticamente só carnes: de vaca, de porco e gansos. Muitos dos detentos, incluindo os mais modestos ou pão-duros — aqueles que durante o ano juntavam e escondiam os seus copeques —, sentiam-se na obrigação, agora, de abrir o bolso e comemorar como deviam, com carne, e o regulamento lhes concedia força de lei. No Natal não trabalhávamos, e havia apenas três dias durante o ano inteiro com iguais condições.

Vai se saber quantas memórias não brotavam na alma daqueles renegados quando chegava um dia como esse? As datas sagradas e nacionais exercem desde a infância uma influência marcante na memória da gente do povo. Nesses dias o trabalho é suspenso, todos os membros de cada família se confraternizam. Natural, portanto, que na prisão um dia desperte evocações e saudades. O respeito pelas datas solenes em muitos de nós se transformava num culto destacado. Não obstante alguns bebessem, a maioria se mantinha sóbria e respeitosa, como na expectativa de algo extraordinário. Até os viciados e desordeiros faziam o máximo para manter uma certa dignidade, ficando suspensas as confusões e gritarias. Havia, naquele período, acima de tudo uma atmosfera de disciplina moral e quase mística, e quem quer que a perturbasse, mesmo sem querer, era advertido com imediato rigor e tratado como um sacrílego.

Nesses dias essa postura era, além de diferenciada, interessantíssima. Descontando-se a comemoração feita por impulso da tradição, parece que o detento, ao praticá-la, se sente em ligação com o mundo exterior, coparticipante da alegria universal, abandonando sua condição de excluído, de farrapo jogado, resgatando sua humanidade a despeito da prisão. Isso eles sentiam e manifestavam de maneira concreta.

Akim Akimitch arrumava-se com paciência. Não tinha lembranças de família, pois tinha sido criado como órfão num lar adotivo e já aos quinze anos dera entrada numa instituição. Sua vida havia sido sem festas, sempre na rotina de regulamentos, exacerbado por seu temperamento cumpridor deles. Não sabia muito de religião, uma vez que tinha limitado seus talentos e desejos, seus instintos, bons e maus, sempre no cumprimento do necessário. Preparava-se sem nenhuma agitação, vendo naquilo tudo apenas uma oportunidade para aplicar sua rigorosa mania de obediências e métodos na realização de uma festa tão solene. Não era de seu feitio assumir a resolução de coisas, preferindo cumprir uma ordem ou comemorar um fato sempre seguindo a tendência geral. Se depois a ordem ou o fato levassem a uma tendência diferente, mas dirigida ou lógica, cumpria-a com a mesma pontualidade e subserviência. Apenas uma vez agira por sua conta própria e... se dera muito mal. Havia aprendido. Não obstante jamais atinar porque haviam considerado a "sua" justiça individual como um crime, tinha tirado da experiência uma conclusão: não tirar conclusões sobre coisíssima alguma, já que isso não era de sua competência. Pragmático e cheio de formalidades, cuidava com atenção do porquinho recheado com centeio que ele próprio assara, pois também entendia de culinária. Não se tratava de um leitão comum, dos que uma pessoa compra, mata, prepara e assa. Mas, sim, de um leitão para o Natal! Como ouvira falar desde criança que nas ceias de Natal devia haver leitão, concluíra ser isso obrigatório para uma comemoração, mesmo ali na cadeia. Sou capaz de jurar que, se Akim Akimitch não tivesse arranjado um leitão para a noite de Natal, carregaria essa culpa pelo resto da vida. Até a véspera conservou um casaco velho e umas calças muito remendadas, mas completamente puídas. Apenas quando as retirou compreendi por que guardava aquilo na mala desde quatro meses antes, com muito jeito: era a "farda" guardada que deveria estrear no Natal. Assim, na véspera de tão grande dia, tirou-a, estendeu-a, escovou-a, sacudiu-a, verificou as emendas e provou para ver "como ficava". Aprovou, considerou bastante decente, os colchetes funcionavam de cima para baixo, o colarinho engomado ajudava o queixo a se alinhar. Parecia mesmo uma farda! Akim Akimitch virava-se continuamente frente a um espelho que ele próprio emoldurara em horas de folga. Mas o colarinho, sem botão, não fechava. Pregou-lhe um colchete, experimentando cuidadosamente se não ficava apertado; tornou a se examinar. Perfeito. Agora podia tirar, guardar bem dobrado, esperar pelo dia seguinte. Não obstante a cabeça estar bem raspada, pareceu-lhe não estar adequada no cocuruto; encontrou mesmo uns fios, razão pela qual foi procurar imediatamente o major, dizendo-lhe que tosasse tudo! Mesmo que no dia seguinte não houvesse revista durante a chamada! Tinha que cumprir o estrito dever. Desde os alamares até as dragonas. Valorizava muito, amava mesmo os ornamentos, todo o seu ser considerava aquilo a mais alta e bela representação de elegância para um cavalheiro! Feitas essas verificações pessoais, começou a coordenar a ordem do alojamento dada sua condição de "veterano" ou responsável, fazendo que trouxessem serragem misturada com feno, assistindo ao modo com que foi espalhada pelo pavimento, coisa que também era feita nos outros alojamentos. Não sei o porquê desse hábito de espalhar serragem com feno pelo chão. Quando o trabalho acabou, Akim Akimitch fez sua oração, deitou-se em seu catre e logo adormeceu, uma vez que no dia seguinte teria de acordar cedo. A maioria dos detentos imitou-o, pois todos também teriam que madrugar. Os trabalhos noturnos habituais foram postergados e nem mesmo o jogo de cartas foi aventado, pois todos estavam na expectativa do dia seguinte.

E este chegou. Ainda na madrugada vibrou o toque da alvorada, abriram-se os alojamentos e o funcionário militar que veio fazer a chamada desejou boas festas aos detentos, que lhe retribuíram cordialmente os votos. Akim Akimitch acabou depressa sua oração e correu com muitos outros para a cozinha, ávidos para pôr para assar seus gansos e leitões. No escuro ainda se percebia o clarão dos seis fornos das duas cozinhas iluminando as janelas e os postigos cobertos e embaçados pela nevasca. Era possível ver através do pátio ainda imerso em escuridão os detentos envoltos em suas peles de carneiro, ou com elas no ombro, irem rumo aos fogões. Alguns deles já demonstravam ansiedade para beber. Mas todos procuravam se comportar sem excessos, dentro de uma ordem voluntária. Evitavam brigas, confrontos, como era comum nos outros dias, cientes do significado daquela data. Grupos percorriam os alojamentos para desejar boas festas aos camaradas e amigos, sempre em tom cordial. Vale dizer que entre os condenados não há propriamente amizades, sendo coisa rara dois amigos na autêntica concepção da palavra, menos ainda uma amizade coletiva. O que havia de sobra, isso sim, era uma constante atmosfera de rixas, ódios, puxadas de tapete.

Eu também fui dar uma volta. Começava a clarear, as estrelas se apagavam, uma névoa glacial subia da terra, e a fumaça das chaminés formava largas colunas. Os detentos com os quais me fui encontrando desejavam boas festas, cumprimentando-me com boa camaradagem e bem descontraidamente. Eu retribuía. Muitos daqueles nunca haviam trocado comigo uma única palavra ao longo de todo período em que eu já estava ali.

Nas proximidades dei de cara com um detento da seção militar, com a pele de carneiro jogada nos ombros. De longe ele já me reconhecera e começara a gritar "Alexander Petrovitch!" enquanto se precipitava para a cozinha. Esperei-o. Era um rapaz de rosto redondo, com uma expressão calma nos olhos, meio quietão, um sujeito que até então jamais tinha falado comigo ou dado a menor atenção, tanto que eu nem sabia seu nome. Veio em minha direção, correndo, ofegante, sorrindo com um jeito estranho e sem propósito.

— Que deseja? — perguntei, pois ele não dizia nada, parado diante de mim, com uma cara de bobo.

— Nada! Hoje é Natal! — disse finalmente. E, percebendo que não tínhamos intimidade, que estávamos ambos meio confusos, foi para a cozinha.

Aliás, nunca mais o encontrei até o fim do meu tempo de prisão.

Havia uma confusão nas cozinhas, rente aos fogões ardentes: apertos, empurrões, algaravia. Cada qual cuidava de sua comida! Os cozinheiros preparavam a costumeira refeição, que nesse dia seria servida mais cedo. Porém, ninguém se apressava para comer, pois, por mais fome que tivesse, devia-se esperar pela cerimônia, a ser realizada pelo padre, e o jejum só poderia ser quebrado depois disso. Mais eis que, apesar de ainda não ter amanhecido de todo, no porão do presídio soou o grito da guarda: "Que venham os cozinheiros!". Aquele grito ecoou sem parar, a cada instante, por mais de duas horas, chamando os cozinheiros para irem à portaria receber os brindes que a cidade inteira estava encaminhando para os detentos, compreendendo em sua maior parte pães, roscas, empadas, fritadas e diversos tipos de bolos. Creio que todas as mulheres de comerciantes ou trabalhadores mandaram alguma coisa feita por elas mesmas no seu forno para os "infelizes", com seus melhores votos de boas festas. Muitos dos presentes eram pães, doces feitos de farinha de primeira, outros eram mais humildes: uma broa de dois copeques ou duas tortas com creme comum; esmolas de pobres a outros pobres, gente humilde doando o pouco que tinham. Os detentos que iam receber os donativos tiravam os gorros, faziam gestos de mesuras, desejavam boas festas aos doadores e levavam tudo para as cozinhas. Quando os presentes formavam montes, os "veteranos" responsáveis pelos alojamentos eram chamados e então se procedia à partilha em partes iguais, razão pela qual não surgiam brigas. O que foi trazido para o nosso alojamento foi logo distribuído entre nós, encarregando-se disso Akim Akimitch e um outro detento. A distribuição equitativa ocorreu em ordem, todos ficaram satisfeitos e gratos, não surgindo a menor sombra de inveja ou desconfiança em relação à partilha. Após cuidar dos seus "interesses" na cozinha, Akim Akimitch foi se arrumar, o que fez com muito cuidado e capricho, sem esquecer o menor colchete; seguiu depois para a capela, onde ficou rezando, junto com outros detentos, sobretudo os velhos que lá já se encontravam. Os moços rezavam pouco, mesmo nos dias santos, apenas fazendo o sinal da cruz ao se levantarem. Terminada a oração, Akim Akimitch se dirigiu a mim, feliz e atencioso, e me desejou Feliz Natal. Convidei-o a tomar chá mais tarde, e ele, por seu turno, me convidou para comer leitão. Não demorou para que Petrov aparecesse para me desejar boas festas. Falou pouco; ficou parado como se estivesse à minha disposição e logo depois saiu rapidamente em direção às cozinhas. Ao mesmo tempo, no alojamento vago, chamado dos militares, continuavam os preparativos para receber o padre. Tal alojamento era distinto, por dentro, dos outros; os catres estavam encostados nas paredes e não no meio do cômodo, constituindo assim uma única peça com espaço livre em todo presídio. É de supor que essa disposição interna fora realizada para a hipótese de se ter que reunir os detentos num só lugar, em caso de necessidade. No centro do cômodo, colocaram uma mesa com uma toalha nova e sobre esta um ícone, diante do qual foi acesa uma lamparina. Por fim chegou o padre, carregando a cruz e o hissope. Depois de rezar e cantar frente ao ícone, os detentos desfilaram diante dele, solenemente, para beijar a cruz. Na sequência, o padre percorreu todos os alojamentos, abençoando-os com água benta. Na cozinha elogiou o pão dos presos, que, diga-se, era conhecido em toda a cidade por seu ótimo paladar, e lhe foram oferecidos dois, quentinhos, acabados de sair do forno. Um dos inválidos ficou incumbido de conduzi-los ao presbitério. Despedimo-nos da cruz com o respeito com que a havíamos recebido. Logo em seguida apareceram o major e o comandante. Este último era querido e respeitado por todos. Sempre na companhia do major, percorreu todos os alojamentos, desejou boas festas a todos, entrou nas cozinhas e provou a sopa, que era de couve, mas nesse dia estava ótima, enriquecida com carne em pedaços grandes. Sem contar o prato de cevada que se pegava com quanta manteiga se quisesse. Após acompanhar o comandante em sua saída, o major ordenou que o jantar começasse. Os prisioneiros tentaram evitar seu olhar. Eles detestavam sua figura presunçosa, sempre com aqueles olhos de rapina por trás dos óculos querendo descobrir algo errado ou alguém culpado de alguma coisa.

Fomos comer. O leitão de Akim Akimitch estava delicioso. Não sei como aconteceu, mas apenas cinco minutos após a saída do major muitos detentos já estavam bêbados. Como? Considerando que cinco minutos antes estavam normais? Os rostos ficaram vermelhos, brilhantes. Surgiram balalaicas. O polonês magricela, contratado para tocar o dia inteiro, seguia como uma sombra cada um dos foliões mais importantes, sempre com a sua rabeca, executando alegres czardas. Embora a conversa ficasse cada vez mais acalorada, a refeição terminou sem haver tumulto, todos se sentindo satisfeitos. Os mais velhos e os mais ajuizados foram fazer a sesta, incluindo Akim Akimitch, que julgava ser adequado, em dias assim, descansar o corpo. O velhinho de Starodub, o "Antigo Crente", tirou uma soneca perto do aquecedor e depois abriu seu livro e rezou sem parar, durante toda a noite. Disse que não queria assistir àquele espetáculo "vergonhoso", ou seja, à bebedeira geral. Os circassianos sentaram-se no patamar, observando, com curiosidade, a bagunça instalada. Nurra veio a mim. "Iaman, iaman!", disse ele girando a cabeça, indignado. "Ó! Iaman!...Alá vai se zangar!" Isaías Fomitch acendeu um pequeno candeeiro e ficou trabalhando em seu canto, isolado e entediado, deixando claro que nada tinha a ver com aquela... comemoração! Montaram jogatinas nos diversos alojamentos: não recearam os invasores e nem mesmo os guardas, pois os vigias, postados de sentinelas, avisariam se algum surgisse. O oficial da ronda apareceu três vezes; os bêbados foram logo escondidos, e os jogos dissimulados a tempo. O fato é que a ronda nem procurou verificar se havia infrações; em dia de festa a embriaguez era tolerada, mesmo porque os que não bebiam se encarregavam de vigiar os mais atravessados. Gazin, com cara triunfante, estava a postos rente ao seu catre, para onde trouxera e escondera as bebidas que antes conservara debaixo do gelo atrás dos alojamentos. Gargalhava com descaramento, servindo aos que procuravam o seu "balcão". Mas ele mantinha-se sóbrio, guardando, porém, goró suficiente para, depois da festança e da "falência" dos seus fregueses, tomar um trago especial. Cantorias espalhavam-se pelos alojamentos.

A bebedeira altera geralmente o temperamento das pessoas, tornando-as diferentes. Talvez por isso, logo em seguida as cantigas se transformavam em lamentações. Diversos detentos iam e vinham com suas balalaicas, a pele de carneiro jogada no ombro, e dedilhavam as cordas de maneira inquieta. Na Classe Especial, acabou por se formar um coro de oito homens; cantavam bem, acompanhados por balalaicas e guitarras. E eram poucas as canções populares. Recordo-me somente de uma, interpretada com muito espírito:

Esta noite eu era a noiva
Sentadinha no festim...

Eles cantaram uma nova versão que eu não conhecia, com vários versos adicionais:

A casa desta noivinha
Está varrida e arrumadinha,

As colheres bem lavadas,
A sopa é uma água suja
Varri as teias de aranha
E na torta elas se entranham.

No mais das vezes cantavam as chamadas músicas do "presídio", muito conhecidas. Uma delas, "Era uma vez...", é humorística e se refere a um antigo frequentador de orgias que acabou dando com os burros n'água e foi parar no presídio. No passado, era bacana, saboreava "manjar branco com champanhe". Mas agora...

Só água e repolho me dão
E eu mergulho que nem um porcão.

Também gostavam muito desta aqui:

Fui rapaz de vida boa
Sempre alegre, sempre à toa
Porque eu tinha capital
Mas eu não soube guardar
Agora tenho que pagar
Nesta prisão, afinal.

Para tornar a coisa mais cômica, eles pronunciavam "capital" como "copital", num trocadilho com o verbo "copit", que significa guardar, economizar. Cantavam-se também músicas tristes. Como esta típica canção de prisioneiros, que também me pareceu muito conhecida:

Os tambores anunciam:
O Sol celestial se inflama.
Já se abrem os portões,
O carcereiro nos chama.
Do outro lado da muralha
Conosco ninguém se importa,
Só o Deus pai de todos nós
É quem nos vê e nos conforta...

Cantaram também outra, ainda mais triste e com uma bela melodia, provavelmente composta por um presidiário autêntico; com letra sentimental e com erros gramaticais. Lembro-me apenas de uns trechos:

Meus olhos nunca vão rever
A terra onde eu nascí
Sou condenado a víver
Esquecido e preso aquí.
Ouço o chamar do mocho
Ecoa pelos matagaís
Mínha alma se entrístece
Não posso estar lá nunca maís...

Era frequentemente cantada essa toada, mas nunca em coro, sempre uma voz solo. Às vezes, pouco antes do cair da noite, algum detento saía do alojamento, sentava-se no patamar, apoiava o rosto nas mãos, começava a cantá-la em tom bem alto e sentido. Ao ouvi-la, o peito se apertava. Havia bons cantadores no presídio.

O fato é que no inverno escurece cedo e, com a escuridão, vieram o enfado e o desespero calado, misturado aos efeitos da bebedeira. Muitos, que uma hora antes estavam rindo, agora choravam amargamente, embriagados, jogados num canto qualquer. Outros aproveitavam a oportunidade para armar uma rixa ou uma briga mesmo. Sem contar os que já nem se aguentavam em pé, atravessando como almas penadas os alojamentos, e ainda assim dispostos a provocações. Aqueles em que a bebida produzira tristeza procuravam, bambos, alguma amizade a fim de descarregar a alma, esvaziando-a das mágoas que o álcool despertara. Aqueles pobres homens queriam buscar alegria, desejavam ansiosamente comemorar o dia de Natal; mas Deus, que ração funesta de angústias lhes era oferecida ali! Iludiam-se com a felicidade de um só dia, mas mesmo essa não viera, apesar de tão esperada. Petrov me procurou duas vezes. Bebera pouco o dia todo, estava, digamos, normal. Contudo, até o último instante comportava-se como alguém que aguarda e confia em alguma coisa que não pode deixar de vir e de acontecer; algo diferente, novo, vibrante, triunfal! Não que tivesse falado algo, mas se via tal esperança em seus olhos. Incansavelmente percorria todos os alojamentos, um por um; mas nada aconteceu, mesmo para ele, de novo, diferente, magnífico, triunfal. No seu vaivém só se deparava com bebedeiras, rostos inflamados pela vodca, bocas gritando impropérios. Sirotkin, com uma blusa vermelha nova, ia e vinha como Petrov pelos alojamentos. Também ele — vestido de maneira tão asseada e elegante — parecia aguardar alguma coisa fora do comum. Nesse momento, a atmosfera do meu alojamento estava irrespirável, cheia de miasmas, como uma redoma embaçada cobrindo espetáculos tragicômicos. Meu coração foi tomado de melancolia, de dó deles todos; assistir àquilo era uma tortura terrível para mim. E de repente estoura uma briga entre dois detentos, cada qual querendo pagar a despesa. Um não aceita que seja o outro; inflamam-se, querem se pegar; a rixa é antiga. No fundo, ela só se renovou pela situação. Rememoravam-na, e um deles derrama seus queixumes na cara do outro. Fala diretamente que foi enganado há tempos, que o sujeito lhe comprara uma manta de pele de carneiro e não havia pago. E ele ficara sem o dinheiro e... sem a manta! Isso já fazia tempos, no carnaval! E tinha mais... O que reclamava era um rapaz grande, musculoso, vivo, boa gente, mas quando bebe, se agarra a alguém e a amizade equilibrada se transforma em obstinação insuportável. Apesar das queixas e acusações, insiste em demonstrar que está disposto a esquecer, a perdoar, não deixa o outro ir embora, precisa da sua camaradagem. O outro, sujeito forte, corpulento, de cara quadrada, fisionomia astuta de espertalhão, embora tenha bebido mais do que o primeiro, está sóbrio. Considerado correto e endinheirado, acaba arrastando o camarada para um canto onde vendem vodca, disposto a aturar o amigo incômodo. E os dois seguem: um insistindo que tem direito à devolução do dinheiro ou da manta, mas aceitando a bebida oferecida, "se é que você ainda tem alguma decência!".

O "taverneiro" recebe-os de modo diferente: ao que paga demonstra atenção; ao que bebe por conta de outro, desprezo. E se pode verificar tal postura pelo jeito que enche os copos.

— A conta quem paga é o Estiopka. Ele está me devendo.

— Bebe logo e para de ficar repetindo coisas! — retruca-lhe Estiopka.

— Não se faça de bobo, Estiopka — insiste o rapaz, pegando o copo que o taverneiro lhe dá. — Sabe que me deve, ou então é um safado. E por ser safado é que já lhe arrancaram um olho. Ou então o penhor, como faz com o que é seu e dos outros. Crápula, você é crápula, Estiopka!

— Vamos parar com essa besteirada! Olha aí, derrubou a vodca toda.

Enchi bem seu copo, beba logo! — intervém o taverneiro.

— Não precisa gritar! Sei que esta porcaria é para beber! — depois do gole, fica gentil. — Boas festas e saúde, Stepan Dorofeitch! — Cumprimentando o taverneiro, volta-se para o amigo-inimigo, ergue o copo — Que você viva mais cem anos, com saúde e felicidade!

Termina de beber e, contente da vida, passa a mão nos beiços.

— Em tempos passados eu era capaz de entornar um barril inteiro de vodca — diz com ar sério, dirigindo-se não apenas aos dois, mas a todos. — Com o correr dos anos, porém... Muito obrigado, Stepan.

— De nada.

— Espere... espere... Não acabei ainda, Stepan. Eu o considero um safado, mas quero lhe dizer que...

— Eu é que pergunto de uma vez por todas, ó idiota, se consegue enxergar o mundo aqui diante de nós. Consegue? — pergunta Stepan, furioso. — Pois bem, vamos dividi-lo em duas partes. Vai embora por aquele lado, que eu vou por este aqui, desapareça das minhas vistas! Que o diabo o carregue!

— E não vai devolver o meu dinheiro?

— Devolver qual dinheiro, seu pau d'água?

— Ah, é assim? Mas no outro mundo vai querer devolvê-lo, mas eu não receberei, de jeito nenhum! O meu dinheiro é ganho com suor. Pode ver estas mãos calejadas? No outro mundo vai prestar contas dos meus cinco copeques!

— Vai pro inferno!

— Quem é você pra me explorar? Sou seu burro de carga?

— Some!

— Ladrão!

— Prisioneiro pé de chinelo!

E os impropérios se multiplicavam, mais intensos do que antes do último gole.

Aqui no catre estão sentados juntos dois homens, alheios um ao outro. Um deles, enorme, cara avermelhada, jeitão de açougueiro; e chora, lavado em lágrimas. O outro, fraco, magricela, com um nariz adunco de onde sempre escorre alguma secreção e uns olhinhos azuis sempre voltados para o chão. De alguma instrução e polidez, um deles, ex-escrivão, trata o companheiro com uma certa condescendência, coisa que certamente acabou desagradando ao outro. Haviam bebido juntos durante o dia todo.

— Ele me violou — exclama o fortão, sacudindo com o braço esquerdo a cabeça do ex-escrivão. "Violou" queria dizer "destratou". Antigo sargento, no íntimo tinha inveja de o outro ter sido escrivão; e ambos viviam numa disputa de palavras difíceis.

— Uma coisa tenho de dizer: está tremendamente equivocado! — interveio com ar dogmático o escrivão, sem ousar erguer os olhos do chão.

— Ele me violou, ouviu? — exclamou de novo o outro, sacudindo de novo o seu camarada. — O pior é que no mundo inteiro só me resta você, ouviu? É por isso que estou contando só pra você, você me violou....

— E eu lhe digo, caro amigo, essa desculpa não passa de uma vergonha para sua cabeça! — respondeu o escrivão com voz baixa e educada. — Confesse que no fundo essa sua bebedeira é fruto de sua instabilidade.

Meio tonto, o amigo fortão inclina-se um pouco para trás, observa com seus olhos bêbados o autossuficiente escrivão e, repentinamente, quando o outro menos esperava, dá-lhe um forte soco em plena cara com o punho enorme. Assim terminou uma camaradagem que havia durado um dia inteiro. O grande amigo caiu desacordado no chão, debaixo do catre...

Um dos meus conhecidos da Classe Especial entrou agora no alojamento. Trata-se de um sujeito sempre contente da vida, esperto, brincalhão, mas inofensivo e de aparência muito singela. Seu nome era Varlamov, o mesmo que no dia da minha entrada tinha ido até a cozinha à procura da companhia de um ricaço, afirmando que tinha "amor próprio" e que, por fim, tomou chá comigo. Devia ter uns quarenta anos, lábios enormes e um nariz volumoso e bexiguento. Carregava uma balalaica, tocando-a displicentemente. Um detento baixinho o seguia como uma sombra: era um sujeitinho com uma cabeça enorme, que até então eu nunca tinha visto. De início, sua presença quase passou despercebida. Era uma figura esquisita e casmurra, que trabalhava na alfaiataria e pouco se relacionava com os outros. Tendo bebido, colou em Varlamov como uma sombra. Acompanhava-o muito agitado, mexendo as mãos, dando murros nos catres, quase chorando. Varlamov fingia não dar conta de ser seguido por ele, é preciso dizer que esses dois homens até então jamais haviam se relacionado, pois trabalhavam em turmas diferentes, não havendo o menor traço de afinidade entre eles. Eram de seções diferentes e de alojamentos afastados. O tal detento chamava-se Bulkin.

Quando Varlamov me viu, deu um sorriso. Eu estava sentado em meu catre, perto do aquecedor. Estancou a alguns passos de mim, pareceu refletir, depois aproximou-se bem devagar e, aprumando o corpo, começou a dedilhar suavemente as cordas e a cantar, marcando o compasso no chão com a bota:

Redondo e branco é seu rosto;
Quando canta, me dá gosto,
Lembra uma cotovia.
Seu vestido é de cetim
De belo acabamento, sim...
É minha amada essa guria....

A melodia conseguiu enfurecer Bulkin ao extremo. Agitando os braços, gritou para quem quisesse ouvir:

— Mentira dele, irmãos, mentira dele! Tudo isso que ele está cantando não passa de mentira!

— Saudações, velho camarada Alexander Petrovitch! — diz-me Varlamov, com um sorriso malicioso, só faltando vir me beijar. Estava um tanto bêbado. A expressão "velho camarada" é um tratamento que demonstra amizade e respeito, muito em voga entre o povo da Sibéria e podendo ser dirigida até a um moço de vinte anos. A palavra "velhinho", então, indica até mesmo carinho.

— Como andam as coisas, Varlamov?

— Ah, vou vivendo. E todo mundo que gosta de um feriado fica bêbado desde cedo. Não repare — respondeu-lhe com voz um tanto arrastada.

— Mentira dele! Ele não para de mentir! — gritou Bulkin, esmurrando o catre furiosamente. Mas era como se Varlamov tivesse feito promessa de não lhe dar a mínima atenção, de forma que era engraçadíssimo ver Bulkin atrás de Varlamov o dia inteiro, desmentindo-o tão logo ele se punha a conversar com alguém. Ia atrás dele por toda a parte como uma sombra, atento à primeira palavra, prestes a interferir. Revolvia as mãos, dava murros nas paredes ou nos catres, e sofria, sofria muito à menor palavra de Varlamov, porque estava certo de que o outro "não parava de mentir"! Caso já não estivesse com a cabeça raspada arrancaria até os cabelos, de tanto desespero. Parecia que era o responsável pelas palavras e atos de

Varlamov, que, ao se manifestarem, lhe feriam na consciência como um golpe. O mais engraçado era que Varlamov não lhe concedia nem mesmo um olhar.

— Mentira dele! Ele mente sem parar! Nada do que ele diz é verdade! — gritava Bulkin.

— E o que você tem com isso? — perguntavam os outros condenados, rindo.

Agora era Varlamov, vagueando para mim:

— Talvez não saiba, Alexander Petrovitch, mas já fui um rapaz bonito e as moças se atiravam a meus pés... — começou Varlamov, de maneira bem despretensiosa.

— Mais uma mentira! Essa, então, é de doer... — atalhou Bulkin com um grunhido. Os detentos riam sem parar. E Varlamov prosseguiu:

— E eu dava um espetáculo para elas! Eu vestia um blusão vermelho, calças de veludo e conta preta, e desfilava como um conde das garrafas! Bêbado, amigos, como um lorde... Era ótimo!

— Mentira dele! — interveio Bulkin.

— Naquele tempo, eu tinha herdado de meu pai um sobrado de pura pedra de cantaria. Nem tinha passado dois anos e eu já tinha torrado pedras e esquadrias dos dois andares, só me restando a entrada, e assim mesmo sem os portões! Credo! O dinheiro... ah! O dinheiro é como os pássaros: voa e não volta nunca mais!

— Outra mentira! — Bulkin interrompeu, ainda mais categórico.

— De modo que, quando dei por mim, escrevi cartas bem lacrimosas para uns parentes, na certeza de que me mandariam algum dinheiro. Você vê, eles diziam que eu tinha contrariado minha família, tinha sido um mau filho. Já faz mais de seis anos que mandei as cartas...

— E até agora nada de respostas? — perguntei eu, sorrindo.

— Nenhuma, até agora — disse ele, começando também a rir e aproximando ainda mais o nariz para perto do meu rosto. — Mas saiba, Alexander Petrovitch, eu tenho uma namorada!

— Uma... namorada? Você?!

— Outro dia, Onufriev comentou: "Se a minha é feia e cheia de espinhas, ao menos se veste bem! A sua é bonita, porém pobre e se veste com um saco!".

— É verdade?

— Sim, ela é pobre — respondeu ele, com um sorriso contrariado. Todos os que estavam no alojamento caíram na risada, pois sabiam que ele mantinha relações com uma mendiga, a quem em seis meses tinha dado apenas uns dez copeques.

— Bem, e daí? — disse eu, para ver se me livrava dele de uma vez.

Ficou calado por um instante, olhou-me da cabeça aos pés e depois disse até com certa delicadeza:

— Bem, daí que, depois de tudo o que lhe contei não mereço que me pague um copo? Até agora só bebi chá o dia inteiro, Alexander Petrovitch! — E, após pegar o dinheiro que lhe dei, acrescentou emocionado: — Tomei tanto desse chá que já estou até com asma, e ele balança pela minha barriga como uma garrafa.

Ao vê-lo pegar o dinheiro, os delírios de Bulkin pareceram ultrapassar todos os limites. Escandalizado, começou a gesticular desesperadamente e a gritar aos prantos.

— Gente de Deus! — berrava ele quase desesperado, dirigindo-se a todos. — Vejam só este mentiroso! Ele só faz mentir, mentir, mentir!

— E que tem a ver com isso, cabeça de papel? — reagiram os outros, admirados com sua fúria.

— Não é direito! Não admito — gritava Bulkin, de olhos esbugalhados, socando o catre. — Não vou deixar que ele continue mentindo!

Mais e mais risadas. Varlamov guardou o dinheiro, fez-me um agradecimento e uma careta e saiu do alojamento, certamente em busca do vendedor de vodca. Pareceu finalmente dar pela presença de Bulkin. Ordenou-lhe então:

— Venha aqui! — e o esperou estancado na porta, como se agora precisasse dele para alguma coisa. — Seu imbecil! — acrescentou, deixando que o exasperado Bulkin passasse-lhe à frente, ao mesmo tempo em que recomeçou a dedilhar a balalaica.

Oras, mas por que estou aqui descrevendo esse inferno?! Afinal terminou esse dia tumultuoso. Os presidiários estão agora dormindo pesadamente em seus catres. Mesmo em sono alto, resmungam e deliram, e de maneira diferente de outras noites. Aqui e ali jogam cartas. O tão esperado feriado terminou. Amanhã é dia normal, dia de trabalhos forçados, novamente...

11

APRESENTAÇÃO NO PRESÍDIO

A PRIMEIRA APRESENTAÇÃO do nosso teatrinho aconteceu na noite do terceiro dia após o feriado. Os preparativos custaram muito esforço, mas os atores tinham se encarregado de tudo, de maneira que nós, além de desconhecermos os problemas, não sabíamos a que íamos assistir, pois nem os ensaios havíamos visto. Desde três dias antes, nas saídas em turmas para o trabalho, os atores faziam o possível para carregar o figurino para os personagens. Bakluchin era só entusiasmo. Sorte que o major andava tranquilo. A verdade é que ninguém sabia se ele estava ou não sabendo da premeditada apresentação, se havia autorizado formalmente, ou se achara melhor fechar os olhos e os ouvidos, desde que os funcionários garantissem que os detentos não passariam dos limites. Para mim, ele sabia de tudo, ou não pôde deixar de tomar conhecimento, e decidiu que se proibisse seria pior; os detentos poderiam se embebedar e reagir com desordens. O mais indicado, pois, seria deixar que tivessem algo com que se ocupar. Atribuo a ele essa resolução porque me parece que tal raciocínio lhe parecera ser o mais lógico e racional. Bem provável que, se os detentos não tivessem organizado uma apresentação ou algo parecido, conviria à administração tratar de lhes arranjar algum divertimento. Considerando, porém, que o nosso major raciocinava sempre de maneira contrária ao resto da humanidade, o mais certo é que estou caindo no ingênuo erro de supor que ele sabia da encenação e a havia autorizado. Pessoas como o major sempre necessitam de alguém a quem oprimir, de algo para tirar de alguém, de proibir o direito alheio, em resumo, de exorbitar com violência. Que lhe importava que sua opressão fosse a causa das desordens no presídio? "Para indisciplinados existem castigos", pensam pessoas como nosso major, "e, com esse tipo de rufiões facínoras é preciso apenas que a lei seja cumprida com severidade e ao pé da letra! Tais defensores da lei e da ordem não compreendem, nem podem compreender, que a aplicação cega da lei, sem a interpretação do seu sentido, leva à desordem e a nada mais. "É o que diz a lei; de que mais você precisa?", afirmam eles, e ficam muito surpresos quando alguém ousa interceder, solicitando equanimidade e coerência na interpretação do instrumento. Flexibilidade é tida como um luxo, complacência incabível, tolerância nociva e deslealdade para com a justiça e, portanto, é repelida.

Felizmente o sargento não impediu os preparativos, o que foi uma vitória. Afirmo sem nenhuma sombra de dúvida que a expectativa da apresentação e a gratidão pelo consentimento foram as únicas razões por não terem ocorrido confusões ou roubos durante dias. Fui testemunha de como os detentos evitavam brigas e diminuíam o consumo de bebidas, mostrando ao sargento que tudo se passaria dentro da ordem mais estrita, garantindo a realização da festa. Prometeram e cumpriram. É bom acreditarem na gente. É preciso dizer que o teatrinho não implicava qualquer despesa por parte da administração. Nada seria desarrumado, o cenário todo podia ser desmontado e retirado em uns quinze minutos, o espetáculo duraria uma hora e meia e, se viesse ordem superior, ele seria interrompido imediatamente. Os figurinos estavam guardados nas malas dos detentos. Contudo, antes de falar sobre os cenários e o figurino, devo dizer algo sobre o programa e o elenco do espetáculo.

No início, não havia propriamente um programa escrito; só para a segunda e a terceira representações Bakluchin apareceu com um texto para ser entregue aos senhores oficiais, funcionários e outros espectadores de fora, que já na primeira representação nos haviam honrado com suas presenças. Registre-se entre eles o oficial de ronda da noite, além do oficial inspetor, bem como a equipe técnica. O programa escrito destinava-se, portanto, a essas visitas. Havia no ar a certeza de que a fama do teatrinho do presídio se espalharia não só pela fortaleza, mas pela cidade inteira, pois ali não existia nenhum teatro, tendo ocorrido nessa cidade uma única representação teatral, e mesmo assim de amadores. Não importando qual seria o resultado final, os detentos estavam radiantes e orgulhosos com a coisa toda. "Quem sabe", diziam entre si, "os lá-de-cima se interessem. Pode ser que venham! E poderão ver, puxa, que apesar de tudo, somos gente. Além do mais, isso não é nenhum cirquinho com bonecos mexendo, barquinhos de papelão, ursos e bodes amestrados. Existem aqui artistas de verdade, autênticos atores que representam comédias. Ah, não há um teatro assim na cidade. Ocorreu uma vez uma apresentação em casa do General Abrossimov e, segundo dizem, vão repeti-la. Vejam, teatro não é só figurino; é preciso saber representar, e isso ninguém consegue melhor do que nós!... Quem sabe o governador seja informado e de repente apareça aqui!... Tomara!... A cidade nem tem teatro!" Pode-se ver por aí que a fantasia dos detentos não tinha limites, sobretudo depois da primeira parte; chegavam a imaginar elogios e vantagens, até mesmo o abrandamento das penas. O fato é que a realidade os fazia rir, depois, de tão ingênuos sonhos. Eram umas crianças, não obstante muitos deles já fossem quarentões.

Mesmo não havendo um programa, eu sabia mais ou menos ao que ia assistir. A primeira parte, ou seja, a primeira peça chamava-se *Os Rívais Fílatka e Mírochka*. Bakluchin, que faria Filatka, assegurou-me uma semana antes da estreia que esse papel seria representado da melhor forma, tal como nos teatros de São Petersburgo. Movimentava-se pelo alojamento, elogiava-se inocentemente e declamava passagens da peça, e todos riam, mesmo que os trechos não fossem engraçados. Devo, porém, admitir — e em tais ocasiões os detentos demonstravam que sabiam se controlar e manter a dignidade — que manifestações de entusiasmo pelos rompantes de Bakluchin e pelo espetáculo prestes a estrear vinham somente dos detentos mais jovens ou mais recentemente admitidos no presídio, ou daqueles detentos idosos mais respeitados, que não precisavam ter medo de emitir suas opiniões e sentimentos, sensatos ou não. Os outros ouviam os comentários sem manifestar desdém, e sim indiferença. Contudo, quando chegou o dia da apresentação, momentos antes, a curiosidade era geral. Como vai ser o espetáculo? Como será o desempenho de nossos amigos? O major deixaria mesmo a peça ser encenada? Seria melhor ou igual ao que se passou no ano retrasado? E por aí vai. Bakluchin garantiu-me que os atores estavam muito bem ensaiados, que contracenavam magistralmente, que haveria até um pano de boca, que Sirotkin estava ótimo no papel da noiva de Filatka — "Você precisa ver como ele fica em roupas de mulher!". Ao fazer essa observação, revirava os olhos e estalava a língua. Afirmou ainda que a "Dama Assanhada" se apresentaria com um vestido de babados, com uma capa e uma sombrinha, enquanto o magnânimo benfeitor estaria no palco com uma jaqueta militar cheia de alamares e uma bengala. A segunda peça seria um drama: *Kedríl, O Glutão*. O título atraiu-me muito, mas, apesar de minha curiosidade, não obtive nenhuma informação, apenas descobrindo que não havia sido impressa, mas copiada à mão, tendo sido obtida de um sargento que, certamente, no passado, havia ajudado em alguma montagem teatral realizada na caserna por seus pares militares. Nas nossas cidades e províncias retiradas existem de fato peças teatrais que permanecem inéditas, não publicadas, sendo, no entanto, autêntico teatro popular sempre presente em diversas regiões da Rússia. Era já hora de nossos pesquisadores se voltarem para o teatro do povo, que é, sem dúvida, rico e vibrante, e não totalmente desprovido de méritos. Recuso-me a crer que o que vi mais tarde em nosso teatrinho de presídio fosse criação de nossos próprios detentos. Tinha de haver uma herança de tradições, modelos aceitos de comportamentos e concepções, transmitidos de geração a geração desde os tempos mais remotos. Essa tradição deve ser procurada entre soldados, operários de cidades industriais e até entre artesãos e comerciantes em cidadezinhas desconhecidas e pobres. Ela foi preservada também no campo e em pequenas aldeias e províncias, entre os servos das grandes fazendas. Creio mesmo que muitas peças antigas de teatro que se popularizam através da Rússia têm sido divulgadas em cópias manuscritas por toda a Rússia graças a nada além dos lares desses grandes fazendeiros. Era comum entre os nobres moscovitas de velha estirpe manter no passado um teatro próprio, cujos atores eram seus servos. Essa é a fonte da nossa arte dramática popular, cujo vigor é inegável. Quanto a *Kedríl, O Glutão*, por mais que eu procurasse, consegui apenas a informação de que apareciam em cena uns diabos que levavam Kedril para o inferno. Que significava o nome Kedril (e não Cirilo)? Era peça russa ou estrangeira? Nada descobri. Para finalizar, encenariam uma "pantomima com música". Claro que a curiosidade geral se atiçava. Umas quinze pessoas, das mais vivazes e capazes, compunham o elenco. Os ensaios eram feitos atrás dos alojamentos, em segredo. Em suma, a ideia é que produzissem uma surpresa fora do comum.

Em dias normais, os alojamentos eram fechados cedo, quando mal escurecia. Nas vésperas do Natal ocorreu uma exceção: permaneceram abertos depois do toque de recolher, em razão do espetáculo teatral. Na temporada das festas, todas as noites, uma turma era enviada ao oficial de ronda, a fim de solicitar permissão para os ensaios, o que incluía o pedido para que as portas dos alojamentos ficassem abertas até mais tarde. Uma forte justificativa era que na véspera isso já havia sido permitido, sem que ocorresse qualquer abuso. Em termos gerais, o oficial da ronda concordou com o seguinte: uma vez que, no espetáculo anterior, não havia ocorrido nenhuma desordem, ele estava de acordo, desde que dessem a palavra de honra de que se manteriam disciplinados e que eles próprios fariam o policiamento. "Se eu não consentir, acabarão certamente (vai lá saber, com essa gente de presídio) provocando alguma bagunça e dando trabalho ao corpo de sentinela. Assim, autorizando, a guarda não terá trabalho; ficar de guarda num tempo desses é muito inconveniente, todos estarão no teatro. E é diversão para a tropa, esse teatro de presidiários. Pode até ser interessante, dá mesmo vontade de assistir, coisa, aliás, que pode ser considerada até dever do oficial de ronda." Vamos supor que aparecesse no corpo da guarda o oficial inspetor. "Onde está o oficial de ronda?" "Está nos alojamentos, contando os presos e controlando a ordem." Uma resposta direta e uma boa justificativa. Por isso, os oficiais da guarda permitiram as apresentações nos dias de festas e também que os alojamentos fossem fechados mais tarde, até quase chegar a hora do "apagar das luzes" para o início do espetáculo. Os detentos ficavam, portanto, tranquilos pois estavam certos de que, por parte da guarda, não teriam empecilhos.

Em torno das sete horas, Petrov veio me buscar, e seguimos juntos para o espetáculo. Foram todos do nosso alojamento, exceto os poloneses e o Antigo Crente de Tchernigov. Só na última representação, 4 de janeiro, os poloneses acabaram indo, e mesmo assim apenas depois que lhes garantiram que o espetáculo era muito bom, alegre, e que não corriam nenhum perigo. A conduta fechada dos poloneses não atrapalhou em nada os outros detentos, e foram cortesmente recebidos em 4 de janeiro, até mesmo tendo lhes sido reservados os melhores lugares. Para os circassianos, e particularmente para Isaías Fomitch, o teatro representou um autêntico desfrute. Isaías contribuiu para cada apresentação com três copeques e na última colocou dez copeques no prato, e seu rosto era a imagem do prazer. Os atores tinham resolvido coletar dos presentes o que quisessem dar, para pagar as despesas e, bem, seu próprio refresco. Petrov assegurou-me que, mesmo que a plateia estivesse cheia, me conseguiria um ótimo lugar, visto que eles me consideravam rico e, portanto, esperavam que eu desse mais e, além disso, era mais entendido que eles. E foi isso mesmo.

Mas, antes, escrevo sobre a plateia e o cenário.

O alojamento dos militares, onde ocorria a representação, tinha uns dez metros de comprimento. Depois do pátio e de um pórtico, havia uma escada que dava para a sala — que era espaçosa, conforme já foi dito, e organizada de modo diferente: os catres estavam encostados nas paredes, deixando o centro da peça completamente livre. Da metade para trás ficava a plateia, da metade para frente, o palco. De cara, surpreendeu-me o pano de boca, de uns sete metros de largura, de ponta a ponta do alojamento. Simples cortinas já eram objeto de tamanho luxo, a presença de uma era de maravilhar. Além disso, o pano de boca era pintado a óleo, com imagens de árvores, arbustos, lagos e estrelinhas. Feito de pedaços novos e velhos de algodão e também velhos lençóis e ceroulas, tudo costurado formando um grande lençol, e, por não haver mais pano, um canto era de simples papel mesmo, esmolado em vários setores da administração. O efeito era impressionante. Os nossos pintores, Aristov figurando entre eles (isto é, o nosso Brulov), foram responsáveis pela arte no pano de boca. O resultado era surpreendente. Aquele deslumbramento mexeu até mesmo com os mais deprimidos e reclamões que, durante o espetáculo, tornaram-se tão crianças quanto os mais excitados e envolvidos. Todo mundo estava satisfeito, até complacente. A iluminação era constituída por velas cortadas em muitos pedaços e colocadas em pontos apropriados para clarear bem. Próximo à cortina, dois bancos, trazidos da cozinha, mais três ou quatro cadeiras, reservadas para possíveis visitantes como funcionários da seção técnica, incluindo capatazes e civis. Efetivamente, em todas as noites tivemos tais visitantes, e na última apresentação não ficou nenhuma cadeira vaga. Na parte de trás, finalmente, os detentos, de cabeças descobertas em sinal de respeito para com os visitantes, vestindo seus capotes e peles de carneiro, embora a sala estivesse bem quente. Evidentemente, ali era bem pequeno para abrigar tamanho público. Sobretudo nas filas de trás, estavam todos de pé muito comprimidos, sem contar que havia muita gente em cima dos catres e entre os bastidores, assistindo de onde fosse possível. A superlotação, principalmente nos fundos, era notória, o aperto tão grande quanto aquele do dia em que fomos colocados no balneário. A porta para o pórtico permanecia totalmente aberta e até mesmo lá, apesar de fazer um frio de vinte graus abaixo de zero, havia gente aglomerada. Eu e Petrov fomos forçados a ir para a parte da frente, perto dos bancos, onde se via melhor do que atrás. Viam-me como conhecedor ou crítico, alguém em condições de julgar melhor que os outros. Eu percebera que Bakluchin, durante o tempo dos ensaios, sempre se aconselhava comigo, considerando muito minhas opiniões. Colocaram-me, portanto, num lugar de destaque. Quando os detentos parecem exibidos e insensatos, é puro jogo de cena. Quando zombam de mim nos trabalhos das turmas, em função de eu não poder ajudar no trabalho, do mesmo modo nas ordens ásperas de Almazov quando nos esnobava com sua habilidade em moer o alabastro, tudo isso decorria de eu, como outros, ter sido aristocrata, tal como os mestres de Almazov e dos outros, e por esse motivo não podiam ter sentimentos amistosos em relação a nós. Nesse momento, porém, ali no teatro, deram-me até um lugar de honra. Reconheciam que eu era entendido naquela especialidade, que discernia mais do que eles, razão pela qual opinaria melhor. Até os que implicavam comigo queriam agora (soube disso depois) que eu elogiasse o teatro deles, desejavam saber a minha opinião, motivo pelo qual, sem nenhum servilismo, conduziram-me até a primeira fila. Tento hoje analisar o que vi então, sendo coerente com a impressão colhida. Mesmo naquele momento compreendi — estou certo de que não me engano — que a deliberação deles não era fruto de humildade ou dúvida, mas sim, consciência do próprio valor. Uma das características mais expressivas e destacadas do nosso povo é a sua noção de mérito e sua sede de justiça. Ser presunçoso no que faz e se colocar no primeiro lugar em tudo, a qualquer preço, sendo-se ou não digno de estar no primeiro posto, são coisas que o nosso povo é incapaz de fazer. De nossa parte, devemos superar a primeira impressão, sempre superficial e, sem preconceitos, atingir a essência do povo, pois assim descobriremos neles coisas de que antes não havíamos nem sequer suspeitado. Nossos sabichões não lhes podem ensinar muito. Pelo contrário, acredito que, de maneira geral, os doutos senhores é que devem aprender com o povo.

Petrov havia dito, ingenuamente, ao irmos para o teatro, que eu teria um esplêndido lugar porque poderia e certamente ia pagar mais. Não havia preço estabelecido para a festa, cada um pagava o que desejava ou lhe era possível, jogando no prato meio copeque que fosse. Não obstante tivessem me dado um lugar melhor pelo fato de eu poder pagar mais, mesmo isso era feito de um sentimento justo! "Se tem mais dinheiro do que nós, então merece o melhor lugar. Embora estejamos aqui em igual situação, pode gastar mais do que nós. Sem contar que um espectador assim é muito mais agradável para quem representa, e isso é mais um motivo para lhe caber o melhor lugar! O importante aqui não é o dinheiro, mas o respeito à arte, então devemos obedecer a algum tipo de classificação." Que afirmação de orgulho tão nobre! Não era, portanto, em função do dinheiro, mas pelo respeito próprio! Pode-se dizer que no presídio não se dava grande importância à riqueza, sobretudo quando se examina o detento não individualmente, mas em seu conjunto. Não me recordo de um caso único em que alguém se sentisse diminuído frente aos outros por falta de dinheiro. Claro que tinha os que gostavam de pedir, e muitas vezes me procuraram, mas eles faziam isso mais por esperteza do que por ganância; faziam porque era de seu feitio. Acho que não estou me explicando bem. Estou esquecendo o teatro. Vamos voltar a ele.

O alojamento adquirira um ar animado e peculiar antes de o pano subir. Para começar, estava apinhado de assistentes ansiosos, num aperto danado, todos com uma mistura de impaciência e de entusiasmo nos rostos, na expectativa de o espetáculo começar. Um amontoado de gente nas filas de trás, um quase subindo nas costas do outro que estava na frente. Uns detentos haviam trazido da cozinha troncos destinados à lenha, encostavam-nos nas paredes e subiam neles, segurando-se nos ombros de quem estivesse na frente. E sem sair dali, suportavam durante duas horas aquele sufoco, satisfeitos com tudo. Outros ficavam na ponta dos pés, na base do aquecedor, ficando desse modo apoiados aos mais próximos o tempo inteiro. Coisa igual ocorria na última fila junto à parede. Sobre os catres nas laterais, outros detentos espremiam os músicos assistindo ao espetáculo de um lugar privilegiado. Meia dúzia deles arranjava lugar mesmo em cima da estufa, em volta da chaminé, onde avistavam a sala de cima para baixo. Sortudos! Nas sacadas e peitoris da parede do lado oposto instalavam-se os retardatários, já que lhes tinha sido impossível entrar. Todos se portavam corretamente, sem criar confusão, primando em quererem se mostrar às autoridades e às visitas. A ansiedade dominava a todos, e os rostos já estavam vermelhos e brilhantes de suor por causa do calor. Era uma alegria quase pueril, um prazer cândido e singelo imperando naqueles rostos cheios de marcas, cicatrizes, naqueles olhos que fora daquele ambiente e momento eram tão sinistros ou tristes, onde a maldade há muito reinava... Eles haviam retirado os gorros, e de um lado a outro do alojamento era um mar de cabeças raspadas. Mas ouça, ruídos vindo do palco! O pano subirá em breve! A orquestra começa a tocar e aqui vale uma referência em especial. Num catre, de um lado, encontram-se músicos com seus instrumentos. Duas rabecas (uma da prisão mesmo, outra conseguida emprestada, de fora, mas ambos os executantes eram detentos), três balalaicas rusticamente artesanais, dois violões e um pandeiro substituindo um contrabaixo. As rabecas só guinchavam e gemiam, os violões eram atrozmente ruins, mas as balalaicas eram extraordinárias. A agilidade dos dedos correndo pelas cordas certamente atendia aos requisitos mais exigentes. Todas as melodias tocadas eram dançantes. Nos trechos mais animados os músicos das balalaicas batem com os nós dos dedos no bojo do instrumento. A entonação, o bom gosto, a execução, o manejo dos instrumentos, o caráter da interpretação — tudo era singular, original, peculiar para os detentos. Um dos violonistas também demonstrava magnífica intimidade com seu instrumento. Era o aristocrata parricida. O pandeirista era simplesmente milagroso, ora fazendo o pandeiro girar em seu dedo, ora percutindo-lhe o couro com os polegares; ora vinham batidas altas, rápidas e regulares, ora o stacato pesado subitamente se dissolvia num suave murmúrio de infinitas notas sussurrantes. Finalmente, havia duas concertinas, espécie de acordeão. Juro que até aquela noite eu nunca havia suposto que um instrumento tão singelo oferecesse tantas possibilidades! A combinação de tons, a destreza na execução e, principalmente, o sentimento, a compreensão e a reprodução da própria essência da música foram impressionantes. Pela primeira vez pude perceber toda a infinita alegria e audácia das festivas e espontâneas canções dançantes russas.

O pano se abriu, finalmente. Todos voltaram seus olhos para lá, aprumando-se; os que se encontravam atrás ficaram na ponta dos pés, um ou outro tentou ajeitar a madeira em que se apoiava e caiu, mas ninguém tirou os olhos da cena. Fez-se um silêncio completo, e a peça começou.

Ao meu lado estava Ali, com os irmãos, e mais outros circassianos. Como gostavam muito do espetáculo, não perderam uma só noite. Todos os muçulmanos e tártaros, conforme constatei várias vezes, gostam muito de todos os tipos de espetáculo. Junto deles também estava Isaías Fo mitch que, segundo percebi, tão logo subiu o pano, ficou de olhos e ouvidos atentos, totalmente transformado, esperando que ocorressem prodígios e maravilhas. Seria terrível se sua expectativa fosse frustrada.

A alegria estampava o rosto inefável de Ali: ele era como um adolescente diante de um mistério, de forma que, confesso, sentia por vezes prazer em contemplá-lo.

O fato é que em cada passagem, cômica ou dramática, quando estourava uma gargalhada geral ou um silêncio emocionado ficava parado no ar, eu me voltava para admirar o semblante de Ali. Absorvido pela cena, ele não me percebia. Próximo a mim, à esquerda, tinha um detento, no mais das vezes quieto e irritadiço; até ele percebeu o embevecimento de Ali e também ficou tocado, como pude notar, a todo momento virando o rosto para observá-lo meio risonho. Ele o chamava de "Ali Semionitch", não sei o porquê. O espetáculo começou com Filatka e Mirochka. Bakluchin representava seu Filatka com admirável naturalidade, de maneira magnífica. Percebia-se que cada gesto, cada frase tinham sido ensaiados com afinco. Mesmo a palavra menos essencial, não importa qual fosse o movimento que a acompanhava, tinha um sentido e uma razão de ser, de acordo com o temperamento do personagem. Além disso, sua interpretação era de espontaneidade digna de nota. Ninguém, vendo Bakluchin representar, seria capaz de negar seu talento nato, irresistível, para o teatro. Eu já havia assistido a essa peça muitas vezes nos palcos de Moscou e de São Petersburgo e afirmo que nenhum dos atores que vi assumir o papel de Filatka igualava-se a Bakluchin. Perto dele eram camponeses de palco e não verdadeiros mujiques, preocupados demais em representar um mujique. Sem contar que Bakluchin estava estimulado pelo espírito de competição. Todos sabiam que o papel de Kedril na peça seguinte seria representado pelo detento Pozeikin, ator que por algum motivo era considerado por quase todos melhor e mais capacitado que Bakluchin. E Bakluchin, como uma criança, ficou magoado com isso. Não se sabe de onde surgiu essa história, mas quantas vezes, nos últimos dias, não vinha Bakluchin até mim desabafar a mágoa? Duas horas antes da representação, ele já estava até febril. Toda vez que o público ria, aplaudindo com entusiasmo e gritando "Bravo, Bakluchin, ótimo, garoto!", o seu rosto resplandecia de contentamento, e a inspiração brilhava em seu olhar. A cena em que Filatka e Mirochka se beijavam, com Filatka gritando antes "Limpa essa cara!", ao mesmo tempo em que limpava a própria, era de uma comicidade inigualável. Todo mundo simplesmente rolava de rir. Para mim, o mais interessante de tudo era o público, totalmente desinibido e informal, que manifestava seu prazer sem reservas, com aplausos que explodiam cada vez mais frenéticos. Um cutucava o vizinho, mostrando-lhe entusiasticamente seu agrado, mas continuando a assistir ao espetáculo, sem olhar para o outro. No momento de uma cena cômica, outro ainda se virava para o público, envolvia-o com o olhar como se convidando-o a rir com ele, agitava os braços e logo se voltava para o palco. Sem conseguir ficar quieto, um terceiro dava estalidos com a língua e com os dedos e, como o aperto o impedia de se mexer no lugar, balançava ora uma perna, ora a outra. Quando a peça acabou, a alegria era contagiante. Não há em mim intenção de exagerar. Imagine um presídio, grilhões, homens que têm diante de si longos e terríveis anos de reclusão e uma vida monótona, onde o tempo é como uma chuva que cai gota a gota, numa paisagem que é só outono. De repente esses homens aprisionados ganham uma hora em que podem se descontrair, alegrar, entreter, deixando de lado, esquecendo seu pesadelo soturno, para isso tendo eles próprios organizado o "seu" teatro. Além disso, um teatro que provoca a inveja e a admiração da cidade inteira: "Puxa, vejam só o que os presidiários conseguiram fazer!". Considerem a extravagância que significavam para eles os figurinos. Achavam aquilo interessantíssimo, ver, por exemplo, um Vanika Otpeti, um Nezvetaiev ou Bakluchin, vestidos com roupas muito diversas daquelas com que eram vistos diariamente, há anos. Vejam só, aquele não passa de um condenado que, quando anda, sacode a corrente e faz barulho. Mas agora está dentro de um casaco, tem uma cartola na cabeça, traz no braço um sobretudo, como se fosse da alta sociedade! Pôs uns bigodes de mentira, vestiu uma peruca. Tira do bolso um lenço vermelho, abana-se com ele e se exibe como um cavalheiro, como se fosse cavalheiro de nascença! Tudo é incrível: o "magnânimo benfeitor" aparece num uniforme de adido militar. É verdade que numa farda muito surrada, mas com dragonas! Na cabeça, um tricórnio com emblema; um luxo. Dois candidatos se apresentaram para esse papel e ambos brigavam por ele como crianças, de fato ansiosos por usar a farda do suposto ajudante de ordens, com aquelas dragonas! Os outros atores tinham a toda hora que separá-los e decidiram por votação unânime que o papel seria de Nezvetaiev. Assim se deu não porque fosse ele mais bonito, mais vistoso e, portanto, mais indicado para o personagem principal, mas apenas porque havia garantido que possuía um chicote e, sobretudo, porque soube riscar a areia do chão enquanto conversava com um cavaleiro da elite, revestido de elegância. Vanika Otpeti por sua vez não soube fazê-lo, pelo simples motivo de nunca ter visto um cavaleiro da alta sociedade! E, realmente, quando Nezvetaiev se apresentou diante do público com a sua dama, ficou todo o tempo rabiscando o chão displicentemente com o finíssimo broto de bambu que havia conseguido não se sabe onde, querendo mostrar que esse gesto reflete a distinção pessoal e elegância mais destacada. É bem possível que na sua infância, de pequenino serviçal descalço, tenha visto algum rapaz elegante manuseando um rebenque na mão e tal impressão lhe tenha ficado para sempre na memória, um gesto fascinante, remoto no tempo, mas que agora ali estava, trinta anos depois, materializando-se na cena, por meio da lembrança, para maravilhar duzentos condenados. Nezvetaiev estava de tal forma envolvido em sua interpretação que não via ninguém, falando sem levantar os olhos, de modo a não interromper seu gesto de riscar o chão com a ponta da varinha. "A magnânima benfeitora" estava igualmente formidável. Trajava um velho vestido de musselina, na verdade mais parecendo um amontoado de trapos, deixando braços e colo nus, usando pintura em exagero e um toucado branco na cabeça, cujas fitas formavam um laço do queixo. Completando a figura, uma sombrinha numa das mãos e um leque (pedaço de papelão cortado em triângulo) na outra, com o qual de vez em quando se abanava. Gargalhadas recepcionavam a dama, e ela não se segurou e riu também. Quem fazia o papel da excelentíssima senhora era o preso Ivanov; Sirotkin, vestido de senhorita, estava adorável. As músicas também caíram bem. Em suma, a peça causou boa impressão, todos ficaram plenamente satisfeitos. Não houve críticas. E como poderia haver?

Os músicos executaram novamente a abertura, a canção folclórica russa "Sieni, Moi Sieni" ("Sombras, Oh! Minhas Sombras"), e o pano voltou a subir. Era a Kedril, peça que lembrava um pouco *Don Juan*, pois, nela também, tanto o amo como o criado acabavam sendo levados para o inferno. Tinha só um ato, mais parecendo um fragmento, pois o começo e o fim se haviam perdido. O enredo não tinha um pingo de lógica. A cena passava-se numa estalagem em algum lugar da Rússia; o proprietário entra num quarto, acompanhado do hóspede, um senhor com uma capa militar e um chapéu de aba caída; junto vem o criado Kedril, com uma mala e um frango enrolado num papel azul. Kedril usa jaqueta de pele e uma cartola de libré. É ele o glutão, e dos grandes. Quem o interpreta é o prisioneiro

Pozeikin, o rival de Bakluchin; e o hóspede é representado pelo mesmo Ivanov que na peça anterior fizera o papel da "magnânima benfeitora". O dono da estalagem, Nezvetaiev, afirma que aquele quarto é assombrado por demônios e vai embora. O hóspede, sério e sombrio, diz, meio de lado, que já sabia que o quarto era mal-assombrado e, em seguida, ordena a Kedril para arrumar as coisas e preparar a ceia. Kedril é medroso e glutão. Quando ouve falar em diabos fica pálido e trêmulo como uma vara verde, quer ir embora, só não o faz por respeito ao amo e por estar faminto por causa da viagem. É um sujeito ganancioso, covarde, estúpido, espertalhão a seu modo e rouba o amo sempre que pode, não obstante morra de medo dele. É um tipo interessantíssimo de criado, um pouco parecido com Leporello, sem contar que estava muito bem representado. Pozeikin era um ator de talento surpreendente e minha admiração por ele suplantou a que Bakluchin me causara. Naturalmente, quando me encontrei com Bakluchin no dia seguinte, não falei muito sobre isso para não magoá-lo. Registre-se igualmente que o detento que fazia o papel do amo também não era nada mau. Suas falas eram um monte de besteiras da pior espécie, mas a sua dicção era perfeita e vivaz e os gestos, muito apropriados. À medida que Kedril vai retirando as coisas da mala e colocando na cômoda, o amo, num vai e vem pela cena, imerso em pensamentos, afirma que aquela noite será sua última jornada. Com cara de curioso, Kedril escuta, faz caretas, resmunga apartes, fazendo a plateia rir a cada comentário seu. Deseja que o amo se dane, mas, como ouviu falar em demônios, começa a lhe fazer perguntas sem parar. Por fim, o amo lhe explica que há tempos, quando teve uma grande complicação em sua vida, implorou o auxílio do inferno e fez um pacto com o demônio; aquele é o dia determinado para os diabos virem buscar a sua alma. Kedril fica apavorado, mas o amo permanece nobremente conformado, a tal ponto que lhe ordena que sirva a ceia. A ordem consegue reanimar Kedril, que vai logo desembrulhar o frango e abrir a garrafa de vinho. Com estardalhaço, arranca e enfia na boca pedaços de frango assado. O público gargalha. Na sequência uma rajada de vento sacode a janela e abre a porta. Kedril, tomado de grande pavor, desconfiado do vento e do barulho, fica imóvel com um grande pedaço do frango na boca, grande demais para engolir. Mais gargalhadas. "Já acabou de servir essa ceia?", pergunta-lhe o amo num berro, sempre andando pelo quarto. "Acabei, Excelência... já estou... servindo...", responde ele, sentando-se à mesa e calmamente começando a devorar a ceia do patrão. A plateia acha graça da dissimulação e da inteligência do criado, mas também da burrice e preocupação do amo. Considero que Pozeikin merecia os aplausos que recebia. Disse as palavras "Acabei, Excelência, já estou servindo..." de maneira formidável. Come sem parar desde que começa a pôr a mesa até o último instante em que serve o patrão, não obstante recue, disfarçando para que o amo não perceba a malandragem. Toda vez que este dá uma olhadela mais direta, ele se abaixa atrás da mesa, levando nas mãos um pedaço do frango, até matar sua gula e só depois servir o amo. "Kedril, isso vai demorar?" "Acabei! Pronto!", ele responde prontamente, mas logo se apavora, pois do frango todo havia restado no prato apenas uma coxa. Como servirá o amo? Mas o fato é que o amo, imerso em suas cismas e apreensões, senta-se à mesa sem notar nenhuma anormalidade, ao passo que Kedril, com um guardanapo no braço, se coloca atrás da cadeira. A cada palavra, gesto ou careta de Kedril — que observava, virado para o público, a estupidez do patrão —, ouviam-se gargalhadas enormes da plateia. Mal o amo começa a refeição, os diabos surgem. A partir daí, já não dá para entender mais nada. A aparência dos diabos nada tem de humana. Ao lado da cena uma porta se abre, e uma aparição branca entra no quarto, tendo no lugar da cabeça uma lanterna; entra mais outro fantasma que, além de lanterna sobre o pescoço, traz nas mãos um sabre. Que significam as lanternas e o sabre, e por que os diabos são brancos? Nenhum dos personagens explica nem estranha isso, era daquele jeito e acabou. O amo dirige-se para os diabos, sem o menor susto, e exclama que está às ordens deles, que podem levá-lo. Kedril, porém, esperto como uma lebre, esconde-se debaixo da mesa, mas apesar de todo seu pavor não se esquece de levar consigo a garrafa de vinho. E os diabos desaparecem. É quando Kedril sai cuidadosamente do seu esconderijo e torna a servir o amo. Quando este se prepara para comer a coxa de frango, surgem não apenas dois mas vários diabos, que o agarram por trás e o levam para o inferno. "Socorro, Kedril!", grita o amo; Kedril, porém, nem aventa em obedecer, cuidando, isso sim, de agarrar a garrafa, o prato e até levando tudo para debaixo da mesa. Os diabos e o amo desaparecem; Kedril sai dali, senta-se na cadeira onde antes estivera o senhor e abre um sorriso de contentamento. Então, pisca os olhos e, balançando a cabeça, malandramente, diz para o público:

— Finalmente fiquei sozinho... Já foi tarde o meu senhor! — todos riem por ele não ter mais senhor, e Kedril acrescenta, piscando os olhos, sempre se dirigindo para a plateia:

— Os diabos carregaram o meu senhor!

O entusiasmo do público é enorme, pois, além de ser engraçado os diabos terem levado o homem, o comentário do criado tem um sentido tão sarcástico e a careta é tão maldosa e safada que se é obrigado a aplaudir a cena. Dura pouco, contudo, a felicidade de Kedril. Ele estava para entornar o resto do vinho no copo quando os diabos reaparecem, sorrateiros e, aos passinhos, se aproximam por trás e agarram-no pelos sovacos. Kedril é um sujeito grande, mas covarde, não se atreve a fugir ou defender-se pois tem as mãos ocupadas: uma com a garrafa, a outra com o copo, coisas que não quer largar. Vira-se para a plateia, exibindo tal expressão de terror e de covardia que a cena até devia ser pintada num quadro. Finalmente é arrancado da cadeira e levado para fora, devendo ter chegado ao inferno com a garrafa que não quis largar de jeito nenhum. Foi esperneando e berrando, e seus gritos são ouvidos mesmo depois que o pano desce. A risada é geral, todos estão contentes... Começam a tocar a "Kamarinskaia", a famosa dança cossaca.

A música começa suavemente, em volume quase inaudível, mas vai crescendo e crescendo, o andamento se acelera, os dedos dos tocadores de balalaica batucam agilmente nos bojos dos instrumentos... É uma "Kamarinskaia" no máximo da vibração, e certamente seu autor, Glinka, ia querer ouvi-la nessa interpretação em nosso presídio. Tem início agora a "pantomima com música", tendo como fundo a "Kamarinskaia" durante toda a apresentação, que mostra o interior de uma azenha. Num canto está o moleiro, consertando seu arreio, e no outro canto sua mulher está fiando na roca. O moleiro é vivido por Nezvetaiev, e a mulher é representada por Sirotkin.

Tanto nessa como nas outras peças, vale notar que os cenários eram paupérrimos. A imaginação do expectador tinha que preencher as lacunas: como parede de fundo, um tapete ou uma manta de cobrir cavalo; já a parede de um lado era um para-vento todo estragado e, do outro lado, não havia nada, apenas o catre. Mas a plateia não estava interessada em procurar defeitos e completava o que faltava com a imaginação, coisa que detentos sabem fazer muito bem. "Se dizem que isso é um jardim, então tudo bem, é um jardim mesmo. Se isso é um quarto, é um quarto; se é uma cabana, é uma cabana; não importa, nem há necessidade de se criar caso por causa disso." Vestido como uma jovem camponesa, Sirotkin estava magnífico; ouviram-se sussurros elogiosos de alguns espectadores. Ao terminar seu trabalho, o moleiro apanhou o capuz e o chicote, aproximou-se da mulher e lhe mostrou, por mímica, que ia sair, mas se ela, na sua ausência, recebesse alguém, então... E mostrou o chicote. Ela prestou bem atenção e, com um gesto de cabeça, indicou que compreendera perfeitamente, dando a entender que aquele chicote já lhe era familiar e que ela não era muito fiel ao sacramento do matrimônio. O homem saiu; tão logo ele fechou a porta, a mulher o ameaçou com o punho fechado. Em seguida bateram à porta; quando esta foi aberta, surgiu em cena um vizinho, moleiro também, mas com barba. Ele a presenteou com um lenço vermelho, com desenhos de ramos; a camponesa sorriu. No momento em que o vizinho fez menção de abraçá-la, bateram novamente à porta. O que fazer com o vizinho? Ela o escondeu debaixo da mesa e retornou para o seu canto. Chegou uma segunda visita; tratava-se de outro, um escrevente da vila, metido num uniforme da justiça militar. Também exibiu mímicas e gestos tão perfeitos que não se podia deixar de ficar admirado pelo fato de tanto talento e vocação artística existentes na Rússia terem ido parar nas prisões e no exílio! Certamente o detento que fazia o papel de escrevente já o representara antes como amador em sua província, razão pela qual desprezava os nossos artistas da prisão, considerando-os fracos e ignorantes da movimentação em cena. Começou, pois, logo de início, representando à maneira dos heróis do repertório clássico de antigamente. Deu um passo largo, parou, sem juntar os dois pés, deu mais um passo, parou novamente, torceu para trás a cabeça e o corpo, aprumou-se e aí deu mais um passo. Aquele jeito de andar, já ridículo nos heróis do teatro clássico, ficava ainda mais engraçado naquele personagem de uma peça cômica. O público, porém, achou que devia ser aquilo mesmo e considerou os passos largos e repentinos do escrevente como coisa importantíssima, aceitando-os sem sombra de crítica. Tão logo o escrevente chegou ao centro da cena, novas pancadas na porta; a moleirinha ficou apavorada. Onde esconder o escrevente? Na arca, que felizmente estava aberta. O escrevente agachou-se como pôde dentro da arca e a moleira fechou a tampa. Apareceu então um visitante ilustre, um amante também: um padre, todo paramentado. Uma gargalhada homérica explodiu na plateia. Quem fazia o papel era o detento

Kochikin, e o representava muito bem. Parecia bem mais um brâmane, e com muitos gestos começou logo a mostrar sua paixão. Levantava as mãos para o céu, depois as colocava sobre o coração; mas foi só começar a demonstrar seu amor, e mais uma forte pancada sacudiu a porta, seguida de outras mais barulhentas. Deu para perceber que deveria ser o moleiro. A pobre moleirinha ficou toda atrapalhada, e o padre correu atrás dela, para a roca. Ela não se lembrou de abrir a porta e desandou a fiar sem parar. Como não ouvisse as batidas do marido, torceu, cheia de medo, nas mãos um fio que não existia e girou com o pé a roca que acabou tombando para o lado. Sirotkin mostrou a confusão muito bem. O moleiro arrombou a porta com um pontapé e correu para a mulher com o chicote já erguido. É que, escondido ali perto, vira tudo e agora mostrava com os dedos que ela recebera três homens. Desandou a procurá-los. Encontrou primeiramente o vizinho, que foi expulso do quarto aos pontapés. O escrevente, burro, ergueu a tampa da arca, querendo fugir, mas o moleiro viu e deu-lhe umas chicotadas nas costas enquanto ele tentava fugir, saindo da cena não mais com aqueles passos à maneira clássica. Sobrou apenas o padre. O moleiro demorou a achá-lo, mas finalmente o encontrou acocorado bem no fundo do armário; fez-lhe uns salamaleques respeitosos, agarrou-o pela barba e puxou-o para o meio da cena. O padre procurou afastá-lo gritando: "Excomungado! Excomungado!". Foram essas as únicas palavras pronunciadas em toda a encenação. O marido, porém, não ligou para a maldição e castigou-o exemplarmente. Ao perceber que chegara a sua vez de ser punida, ela atirou para o lado o fuso e fugiu do quarto, derrubando o escabelo e tropeçando na roca. Todos explodiram de tanto rir. Ali me puxava, sem me olhar, e exclamou: "Veja só, o brâmane, o brâmane!", e desatou a gargalhar descontroladamente. O pano caiu. E teve início a cena seguinte.

Mas nem posso descrever as outras cenas. Houve duas ou três. Todas engraçadas, formidáveis, alegres sem afetação. Os textos não eram dos próprios detentos, por certo, mas eles contribuíram muito; quase todos os atores improvisaram falas nas cenas e, assim, a cada noite as peças iam ficando sempre maiores. A derradeira pantomima, do tipo fantástico, finalizava com um bailado. Um cadáver estava sendo sepultado. O brâmane, cercado de muitos seguidores, fez várias conjuras sobre a lápide para ressuscitar o morto, sem resultado. Finalmente, tocou-se a canção "Ao pôr do sol", o morto se levantou, e todos começaram a bailar. O brâmane dançou com o ex-morto um bailado bem oriental. E assim terminou a apresentação dessa noite. Muito satisfeitos, os detentos começaram a sair, elogiando os atores e agradecendo a presença e o consentimento do sargento. Retiraram-se todos de maneira ordeira e, posso mesmo dizer, feliz. Dessa vez foram dormir de uma maneira diferente, digamos, com a alma serena. "E, por quê?", pode-se perguntar. Minha afirmação é a pura verdade. O fato é que aquelas pessoas puderam viver, embora por pouco tempo, com leveza, divertir-se como gente, não se sentindo durante aquele período como prisioneiros, e sim como pessoas normais, experimentando uma libertação da alma, ainda que por poucos minutos... Mas já era noite alta. Por algum acaso, acordei subitamente e me apoiei no cotovelo. O velho ainda estava rezando próximo ao aquecedor e rezaria até de manhã. Perto de mim, Ali estava dormindo. Lembrei-me de que ele, pouco antes de dormir, ria e conversava com os irmãos sobre o teatro, e que eu observava, tal como observei agora, o seu semblante infantil, irradiando prazer involuntário e espontâneo. Na insônia que me assaltou, aos poucos fui me lembrando de tudo, o dia que passou, o feriado, este mês inteiro... Aterrorizado, ergui a cabeça e olhei os meus camaradas que dormiam. À luz fraca e oscilante da vela barata que, conforme o regulamento, permanecia acesa, olhei para os rostos pálidos, suas camas em mau estado, toda aquela miséria e abominação horrenda. Mudei de posição para enxergar melhor e me convencer de que não era um pesadelo, e sim a realidade. Mas era a verdade: ouvi um gemido; um braço caindo pesadamente sobre uma tábua; ruídos pesados de correntes. Alguém virou de lado, se encolheu e, dormindo, falou algo. Perto do aquecedor, o avô rezava por todos os "cristãos ortodoxos". Pude ouvir sua oração quieta, ritmada, arrastada: "Cristo, Nosso Senhor, tenha piedade de nós..."

— Não ficarei aqui para sempre... só alguns anos! — pensei, e novamente deixei minha cabeça tombar sobre o travesseiro.

SEGUNDA PARTE

1
O HOSPITAL

Adoeci logo após as festas de Natal e fui encaminhado a nosso hospital militar. Ele situava-se, isolado, a uns quinhentos metros da fortaleza. Era um prédio comprido, com apenas um andar, todo pintado de amarelo. No verão, que era a época em que se faziam obras e reformas, ele era generosamente repintado de ocre. Em seu gigantesco pátio se erguiam as dependências da administração e das moradias do corpo clínico e os demais prédios de serviço. A estrutura principal, no entanto, continha somente enfermarias. Eram muitas, mas apenas duas eram destinadas aos detentos, estando sempre cheias, sobretudo no verão, quando era necessário juntar as camas para obter mais espaço. As enfermarias viviam repletas de "infelizes" de todo tipo. Recebiam doentes do nosso presídio, assim como vários tipos de detentos militares classificados nas seguintes categorias: detentos já sentenciados, os que aguardavam sentença e os que estavam em trânsito. Recebiam também os doentes da companhia correcional, uma instituição estranha para onde eram enviados soldados indisciplinados para serem corrigidos, mas que após dois anos ou mais, em geral, saíam transformados em bandidos ainda piores. Os nossos condenados que adoeciam se apresentavam normalmente ao cabo pela manhã. Eram registrados num livro e enviados sob escolta, juntamente com o livro, para a enfermaria militar. Lá, os médicos examinavam todos os enfermos vindos por ordem dos comandos militares distribuídos pela fortaleza, e então os que eram reconhecidos como realmente doentes eram enviados para o hospital. Fui registrado no tal livro e, pouco depois da uma da tarde, após todos saírem para o turno vespertino, dei entrada no hospital. Ao ficar doente, o detento geralmente levava consigo todo o dinheiro que podia, bem como pão, porque não deveria esperar receber comida no dia de sua chegada. Levava também seu cachimbo, uma bolsa com tabaco e um isqueiro, objetos esses que iam bem escondidos dentro do cano da bota. Entrei no hospital com alguma curiosidade, pois desconhecia esse aspecto da vida no presídio.

Era um dia morno, encoberto e triste, um desses dias que fazem com que instituições como hospitais pareçam mais desagradáveis, pouco atraentes e sombrias. Entrei com os soldados da escolta na recepção, logo me deparando com duas banheiras de cobre onde outros dois doentes, prisioneiros, já aguardavam com suas respectivas escoltas. Um servente apareceu, nos examinou rapidamente de forma displicente e arrogante, e se retirou de forma ainda mais indolente para avisar o médico do plantão. Este apareceu em seguida, examinou-nos, tratando-nos com muita gentileza, e entregou-nos "listas" com nossos nomes em cima. O diagnóstico final de nossas doenças, a prescrição dos remédios, das dietas e tudo o mais eram de responsabilidade do cirurgião encarregado das enfermarias do presídio. Eu já ouvira falar muito bem sobre o tratamento dispensado aos presos pelos médicos. "São como uns pais para nós", responderam-me quando estava para ir para o hospital. Nesse meio tempo trocamos de roupa. Levaram as que usávamos e nos vestiram com roupas de hospital, além de nos darem meias longas, chinelos, gorros e compridos e espessos roupões marrons forrados com uma espécie de material grosso e áspero parecendo emplastro. O roupão era, para ser direto, absolutamente nojento, mas somente mais tarde percebi a real extensão de sua imundície. Levaram-nos depois para as enfermarias do presídio, que ficavam no fim de um corredor comprido, alto e limpo. O asseio aparente causava boa impressão; tudo o que enxergávamos reluzia. Pode ser que me parecesse assim em comparação com o presídio. Os dois detentos que aguardavam julgamento foram para a enfermaria da esquerda e eu, para a da direita. Diante da entrada, onde havia uma cancela de ferro, duas sentinelas armadas com rifles. Um cabo (da guarda do hospital) fez com que eu entrasse. E desse modo eu me vi numa sala longa e estreita, com leitos enfileirados em ambos os lados. Dos vinte e dois que contei, apenas três ou quatro estavam vazios. Eram leitos de madeira pintados de verde, daqueles que todo mundo na Rússia conhece bem até demais, e que, como que por uma incrível fatalidade, contêm sempre percevejos. Coloquei-me num lugar ao canto, perto da janela.

Como disse antes, encontravam-se ali também detentos do nosso presídio. Muitos já me conheciam, pelo menos de vista. Havia muitos outros doentes dos que aguardavam julgamento ou a execução de suas sentenças, além de soldados da correcional. Não havia muitos enfermos graves, isto é, que não podiam sair da cama. Os outros, menos gravemente doentes ou em convalescença, ficavam sentados nas camas ou passeando pelo quarto, no espaço entre as fileiras de leitos. A sala estava impregnada pelo odor extraordinariamente sufocante, típico dos hospitais: repleto de emanações desagradáveis e de cheiro de medicamentos, não obstante o aquecedor ficar aceso por quase o dia todo. A minha cama estava coberta com uma colcha listrada; levantei-a e vi um cobertor de lã revestido com um tecido de algodão rústico e um lençol grosso de asseio duvidoso. Sobre a mesinha de cabeceira, uma moringa e uma caneca de lata. Tudo coberto decentemente com uma toalhinha que me fora dada. Debaixo da mesinha havia uma prateleira onde os doentes podiam guardar seus bules para chá, seus potes para kvass e outras coisas mais. No entanto, raros eram os doentes que tomavam chá. Os cachimbos e as tabaqueiras, que quase todos tinham, inclusive os tuberculosos, ficavam escondidos debaixo das camas. O médico e os oficiais quase nunca revistavam as camas e, mesmo quando pegavam algum doente fumando cachimbo, fingiam não ver. Até os muito doentes costumavam ser cautelosos e só fumavam perto do aquecedor. Raramente fumavam na cama, embora à noite não houvesse rondas nas enfermarias, exceto talvez algum oficial ou o comandante da guarda do hospital.

Até então eu nunca estivera num hospital. Para mim, tudo aquilo era novidade. Notei que eu chamava certa atenção. Os doentes já haviam ouvido falar de mim e me observavam sem cerimônia, até mesmo com certa condescendência, como se eu fosse uma criança recém-matriculada na escola ou estivesse solicitando algo em alguma repartição pública. À minha direita estava deitado um detento que aguardava sua sentença, filho natural de um capitão já reformado. Ele fora condenado por falsificar dinheiro e estava no hospital já fazia um ano, mas não creio que houvesse nada de errado com ele, embora tivesse convencido os médicos de que sofria de um aneurisma. Conseguira assim seu objetivo de escapar do castigo corporal e dos trabalhos forçados, sendo um ano mais tarde transferido para Tobolsk para ser hospitalizado definitivamente. Era um rapaz forte e atarracado, de uns vinte e oito anos, grande trapaceiro e advogado amador, nada bobo, um jovem de grande insolência e autoconfiança, morbidamente vaidoso e seriamente convencido de que era o homem mais sério e correto do mundo, e até de que era completamente inocente, convicção essa que permanecia inabalável. Foi ele quem me dirigiu a palavra primeiro, fazendo uma porção de perguntas e me dando alguns detalhes de como funcionavam as coisas no hospital. Naturalmente, a primeira coisa que me contou foi que era filho de um capitão. Ele era imensamente ansioso para passar por nobre, ou pelo menos "bem nascido". Depois dele fui abordado por um enfermo pertencente à companhia correcional, que afirmou ter conhecido vários aristocratas exilados, aos quais se referia pelos nomes e sobrenomes. Era um antigo soldado; pela cara dele eu podia ver que estava mentindo. Chamava-se Chekunov. Com certeza farejava o meu dinheiro, por isso vinha procurando fazer amizade. Ao verificar que eu tinha um pacote de chá e açúcar, na hora se ofereceu para arranjar uma chaleira e fazer chá para mim. Miretski já havia prometido me remeter uma chaleira por um dos detentos que viesse ao hospital trabalhar. No entanto, Chekunov resolveu cuidar ele mesmo do assunto. E de fato arranjou a chaleira e até uma xícara; ferveu a água, fez o chá, enfim me serviu com muita atenção, a ponto de um doente do lado começar a fazer comentários amargos e cáusticos. Esse doente era um tísico, meu vizinho de cama, um soldado condenado de nome Ustiansev; aquele que eu já havia mencionado que, com medo de ser açoitado, bebera uma mistura de vodca com fumo, assim contraindo tuberculose. Até agora estivera deitado, sem falar, respirando com dificuldade, observando-me atentamente e seguindo, com indignação, todos os movimentos de Chekunov. Seu rancor e indignação, de tão intensos, chegavam a ser cômicos. Finalmente, não se segurou mais e gritou:

— Olhem o escravo! Conseguiu um senhor! — disse com voz entrecortada e arfante. Já estava nos seus últimos dias de vida.

Chekunov voltou-se indignado:

— Quem é escravo aqui? — e encarou Ustiansev com desprezo.

— Você! — respondeu o outro, com tanta confiança que era como se tivesse todo o direito de repreender Chekunov ou mesmo como se lhe houvesse sido dada tal obrigação.

— Eu?

— Você, sim. Estão vendo só, gente boa? Ele não acredita... está espantado!

— Qual é o seu problema? Olhe, sozinhos não sabem se virar. Não estão acostumados a viver sem empregados, todo mundo sabe. E por que não ajudá-los, seu idiota com cara de ouriço?

— Quem é cara de ouriço?

— Você!

— Eu, cara de ouriço?

— É, sim!

— E você? Acha-se uma beleza, hein? Se eu tenho cara de ouriço, você tem cara de ovo de corvo!

— Bem, é isso que você é, cara de ouriço! Se Deus acha que deve matá-lo, você tem mais é que ficar quieto e morrer. Mas não, insiste em resistir. Por que não desiste?

— Eu? Prefiro morrer tentando. Meu pai nunca se humilhou diante de ninguém e sempre me aconselhou a fazer o mesmo. Eu... eu...

Ameaçou dizer mais alguma coisa, mas foi acometido por um terrível acesso de tosse que durou alguns minutos, chegando até a cuspir sangue. Daí a pouco estava com a estreita testa empapada de suor frio. A tosse o impediu de continuar falando, mas seus olhos mostravam o quanto desejava continuar a discussão. Mas tal era a sua fraqueza que só podia acenar com a mão para que o deixassem em paz. Logo Chekunov havia esquecido dele.

Senti que a raiva do tuberculoso era mais contra mim do que contra Chekunov. Ninguém ia discutir com ele ou desprezá-lo só pelo fato de se oferecer a prestar um serviço visando ganhar alguns copeques. Todo mundo sabia que ele só fazia isso por dinheiro. Sobre esse assunto as pessoas simples não têm escrúpulos, achando isso muito natural. Ustiansev realmente não gostava era de mim. Implicara com o meu chá e com o fato de eu, apesar de acorrentado, continuar sendo um cavalheiro necessitado de serviçais, muito embora eu não estivesse acostumado a ser servido e nem gostasse disso. Na verdade, meu desejo sempre foi tratar eu próprio de minhas coisas, evitar parecer uma criatura afeminada e fresca bancando o fino cavalheiro. Parte da minha autoestima dependia dessa atitude. Ainda assim, e nunca entendi o porquê, jamais consegui me desvencilhar de vários criados e parasitas, que me atazanavam a ponto de acabar eu sendo o servo e eles mandarem em mim. De alguma forma, minha aparência sempre dava a entender que eu era muito nobre para ficar sem criados. Claro que isso me constrangia. Mas Ustiansev era tuberculoso e irritável.

Os demais doentes mantinham um ar de indiferença com um quê de condescendência; fiquei sabendo por fofocas na prisão que um doente condenado que estava, naquele momento, sendo castigado, seria trazido a nós naquela noite. Esse novato era esperado com alguma curiosidade. Pelo que diziam, tratava-se de um castigo "leve": somente quinhentas chicotadas.

Aos poucos fui investigando o lugar. Percebi que os casos mais graves eram de escorbuto e de doenças dos olhos, algo muito comum naquela região. Na enfermaria, encontrei muitos desses doentes. Outros verdadeiros enfermos tinham febre, várias feridas e doenças pulmonares. Essa enfermaria não era igual às outras: aqui todas as doenças, inclusive as venéreas, eram tratadas juntas. Refiro-me a *verdadeiros* doentes porque havia alguns que simplesmente tinham chegado sem doença alguma, "para repousar". Os médicos geralmente os admitiam por piedade, principalmente quando havia muitas camas vazias. As condições das salas da guarda e no presídio eram tão ruins, comparadas com as do hospital, que muitos presos ficavam felizes ao serem internados, apesar do ar sufocante e da vida permanentemente fechada na enfermaria. Existiam até aqueles que gostavam de ficar deitados e da vida de hospital em geral, a maioria oriunda da companhia correcional. Olhei com curiosidade para todos meus novos companheiros, mas lembro-me de um que me chamou especialmente a atenção: um moribundo, tísico, do nosso presídio e, na verdade, com poucos dias de vida pela frente. Jazia numa cama, próxima de Ustiansev, quase em frente à minha. Chamava-se Mickhailov; eu o vira no presídio havia somente duas semanas. Já estava doente por muito tempo e deveria ter procurado o hospital bem mais cedo. Mas fora aguentando, com uma paciência obstinada e desnecessária, até que por volta do Natal veio transferido para a enfermaria, apenas para morrer em três semanas de uma tuberculose galopante que o consumiu como um incêndio. Surpreendeu-me logo a sua fisionomia, tão alterada e diferente, uma das primeiras que eu vira quando entrei para o presídio. Seu vizinho era um soldado da companhia "correcional", homem já idoso, horrível e revoltantemente porco... Mas não posso percorrer a lista completa de doentes... Eu me lembro desse velho nojento somente porque ele me causou impressão e me fez num instante compreender algumas peculiaridades da enfermaria da prisão. Eu me lembro de que esse velhote horroroso estava com uma gripe violenta. Espirrava sem parar e durante uma semana inteira ficou espirrando, até mesmo quando dormia. Às vezes, dava cinco ou seis espirros seguidos, acrescentando ao final:

— Mas isto é um castigo, Deus do céu!

Então se sentava na cama e enfiava rapé no nariz, para espirrar mais violentamente e assim fazer uma limpeza mais profunda. Espirrava num lenço de algodão xadrez, de sua propriedade, já lavado cem vezes e totalmente desbotado. Seu nariz se enrugava de forma peculiar formando inúmeras linhas finas, mostrando os cacos pretos de dentes e as gengivas vermelhas e babadas. Depois de espirrar, abria bem o lenço, inspecionava cuidadosamente aquela substância abundante e pegajosa e depois esfregava o lenço no roupão, de forma que o lenço ficava somente úmido e o roupão com toda aquela gosma. Não fez outra coisa durante a semana inteira. Esse cuidado avarento com o próprio lenço em detrimento do roupão do governo não causava protestos por parte dos outros doentes, muito embora qualquer um deles pudesse ter que vesti-lo mais tarde. Mas o nosso povo mais simples é de um descuido e uma falta de escrúpulos impressionantes. Eu tremia de repulsa e imediatamente resolvi, cheio de curiosidade e desgosto, examinar involuntariamente o meu roupão. Seu cheiro forte antes, mesmo sem eu reparar, já me incomodava; agora no meu corpo tivera tempo de esquentar, e fedia cada vez mais a medicamentos, emplastros e, creio eu, a algum tipo de pus — o que, aliás, não era de se admirar, já que durante incontáveis anos o roupão vivera nos ombros de doentes. Talvez o revestimento já houvesse sido lavado alguma vez, mas não tenho certeza. Por outro lado, esse revestimento agora estava impregnado com todo tipo que se possa imaginar de fluidos, loções, água de bolhas estouradas e tudo o mais. Além disso, o hospital recebia frequentemente homens que haviam sido castigados, com as costas cobertas de feridas. Eram então tratados com emplastros, de forma que o roupão, vestido por cima da camisa, também ficava molhado e impregnado de tudo aquilo. E por todos os anos em que estive na prisão, sempre que dava entrada no hospital (o que acontecia com certa frequência), eu vestia meu roupão com medo e desconfiança. Detestava particularmente os piolhos que às vezes vinham nele, incrivelmente grandes e gordos. Os outros presos tinham prazer em matá-los e, quando um deles estalava ao ser esmagado por um polegar grosso e desajeitado, podia-se verificar o nível de satisfação só de ver a cara do caçador. Os percevejos também eram bastante impopulares entre nós e, durante as longas e chatas noites de inverno, todos se levantavam da cama para exterminá-los. Embora nossa enfermaria aparentasse ser tão limpa quanto possível, apesar do cheiro sufocante, não podíamos nos gabar de limpeza interna ou, por assim dizer, limpeza de baixo. Os doentes estavam acostumados assim e até mesmo achavam a situação inevitável; e realmente as regras do hospital não visavam a limpeza em particular. Mas das regras falarei mais tarde.

Tão logo Chekunov trouxe-me o chá (feito, devo mencionar, com a água existente na enfermaria, renovada uma vez por dia e que não demorava em se contaminar com nossa atmosfera), a porta se abriu ruidosamente, e o soldado que acabara de ser castigado entrou fortemente escoltado. Foi a primeira vez que vi um homem nesse estado. Com o correr do tempo, encontrei com muitos outros, alguns sendo até carregados após castigo mais rigoroso; e todas as vezes a entrada deles era uma grande distração para os pacientes. Esses homens eram costumeiramente recebidos por nós com expressões de seriedade intensa e até com certa cerimônia forçada. O acolhimento, no entanto, dependia da seriedade do crime e da consequente punição infligida. Um criminoso seriamente castigado e, por reputação, irrecuperável, causava mais respeito e curiosidade que, por exemplo, algum jovem recruta desertor, como era o caso deste que entrava agora. Mas neste, como no outro caso, não houve demonstração de dó nem qualquer comentário imprudente. O infeliz era ajudado e tratado em silêncio, especialmente se não podia se virar sozinho. Os serventes sabiam que deixavam os punidos em boas mãos. O tratamento consistia na troca constante de lençóis ou camisas molhadas em água fria aplicadas sobre as costas do ferido — especialmente no caso de o paciente não conseguir fazer isso com as próprias mãos —, além da retirada habilidosa de farpas que frequentemente penetravam na pele durante o castigo. Essa última operação costumava ser muito dolorosa para o doente. Não obstante, quase sempre tive que admirar a resistência dessas vítimas. Vi muitos, às vezes cruelmente espancados, e raramente algum deles deu algum gemido! Apenas o rosto se transformava, ficando pálido, os olhos se inflamavam, o olhar desvairado e irrequieto, os lábios tão trêmulos que a pobre vítima precisava mordê-los até sangrar. Desta vez o soldado recém-chegado era um moreno de uns vinte e três anos, forte e musculoso, com um rosto saudável e bastante esguio. Suas costas, porém, estavam uma ferida só. Nu da cintura para cima, trazia sobre os ombros um pano molhado, sob o qual tremia com calafrios. Prestei atenção ao seu rosto quando ficou andando para lá e para cá na enfermaria durante mais ou menos uma hora e meia. Parecia não pensar em nada, mas tinha um olhar selvagem e inquieto, que, podia-se notar, não conseguia se fixar em nenhum objeto sem grande esforço. Pareceu-me que ele olhava fixamente para o meu chá, que ainda estava quente, saindo fumaça da xícara, enquanto o coitado estava gelado até os ossos, tiritando e rangendo os dentes. Ofereci-lhe a xícara. Deu uma volta, veio até mim de repente e, sem dizer nada, agarrou a xícara e bebeu todo o chá, de pé, sem colocar açúcar e com muita pressa, ao mesmo tempo parecendo determinado em não me olhar. Depois de ter esvaziado a xícara, colocou-a sobre a mesinha ainda em silêncio e, sem nem sequer um aceno de cabeça, recomeçou a andar para lá e para cá pela enfermaria. Ele tinha outras preocupações maiores do que palavras e acenos. Quanto aos demais doentes, no começo nem uma só vez ousaram lhe dirigir a palavra; pelo contrário, tão logo terminaram de fazer o que podiam para ajudá-lo, pareciam esforçar-se para não lhe dar mais atenção, como que querendo deixá-lo em paz o mais rápido possível, sem incomodá-lo com mais perguntas ou "interesse e compaixão". E ele me pareceu gostar das coisas como estavam.

Enquanto isso, havia anoitecido e acenderam o lampião. Alguns poucos detentos possuíam seus próprios castiçais. Finalmente, após a visita noturna do médico, o oficial da guarda entrou, conferiu todos os pacientes e, assim que trouxeram o balde para as necessidades noturnas, trancaram a enfermaria... Fiquei surpreso ao saber que esse balde ia permanecer toda a noite dentro da enfermaria, apesar de existirem latrinas apropriadas logo ali fora, a não mais de uns dois metros da porta, no corredor. Mas essa era a regra. Durante o dia um doente poderia ser autorizado a sair por não mais de um minuto, mas de noite era terminantemente proibido. As enfermarias de presídios tinham regulamento diferente de outras enfermarias, e o detento, mesmo quando doente, continuava a pagar sua pena. Não sei quem criou essa regra. Só sei que ela não levava em conta o regulamento e servia para comprovar cabalmente a aridez e falta de sentido da burocracia. Essa ordem, naturalmente, não podia vir dos médicos. Repito que os detentos não se cansavam de falar bem dos médicos, considerando-os como amigos e respeitando-os. O corpo clínico era bondoso, dirigia aos detentos palavras amáveis e estes, rejeitados por todos, valorizavam tais atitudes por serem sinceras. Poderia ter sido diferente. Eles não iam reclamar se fossem maltratados; mas, por isso mesmo, sabiam tratar-se de puro amor ao próximo. Naturalmente, os médicos compreendiam que cada doente, detento ou não, precisava do mesmo ar puro, tanto quanto quaisquer outros enfermos, mesmo que da mais alta ordem. Os enfermos das outras enfermarias, quando convalesciam, podiam andar livremente pelos corredores, exercitar-se mais e respirar ar menos viciado do que o das enfermarias, que era sempre inevitavelmente carregado e sufocante. É terrível e nauseante pensar agora em como nossa atmosfera já poluída deve ter sido ainda mais envenenada durante a noite, quando traziam aquele balde de madeira para dentro, considerando o calor da enfermaria e a presença de certas doenças intoleráveis sem algum tipo de escape. Acabei de dizer que um detento precisava cumprir sua pena mesmo quando doente, mas não quis dizer, nem quero dizer agora, que essa regra tenha sido criada única e exclusivamente com o propósito de punição. Obviamente, essa afirmação teria sido uma calúnia de minha parte. Castigar um doente é desnecessário. Deve-se admitir, então, que uma suposta razão administrativa devesse existir para aquela regra cruel. Qual seria essa razão? O problema é que só há uma razão possível para explicar, e ainda assim em parte, essa e outras medidas incompreensíveis. Como explicar tamanha crueldade? Só mesmo supondo que um detento estivesse preparado para ir ao hospital, fingisse uma doença, enganasse os médicos, fosse à latrina e aproveitasse a escuridão da noite para fugir. É quase impossível discutir seriamente ideia tão absurda. Fugir para onde? E como? Usando o quê? Durante o dia, os detentos só podiam sair da enfermaria um de cada vez. A mesma ordem poderia ser dada durante a noite. Diante da porta estava uma sentinela armada. A latrina ficava literalmente a dois passos de onde se situava a sentinela. Além disso, um segundo soldado acompanhava o doente e não o perdia de vista. No local existia apenas uma janela duplamente reforçada para o inverno e com grades de ferro. Embaixo, do lado de fora, no pátio, perto das janelas da enfermaria, outra sentinela permanecia de guarda toda a noite. Para fugir, a janela reforçada e as grades teriam de ser arrebentadas. Quem deixaria isso acontecer? Mas suponhamos que o detento conseguisse matar o soldado sem fazer nenhum ruído. Mesmo assim, ainda seria preciso serrar a grade e quebrar os vidros. Não nos esqueçamos de que os guardas da enfermaria dormiam perto da outra enfermaria e que a dez passos de distância estava uma sentinela armada e ainda outra "sentinela reserva" e outros guardas por perto. E para onde poderia fugir uma pessoa, durante o inverno, de meias, chinelos, roupão de hospital e gorro? E se era assim, perigo nenhum existindo, por que então dificultar as coisas para os doentes, durante seus últimos dias, senão últimas horas de vida, para quem o ar puro é muito mais necessário do que para os que são saudáveis? Para que isso? Nunca entendi!

Uma vez que formulei esta pergunta, "para quê?", e já que entrei no assunto, não quero prosseguir sem falar de outra dúvida que permaneceu comigo durante longos anos, uma pergunta misteriosa para a qual nunca obtive resposta. Quero dedicar a isso algumas linhas antes de continuar a minha descrição. Refiro-me aos grilhões, que não eram retirados nem mesmo dos doentes em estado desesperador. Até mesmo os tuberculosos morriam com eles, conforme vi. Todos acabavam se acostumando, achando que era coisa normal e inquestionável. Duvido que alguém tenha pensado nisso, nem mesmo os médicos, durante todos aqueles anos, sequer insinuaram uma única vez ser preciso tirar os grilhões de um doente que estivesse passando muito mal, sobretudo de um tuberculoso. Vamos admitir que os grilhões não pesem de forma insuportável. Seu peso oscila entre quatro e seis quilos, e um homem saudável carrega cinco quilos sem problemas. Não obstante, já ouvi dizer que após alguns anos o uso de grilhões acaba fazendo definhar a musculatura das pernas. Não sei se é verdade ou não, mas é muito provável que seja mesmo. Um peso, ainda que pequeno, de uns cinco quilos, amarrado à perna durante anos, constitui um adicional ao peso normal do membro e pode provocar um efeito nocivo. Admitindo, porém, que os ferros não prejudicassem uma pessoa com saúde, o mesmo aconteceria a uma pessoa doente? Mas, mesmo imaginando que não sejam nada para um doente comum, o que dizer então com relação a um tuberculoso, a um doente grave, cujas pernas e braços definham de qualquer forma, fazendo com que mesmo uma palha já constitua peso? Repito que, se os médicos tivessem ao menos exigido a remoção dos grilhões de pelo menos um tuberculoso, já teria sido uma grande e verdadeira gentileza. Muitos dirão que o detento é um criminoso e não merece compaixão. Mas, então, se deve castigar ainda mais uma pessoa sobre a qual já pesa a mão de Deus? É realmente impossível acreditar que o único objetivo desse mal seja a punição. A própria lei poupa o tuberculoso dos castigos.

Por conseguinte, essa é uma exigência regulamentar de misteriosa intenção preventiva. Mas qual seria ela? Não se pode seriamente temer que um tuberculoso tente fugir. Que doente pode pensar nisso, principalmente estando a poucos passos do fim da existência? Fingir de tuberculoso para enganar o médico e, assim, tentar fugir é coisa impossível... A tuberculose é uma doença que se reconhece de imediato. Além disso, acorrentam um homem somente com o propósito de que ele não fuja? Claro que não! Os grilhões valem como um estigma, uma desgraça, um fardo moral e físico. Ou assim se supõe. Mas não podem impedir uma fuga. Mesmo o detento mais bronco e atrapalhado conseguiria arrebentá-los com uma pedra ou serrar a corrente. Grilhões não impedem nada; e se é assim, se eles são exigidos como punição aos criminosos condenados, volto a perguntar: devem-se castigar os moribundos?

Agora mesmo, enquanto escrevo, lembro-me claramente de um agonizante, um tuberculoso, aquele mesmo Mickhailov que estava na cama perto de Ustiansev, quase diante da minha e que, recordo-me bem, morreu quatro dias depois da minha entrada no hospital. É possível que, ao me lembrar dos tuberculosos, tenha involuntariamente reproduzido os pensamentos que me vieram à mente por ocasião de sua morte. Para falar a verdade, quase não conheci Mickhailov. Muito moço ainda, ele tinha apenas uns vinte e cinco anos, era alto, esguio, muito bem apessoado. Pertencia à Seção Especial e estava sempre tristonho, manifestando certa melancolia estranha, parecia estar "definhando" no presídio. Essa era, pelo menos, a expressão usada pelos detentos, pelos quais ele era lembrado gentilmente. Apenas me lembro de que tinha uns olhos muito bonitos. Mas sinceramente não sei por que me lembro dele tão bem. Ele morreu às três horas de um dia claro e frio. Lembro-me de como o sol entrava pelas vidraças esverdeadas e cheias de gelo! Um mar de luz espalhou-se sobre o infeliz. Morreu inconsciente, e sua vida foi se esvaindo de forma longa e dolorida. Já de manhã, não reconhecia os que o rodeavam. Eles queriam aliviá-lo daquele sofrimento, mas como? Sua respiração era difícil, ruidosa e irregular. Seu peito se elevava e baixava profundamente como se não conseguisse ar suficiente. Atirou para longe as cobertas, livrou-se da roupa de cama, começando depois a rasgar a camisa; até mesmo isso parecia difícil para ele. Eles o ajudaram a se livrar da camisa. Era horrível ver aquele corpo comprido, imenso, com aqueles braços e pernas que eram puro osso; com a barriga trêmula e o peito saltado, as costelas parecendo as de um esqueleto. Sobre aquele corpo só restava uma cruzinha de madeira e um relicário e aqueles grilhões, tão largos agora que poderiam ser retirados de suas pernas mirradas. Meia hora antes de ele morrer já falávamos baixo, muito baixo, quase sussurrando, e andávamos na ponta dos pés, só cochichando quando era preciso, olhando a todo instante para o moribundo, cuja respiração era cada vez mais barulhenta. Por fim, com sua mão fraca e errática, pegou o relicário do pescoço e tentou arrancá-lo, como se fosse um peso ainda maior. Uns dez minutos mais tarde, morreu. Os detentos bateram na porta para informar à sentinela. O guarda entrou, lançou um olhar insensível para o morto e saiu para ir buscar o servente. Este, um rapaz moço e simpático, um tanto preocupado com sua aparência, cativante, veio logo. Com passos rápidos, que ecoavam na sala silenciosa, aproximou-se do morto e tomou-lhe o pulso com ar desinteressado, aparentemente preparado para a ocasião, deu de ombros e saiu. Imediatamente o corpo da guarda foi avisado. O morto era um criminoso da Seção Especial, e sua morte deveria ser constatada com formalidades especiais. Enquanto esperavam, o guarda sussurrou que seria bom que alguém fechasse os olhos do morto. Outro ouviu atentamente, em silêncio, aproximou-se do cadáver e fechou-lhe os olhos. Vendo a cruz no travesseiro, segurou-a e, sem dizer nada, recolocou-a no peito de Mickhailov, cujo rosto já começava a enrijecer, e fez o sinal da cruz. Um raio de sol brilhava sobre aquela fisionomia de boca semiaberta, mostrando duas fileiras de dentes reluzindo por entre os lábios. Por fim, o sargento da guarda entrou, com capacete e espada no cinturão, seguido por dois serventes. Foi diminuindo os passos e entreolhando sem jeito os doentes — que de todos os lados observavam calados e sérios. Parou a um passo do morto e permaneceu assim, como intimidado, sem saber ao certo o que fazer. Aquele corpo acabado, nu, exceto pelos grilhões, o estarrecia. Subitamente, tirou o capacete, num gesto totalmente desnecessário, e com muito cuidado, persignou-se. Tinha um rosto de soldado, sério e grisalho. Lembro que, nesse momento, Chekunov, também grisalho e que estava de pé perto do sargento, olhava fixamente e como que fascinado pela atitude do suboficial. Mas os olhares de ambos se cruzaram e o lábio inferior de Chekunov tremeu. Apertou-o de forma estranha a ponto de os dentes aparecerem e disse de repente, quase involuntariamente, voltando-se para o morto:

— Ele também deve ter tido uma mãe!

E afastou-se.

Nunca esquecerei como aquelas palavras me tocaram. Por que disse isso? Por que pensou nisso? Ao levantarem o cadáver, com cama e tudo, a palha farfalhou e os grilhões rangeram, batendo no assoalho, em meio ao silêncio... Alguém os levantou. Ergueram o corpo. De repente todos começaram a falar alto. Ouvimos o sargento dar ordem para alguém ir buscar o ferreiro, pois era preciso tirar os ferros do cadáver...

Mas fugi do assunto...

2

O HOSPITAL (II)

De manhã, os médicos faziam as visitas, aparecendo em torno das onze horas, todos em grupo acompanhando o diretor médico, sendo que uma hora e meia antes o cirurgião já visitara a enfermaria. Naquela época, o cirurgião encarregado era um médico jovem que conhecia seu trabalho e era sempre gentil e amistoso; os prisioneiros gostavam muito dele, exceto por acharem que era "humilde demais". Quase não falava e parecia ter até vergonha de nós, apressando-se em mudar a dieta e os remédios, por assim dizer concordando com tudo quanto era pedido que os doentes fizessem. É preciso dizer que na Rússia os médicos são uma das classes mais estimadas e respeitadas pelo povo, e isso já pude comprovar. Sei que minha afirmação parecerá paradoxal diante do fato de o povo russo desconfiar da medicina e não dar crédito aos remédios estrangeiros. Na verdade, gente do povo, quando se sente realmente doente, prefere se submeter ao tratamento de uma curandeira ou utilizar seus próprios remédios caseiros (que não são, aliás, de se desprezar) a consultar um médico ou procurar um hospital. Essa prevenção não tem nada a ver com a medicina, decorrendo apenas da desconfiança que o povo sente por tudo quanto traz a marca do governo, por tudo que usa uniforme. Além disso, uma série de histórias aterrorizantes, nem todas sem fundamento, fizeram o povo desconfiar de hospitais. Na maior parte das vezes implicam com os métodos prussianos aplicados nos hospitais, com a quantidade de pessoas desconhecidas que enchem as enfermarias, com a rigorosa dieta, com a disciplina e autoridade mantidas pelo corpo técnico e assim por diante. Consideram também que só os mais nobres são curados, já que os médicos pertencem à alta sociedade. Uma vez, porém, tendo conhecido o médico, a grande maioria perde seus temores, talvez devido à dignidade de nossos médicos, especialmente os mais jovens. A maioria conquista a estima e o respeito do povo. Falo do que eu mesmo vi diversas vezes e em vários lugares diferentes e não tenho motivos para achar que em outras localidades as coisas fossem distintas. Naturalmente, há lugares onde os médicos podem ser subornados, conseguem lucrar muito com seus hospitais, negligenciando os pacientes ou até mesmo esquecendo de dar sua medicação. Essas coisas existem, mas me refiro à maioria, ou melhor, ao espírito e tendência do que acontece hoje em dia. Quanto aos outros, traidores de sua profissão, lobos em pele de cordeiro, nada do que digam em sua defesa, como, por exemplo, culpar o meio por havê-los deturpado, poderá justificar más ações, especialmente se tiverem perdido o amor pela humanidade. Porque amor, gentileza e compreensão são quase sempre mais importantes do que remédios. É hora de pararmos de culpar o meio pela nossa ruína. Apesar de ser verdade que o meio consome quase tudo o que há em nós, ainda assim não consome tudo, mas um malandro inteligente e esperto frequentemente usará a influência do seu meio para encobrir e justificar suas fraquezas e suas maldades, sobretudo se tiver o dom da oratória. No entanto, me afastei de novo do assunto. Apenas queria dizer que o povo desconfia e hostiliza a administração médica e não os médicos em si. Uma vez que passam a conhecê-los, rapidamente perdem seus preconceitos. Até hoje tem sido difícil para os hospitais corresponder às expectativas do povo e, mais ainda, obter sua confiança e respeito. Pelo menos essa é minha opinião, baseada nas experiências que tive.

O nosso cirurgião geralmente parava perante cada doente, examinava-o seriamente, com cuidado, fazia-lhe perguntas, receitava o tratamento e as dietas adequadas. Muitas vezes percebia claramente que o detento não sentia nada, mas compreendendo que o procurava para descansar de seu trabalho ou para dormir num colchão em vez de em cima de tábuas, ou então para ficar durante algum tempo num cômodo aquecido em vez de numa casa de guarda úmida, cheia de presos pálidos e magros aglomerados. (Os presos que aguardavam julgamento na Rússia eram sempre pálidos e magros, um sinal de que suas condições e seu estado moral eram comumente piores do que as daqueles que já foram condenados.) Então o nosso interno diagnosticava no boletim qualquer *febris catarrhalis* e deixava que o doente permanecesse, às vezes, até por uma semana. Esse diagnóstico de *febrís catarrhalís* era coisa de que os detentos achavam graça. Sabia-se muito bem que se tratava de uma combinação do médico com o "doente" para esconder uma simulação. "Cólica de prisão", como os prisioneiros chamavam a *febrís catarrhalís*. Havia doentes, porém, que abusavam da bondade do médico e ficavam no hospital, e era preciso retirá-los à força. Nessas ocasiões era interessante observar o cirurgião. Sua timidez era tanta que não tinha coragem de dizer ao detento que já estava curado e que ia entregar-lhe o boletim de alta logo. Na verdade, tinha todo o direito de dispensá-los, sem nenhuma discussão ou tentativa de persuasão, simplesmente escrevendo na papeleta "Sanatus est". Primeiro sugeria e depois fazia a seguinte advertência:

— Não acha que já é tempo de ir? Você já está em convalescença, precisamos de lugar!

E assim por diante, até que o doente ficasse com vergonha e ele próprio pedisse alta. O médico-chefe também era humano e honesto — gostavam muito dele —, mas muito mais rigoroso e resoluto. Em certos casos, demonstrava uma seriedade que lhe garantia nosso respeito. Chegava sempre depois de o cirurgião ter passado e vinha junto do resto da equipe médica. Examinava os doentes um por um, demorava-se bastante junto dos que se achavam em estado grave, sempre tendo uma palavra amável e animadora a dizer, com isso despertando ótima impressão. Não desmascarava os doentes com "cólica de prisão" nem os mandava embora. Contudo, se um desses pacientes teimava em permanecer, ele simplesmente lhe dava alta, dizendo:

— Olha aqui, rapaz, já ficou o tempo suficiente para descansar; agora precisa ir; o que é justo é justo.

Esses teimosos eram geralmente trabalhadores preguiçosos (sobretudo no verão, quando o trabalho era mais árduo) ou prisioneiros que aguardavam castigo. Lembro-me de um caso em que foi necessário recorrer à severidade, quase até à crueldade, para que o detento deixasse o hospital. Entrara por causa de uma doença nos olhos, queixando-se de muitas dores e inflamação. Aplicaram-lhe ventosas, pomadas, injetaram líquido corrosivo e submeteram-no a outros tratamentos que de nada adiantaram, seus olhos não melhoraram nada. Aos poucos os médicos foram percebendo que a doença não era verdadeira; a inflamação era sempre pouca e não melhorava nem piorava, e isso tornava o fato muito suspeito. Os outros doentes há muito sabiam que o paciente simulava, enganando os médicos, e ele mesmo não admitia. Era um rapaz até vistoso, porém desagradável, muito retraído e desconfiado, não falando com ninguém, sempre carrancudo. Vivia afastado dos demais como se suspeitasse de todos. Lembro que pensávamos que ele poderia fazer algo desesperado; tinha sido pego roubando, condenado a receber mil chibatadas e a ser transferido para a Companhia Correcional. Já disse que, com o intuito de adiar o castigo, os condenados a castigos corporais recorrem a terríveis expedientes só para adiar a punição; atiram uma faca em um oficial, em outro preso, pois assim são julgados novamente; o castigo anterior é adiado, às vezes até por dois meses, e seu objetivo é atingido. Não importava que daí a dois meses o castigo seria dobrado ou triplicado. Bastava adiar o terrível momento por alguns dias, a qualquer preço, de tão sofridos que eles são. Quanto ao tal rapaz, os doentes começaram a se precaver secretamente, achando que ele fosse uma noite ferir ou assassinar alguém. Muitos não deram importância à suspeita, e ninguém tomou nenhuma precaução especial, nem mesmo seus vizinhos de cama. Descobriram, porém, que à noite ele esfregava nos olhos um pouco de cal, arrancada da parede, misturada com não sei o quê, de forma que de manhã os olhos estavam vermelhos de novo. Por fim, o médico chefe ameaçou recorrer ao dreno. Para doenças de olhos crônicas, difíceis de tratar, os médicos resolvem recorrer a uma medida drástica e dolorosa par salvar a vista: inserem uma espécie de dreno, como se o paciente fosse um cavalo. Mesmo assim, o pobre rapaz recusou-se a ficar bom. Quanta obstinação — ou seria extrema covardia? Embora o dreno não fosse tão doloroso quanto as chibatadas, ainda assim era muito doloroso. Puxam um bocado da pele da nuca do paciente, cortam-na com uma faca, produzindo uma ferida de lado a lado; enfiam um comprido pano na ferida, da largura de um dedo, que é puxado de um lado para outro de forma a reavivar a ferida; assim a ferida purga o tempo todo e não fecha. O rapaz aguentou essa tortura durante dias até que finalmente decidiu pedir alta do hospital. Em um dia seus olhos já estavam bons e, assim que a nuca cicatrizou, ele foi enviado para a casa da guarda para receber suas mil chibatadas no outro dia.

Os momentos que antecedem ao castigo são sem dúvida terríveis, medonhos, tão insuportáveis que certamente faço mal quando digo que esse medo é fraqueza e covardia. O terrível deve ser ter que receber castigo corporal dobrado ou triplicado caso ele não seja executado de imediato.

Sei de outros, entretanto, que, mesmo sem terem sarado, pedem para sair do hospital só para receber o resto da punição corporal que ainda falta e escapar da situação de estar "sob julgamento". As condições para aqueles aguardando punição na casa da guarda são muito piores do que as condições no presídio. Tirando-se as diferenças do temperamento, o que torna alguns homens mais corajosos e resolutos é o habito de sofrerem punições. Os que estão habituados a apanhar muito têm o corpo e a alma igualmente curtidos e passam a encarar os castigos corporais filosoficamente, como uma inconveniência, sem temê-los mais. Isto é verdade, no geral. Foi o que procurou me explicar um prisioneiro da Seção Especial, um cristão calmuco de nome Alexander ou, como o chamávamos, Alexandra, um homem esquisito, travesso e destemido, mas ao mesmo tempo de boa índole, ao me contar como passara por uma punição de quatro mil chibatadas. Contou-me isso rindo e brincando, mas também jurou que não teria aguentado as quatro mil chibatadas se não estivesse habituado a apanhar tanto desde criança. Apanhou tanto que nunca conseguiu se livrar das marcas em suas costas. E, ao narrar isso, parecia bendizer a criação que teve.

— Me batiam por qualquer coisa, Alexander Petrovitch — disse-me ele uma tarde, antes de se acenderem as luzes, sentado na minha cama. — Por tudo e por nada; por tudo o que acontecia. Bateram-me por quinze anos, desde o primeiro dia de que posso me lembrar. Todo mundo me batia quando lhe dava vontade. Acabei me habituando.

Como chegou a ser soldado eu não sei, e se me contou já não me lembro. Sempre foi um fugitivo e um vagabundo. Só lembro que me contou sobre o medo que sentiu quando foi condenado a quatro mil chibatadas por ter assassinado um oficial.

— Eu sabia que eles iam me dificultar as coisas o quanto pudessem, e que eu provavelmente não sobreviveria. Estar habituando a apanhar desde criança é uma coisa, mas receber quatro mil chibatadas não é brincadeira! Além do mais, os chefões estavam com ódio de mim, e eu sabia muito bem que teria de pagar; não esperava conseguir; iam me bater até a morte. Então veio a ideia de me batizar; pensei que assim me perdoariam; mas embora os outros afirmassem que isso não adiantaria nada; insisti. "Vou tentar assim mesmo", pensei; "Sentirão mais piedade de um cristão". Fui batizado, portanto, recebendo o nome de Alexander. Mas também recebi as mesmas quatro mil chibatadas. Quatro mil, sem tirar nem pôr! Fiquei furioso, dizendo cá comigo: "Não perdem por esperar, tenho um plano!". E quer saber, Alexander Petrovitch, enganei-os! Como? Fingindo de morto, de agonizante com perfeição. Não morto de todo, mas como quem está nos seus últimos instantes. Levaram-me para fora. Deram as primeiras mil chibatadas; doeram, e eu gritei. Deram outras mil, e eu pensei "Bem, é o meu fim". Quase perdi os sentidos, já não aguentava ficar de pé. Estatelei-me no chão, revirei os olhos. Parei de respirar, minha cara ficou violeta, a boca aberta espumando. O médico aproximou-se, olhou e declarou: "Está morrendo". Levaram-me para o hospital e lá ressuscitei. Então me levaram para fora mais duas vezes, muito aborrecidos comigo, e por mais duas vezes enganei-os. Quando cheguei ao terceiro milhar, desmaiei logo na primeira chibatada. E nas últimas mil, cada chibatada parecia uma facada e valia por três de tão forte que batiam! Estavam com ódio de mim. Aquelas últimas mil, malditas sejam, foram tão ruins quanto as três mil anteriores juntas. Se eu já não estivesse quase morto quando ainda faltavam duzentas, teriam me batido até a morte. Mas eu não ia entregar os pontos sem lutar. Enganei-os de novo, desmaiando, e eles caíram, e por que não? O médico acreditou. Então, quando me aplicaram as últimas duzentas, fizeram-no com tanto apetite que valeram por duas mil. Mas não me mataram. E por que não? Só porque eu fui criado debaixo do chicote desde a infância. É por isso que ainda estou vivo. Como apanhei na minha vida!

Disse ele para terminar a história. Disse isso num tom hesitante e triste como se tivesse que se esforçar para se lembrar de todas as vezes que apanhou.

— Mas não dá para lembrar quantas vezes foram; e para que tentar lembrar? Não consigo contar tanto assim.

Olhou-me e deu uma risada com um modo tão jocoso que não pude deixar de rir também.

— E, quer saber, Alexander Petrovitch, ainda hoje, sempre que sonho à noite, sonho que estou apanhando. Sempre sonho isso.

De fato, muitas vezes ele gritava à noite, a ponto de os detentos o despertarem depressa, dizendo:

— Para, que berreiro é esse?

Era um indivíduo robusto de uns 45 anos, não muito alto, agitado, alegre e que se dava bem com todos. Mas era um ladrão incorrigível e sempre apanhava por isso. Mas, no presídio, quem não furtava e não era, por isso, obrigado a apanhar?

Devo ainda acrescentar uma coisa: sempre ficava perplexo com a naturalidade e a falta de maldade com que os açoitados falavam de seus castigos e se referiam a quem os castigava. Raro era perceber uma sombra de ódio ou ressentimento durante qualquer dessas narrativas que faziam meu coração pular. Contavam e riam como crianças. Somente um, Miretski, se referiu de forma diferente aos castigos corporais que recebeu. Não era nobre, e recebera quinhentas chibatadas. Soube disso por terceiros e perguntei-lhe se era verdade e como tinha sido. Respondeu-me sem detalhes, como se estivesse reavivando uma dor, virou-se para não me olhar e mudou de cor. Poucos minutos depois, ergueu o olhar, que brilhava de ódio; seus lábios tremiam de indignação. Percebi que ele jamais poderia esquecer essa página do seu passado. Mas a maioria dos outros encarava as coisas de modo muito diferente; pode haver exceções. Não creio que se considerassem culpados e merecedores da punição, principalmente se fizeram mal não a seus semelhantes, e sim a seus superiores! A maioria deles não se considerava culpada. Já disse que nunca cheguei a perceber indícios de remorsos neles, mesmo quando tinham feito mal a pessoas da sua classe. Quando o caso era com um superior, então, nem é preciso falar. Parecia que nesses casos eles tinham sua própria maneira, especial e realista, de encarar as coisas. Levavam em consideração o destino, os fatos, e suas atitudes não eram pensadas; mas, sim, adotadas como uma espécie de crença. Um preso, por exemplo, apesar de sempre se sentir justificado quando o crime é cometido contra alguma autoridade — de tal forma que nunca lhe ocorreu questionar tal ideia — mesmo assim, na prática, reconhece que as autoridades devem encarar seu crime de um modo diferente e consequentemente ele deverá ser punido. É uma espécie de duelo. O criminoso está convencido de que o tribunal constituído por gente da sua própria classe lhe dará razão, jamais o condenando severamente ou até mesmo o absolvendo, já que não perpetuou um crime contra seus irmãos, contra a sua própria classe. Sua consciência, portanto, não o aflige e, apoiado por essa certeza, sente-se forte e moralmente tranquilo e isso para ele é o mais importante. Dessa forma ele tem algo em que se apoiar e, por conseguinte, não sente ódio; ao contrário, aceita o castigo como inevitável, sobre o qual não tem controle e que continuará inevitável por um longo tempo como parte da luta preestabelecida, passiva, mas desesperada. Qual soldado sente um ódio particular pelo turco com o qual está lutando? Ainda assim, o turco o fere, dá-lhe uma facada ou então atira nele. Contudo, nem todas as narrativas eram contadas assim com sangue-frio e pouco caso. Ao tenente Zherebyatinikov, por exemplo, se referiam com evidente indignação. Foi por meio dessas conversas no hospital que vim a saber da existência desse tenente Zherebyatinikov. Mais tarde, porém, o vi em pessoa, quando estava de guarda. Era um homem de uns trinta anos, alto, forte, obeso, de bochechas vermelhas, dentes brancos e com uma risada alta e rude. Bastava olhar para logo perceber que era o homem mais bronco do mundo. Tinha tanto prazer em castigar que chegava a ser uma paixão. Apresso-me em dizer que tanto eu quanto os outros prisioneiros considerávamos o tenente Zherebyatinikov uma exceção monstruosa entre os oficiais.

Havia outros, além dele, nos velhos tempos, tempos de "memórias frescas, mas difíceis de acreditar", que apreciavam executar suas tarefas com zelo especial; mas a maioria executava o castigo de forma simples e sem nenhum entusiasmo. O tenente, no entanto, era uma espécie de conhecedor refinado de execuções. Ele amava, com paixão, a arte da execução; amava-a puramente como uma arte. Ele a apreciava enormemente e, como um imperador romano, saturado de prazeres, inventava refinamentos e variações pouco naturais, de forma a proporcionar estímulos e excitação à sua alma, envolta por camadas de banha.

Agora estão trazendo um prisioneiro para a execução de sua sentença. Zherebyatinikov é o encarregado. Ao olhar para as longas filas com homens armados com suas varas, já se sente inspirado. Solene, passa em revista a fila, repete a ordem: agir com zelo e devoção... Do contrário! Os soldados já sabem o que significa esse "do contrário" O condenado é empurrado para a frente e, se ainda não conhece o tenente Zherebyatinikov e nada aprendeu sobre ele, aqui está um exemplo do que Zherebyatinikov fará ao sujeito (desnecessário dizer que se trata somente de uma de suas centenas de truques — o tenente está sempre inventando outros). Todo prisioneiro quando era despido e amarrado às coronhas dos fuzis, pelos quais era arrastado pela "rua verde" (a fila dupla com soldados), todo prisioneiro começa a implorar, em tom choroso, para que o oficial encarregado alivie seu castigo ou que não o agrave por excesso de severidade.

— Excelência — grita o infeliz —, tenha misericórdia, seja como um pai, rezarei pelo senhor, diga para não baterem com muita força, tenha piedade!

Zherebyatinikov, que já esperava por essa, para e, com ar sentimental, inicia uma conversa com o condenado.

— Mas, meu caro amigo, que posso eu fazer? É a lei que o castiga, não eu!

— Mas está em suas mãos, Excelência, tenha dó de mim...

— Acha que não tenho dó de você? Acha que vou ter prazer em ver o seu castigo? Afinal de contas, eu também sou um homem! O que acha, que sou um homem, ou não?

— Certamente, Excelência! Quem é que não sabe que o senhor é o pai e nós somos os filhos? Seja um pai para mim! — exclama o detento já começando a ter esperanças.

— Sim, meu amigo, julgue por si. Afinal, tem cérebro para refletir. Estou ciente de que devo ter compaixão e até ser tolerante, apesar de você ser um pecador...

— Essa é a verdade do Evangelho, Excelência!

— Sim, com indulgência, não importa o quão pecador seja. Mas esse é um problema para a lei, não para mim! Veja, afinal eu sirvo a Deus e a meu país. Estaria pecando gravemente se não cumprisse a lei. Pense nisso!

— Excelência!...

— Bem, por que não? Está bem, já que é para você. Sei que estou errado, mas não importa. Desta vez serei misericordioso e farei que lhe castiguem de leve. Mas e se assim o estiver prejudicando? Se tiver pena de você e castigá-lo pouco, você vai achar que vai acontecer o mesmo da próxima vez e assim vai cometer outro crime, e depois? Eu vou ficar com dor na consciência.

— Excelência! Falarei com meus amigos e inimigos! Como se estivesse no Céu em frente ao Criador!

— Bom. Está bem... Está bem... Então jura que daqui por diante vai se comportar direito?

— Que Deus Nosso Senhor me fulmine, e que na outra vida eu não possa....

— Não jure pelo santo nome de Deus! Isso é pecado. Acredito em sua palavra. Você me dá sua palavra?

— Sim, Excelência!!!

— Está bem. Serei piedoso com você porque é um órfão. É órfão, não é?

— Sou, Excelência! Sozinho no mundo, sem pai nem mãe!

— Pois é só em consideração às suas lágrimas de órfão, está ouvindo?

Mas que seja a última vez, hein? Levem-no! — declara ele com voz tão suave que o detento nem sabe de que maneira agradecer. Eles o levam. O tambor começa a rufar. As primeiras varas se levantam.

— Podem começar! — gritou Zherebyatinikov com toda força. — Acabem com ele! Esfolem-no! De novo! Outra vez! Queimem sua pele, o órfão, o ladrão! Rasguem-no, espanquem-no!

E os soldados dão tudo de si, faíscas brilhando perante os olhos do coitado, ele começa a gritar. Mas Zherebyatinikov corre atrás dele e ri, ri tanto, mãos na cintura, tão acabado de tanto rir que alguém pode ter pena de tão bondosa criatura. Ele tem um brilho e acha tudo muito engraçado. Que cena, que espetáculo! Somente ocasionalmente suas gargalhadas são interrompidas e então se pode ouvir:

— Outra! E mais outra! Esfolem-no! O ladrão... O orfãozinho...

Aqui está outra de suas variantes. Trazem o prisioneiro para a execução do castigo. Também esse começa a implorar. Dessa vez Zherebyatinikov não se faz de bonzinho, ao contrário, fala aberta e francamente.

— Escuta aqui, meu caro. Vou castigá-lo como deve ser, porque você o merece. Mas posso fazer uma coisa. Não vou amarrá-lo à coronha da arma. Você vai ter que ir sozinho, de forma diferente. Corra o mais rápido que puder através da fila de soldados. Você será atingido por todas as varas, mas a coisa toda será mais rápida. Que acha? Quer experimentar?

O prisioneiro escuta com desconfiança, em dúvida, e pensa: Por que não?...Talvez seja melhor ficar livre. Corro cinco vezes mais rápido e talvez nem todas as varadas me atinjam.

— Está bem, Excelência. Aceito!

— De acordo. Ande! Corra! E vocês, vejam se não dormem! — grita ele, para os soldados, desnecessariamente, sabendo que ninguém ia errar nenhuma chibatada. Quem errasse sabia que ia sofrer por isso. O prisioneiro começa a correr ao longo da "rua verde", mas é claro que não chega ao décimo quinto homem, pois as lambadas caem como um rufar de tambor, como raios, de uma vez sobre as suas costas. E ele acaba caindo, aos uivos, como se uma bala o tivesse atingido.

— Não, Excelência, é melhor fazer conforme manda a regra.

E se levanta do chão, lívido, e em choque. Aí Zherebyatinikov, que já sabia como a coisa ia ser, começa a gargalhar. Eram tantas as formas que ele aplicava para se distrair que não é possível descrevê-las, quanto mais recontar todas as histórias a seu respeito!

Já sobre certo tenente Smekalov, os prisioneiros se referiam em outro tom e de forma diferente. Ele precedera o major no comando do presídio. Embora recordassem as façanhas cruéis de Zherebyatinikov em tom natural, sem ódio, era evidente que o desprezavam e tinham nojo dele. A bem da verdade, detestavam-no, sem lhe dar confiança. Já o tenente Smekalov era lembrado com prazer e alegria. Não gostava de aplicar castigos corporais e se portava de modo muito diferente de Zherebyatinikov, o que não quer dizer que não cumprisse à risca a execução dos castigos. Se falavam com simpatia do modo como castigava era devido à sua capacidade de ser simpático. Mas como assim? De onde provinha tal popularidade? É verdade que nós, prisioneiros, como aliás quase todo o povo russo, estamos sempre prontos a esquecer todos os sofrimentos por uma palavra amistosa. Falo sobre isso como um fato, sem querer concordar ou discordar. Não era difícil agradar o povo e ganhar sua simpatia. Mas o tenente Smekalov era querido de forma tão especial que até seus castigos eram lembrados de forma carinhosa.

— Um pai não seria melhor — diziam os detentos e suspiravam, comparando a antiga administração com a atual —, ele era um tesouro!...

Smekalov era um homem simples, talvez até bom, do jeito dele. Mas às vezes um homem na posição de comando não só é bom, mas também generoso, e ainda assim o que acontece? Não gostam dele, criticam, zombam. Porém Smekalov sabia agir de tal forma que todos o consideravam como sendo *parte do grupo*, e isso é considerado um grande feito, ou talvez mesmo um dom nato, que mesmo aqueles que o possuem quase nunca pensam sobre ele. O estranho é que dentre esses estão pessoas que quase não possuem qualidades, mas que detêm grande popularidade. Não impõem sua presença e não se aborrecem com facilidade; é essa, creio, a razão. Não se parecem com nobres, mas têm, sim, o cheiro especial do povo, e como o povo, meu Deus, é sensível a esse cheiro! O que não fará por ele? Trocam uma pessoa mais humana por uma mais severa se essa última tiver seu próprio cheiro caseiro. E o que acontece se tal pessoa tem valor inestimável? O tenente Smekalov ordenava e presidia punições severas, conforme já disse, mas em vez de guardar rancor, os detentos até riam ao lembrar dos castigos. Na verdade, o tenente não tinha veia artística. Havia somente uma brincadeira com a qual se divertiu durante quase um ano inteiro. E talvez parecesse simpática, simplesmente por ser a única. Diga-se de passagem, era muito ingênua. Traziam, por exemplo, o réu para ser castigado. Smekalov em pessoa comparecia ao local, com um sorriso e um gracejo, e interrogava o sentenciado sobre sua vida, seus trabalhos, seus negócios. Não com qualquer má intenção, não para agradá-lo, mas, simplesmente, porque realmente queria saber. Traziam as varas e uma cadeira para Smekalov. Ele sentava-se, tirava e acendia o cachimbo. Usava um cachimbo enorme. O prisioneiro começava a implorar por piedade.

— Deixe disso, irmão. Para quê? — dizia Smekalov.

O prisioneiro deitava, com um suspiro:

— Agora, amigo, diga-me: sabe de cor tais e tais orações?

— Claro, Excelência. Somos cristãos e aprendemos a rezar desde pequenininhos.

—Recite-as, então.

E o prisioneiro sabia muito bem o que recitar e o que aconteceria a seguir, pois essa mesma lenga-lenga já tinha se repetido antes mais de trinta vezes com os outros. E ele sabia que o prisioneiro sabia, sabia que até os soldados estavam cansados de ouvir a mesma piada, com suas varas levantadas diante da vítima. Nada disso impedia que a coisa se repetisse pela trigésima primeira vez, já que a brincadeira sempre o agradava, talvez por ser ele o próprio autor. O prisioneiro começava a recitar, os soldados esperavam, preparados com as varas, Smekalov se inclinava, levantava a mão e, esquecendo até de fumar no cachimbo, esperava apenas o final de certa frase. Logo no começo da conhecida oração, tem o trecho "venha a nós o vosso reino". Era o que queria.

— Pare! — gritava o tenente com excitação e, como inspirado, virava para o primeiro soldado que estava em posição com a vara no ar e exclamava: — Ele está pedindo para que o "reino venha". Pode começar!

E ria, estrondosamente. Os soldados riam, o fustigador ria, até a própria vítima quase ria, muito embora no trecho "venha a nós" a vara já estivesse sibilando no ar e no instante seguinte já estivesse cortando suas costas como uma navalha. Smekalov estava contente por estar inspirado e ter interpretado o "venha a nós o vosso reino" como um pedido do prisioneiro para que as chibatadas "viessem". E deixava o local do castigo satisfeito consigo. O prisioneiro também ficava quase satisfeito consigo e com Smekalov e, uma meia hora depois, no presídio, contava como pela trigésima primeira vez a célebre piada fora repetida.

— Que senso de humor esse homem tem! É mesmo formidável!

Às vezes, as lembranças desse ótimo tenente beiram o sentimentalismo.

— Acontecia às vezes de eu ir para algum lugar — conta um dos prisioneiros, e ele sorri ao recordar — e me deparava com ele, já de manhãzinha, de roupão, na janela, bebendo chá e fumando cachimbo. Eu tirava o gorro, e ele perguntava:

— Aonde vai, Aksienov?

— Para o trabalho, Mikhail Vassilitch, mas primeiro vou buscar a ferramenta na oficina.

E de lá ele sorria.

— Ah! Não resta dúvida, que senso de humor aquele homem tinha! Nunca encontraremos outro igual — comentava outro, entre os ouvintes.

3

O HOSPITAL (III)

Se me prolongo com esses relatos sobre os castigos, e seus diferentes executores, é porque durante minha estada no hospital pude comprovar aquilo de que antes só ouvira falar. Encaminhavam para as nossas duas enfermarias todos aqueles que haviam sido castigados, vindos de todos os batalhões, de todas as companhias correcionais e de outros comandos militares existentes na nossa cidade e nas cercanias. Nos primeiros tempos, enquanto eu procurava absorver tudo quanto se passava à minha volta e todas aquelas circunstâncias que me eram tão estranhas, os homens que tinham sido castigados, ou que aguardavam punição, naturalmente me causavam forte impressão. Eu ficava agitado, perturbado e com medo. Lembro-me de como eu de repente comecei a querer investigar as particularidades de todos esses casos; ouvia com muita atenção as narrativas e conversas dos prisioneiros sobre tais assuntos, fazia-lhes perguntas, tentava chegar a uma conclusão. Desejava veementemente e a qualquer preço conhecer bem todos os graus de sentenças e todas as modalidades e variáveis das execuções, bem como colher as impressões dos próprios condenados sobre tudo isso. Tentava com isso captar o estado de espírito dos que partiam para sofrer as punições. Já disse que era fato raro um condenado manter o sangue-frio antes de sua execução, mesmo aqueles que já haviam sofrido antes, uma ou várias vezes, as punições. Nessa hora o condenado é tomado por um verdadeiro terror, involuntário e irresistível, que domina sua natureza moral. Mesmo mais tarde, e durante todos os meus anos na prisão, não pude deixar de observar os condenados que, depois de terem passado algum tempo no hospital após a execução da primeira parte de suas sentenças, eram liberados com as suas costas curadas, somente para receberem, no dia seguinte, a segunda parte de seu castigo. A divisão do castigo em duas partes sempre era ordenada pelo médico que estava presente na hora da execução. Se o número de chibatadas fosse muito grande, de forma que o prisioneiro não aguentasse receber todas de uma vez só, elas eram divididas em duas ou mesmo três partes, seguindo recomendações do médico que, na hora da execução, verificava se a vítima poderia seguir apanhando na fila ou se isso poria em risco a sua vida. Geralmente aguentavam quinhentas, mil ou até mil e quinhentas chibatadas de uma só vez. Mas se o castigo fosse de duas ou três mil, seria realizado em duas ou três partes. Aqueles que já haviam curado suas costas após a primeira parte do castigo e que estavam deixando o hospital para receber a segunda parte, ficavam tristes, calados e rabugentos. Podia-se observar neles uma espécie de letargia mental, um vazio pouco natural. Um homem nesse estado primeiro começava uma conversa e, na maioria das vezes, nem sequer falava. A coisa mais curiosa é que os outros prisioneiros não falavam com ele e tentavam evitar fazer referências ao que lhe aguardava. Nada de desnecessário era dito e não era feita nenhuma tentativa de oferecer conforto. Todos tentavam não notá-lo. Isso, claro, é o melhor para um homem condenado a chibatadas. Havia exceções, como Orlov, por exemplo, de quem já falei antes. Depois da primeira parte de sua punição, somente uma coisa o aborrecia — que suas costas demorariam a cicatrizar, e ele não seria liberado tão rapidamente quanto gostaria, de forma que desejava receber a segunda parte de sua punição o mais rapidamente possível, para ser logo enviado para o lugar de seu exílio e escapar no caminho. Mas esse plano o mantinha animado e só Deus sabia o que ele tinha em mente. Era determinado e persistente, estava satisfeito consigo mesmo e com os ânimos exaltados, mas disfarçava. Na verdade, antes da primeira parte do castigo, achou que não voltaria com vida, que morreria. Enquanto decidiam seu destino, ouviu rumores sobre as medidas tomadas contra ele e acreditou realmente que o seu fim ia chegar. Mas, quando sobreviveu à primeira metade da punição, a coragem voltou. Foi trazido para o hospital semimorto. Até então, eu jamais tinha visto tamanhas feridas; mas chegou cheio de alegria, na esperança de que sobreviveria, certo de que tais rumores não tinham passado de mentiras e, como dessa vez tinha sobrevivido, começou a sonhar com a estrada, com a fuga, a liberdade, campinas e florestas... Dois dias depois da saída do hospital, voltou e morreu sobre aquela mesma cama, por não suportar a segunda parte do castigo. Mas eu já tinha falado disso antes.

Os presos passavam dias e noites muito cruéis nas vésperas da punição, porém mesmo os mais covardes se portavam com bastante coragem na hora da execução. Raramente os vi gemer, mesmo os mais machucados. O povo sabe resistir à dor. Eu perguntava muito sobre a dor, qual o seu tamanho e como era. Não sei por que queria saber mais. Só sei que não era por pura curiosidade. Lembro que ficava agitado e afetado. Mas nunca recebi uma resposta que me satisfizesse.

— Queima, queima como fogo.

Era tudo o que consegui aprender, era a resposta que todos davam. Queimava, ponto! A essa altura, vim a conhecer melhor Miretski e lhe fiz a mesma pergunta.

— É muito doloroso, como se suas costas estivessem assando em fogo quente.

Todos diziam a mesma coisa. Lembro, no entanto, que observei uma coisa estranha, mas não posso garantir ser correta. Contudo, o consenso geral dos detentos a reforça bastante. É o seguinte: o castigo da flagelação por varas, se forem aplicados muitos golpes, é a punição mais severa de todas as existentes. Pode-se não acreditar, mas é possível matar um homem com quinhentos ou mesmo quatrocentos golpes e, com mais de quinhentos, a morte é certa. Nenhum homem, por mais robusto que seja, aguenta mil varadas de uma vez. Em compensação, é possível suportar quinhentas chibatadas sem perigo de morte. Mesmo um homem que não seja forte pode receber mil sem perigo. Até mesmo duas mil não matarão um homem razoavelmente forte, de constituição saudável. Todos os detentos diziam que as varadas eram piores do que as chibatadas.

— As varas ferem mais, o sofrimento é pior.

E é verdade. São mais dolorosas do que as chibatadas. Ferem mais, atacam mais os nervos, que são afetados de maneira insuportável. Não sei se ainda existem, mas antigamente havia homens que tinham tanto prazer em castigar uma vítima que se pareciam com o Marquês de Sade ou com a Marquesa de Brinvilliers. Imagino que a satisfação de pessoas assim decorre de uma sensação de perversão e prazer ao mesmo tempo. Há homens que, como os tigres, anseiam por sangue. Se alguém, mesmo que uma única vez, exerceu poder sobre o corpo, o sangue e o espírito de outra pessoa, sobre o corpo de um seu irmão segundo a lei de Cristo, aquele que se aproveitou da oportunidade de maltratar um seu semelhante feito à imagem de Deus, e o fez de maneira exacerbada, acaba perdendo também o domínio de suas emoções. A tirania é um hábito, tem a capacidade de se desenvolver e acaba se transformando, no fim, em uma doença. Asseguro que o melhor dos homens pode, com o hábito, se deteriorar ao nível de um animal feroz. Sangue e poder são intoxicantes, em geral desenvolvem a brutalidade e a perversão; as maiores perversões se tornam aceitáveis e finalmente prazerosas. O homem e o cidadão deixam de coexistir, surgindo então apenas o tirano, e a volta ao estado de homem digno se torna de todo impossível, não havendo mais chance de arrependimento nem de regeneração. Daí o perigo da possibilidade de um idêntico despotismo contagiar a sociedade; esse poder é uma tentação. Uma sociedade que contempla sem reação tal manifestação já está corroída até o fundo. Em suma: o poder concedido a um homem para castigar outro é uma das feridas da sociedade, é um dos meios mais fortes para sufocar qualquer semente ou tentativa de civilização e a causa fundamental de sua destruição certa e irrecuperável.

A sociedade despreza o carrasco profissional, mas não o nobre torturador. Apenas recentemente expressaram o contrário, ainda que somente em livros e de maneira abstrata. Mesmo os que se manifestaram ainda não conseguiram sufocar seu desejo por poder. Todo industrial, todo empresário, sente uma dose de prazer pelo fato de seus operários e respectivas famílias dependerem apenas dele. Deve ser assim: as pessoas não esquecem de uma hora para outra o que herdaram; não se desprendem com facilidade do que receberam hereditariamente, aquilo que sugaram com o leite materno; não existem transformações súbitas. Não basta reconhecer sua culpa, seus pecados originais, é preciso se livrar deles. E isso não se consegue de um dia para outro.

Falei em carrasco. Os instintos bestiais estão encravados em todos nossos contemporâneos, mas não se desenvolvem por igual nos homens. Se, porém, se desenvolverem em alguém, sufocando as suas outras qualidades, esses homens vão se transformar em monstros. Existem duas espécies de carrascos: os voluntários e os que o são por obrigação. Os carrascos voluntários são, sem dúvida, sob todos os pontos de vista, piores do que os profissionais, dos quais o povo sente uma repugnância que vai até o pavor, ao pânico místico. De onde vem esse terror incrível por estes e essa tolerância ou indiferença por aqueles? Há exemplos estranhos. Conheci gente boa, correta, respeitada pela sociedade e que, na qualidade de executor, não admitia que o condenado não gritasse sob as chibatadas e não implorasse por piedade. Essas pessoas consideravam que quem apanha deve gritar e suplicar. Tem que ser assim, é preciso, é indispensável! E se a vítima não grita, o executor, normalmente um sujeito gentil, se enfurece. Conheci um assim. No começo, mandou castigar de leve; mas exigia que a vítima clamasse:

— Excelência, seja como pai! Tenha piedade! Lembrarei do senhor nas minhas orações!

Mas, como isso não se deu, ficou furioso e mandou aplicar mais cinquenta chibatadas no infeliz, de modo que chorasse e implorasse. E conseguiu! Depois me disse, muito sério:

— Não se pode agir assim. Ele é um insensível.

Quanto ao carrasco profissional, aquele que exerce a função por obrigação, sabe-se que ele é um prisioneiro condenado, sentenciado ao exílio e mantido aqui como carrasco. Ele começa como aprendiz e, quando aprende o ofício, é mantido em prisão perpétua. Goza de privilégios, tem quarto próprio, às vezes até mesmo suas economias, mas só se locomove sob escolta. Claro que é um homem vivo, não é uma máquina, e o carrasco, se exerce o castigo, é por dever, mas pode às vezes se deixar levar, sentindo prazer naquilo, embora sem odiar sua vítima. Sua necessidade de autoafirmação, o desejo de impressionar seus companheiros e o público, tudo isso estimula sua vaidade. Ele trabalha por amor à arte. Além disso, sabe muito bem que é execrado, que um terror supersticioso o rodeia e acompanha por onde quer que vá. E isso basta para irritá-lo, tornando-o assim implacável, feroz e insensível. As próprias crianças o consideram alguém que renegou o próprio pai e a própria mãe. E, coisa estranha, os carrascos que conheci eram todos eles homens inteligentes, de bastante compreensão e muito sensatos; com amor-próprio até excessivo. Se esta última qualidade, quase orgulho, era uma reação ao desprezo coletivo ou nutrido pelo pavor que as vítimas sentiam e pela noção do seu poder sobre elas, não saberei dizer. Talvez sejam influências do ambiente teatral do pelourinho onde o carrasco cumpre o seu papel, disso resultando esse ar presunçoso por ele exibido. Lembro-me de uma vez em que pude observar certo carrasco de perto. Era um sujeito de estatura média, musculoso, porém magro, de uns quarenta anos, de rosto inteligente e cabelos crespos. Estava sempre calado, comportando-se como um cavalheiro; suas respostas eram curtas, coerentes e até amáveis, de uma amabilidade aliás arrogante, como se me desprezasse. Os oficiais da guarda falavam muitas vezes com ele, na minha presença, demonstrando certo respeito. Percebia e, quando havia alguma autoridade presente, redobrava sua polidez e dignidade. Quanto maior a cortesia com que um superior se dirigisse a ele, mais afetado ele se mostrava e, não obstante não desse provas de falta de cortesia, mantinha sua dignidade, e percebia-se que se considerava muito acima do seu superior. Seu semblante mostrava isso. Acontecia às vezes nos dias mais quentes, durante o verão, de o mandarem, acompanhado por soldados, matar os cães da cidade com uma vara comprida. Nessa pequena localidade havia muitos cães sem dono e que se multiplicavam medonhamente. No verão, eram um perigo para os habitantes, então, as autoridades despachavam o carrasco para liquidá-los. Mesmo essa função degradante não o humilhava. Dava gosto ver com que seriedade, acompanhado pelos soldados exaustos, ele percorria a cidade, com que calma e superioridade olhava para todos; as crianças e as mulheres se assustavam quando o viam. A vida de um carrasco é uma vida boa... Tem dinheiro, boa comida e vodca. Quanto ao dinheiro, provém de subornos. Os civis que foram presos e condenados a receber castigo corporal dão até suas últimas moedas de antemão como presente para o carrasco. Dos condenados em situação financeira regular extorquem uma soma correspondente às suas posses, de trinta rublos para cima. Com um condenado reconhecidamente rico, então, há muita negociação. É claro que a combinação não é bater devagarzinho, pois o carrasco responderia com as próprias costas se as autoridades percebessem isso. Por outro lado, em troca de um suborno se comprometem a não tornar o castigo excessivamente doloroso. A proposta é quase sempre aceita, pois do contrário ele se mostrará um legítimo bárbaro, e a pessoa fica dependente de sua vontade. Acontece também de o carrasco exigir uma boa soma de um condenado completamente pobre; os parentes da vítima o procuram, conversam, imploram e ai deles se não conseguirem satisfazê-lo. O pavor que inspira é uma grande vantagem. Falam por aí muita coisa a respeito dos carrascos! Os detentos garantiram-me que ele, se quiser, pode matar com um golpe. Certo, mas quando e onde já aconteceu isso? Não obstante, talvez seja verdade; afirmavam isso com grande convicção. Conheci um carrasco que me jurou ser capaz de fazê-lo. Diziam também que um carrasco poderia dar um golpe em cheio nas costas de um criminoso sem deixar marca e sem que a vítima sentisse nenhuma dor. Corriam muitas histórias sobre essas peripécias e habilidades. Em todo caso, mesmo quando é subornado, o primeiro golpe do carrasco é dado com vontade. Isso já se tornou tradição entre eles. Ele suaviza os demais golpes, no caso de haver recebido dinheiro; mas o primeiro golpe é infernal, com ou sem dinheiro. Não sei explicar a razão disso. Será para que o paciente se prepare para outros golpes, com a sensação de que após golpe tão terrível os outros deverão ser menos dolorosos, ou faz isso simplesmente para assustar sua vítima para que ela saiba com quem está lidando? Em suma: para se mostrar? Em qualquer dos casos, antes do início do castigo, o carrasco está em um estado de grande exaltação, consciente de sua força e sabedor de sua supremacia; nesse momento, é um ator. Sobre ele se concentram o pasmo e o terror do público; e, com certo prazer, grita antes do primeiro golpe para a vítima:

— Aguente firme! Vou acabar com você!

É incrível até onde a natureza humana pode se perverter.

Nos primeiros tempos em que permaneci no hospital ouvia atentamente todas essas narrativas. Ficar deitado lá era muito entediante. Todos os dias eram iguais. De manhã ainda recebíamos a visita dos médicos — o que nos distraía —, bem como, depois, o jantar. Comida era uma grande diversão em nossa existência monótona... As dietas variavam conforme as doenças. Alguns recebiam somente uma sopa de cereais, outros somente sopa de aveia e, ainda outros, mingau de sêmola, que era muito apreciado. Os prisioneiros, de tanto ficarem deitados, acabavam se tornando gulosos. Aos convalescentes e aos que já esperavam alta davam carne; "touro", conforme dizíamos. A melhor dieta era para os que sofriam de escorbuto; carne com cebola, raiz-forte, entre outras coisas e, às vezes, um pouco de vodca. O pão também, conforme a moléstia, era de centeio ou integral, e bem assado. A formalidade e a precisão com que receitavam as dietas divertiam os pacientes. Havia doenças, claro, que tiravam o apetite do doente. Mas quem tinha apetite comia o que queria. Muitos trocavam as refeições, de forma que a refeição que dizia respeito a certa moléstia era comida por um portador de doença muito diferente. Também era comum um doente a quem cabia uma dieta leve comprar a alheia: por exemplo, carne ou a comida dos que sofriam de escorbuto, bem como kvass e a cerveja existente no hospital. Alguns até comiam duas refeições. As refeições eram vendidas e revendidas por dinheiro. Aquelas com carne tinham preço alto: valiam cinco copeques em cédulas. Se nenhum dos enfermos queria negociar a sua refeição, mandavam o guarda ver se havia quem quisesse vendê-la em outra enfermaria e, se lá também não houvesse, mandavam-no para uma das alas dos soldados, as quais chamavam de alas "livres". Sempre achavam quem quisesse vender a própria comida e se contentasse em ficar só com o pão e... o dinheiro. A pobreza entre os doentes era muita; mas os que possuíam dinheiro podiam mandar buscar no mercado o que quisessem: roscas, doces e mais gulodices. Os guardas atendiam desinteressadamente. Após o jantar, que monotonia! Uns procuravam dormir, outros conversavam ou discutiam e alguns contavam histórias. Só um doente novo podia romper aquele tédio. A chegada de um novato sempre distraía, principalmente quando era desconhecido; era observado atentamente, e os outros procuravam se informar, perguntavam-lhe quem era, de onde vinha e qual crime havia cometido. Interessavam-se particularmente pelos que estavam em trânsito, pois esses tinham sempre o que contar, muito embora nem sempre satisfizessem a curiosidade com relação ao seu caso individual. Perguntava-se a eles de onde vinham, com quem mais, por que estrada, para onde iam. E a conversa se estendia, os que os rodeavam se recordavam de suas próprias existências, de certos trechos da viagem antiga, dos companheiros ou das autoridades que encontraram durante o itinerário. Quanto aos que tinham sido castigados, esses davam entrada sempre de tarde. Esses casos sempre despertavam, conforme já disse, forte impressão. Contudo, doentes como esses não chegavam todos os dias e, quando não aparecia nenhum, o dia parecia incrivelmente parado. Os ânimos se abatiam, uns se tornavam irritados com os outros, havia até brigas. Era quase um consolo a entrada de um demente que viesse para a nossa enfermaria para ficar em observação. O artifício de se fingir de maluco para se livrar de punições era tentado por alguns prisioneiros, embora não muito frequentemente. Esses eram logo desmascarados. Ou, para ser mais exato, eles próprios acabavam com a simulação e, após agirem como lunáticos por dois ou três dias, recuperavam de súbito a compreensão e, com tristeza, pediam para ter alta. Nem os médicos nem os companheiros condenavam essas atitudes, nem os envergonhavam comentando seus truques. Davam-lhes alta sem dizer nada e, sem nada dizer, viam-nos sair para, depois de dois ou três dias, voltarem após serem castigados. Mas eram casos raríssimos. Já os malucos, verdadeiros, que davam entrada para observação e tratamento, eram uma verdadeira praga para nós... humanos. Muitos deles, ativos e falantes, gostavam de gritar, dançar e cantar, eram recebidos pelos outros doentes, que diziam:

— Aqui está animado!

Mas eles impressionavam muito. Nunca pude olhar para esses infelizes sem me sensibilizar.

Logo, porém, aquelas caretas constantes e aqueles sorrisos sem fim, em vez de provocar riso, acabavam ficando insuportáveis e, dois dias depois, todos perdiam a paciência. Uma vez, um desses dementes permaneceu três semanas conosco; já não sabíamos onde nos esconder. E, como se isso não bastasse, trouxeram outro, que me impressionou ainda muito mais. Tudo isso aconteceu no terceiro ano da minha vida na prisão. No primeiro ano, ou, mais precisamente, nos primeiros meses de cadeia, na primavera, ia eu com a turma trabalhar numa olaria a cerca de dois quilômetros de distância. Tínhamos que consertar o forno para funcionar direito quando começassem os trabalhos de verão. Naquela manhã, Miretski e Boguslavski, me apresentaram a um sargento chamado Ostroski, que era supervisor lá. Era um velho polonês de uns sessenta anos, alto, magro, de aparência distinta, quase majestosa. Estava servindo já há muitos anos na Sibéria e, não obstante fosse originário de camada popular baixa e simples soldado quando da Insurreição Polonesa de 1830, Miretski e Boguslavski gostavam muito dele e respeitavam-no. Vivia sempre lendo a Bíblia Católica. Cheguei a conversar com ele; falava bem, sua conversa era agradável, olhava para você com honestidade e pureza no coração. Fiquei sem vê-lo durante dois anos, tendo ouvido dizer, porém, que tinha sido preso por algum crime. Agora, de repente, ele é trazido para nossa enfermaria como doente mental. Entrou dando risadas e guinchos, e logo começou a dançar com gestos disparatados e obscenos. Os doentes ficaram radiantes, mas eu me senti muito triste. No fim de três dias, já não sabíamos o que fazer com ele. Brigava, atracava-se com os outros, urrava, cantava até de noite e incessantemente fazia gestos tão repulsivos que deixavam todos enojados. Não respeitava ninguém, teve que ser colocado na camisa de força, o que ainda foi pior, embora sem ela ficasse sempre se atracando com os outros, furiosamente. Naquelas três semanas, a enfermaria toda pediu uma porção de vezes ao médico-chefe que encaminhasse o maluco para outra ala. Lá não o aturaram mais de dois dias; logo o devolveram para a nossa, e assim ficamos ao mesmo tempo com dois dementes violentos e agressivos. A solução foi colocar cada um numa enfermaria e ir trocando. Um era pior que o outro. Apenas quando os levaram de vez é que pudemos respirar livremente.

Recordo-me de outro demente muito estranho. Num dia de verão, trouxeram para a nossa enfermaria um prisioneiro que aguardava execução de sua sentença; tinha uns quarenta e cinco anos, era robusto, de aparência grosseira, com um rosto vermelho marcado por varíola, olhos injetados e uma expressão muito sombria. Deram-lhe um catre ao lado do meu. Pacatamente ele ficou ali, sem dizer nada, permanecendo muito pensativo. Quando anoiteceu, ele se voltou para mim, inesperadamente, sem mais nem menos, com ar de quem vai revelar um grande segredo, e disse-me que fora condenado a levar duas mil chibatadas, mas que não as levaria, não, porque a filha de certo capitão ia interceder por ele. Olhei para ele meio espantado e fiz-lhe ver que de nada valeria a interferência da filha do capitão. Eu ainda não tinha descoberto seu problema, só sabia que havia sido trazido não como louco, mas, sim, como doente comum. Perguntei-lhe qual a sua enfermidade. Respondeu que não sabia por que motivo o tinham hospitalizado, que não sentia nada, mas que a filha do capitão estava apaixonada por ele; que, duas semanas antes, ao passar pelo corpo da guarda, no momento exato em que ele olhava pela janela gradeada, ela o olhara muito, logo se apaixonando por ele, e que, devido a isso, viera já três vezes ao corpo da guarda, por motivos diferentes; que da primeira vez viera com a mãe, a fim de distribuir esmolas, e que lhe sussurrara, ao passar, que o amava e que ia interceder em seu benefício. Era estranho ouvir com tantos detalhes tanta bobagem que com certeza não passava de pura imaginação. Acreditava piamente que não o levariam à punição. Quanto à paixão desmedida da moça, falava com confiança e uma calma imperturbável e, apesar do absurdo da história, era esquisito ouvir sobre o amor romântico de uma moça muito nova por um homem de cinquenta anos, com um rosto tão triste e uma aparência tão estranha. Que coisa mais perturbadora o terror fizera brotar naquela pobre alma! Quem sabe tivesse realmente visto alguém ao espiar pela janelinha; então, em tal momento a demência latente que se disseminava dentro dele por causa do medo do castigo tenha achado uma saída e tomado uma forma. Aquele infeliz soldado, que certamente em toda a sua vida jamais se atrevera a sonhar com uma moça, de repente construía dentro de si um romance completo, agarrando-se instintivamente a ele. Ouvi-o em silêncio, depois contei a sua história aos outros; e, como estes começassem a interrogá-lo com muita curiosidade, ele se fechou numa quietude obstinada. No outro dia, o médico submeteu-o a um exame e a um longo interrogatório, e como ele dissesse que não se queixava de nada, coisa que conferia com o exame clínico, recebeu alta. Verificamos que ele havia recebido alta somente após a saída dos médicos e, assim, não pudemos contar-lhes seu real problema, mesmo porque não tínhamos certeza de coisa alguma. Foi um erro grave das autoridades, que o enviaram para o hospital sem explicar por quê. Houve algum descuido aí. Ou, talvez, aqueles que o enviaram tivessem desconfiado de sua loucura, mas, sem ter certeza, preferiram interná-lo e mantê-lo sob observação. Fosse como fosse, dois dias mais tarde, o coitado teve que cumprir o seu castigo. Essa decisão o deixou perplexo, pois estava longe de esperar por isso, posto que, quando se viu diante da tropa portando chicotes, começou a pedir socorro. De volta ao hospital, não foi trazido para a nossa enfermaria, por falta de cama vaga, e, sim, levado para a outra. Informei-me a seu respeito e soube que ficou uma semana sem falar com ninguém, muito surpreso e extremamente triste. Tão logo as costas sararam, mandaram-no embora. E a verdade é que nunca mais ouvi falar nele.

No tocante ao tratamento e ao uso de medicamentos, os doentes que estavam relativamente bem quase nunca seguiam as ordens dos médicos, não tomando um só dos remédios. Os doentes graves, pelo contrário, faziam questão de remédios, tomando pontualmente suas misturas e pós; contudo, apreciavam mais os tratamentos externos; ventosas, sanguessugas, compressas quentes e sangrias, de que o povo tanto gostava, eram recebidas com prazer. Uma coisa estranha me chamou a atenção. Os mesmos homens que suportavam com coragem e paciência as dores cruéis das chibatadas esgoelavam-se, torciam-se e tinham medo de uma simples ventosa. O hospital os teria tornado assim frescos ou era pura simulação? Não sei. As nossas ventosas eram, de fato, diferentes. O pequeno instrumento com o qual a pele é cortada fora perdido há muito tempo pelo servente ou estava quebrado, de forma que tinham que nos cortar com a lanceta. Para cada ventosa é necessário fazer cerca de doze cortes. Antes, com o instrumento perdido, isso era feito sem dor, pois as doze lâminas se mexiam muito rapidamente, e o paciente nada sentia. O caso muda muito com o uso da lanceta. Ela corta devagar, sente-se dor, e umas dez ventosas, por exemplo, exigem cento e vinte incisões, o que, portanto, torna-se bastante doloroso, conforme eu próprio constatei. O fato é que a dor, contudo, jamais chega a ser demasiada nem insuportável, a ponto de fazer gritar. Desse modo, era engraçado ver sujeitos fortes se contorcerem e se queixarem. É o caso de compará-los a um homem que suporta valentemente e imóvel coisas sérias na vida, mas, quando está em casa e não tem nada a fazer, torna-se caprichoso e suscetível, recusando-se a comer o que lhe oferecem, reclamando, exigindo coisas; nada é conforme ele quer que seja. Todos o irritam, todos são rudes com ele, todos o aborrecem. Em suma, "ele não sabe o que realmente quer", como diziam de pessoas desse tipo, que se encontram pela vida e, muito frequentemente, na prisão. No hospital, quando os outros tratavam de implicar com eles ou de passar descomposturas, eles voltavam ao natural, como se aguardassem apenas uma bronca para se comportar sensatamente. Quem mais se danava com essas suscetibilidades era Ustiansev, que não perdia uma oportunidade para discutir com eles. Aliás, tinha mania de implicar com qualquer um, provavelmente por causa de sua doença, mas também devido à sua estupidez. Ele encarava fixa e solenemente a pessoa, muito sério e irritado; então, com voz calma e segura, desandava a pregar sermões. Metia-se em tudo, como se sua função ali fosse vigiar nossa disciplina e moral.

— Mete-se em tudo — diziam sempre os detentos, rindo. Mas eram gentis e evitavam briga com ele, embora zombassem dele às vezes.

— Mas que sujeito! Fala pelos cotovelos! É pior que um trem cheio de macacos!

— Fala pelos cotovelos mesmo! Todos sabem que não se cumprimenta um tolo! Por que deveria gritar por ser lancetado? Ele tem que aprender a aceitar que tudo tem um lado bom e outro ruim.

— Mas que é que você tem com isso?

— Não, amigos — redarguiu outro. — De fato a ventosa não dói. Já me aplicaram. Dor mesmo é quando nos puxam uma orelha.

Todos riram.

— Já puxaram a sua?

— Não acredita? Claro que sim!

— Hum! É por isso que cresceram tanto.

Esse detento, Shapkin, tinha realmente orelhas enormes. Era um vagabundo, ainda jovem, quieto e sensato, que sempre conversava usando um tipo de humor que tornava suas histórias muito engraçadas.

— Como deveria saber que teve suas orelhas puxadas? Como poderia pensar nisso, cabeção? — intrometeu-se de novo Ustiansev, voltando-se com raiva para Shapkin, muito embora ele não tivesse se dirigido ele, e sim aos do grupo. Shapkin nem sequer olhou para ele.

Alguém perguntou:

— E quem lhe puxou a orelha?

— Quem? Um policial, naturalmente, quando eu estava na estrada. Tínhamos chegado a K... Éramos dois, eu e outro, andarilho como eu, chamado Efim. No caminho, em Tolmina, fizemos uma "visita" a um camponês. Tolmina é uma aldeia. Chegamos à cidade e olhamos em volta e pensamos se poderíamos "visitar" alguém antes de prosseguirmos. No campo somos senhores do nosso nariz, mas na cidade nos sentimos desconfortáveis. Para começar, fomos a um bar. Aproximou-se de nós um homem pobre e mal vestido, mas que trajava um terno, e não roupas de camponês. Conversamos um pouco, e ele disse depois: "Como vieram parar aqui? Têm documentos? Não? Hum!... ótimo. Nós também não. Tenho outros dois amigos comigo que, aliás, estão a serviço do general Cuco.[12] Se importam de nos pagar um drinque, pois estávamos numa farra e ficamos sem dinheiro?". "Com o maior prazer", dissemos nós. Sentamo-nos todos e bebemos. Foi quando eles nos propuseram um plano que nos pareceu viável. Havia no fim da cidade uma casa onde vivia um burguês cheio da grana. Decidimos fazer-lhe uma visita, naquela noite mesmo. Mas na residência do ricaço fomos todos os cinco apanhados e levados para a delegacia local. Lá, o próprio capitão resolveu nos interrogar. Fumava um cachimbo e deu ordem que lhe trouxessem chá. Era um homem enorme, de suíças. Além de nós, haviam pegado outros três vagabundos.

Fez uma pausa, e depois continuou:

— Ah, pessoal, que pessoa mais engraçada é o vagabundo! Nunca se lembra de nada; mesmo que se bata em sua cabeça com um martelo, ele

---

12 "(...) a serviço do general Cuco" — ou seja, vagando pela floresta, sem fazer nada.

esquece tudo. O capitão se voltou primeiro para mim. "Quem é você?", perguntou ele com voz de trovão. Respondi o mesmo que todo mundo: "Não sei, Excelência, esqueci...". "Espere, temos muito que conversar. Sua cara não me é estranha!", e encarava-me com seus olhos arregalados. Mas eu nunca o tinha visto. Depois foi se voltando para os outros. "Você?". "Dá o fora, Excelência". "É assim que o chamam, Dá o Fora?". "Sim, Excelência, é assim". "Está bem, você é o Dá o Fora. E você?", pergunta ao próximo. "Sou o Depois Dele, Excelência". "Qual é o seu nome?". "Esse é o meu nome, Depois Dele, Excelência". "E quem o batizou assim? Responde, malandro!". "Gente muito boa me chama assim, Excelência. O mundo está cheio de gente muito boa". "Mas quem é essa gente assim tão boa?". "Já não me lembro, Excelência. De todo o coração lhe peço desculpas". "Esqueceu de todos?". "Sim, Excelência". "Mas suponha que tenha tido pai e mãe... Se lembra deles ao menos?". "É bem provável que tenha tido, Excelência, mas não me lembro. Devo ter tido, capaz que sim, devo ter tido, Excelência". "E onde tem vivido agora?". "Na floresta, Excelência!". "Sempre?". "Mesmo durante o inverno?". "Inverno? Não passei por nenhum inverno". "Bem, como você se chama?". "Eu sou o Machado, Excelência". "E você?". "Sebo nas Canelas, Excelência!". "E ninguém lembra de nada?". "De nada, Excelência!". O capitão ficou parado lá, rindo e nós ficamos olhando, sorridentes. Mas em uma próxima vez ele pode nos dar um murro nas fuças, quebrando nossos dentes. Eles também eram grandes e gordos. "Levem-nos!", ordenou. "Mais tarde me entenderei com eles. Agora, você, venha aqui", disse, dirigindo-se para mim. "Agora sente-se". Olhei para a mesa. Papel, caneta. Pensei comigo: "O que ele vai fazer?". "Sente-se aqui nesta mesa. Pegue a caneta. Escreva!". Foi quando agarrou minha orelha e começou a torcê-la. "Não sei escrever, Excelência!", disse eu. "Escreva!". "Não seja mau, Excelência!". "Sei que sabe escrever, então escreva!" E continuou a torcer minha orelha. Primeiro puxou, depois a torceu. Palavra de honra, pessoal, que doía mais do que trezentas chicotadas! Vi estrelas. "Escreva logo e acabe com isso!"

— Por quê? Era maluco?

— Não, que nada. É que em Tobolsk, num daqueles dias, um escrevente dera um desfalque, com dinheiro do governo, e fugira; ele também tinha orelhas enormes. Mandaram sua descrição para todo mundo e parece que se encaixava perfeitamente comigo.

— Isso explica tudo! E doía muito?

— Certamente que sim!

Todos riram.

— Afinal, você escreveu?

— Escrever, eu? Como? Rabisquei o papel, para a frente e para trás, e então ele desistiu. Mas claro que teve que me dar uma dúzia de safanões, no rosto, e depois deixou que eu fosse para a prisão, claro.

— E, afinal, você sabe escrever ou não?

— Eu sabia. Mas, depois que começaram a aparecer penas de aço, acabei desaprendendo.

Era escutando histórias assim, ou melhor, anedotas assim, que fazíamos o tempo passar. Deus do céu, que dias tediosos! Tão compridos e modorrentos, tão iguais uns aos outros! Se ao menos pudéssemos ter algum livro! Naquele tempo, sobretudo no começo, às vezes por causa da doença, frequentemente apenas para descansar, eu pedia transferência para o hospital, só porque às vezes queria me ver um pouco livre do presídio. A vida por lá era pior do que no hospital; moralmente difícil de suportar. Malícia, hostilidade, discussões, inveja, implicâncias externas, caras ameaçadoras, só porque era nobre! Já no hospital todos se consideravam iguais, havia mais amizade. A hora mais triste era quando, já ao anoitecer, acendiam a luz, pois ia escurecendo. Deitávamos muito cedo. Uma lâmpada fraca brilhava lá perto da porta como um ponto luminoso; mas no nosso canto sempre estava escuro. Sufocávamos. Alguns não conseguiam dormir, sentavam-se na cama, ficando assim mais de hora, com a cabeça pendendo para o lado, com o gorro de dormir, com ar pensativo... Eu olhava para eles, como querendo descobrir em que estariam meditando, eu próprio com isso querendo matar o tempo. Ou me punha também eu a divagar, a refletir em coisas passadas, revendo com a imaginação imagens vividas, com tantos detalhes que em outras circunstâncias dificilmente lembraria. Não raro procurava também desvendar o futuro.

— Será que algum dia deixarei o presídio? Para onde irei? Voltarei para a casa?

Pensava, pensava, e a esperança enchia meu coração... Quantas vezes comecei a contar, somente a contar, um, dois, três, quatro, cinco... apenas para ver se conseguia pegar no sono. Contava até três mil, às vezes, antes de conseguir dormir. Alguém se remexia de repente; Ustiansev começava a tossir, uma tosse chata, carregada de catarro; depois gemia baixo e sussurrava sempre: "Senhor, eu pequei!". E como essa frase, dita em voz assim doente e sufocante, ressoava no silêncio! Lá num outro canto, outros também não conseguiam dormir, começavam a conversar... Um falava no seu passado, distante, nas estradas, dos filhos... da mulher... de como eram as coisas. E só pelo tom desse remoto sussurro já se podia ter certeza de que tudo quanto está recordando perdeu-se para sempre, de que o próprio interlocutor se distanciou dessa realidade. O outro escuta... Ouço apenas o sussurro monótono, como água correndo na distância. Lembro-me de uma história que ouvi numa longa noite de inverno. Parecia, no começo, que era um pesadelo, como se eu, andando em febre, tivesse começado a delirar...

4

O MARIDO DE AKULKA (UMA HISTÓRIA)

JÁ ERA TARDE, cerca de onze horas. Tinha adormecido, mas de repente acordei. A luz fraca da pequena chama da candeia de vigília mal iluminava a enfermaria... Quase todos dormiam. Até mesmo Ustiansev dormia, e no silêncio se ouvia nitidamente o quanto a sua respiração era difícil, e como o catarro fazia barulho na sua garganta. Ao longe, lá no corredor, ressoaram passos fortes, a troca da guarda. Uma coronha bateu com força no pavimento. A enfermaria foi reaberta, e com passos cautelosos o cabo passou, contando os doentes. Após poucos instantes, a sala foi fechada de novo, e a sentinela recém-chegada se instalou, voltando outra vez o silêncio. Percebi, então, que duas pessoas, perto de meu catre, estavam acordadas e conversavam em tom baixo. Acontecia na enfermaria casos assim: um indivíduo permanece dias, semanas e até meses ao lado de outro, sem trocarem uma única palavra e, sem mais nem menos, em certa hora da noite, e como que inspirados por ela, começam a contar o seu passado.

Esses dois já deviam estar conversando há bastante tempo; perdi o começo e mesmo agora não escuto quase nada. Não obstante, meus ouvidos vão se habituando àquele sussurro e acabo por distinguir bem as palavras. Como estou sem sono, resta-me ficar escutando. Meio recostado no catre, a cabeça erguida, um deles conta algo para o outro, que parece prestar atenção, embora de maneira agitada, claramente ansioso para também contar sua história. O que ouve permanece sentado na própria cama, melancólico e indiferente, murmura de vez em quando qualquer coisa em resposta ou em comentário, mais por polidez do que por interesse, tirando a todo o instante da tabaqueira uma pitada de rapé. Era o soldado Cherevin, da companhia correcional, homem de uns cinquenta anos, pedante, moralista, frio e insensível. O que contava era Shishkov, um rapaz que ainda não fizera trinta anos, detento da nossa seção civil e que trabalhava na alfaiataria. Até então eu jamais reparara direito nele e, mesmo mais tarde, até o fim da minha pena, nunca me interessei por ele. Era uma criatura vazia e tola. Às vezes ficava mal-humorado e silencioso, comportava-se de modo pouco civilizado e ficava semanas sem falar nada. Outras vezes, pelo contrário, metia-se em qualquer assunto, interessava-se por qualquer ninharia, ia de alojamento em alojamento espalhando fofocas, perdendo a cabeça. Após uma sova, ficava quieto de novo. Era covarde e fraco. Todos tinham desprezo por ele. Era baixote e magricela, de olhos irrequietos e, não raro, vazios e desatentos. Quando começava a contar alguma coisa, fazia-o com muita vivacidade, mexendo-se muito; mas de repente mudava para outro tema ou se confundia, enrolando-se em detalhes e esquecendo o assunto que havia iniciado. Metia-se em frequentes disputas e, quando o fazia, sempre encontrava algo para repreender no outro, algo que o tivesse machucado, e falava sobre isso como se tivesse sido ofendido, e quase chorando. Tocava regularmente balalaica, sua maior distração. Nos dias de festa dançava e dançava bem se o incitassem. Era fácil convencê-lo a fazer qualquer coisa. Não que fosse submisso, mas gostava de fazer camaradagem e de tentar agradar.

Durante um bom tempo não pude compreender do que ele falava. Parecia, no começo, se afastar do assunto, perder-se em detalhes. Quem sabe estivesse desconfiando de que Cherevin não tinha interesse em sua história, mas parecia decidido a convencer-se de que seu ouvinte prestava muita atenção, porque talvez fosse se sentir ofendido se acreditasse no contrário.

— ... quando atravessava a feira todos o saudavam, porque era um ricaço.

— Você disse comerciante?

— Sim. Nós trabalhadores éramos muito pobres. No verão as mulheres vão buscar água no rio, muito longe, para regar seus legumes. Trabalham como camelos, mas quando chega o outono não têm legumes nem sequer para a sopa. Miséria da boa! Ora, ele tinha uma grande fazenda com três trabalhadores; além disso tinha colmeia que lhe rendia mel para vender, além de gado, o que o transformava em uma pessoa de muita consideração nas redondezas. Já era velho, com setenta anos, todo grisalho e gordo. Bastava entrar no mercado com seu casaco de pele de raposa para todos o cumprimentarem.

"Bom dia, Senhor Ankudim Trofimitch." "Bom dia", respondia ele, que não se achava melhor do que ninguém. "Vida longa, Ankudim Trofimitch". "E você, como vai?". "Os negócios vão indo. Mas o senhor, como vai?". "Damos um jeito, como merecem os pecadores. Somos apenas instrumentos". "Longa vida para você, Ankudim Trofimitch". Não menosprezava ninguém, e suas ponderações eram tão boas quanto dinheiro. Gostava de ler — sabia ler e escrever — e estava sempre lendo livros sagrados. Costumava fazer sua mulher sentar-se de frente para ele: "Ouça, velha, e tente entender". A mulher não era velha, pois ele se casara pela segunda vez por causa dos filhos que não tivera com a primeira mulher. Com esta segunda, a Maria Stepanova, ele tivera dois filhos que ainda eram novos — quando nasceu o último, Vasya, ele já estava com sessenta anos. Mas essa Akulka de quem falo era a filha mais velha e tinha dezoito anos.

— Foi com quem você se casou, não foi?

— Espere um momento. Em primeiro lugar, falemos de Filka Morosov, que teve importância no caso. "Passa o que é meu", disse Filka a Ankudim, "devolva meus quatrocentos rublos. Não sou teu trabalhador. Não quero pechinchar contigo, e muito menos aceito tua filha Akulka. Estou começando a gozar a vida. Meus velhos morreram, quero gastar todo meu dinheiro em bebida e depois arrumar emprego como soldado. Daqui a dez anos, apareço aqui de novo como marechal de campo". Ankudim deu-lhe o dinheiro, acertou as contas, porque o pai dele tinha sido seu sócio no negócio. "Você não vale nada", disse ele. Mas Filka retrucou: "Se sou uma alma perdida ou não, o certo é que foi com você, seu velho barba grisalha, que aprendi a ser avarento. O que você quer é economizar uma moedas e juntar todo o tipo de lixo para o caso de precisar fazer mingau. Para mim chega desse tipo de coisa. Você economiza tanto para no fim ter só o diabo. Farei o que escolher. E de qualquer forma não quero a sua Akulka, já dormi com ela sem ter que...". "Como ousa denegrir a honra da filha de um pai honrado? Quando dormiu com ela, escória?... Imundo!". E todo o seu corpo tremia, Filka me contou. "Não me casarei com ela e mais: farei com que ninguém mais case com sua Akulka. Não se casará com ninguém. Nem mesmo Mikita Gregoriev a quererá, porque está desonrada. Desde o outono que nos divertíamos juntos e agora não a quero nem por cem caranguejos. Ande, ofereça-me cem caranguejos agora — e eu não casarei...". E que arruaça ele fez, o rapaz! Era como se a terra tremesse, deixando a cidade em polvorosa.

Ficou logo rodeado de amigos. E tinha um monte de dinheiro, mas permaneceu na farra por três meses e ao final perdeu tudo. "Quando acabar o dinheiro, vendo a casa. E, quando acabar o dinheiro da casa, vou trabalhar como soldado ou viro andarilho." Vivia bêbado desde o período da manhã até de noite e dirigia uma parelha de cavalos com sinos. Desnecessário dizer o quanto as garotas o amavam. E ele tocava muito bem a gaita de foles.

E continuou:

— Espere um pouco... Eu também acabara de enterrar meu pai, minha mãe assava bolos, também para Ankudim. Era do que nós vivíamos. Não era grande coisa, nossa vida, pequena fazenda no outro lado da floresta e plantávamos um pouco de milho, mas com a morte de meu pai não rendia nada porque eu também, meu caro, comecei a beber, arrancando dinheiro de minha mãe com pancadas.

— Não se pode fazer isso. É pecado mortal.

— Eu vivia bêbado, meu amigo, desde a manhã até à noite. Nossa casa era boa. Era nossa, mesmo que fosse velha e miserável, mas estava vazia como a palma de nossas mãos. Nunca havia o suficiente para comer e tínhamos apenas um trapo para mastigar. Minha mãe me descompunha, mas de que adiantava?... Nesse tempo eu vivia com Filka Morosov, da manhã até de noite. "Toca guitarra e dança!", ordenava ele sempre, "e eu fico escutando deitado e jogando dinheiro para você porque sou riquíssimo!". E as coisas que ele comprava! Só não aceitava roubos. "Não sou ladrão, sou um homem honrado!", dizia ele. Um dia me chamou: "Vamos até à casa de Akulka manchar a porta com alcatrão, pois não quero que ela se case com Mikita Gregoriev. Isso para mim é mais importante do que tudo!". O pai dela queria casá-la já há algum tempo com Mikita. Este era um velho viúvo, de óculos, comerciante. E, quando ouviu histórias a respeito de Akulka, redarguiu: "Isso me desonraria, Ankudim Trofimitch. Além do mais, já estou muito velho para me casar". Afinal, pichamos a porta de Akulka. Por causa disso, ela apanhou de seus pais. A mãe, Maria Stepanova, gritava: "Vou fazer doer!". E o velho referia-se a ela assim: "Outrora, no tempo dos patriarcas, eu teria o direito de queimá-la numa fogueira depois de esquartejá-la! Hoje, porém, o mundo está cheio de decadência e escuridão". Os vizinhos ouviam da rua como Akulka gritava o dia inteiro, levando varadas. E Filka gritava pela feira: "Boa moça, essa Akulka; ela gosta de uma farra. Você está muito arrumada hoje, quem é seu amante? Já lhes dei algo para não esquecer tão cedo". Um dia encontrei Akulka trazendo água em baldes e cumprimentei-a: "Olá, Akulina Kudimovna! Meus cumprimentos, minha senhora! Onde está indo, moça bonita? Vai pegar dinheiro com seu amante?". E foi tudo o que eu disse. Mal acabei de falar, ela me olhou com olhos muito perplexos no rosto magro. Olhou-me tanto que a mãe pensou que a filha estivesse tagarelando comigo e chamou-a lá da porta: "Porque está rindo, sem-vergonha?". E naquele dia ela tornou a apanhar. A mãe costumava bater-lhe durante uma hora inteira às vezes. "Eu a farei apanhar até a morte", dizia, "porque ela já não é mais minha filha".

— Suponho que ela era uma prostituta, então?

— Fique escutando, tiozinho! Eu ainda costumava me embebedar com Filka com frequência e um dia minha mãe chegou e eu estava na cama. "Por que está na cama, seu estúpido? Você não presta para nada", disse. Ela me repreendeu de verdade. "Case-se. Case-se com aquela Akulka; ficarão felizes de ter alguém que queira casar com ela, mesmo você, e eles lhe darão trezentos rublos de dote". Então eu disse: "Mas justo agora que já está desgraçada!". "Não seja estúpido, o casamento muda tudo, além do mais, se algum dia acontecer de ela lhe fazer mal, você bate nela. E precisamos do dinheiro. Já falei com Maria Stepanova, e ela está pronta a negociar". Então eu disse: "Vinte rublos adiantado e me caso com ela". Bom, acreditem ou não, fiquei bêbado durante cada minuto, todo o tempo, até o casamento. Então Filka Morosov ameaçou: "Quebrarei cada costela de seu corpo e se quiser vou dormir com sua esposa todo santo dia". E eu respondi: "Você é um mentiroso, escória!". Ele tinha me ofendido em frente da rua inteira. Corri para casa e disse: "Agora, só me caso se me entregarem cinquenta rublos aqui, bem contados!".

— Mas eles deixariam que ela se casasse com você?

— Comigo? Por que não? Minha família era conhecida. Foi um incêndio que botou meu pai em más condições; mas antes éramos mais ricos do que eles. Ankudim bem que disse: "Mas você é um pobre diabo... pior que vagabundo!". Respondi: "Sua porta está pichada com alcatrão!". E ele: "Por que tem que parecer superior? Prove que ela é uma desonrada! A mentira pode ter pernas curtas, mas a calúnia tem asas! A porta está aberta, pode ir embora, não precisamos de você. Mas devolva o dinheiro". Então rompi com Filka; mandei lhe dizer por Mitri Bykov que o ofenderia na rua diante de todo o mundo; segui bebendo até o dia do casamento. Fiquei sóbrio bem a tempo. Depois que voltamos da cerimônia, Mitrofan Stepanitch, tio dela, comentou: "Certo ou errado, está feito". O velho Ankudim chegou a beber um pouco e de tão comovido chorava, com lágrimas pela barba abaixo. Eis o que eu fiz a seguir, irmão: levei um chicote no bolso, que eu havia arranjado bem antes do casamento, pois queria me divertir um pouco com Akulka. Eu diria: "Vou te ensinar a não trapacear para casar". E funcionava. Mostrava às pessoas que não havia me casado às cegas.

— Concordo. É sempre bom deixar tudo claro desde o começo.

— Não me corte, tiozinho. É melhor escutar calado, pois ainda não contei o principal. Na nossa terra, é hábito os noivos, ao saírem da cerimônia, serem conduzidos para o celeiro, enquanto os convidados continuam bebendo. Deixaram-me no celeiro com Akulka. Lá, ela ficou muito branca, sem uma gota de sangue no rosto, tão atemorizada estava. Seus cabelos pareciam da cor do linho. Tinha olhos grandes e era calada, calada como uma porta. Ela era estranha. Eu dependurei o chicote perto da cama... e então, quer saber, ela era pura como um bebê recém-nascido!

— Jura?

— Absolutamente pura. Como a donzela mais pura da família mais honrada! E eu pergunto, irmão, como foi que ela aguentou aquela calúnia todo o tempo? Por que Filka Morosov a difamou na frente de todo mundo?

— Sim, de fato.

— Escorreguei-me da cama para o chão, ajoelhei-me diante dela, juntei as mãos. "Minha querida", disse eu, "Akulina Kudimovna, perdoe-me por ser tão idiota de pensar isso de você. Perdoe-me, fui, sou um estúpido!". Lá na cama ela me contemplava... Depois, sentou-se, pôs as duas mãos nos meus ombros e sorriu, enquanto as lágrimas lhe caíam pelo rosto abaixo. Sorria e chorava... Então fui encontrar os outros e disse: "Se encontrar com Filka Morozov, ele não viverá nem mais uma hora". Seus pais não sabiam como dizer o quanto estavam agradecidos. A mãe ajoelhou-se diante dela, soluçando. E o velho disse até: "Se soubéssemos disso, nós lhe teríamos arrumado um noivo à altura, filha adorada!". No domingo seguinte, aparecemos na igreja, eu com um barrete de pele de cordeiro, um caftã de pano caro e calça de veludo. Ela com um abrigo à volta do pescoço, novo, bem novo, de pele de lebre, um lenço de seda na cabeça. Sim, quero dizer que eu estava à sua altura, e ela estava à minha altura! Você deveria ter visto!

Todos nos admiravam. Eu não sou tão feio e a pequena Akulka, apesar de não ser melhor que ninguém, não se pode desprezá-la; e então entre outras doze ela não seria jogada fora.

— Está bem, está bem. Ótimo, então.

— Mas escute. No dia seguinte ao casamento, já estava bêbado, mas fugi dos convidados. Saí de fininho e corri. Eu gritava: "Onde está Filka Morosov, esse vagabundo de uma figa? Onde está o salafrário?". E, cada vez mais bêbado, atravessava o mercado; diante do Vlassov, fui agarrado e três sujeitos me trouxeram à força para casa. Enquanto isso, só se falava no caso pela cidade; as mocinhas no mercado comentavam entre si: "Meninas, já sabem da novidade? Akulka é uma moça direita!". Mas pouco tempo depois Filka topou comigo e diante de outras pessoas me disse: "Quer beber? Ah! Quer? Então me vende a sua mulher. Faz como fez aqui, há tempos, o soldado Yaswia, que se casou só com esse intuito. Nunca dormia com a mulher e ficou bêbado pelos três anos seguintes!". Eu lhe disse: "Safado". "Seu tolo" ele respondeu, "estava ou não estava bêbado quando se casou? E então? Como é que estando bêbado podia saber ao certo se ela era honesta?" Fui para casa e comecei a gritar: "Todos me embriagaram de propósito quando me casei!" Minha mãe quis intervir. "Não, mãezinha, encheram seus ouvidos com ouro! Onde está Akulka?" Ela surgiu; comecei a espancá-la. Espanquei-a, irmão, durante duas horas. Esmurrei-a de tal maneira que eu próprio cansei. Ficou de cama três semanas.

— Sim, claro — disse Cherevin, impassível —, se não batemos nelas, elas podem... Mas... chegou a encontrá-la com algum amante?

— Não posso dizer que... — disse Shishkov após um silêncio, e com certo esforço. — Mas fiquei ofendido. Eu era motivo de chacota e era Filka quem os atiçava. "Você tem a esposa perfeita para o pessoal aproveitar!" — ele dizia e ainda nos convidava a visitá-lo, e esta foi a primeira coisa que ofereceu: "Esse aqui vive dizendo que a mulher dele é muito boazinha, muito bem educada, cortês com toda a gente. Agora deu para isso. Parece que já esqueceu que me ajudou a pichar a porta da casa dela". E, aproveitando que eu estava bêbado, me agarrou pelos cabelos, me sacudiu e me atirou de encontro ao chão. "Vamos, dança, agora, marido de Akulka! Vou te levantar pelos cabelos e vai dançar para me divertir!". "Tratante!", respondi eu. E ele ameaçou: "Vou visitá-lo com meus amigos e vamos dar uma surra na sua esposa Akulka, debaixo do seu nariz, pelo tempo que eu quiser". Levei mais de um mês com medo, sem sair de casa, pensando: "Ele é capaz de vir aqui e me envergonhar perante a cidade toda". E somente por isso comecei a espancar Akulka.

— Mas por que teria que espancá-la? Pode amarrar suas mãos, mas não sua língua. Bater muito é estupidez. Deve-se bater para dar-lhes uma lição, mas depois ser gentil. Para isso servem as esposas.

Shishkov ficou calado algum tempo.

— Fiquei ofendido — recomeçou ele — e então peguei o hábito de bater. Espancava-a às vezes o dia inteiro. Nada do que ela fazia estava certo. Quando não a espancava, ficava entediado. E ela ficava sentada calada, perto da janela, chorando. Chorava tanto que eu cheguei até a sentir pena dela, mas batia assim mesmo. Minha mãe brigava comigo por causa dela: "Seu imprestável! Você só serve para a Sibéria". "Vou matá-la e ninguém tem nada com isso porque fui enganado!". No princípio, o velho Ankudim defendia a filha: "Você também não é grande coisa. Vou fazer justiça". Mas depois deixou de se intrometer. Já a mãe, a Maria Stepanova, essa era completamente humilde. Uma vez apareceu e implorou com lágrimas nos olhos: "Ivan Semionitch, vim te pedir uma coisa, é uma coisa à toa mas seria um grande favor. Dê-nos um pouco de esperança!". E curvou-se diante de mim. "Decida-se a perdoá-la! Más línguas difamaram minha filha. Sabe muito bem que era honesta quando se casaram". E, curvou-se até o chão e chorou. Mas eu dei uma de durão. "Não quero ouvir nada, faço o que bem quiser porque perdi a cabeça. E Filka Morosov é meu melhor amigo e camarada".

— Então vocês tinham reatado?

— Eu não! Não podia chegar perto dele. Bebia regularmente. Gastou tudo o que tinha e vendeu-se como soldado no lugar do filho de alguém. E lá na nossa terra é assim: quem é substituto, até que chegue o dia de se apresentar, larga tudo, instala-se na casa daquele que vai substituir. Recebe o dinheiro todo quando se apresenta e, até lá, vive na casa do recruta, às vezes por mais seis meses, e abusa tanto que os donos escondem seus santos com vergonha. E ele diz: "Vou ser soldado no lugar de seu filho! Portanto, estou fazendo um grande favor, é melhor me adorar, senão digo não". Assim, Filka estava fazendo o diabo lá, dormindo com a filha, puxando a barba do pai todo dia e fazendo tudo o que queria. Todo dia tinha que se banhar, tinha que jogar vodca nas pedras quentes. E para a tina só ia se as mulheres o levassem nos braços. Quando vinha da bebedeira parava na rua, diante do portão, e berrava: "Por esse portão não entro. Derrubem a cerca!". Então eles derrubavam a cerca em outro ponto, e ele entrava. Por fim, chegou o tempo de se apresentar no quartel. Não o deixaram beber mais, e no dia juntou gente para vê-lo partir, a rua ficou cheia de curiosos. "Filka Morosov vai embora, vai ser soldado!" E ele fazia mesuras para todos os lados; bem nesse instante Akulka apareceu vindo da horta. Exatamente diante de nossa casa, Filka deu com ela. "Parem!", disse, pulou para a calçada e fez uma reverência: "Minha querida", exclamou, "Meu tesouro, eu te amei por dois anos e agora estão me levando para ser soldado. Perdoa-me, honrada filha de uma família correta, pois fui um sem-vergonha. Tudo o que aconteceu foi culpa minha". E outra vez inclinou-se até o chão. Akulka a princípio ficou parada como se assustada, mas depois fez uma reverência profunda e disse: "Perdoa-me também, bom rapaz! Não guardo mágoas!". Entrei em casa, atrás dela. "Que foi que disse a ele, vadia!?" Ela me olhou e, palavra que estou dizendo a verdade, respondeu-me: "Agora amo a ele mais do que tudo na vida".

— Não!

— Pelo resto do dia não troquei palavra com ela. Mas, quando era quase noite, disse-lhe: "Akulka, vou te matar agora!". Naquela noite não preguei o olho e saí para beber kvass. O dia começava a raiar e eu voltei para casa. Eu disse: "Akulka, apronte-se para ir à fazenda". Já pretendia ir antes, e minha mãe sabia que íamos. "É isso mesmo, é época da colheita, e o empregado está de cama com dor de estômago faz dias", disse ela. Atrelei o cavalo, sem dizer mais nada. Na saída da nossa cidade existe uma floresta com extensão de uns quinze quilômetros. Depois dela está situada a nossa fazenda. Depois de a carroça andar uns três quilômetros dentro da mata, puxei as rédeas do cavalo: "Desça, Akulina, o seu fim chegou". Encarou-me apavorada e permaneceu na minha frente, em silêncio. "Estou cansado de você", disse eu. "Diga suas preces." Em seguida agarrei-a pelos cabelos, enrolando em minhas mãos aquelas tranças grossas e compridas, apertei-a entre meus joelhos, por trás, tirei minha faca e puxei sua cabeça para trás e cortei sua garganta como se fosse um bezerro. Ela gritou, e o sangue jorrou, e eu baixei a faca e abracei-a. Deitei no chão ao seu lado, e gritava e gemia; ela gritava, e eu gritava; ela tentava se desvencilhar de mim, o sangue se espalhando por cima de mim. O sangue jorrava sobre meu rosto e sobre minhas mãos, simplesmente jorrava... Fiquei apavorado e deixei-a e deixei também o cavalo e corri, corri e corri para casa pelos fundos, até o banheiro. Tínhamos um banheiro que era velho e que ninguém usava; escondi-me debaixo do banco e fiquei ali até anoitecer.

— Mas... e Akulka?

— Bom, aparentemente Akulka procurou se levantar quando me viu fugir, tentando vir para casa. Foi achada a cerca de cem passos do lugar onde tudo aconteceu.

— Então você não chegou a matá-la?

— Não... — Shishkov fez uma pausa.

— Existe uma veia — lembrou Cherevin — que, se não for bem cortada, não dá para morrer, não importa quanto sangue se perca.

— Mas Akulka morreu! Foi encontrada morta, à noitinha. Clamaram por justiça e começaram a me procurar e depois que anoiteceu me encontraram no banheiro... Estou aqui faz mais de três anos, acho — disse depois de uma pausa.

— Ahn... Claro. Não dá certo se a gente não bater nelas — disse Cherevin em tom calmo e formal, enquanto tornava a tirar mais uma pitada de rapé da tabaqueira. Começou a fungar devagar, deliberadamente. — Mas, meu caro, pelo que ouvi, você se mostrou bastante estúpido. Comigo também aconteceu uma coisa assim. Peguei minha mulher com um amante. Chamei-a para a cocheira, dobrei em duas a correia da rédea e perguntei-lhe: "A quem jurou fidelidade? Sim, a quem jurou fidelidade?". E comecei a açoitá-la com a rédea. Após surrá-la por uma hora e meia, ela gritou: "Lavarei seus pés numa bacia e beberei a água depois". Chamava-se Audótia.

5
O VERÃO

Já estávamos em abril; aproximava-se a Semana Santa. Aos poucos começaram os trabalhos de verão. A cada dia o sol era mais claro e mais forte. O ar cheirava a primavera e tinha um efeito perturbador no organismo. Até mesmo um homem acorrentado se emocionava com o bom tempo, mexendo com os seus desejos, despertando ardores e sonhos. Quando o sol brilha, a gente pensa na liberdade muito mais intensamente do que nos dias do outono e do inverno. Isso era perceptível em todos os detentos. Alegravam-se com os dias claros, mas também se tornavam impacientes, e certo mau humor se intensificava. Pude averiguar que as discussões ocorriam mais frequentemente durante a primavera. Aumentava a agitação no presídio, mais gritaria e brigas, e surgiam disputas complicadas; mas também se notava, em certos momentos durante os trabalhos, detentos lançando um olhar fixo, pensativo, no azul distante além do Irtich, onde começa e se estende, por mil e quinhentas verstas, o imenso tapete que é a estepe de Kirghiz. Percebia-se um suspiro profundo saindo de um peito que desejava respirar profundamente aquele ar e aliviar a alma aferrolhada e contida. Finalmente, com um suspiro de tristeza que parecia espantar seus sonhos e devaneios, agarrava com força e abruptamente a pá ou então os tijolos que deveria levar para outro lugar. Daí a momentos, já esquecia seus súbitos anseios e ria ou blasfemava, de acordo com sua natureza; ou então se punha com ânimo diferente a realizar seu serviço, com zelo desproporcional, trabalhando com toda sua força, como se afogasse dentro de si o que o revolvia aflitivamente. Quase todos os detentos são gente de sangue forte, jovens e vigorosos... Nessa idade, as correntes são insuportáveis. Não estou bancando o poeta, estou certo do que afirmo. Ao chegarem os dias claros, de sol quente, quando a nossa alma, ofegando, percebe e sente a natureza despertar em todo seu esplendor, o confinamento dos presídios, os guardas e a submissão à vontade alheia se tornam incrivelmente irritantes. Nessa época do ano, quando a primeira cotovia solta o seu canto, começa por toda a Rússia, incluindo a Sibéria, a marcha dos vagabundos. É quando os filhos de Deus abandonam as prisões e se perdem nas florestas. Livres dos processos maçantes, das grades, das cadeias e dos chicotes, vagueiam soltos, por onde desejam, por onde se sentem mais livres, comendo e bebendo o que Deus lhes dá. Dormem tranquilamente à noite nos bosques ou nas planícies, sem maiores cuidados, livres das angústias da prisão, como pássaros sob o olhar da providência, apenas dando "boa noite" às estrelas do firmamento. Nenhuma ilusão: muitíssimas vezes, é duro "estar a serviço do general Cuco"; passa-se fome, é desgastante; às vezes, fica-se dias sem ver um pedaço de pão, é preciso se esconder de todo mundo, roubar, assaltar, uma vez ou outra até matar. Um exilado é como uma criança: o que vê, quer, diz um ditado siberiano. Esse provérbio se ajusta muito mais ao modo de ser dos andarilhos. Dificilmente não assaltam, mais comumente roubam, e isso mais por necessidade do que por inclinação. Alguns homens nascem vagabundos. Fogem dos assentamentos quando saem da prisão. Era de se esperar que se sentissem felizes e seguros nos assentamentos, mas não; alguma coisa os impele a perambular. É que a vida nas florestas, vida miserável, terrível e aventureira, os seduz, exercendo uma misteriosa atração sobre quem já a experimentou. Coisa estranha: às vezes, um indivíduo pacato, ordeiro, que podia vir a ser um camponês hábil e próspero, de repente se vai; muitos são até casados, têm filhos, estão há uns cinco anos num lugar e, de súbito, num belo dia somem, para grande espanto da família e de toda a vizinhança. No presídio, mostraram-me um desses seres errantes. Não cometera nenhum crime grave, pelo menos nunca ouvi dizer, mas vivia fugindo; toda a sua vida passou viajando. Já estivera na fronteira russa do sul, além do Danúbio, nas estepes de Kirghiz, na Sibéria Oriental, no Cáucaso; já estivera por toda parte. Talvez, em outras circunstâncias, não teria sido ele um novo Robinson Crusoé? Soube disso tudo por intermédio de terceiros; ele mesmo pouco falava na prisão e, mesmo assim, somente quando precisava falar. Era um camponês baixinho, extremamente quieto e com uma expressão especialmente calma, quase vazia, a ponto de parecer idiota. Durante o verão gostava de se sentar ao sol, pondo-se a cantarolar qualquer coisa, mas tão baixo que era inaudível a uns cinco metros de distância; sua fisionomia era rija; comia pouco e quase que só pão; nunca comprava um pão branco, nem bebia. Não se sabia se ele tinha tido dinheiro algum dia ou se sabia contar. Tudo era, digamos, indiferente para ele. Dava de comer a cães do presídio, coisa que os outros detentos jamais fariam. Diziam que já se casara mais de uma vez, que tinha filhos sabe Deus onde.... Nunca soube por que motivo ele veio parar no presídio. Todos esperávamos que fugisse um dia; mas ainda não havia chegado o dia ou então este já havia passado. Continuou a viver calmamente entre nós, parecendo encarar contemplativamente tudo o que o cercava. Mas não se podia confiar nele, embora todos se perguntassem que vantagem teria em fugir ou que bem isso lhe faria. De modo geral, a vida nas matas é um paraíso comparada com a do presídio. Isso é fácil de entender; não há comparação. Pode ser dura, mas é livre.

Eis o motivo pelo qual todo detento na Rússia fica inquieto onde quer que esteja, durante a primavera, com os primeiros raios do sol. Contudo, quase nenhum tem de fato a intenção de fugir. Pode-se dizer que, devido à dificuldade de tal realização, e com medo das consequências, apenas um em cem realmente se decidem a fazê-lo. Os restantes noventa e nove ficam imaginando como escapar, para onde, conformando-se com tais sonhos e mesmo com a lembrança de como um dia tentaram fugir... Refiro-me apenas aos condenados. Evidentemente, aqueles que aguardam sentenças são os que mais frequentemente decidem fugir. Os que são condenados, se chegarem a fugir, fazem-no só no começo da pena. Já tendo cumprido dois ou três anos de presídio, preferem terminar sua sentença legalmente e se transferir para um assentamento a correr o risco de um destino terrível em caso de fracasso. E tal fracasso é bem provável. Entre os que tentam a fuga, apenas um em dez consegue realmente "mudar de vida". Dos condenados, buscavam fugir somente os de penalidade muito extensa; quinze ou vinte anos parecem-lhes uma eternidade, e quem se vê condenado a um prazo tão longo sonha sempre em arranjar um meio de mudar de vida, mesmo que já se tenham passado, por exemplo, dez anos. O ferrete desestimula o detento a se arriscar. Se ele for pego tentando fugir, durante o interrogatório responde que queria mudar de vida. Essa expressão formal se aplica literalmente ao caso. Todo fugitivo não pensa em realizar essa mudança só com o intento de ser livre; quanta dificuldade encontrará; o que ele quer e sabe que lhe acontecerá é mudar de presídio, vir a ser colono, passar por outro julgamento por ter sido apanhado; em suma, ele quer ser enviado para qualquer lugar, contanto que não seja de volta para sua antiga prisão, da qual está tão cansado. Quase todos esses fugitivos voltam no outono, se não tiverem encontrado no verão um lugar para passar o inverno, ou se não tiverem encontrado alguém que julgasse proveitoso dar-lhes abrigo, ou mesmo se não tiverem se apoderado do passaporte de alguém para viver onde quiserem, ou ainda se não... tiverem sido pegos pelo outono. Voltam em bandos para suas cidades e prisões, como vagabundos, para passar o inverno na prisão, não sem esperança de escapar de novo no próximo verão.

A primavera também mexia comigo! Recordo-me com quanta nostalgia espiava através dos buracos da cerca onde encostava a cabeça por um longo tempo, contemplando obstinada e insaciavelmente a grama verde na trincheira da fortaleza e o céu cujo azul ia se tornando cada vez mais profundo. Minha inquietude e meu desejo aumentavam a cada dia, e a prisão se tornava cada vez mais detestável. O rancor que eu — pela minha condição de nobre — despertava constantemente nos detentos tornava minha vida um suplício intolerável, que me envenenava. Nos primeiros anos, então, recorria ao hospital, mesmo sem estar doente, só para ficar isolado e me libertar daquele ódio permanente que me rodeava no presídio. "Vocês são bicos de ferro, e nos bicaram até a morte", diziam os detentos para nós. Como invejava as pessoas comuns que chegavam à prisão! Logo faziam amigos! Por isso, a primavera, com sua esperança de liberdade e a alegria geral da natureza, tinha em mim um efeito perturbador e melancólico. No final da Quaresma, na sexta semana, tive que me preparar para a comunhão. É que todos os presidiários já na primeira semana foram divididos em sete turmas pelos soldados mais velhos, uma para cada semana do jejum. Cada turma, de uns trinta homens, não ia para os trabalhos quando chegava a sua semana. Eu gostava da semana de preparação. Íamos duas, até mesmo três vezes, à igreja, que não era muito longe do presídio. Há quanto tempo não entrava numa igreja! A cerimônia da Quaresma, tão conhecida na minha infância na casa de meu pai! As orações solenes, as reverências profundas, tudo isso mexia com emoções do passado e me lembrava dos tempos de infância. Lembro-me de como me sentia bem quando era levado pelos guardas armados para a casa de Deus, pela manhã; sentindo o chão ainda congelado pelo frio da noite. Ficávamos em grupo, nos fundos do templo, perto da porta, de maneira que só podíamos ouvir a voz do diácono e ver, de relance através da multidão, a estola negra do sacerdote e sua cabeça careca. Lembrava-me, então, de como eu, quando criança, observava a gente humilde que se aglomerava perto da entrada e que se afastava respeitosamente para deixar passar uma autoridade fardada ou um senhor fidalgo gorducho ou uma nobre senhora devota rumo aos seus lugares lá na frente e que estavam sempre prontos a brigar pela primeira fileira. Naquele tempo eu achava que aqueles que estavam atrás rezavam de modo diferente de nós, que estávamos perto do altar. Prostrados no chão, com humildade e fervor, tinham perfeita consciência da sua condição humilde.

E agora o meu lugar era ali atrás também. E pior ainda: estávamos acorrentados e estigmatizados como criminosos. Afastavam-se de nós, temiam-nos, davam-nos esmolas; e de alguma forma sutil aquilo tudo me agradava. "Se não tem remédio, remediado está", pensava. Os presos rezavam com muito fervor, e cada um deixava o seu copeque de oferenda. "Também sou um homem!", diziam a si mesmos ao deixar cair aquele copeque. "Diante de Deus somos todos iguais!" A eucaristia não nos foi dada durante a missa. E quando o sacerdote rezou, com o cálice em suas mãos, "... Aceitai-me, Senhor, mesmo ladrão...", todos os detentos fizeram uma reverência profunda, batendo suas algemas: é que tomavam aquelas palavras ao pé da letra.

Enfim, a Páscoa! Cada um de nós recebeu das autoridades um ovo e um pão branco feito com leite, manteiga e ovos. Da cidade, começaram a chover na prisão presentes do povo. O sacerdote tornou a nos visitar, trazendo a cruz erguida; o governador visitou-nos de novo; outra vez a sopa de legumes foi feita com carne; de novo houve bebedeiras através dos alojamentos, tudo foi igual ao Natal, com a única diferença que, desta vez, podíamos passear no pátio e nos aquecer ao sol. Era um dia mais claro, e parecia haver mais espaço do que no inverno, mas também havia tristeza. Aqueles dias tão compridos de verão pareciam especialmente insuportáveis nos feriados. Nos dias úteis pelo menos tínhamos o trabalho para passar o tempo.

Trabalhar no verão acabava sendo mais pesado do que no inverno. Nossas tarefas consistiam principalmente em construções. Trabalhávamos como pedreiros, levantando paredes, abrindo escavações, colocando tijolos;

outros trabalhavam como serralheiros, carpinteiros ou pintores, consertando prédios do governo. Outros iam para a olaria, era o serviço pior. Ficava a umas três ou quatro verstas da fortaleza. Durante o verão, todas as manhãs, por volta das seis horas, uma turma de uns cinquenta homens fortes era levada para a olaria. Quase sempre escolhiam para tal ofício meros operários. Esses levavam pão, pois devido à distância não convinha voltarem para o jantar, o que representaria uma caminhada extra de umas oito verstas. Por isso, jantavam quando voltavam à noite para a prisão. Em razão da natureza das tarefas recebidas, dificilmente elas eram terminadas. Primeiramente era preciso cavar e carregar a argila, trazer água e depois amassar a argila e fazer uma argamassa num buraco e, a seguir, moldar uma porção de tijolos, duzentos ou duzentos e cinquenta, creio eu. Trabalhei na olaria duas vezes. Só se voltava da olaria à noite, exaustos e esgotados, e durante o verão inteiro se queixavam de que eram eles que faziam o trabalho mais pesado. Isso lhes dava algum consolo. Alguns, porém, iam de bom grado para o serviço. Para começar, a olaria ficava fora da cidade, e o lugar era aberto e livre, às margens do Irtich. Afinal, era uma paisagem muito diferente dos prédios da fortaleza! Tinham liberdade para fumar e até mesmo de apreciar o imenso prazer de se deitar por meia hora. Eu costumava ser mandado trabalhar em oficina ou nos fornos de gesso e, às vezes, também transportar tijolos. Houve até uma ocasião em que tive que carregar uma porção deles, da margem do Irtich para um alojamento que estava sendo construído, a umas dezesseis verstas além da muralha da fortaleza; e isso levou cerca de dois meses. A corda com que amarrava os tijolos feria-me os ombros, mas gostei, pois a tarefa fortalecia meu corpo; no começo eu só aguentava transportar oito tijolos de cada vez, cada um pesando uns seis quilos. Por fim eu já carregava até mesmo doze ou quinze, e isso me alegrava. Na prisão a força física é tão necessária quanto a força moral, de forma a nos fazer suportar todos os desconfortos materiais daquela vida maldita.

E queria continuar vivendo, depois da prisão...

Se eu gostava de carregar tijolos não era somente porque o trabalho me fortalecia, mas também porque isso me levava às margens do Irtich. Se falo tanto dessa margem é porque lá eu via esse mundo de Deus, as claras e desoladas estepes, cuja nudez selvagem me causava uma estranha sensação. Só ali perto do rio podia dar as costas para a fortaleza e não ver! Quase todos os outros lugares onde trabalhávamos ficavam na fortaleza ou perto dela. Desde o princípio eu odiei aquela fortaleza, em especial algumas de suas dependências. A casa do major me parecia amaldiçoada, um lugar tétrico, e sempre que passava por perto a encarava com ódio. Mas junto ao rio esquecia-se tudo isso. Nós olhávamos para aquela vastidão solitária como prisioneiros encarando a liberdade através da janela da prisão. Para mim tudo lá era querido e adorável; o sol quente e brilhante contrastando com o céu azul, as músicas das tribos de Kirghiz que vinham da outra margem. Se olhássemos por um bom tempo, conseguiríamos distinguir a tenda miserável e cheia de fuligem de algum nômade. Podia-se mesmo ver a tênue fumaça de um forno e uma mulher kirghiz preparando sua refeição, assistida por duas cabras. Tudo tão pobre e selvagem, mas livre, livre! Percebemos uma ave contra o céu azul e obstinadamente seguimos seu voo por um longo tempo. Às vezes desliza sobre a água, de repente desaparece no céu azul e novamente reaparece como uma mancha que mal podemos discernir. Mesmo as flores, pequeninas e fracas, que encontrava entre os pedregulhos das margens no começo da primavera, mesmo elas me chamavam a atenção de forma dolorosa. A angústia daqueles primeiros anos no presídio era intolerável e tornou-me irritável e amargo, e por causa disso deixava de ver muitas coisas à minha volta. Fechava os olhos e recusava-me a olhar. Tanto que deixei de reparar que no presídio não havia somente gente ruim e rancorosa, mas também almas boas, homens que refletiam, que sentiam, apesar da aparência antipática em que se fechavam. Dentre as palavras injuriosas que me envenenavam não consegui distinguir as que eram gentis e afetuosas, que eram mais importantes por terem sido ditas sem nenhum interesse e frequentemente por alguém cujo coração tenha aguentado e sofrido mais do que o meu. Mas por que deter- -me mais nesse assunto? Alegrava-me poder voltar para o presídio bem cansado, pois assim poderia dormir. Porque mesmo o sono era uma agonia, bem mais penoso no verão do que no inverno. É verdade que as noites eram às vezes bem agradáveis. O sol, que durante todo o dia fustigava o presídio, finalmente se punha, a noite ficava fria e depois chegava das estepes uma aragem fresca, comparativamente falando. Esperando a hora de recolher, os detentos passeavam pelo pátio em grupos; mas a maioria permanecia conversando pelas cozinhas. Um tema qualquer acabava imperando, e o boato se transformava, para os detentos, numa verdade, gerando discussões, comentários; ampliavam um rumor, geralmente inverossímil, mas que interessava a essa gente afastada do resto do mundo. Espalhava-se, por exemplo, sem mais nem menos, a notícia de que o major ia ser transferido de lugar. Os detentos acreditam em tudo, feito crianças. Ficavam até convencidos de que o boato devia ser infundado, que quem o estava espalhando era um tagarela contumaz, um tal Kvassov, homem ridículo e incapaz de merecer crédito. Mesmo assim todos se agarravam ao boato, comentavam-no avidamente, criticavam e se divertiam a tal ponto que depois até sentiam raiva e se envergonhavam de haver perdido tempo em acreditar numa mentira de Kvassov.

— Quem vai expulsá-lo?! — exclamou um deles. — Ele é forte, será duro.

— Mas também ele deve obediência a superiores — interveio um indivíduo impetuoso, inteligente e vivo, que em sua vida vira muitas coisas e que apreciava mais do que tudo uma discussão.

— Um corvo não bica os olhos do outro — redarguiu um homem grisalho, soturno, que tomava a sua sopa sozinho lá num canto.

E um quarto declarou, enquanto dedilhava de leve a sua balalaica:

— E acredita que as autoridades virão nos interrogar se devem expulsá-lo ou não?

— E por que não, também? — cortou o que falara em segundo lugar. — Caso alguém venha fazer um inquérito, devemos todos nos queixar, dizer tudo. Entre nós fala-se demais, mas na hora todos se retraem.

— O que você esperava? A prisão é assim.

— Outro dia — prosseguiu o de antes — sobrou um resto de farinha. Juntamo-la com cuidado, como foi possível, e mandamo-la vender. Pois até isso chegou aos ouvidos dele. O encarregado a tomou. Economia obrigatória. Isso está certo ou errado?

— Mas pensava em se queixar para quem?

— Ao próprio inspetor, quando aparecer.

— Qual?

— É isso mesmo, o inspetor está vindo! — interveio um rapaz vivaz, letrado, que havia sido escrevente e até já lera A Duquesa Lavallière ou um livro de título parecido. Era uma pessoa descontraída, mas todos o consideravam porque ele tinha experiência e conhecimento das coisas. E, sem dar importância à agitação que a sua notícia da chegada de um inspetor despertara, foi até a "cozinheira" e pediu um pedaço de fígado. Nossos cozinheiros sempre negociavam assim. Por exemplo, compravam uma peça de fígado com o próprio dinheiro, fritavam-no e vendiam-no em pedaços aos prisioneiros.

— Um pedaço de meio copeque ou de um copeque? — perguntou o cozinheiro.

— Corta logo de um copeque, para que fiquem com inveja — respondeu o preso. — Vem aí, irmãos, um general. Diretamente de São Petersburgo; vem inspecionar a Sibéria inteira. Verdade verdadeira. Foi gente ligada ao comandante quem me falou.

A notícia causou imenso alvoroço. Durante quinze minutos só se ouviam perguntas assim: "Quem? Qual general? Qual sua patente? Do mesmo daqui? Ou superior?". Os detentos adoravam falar sobre as diversas patentes das autoridades. Qual a de patente superior; qual a que mandava, quais as que obedeciam; e se inflamavam, falando alto, querendo até se atracar. Alguém poderia se perguntar de que adianta aos prisioneiros esse conhecimento. Mas seu conhecimento a respeito do mundo, sua capacidade de conversação e sua posição social antes de vir para a prisão são medidos por meio de seu detalhado conhecimento sobre generais e outras autoridades.

Em geral, falar sobre altas autoridades era considerado muito elegante e era um assunto importante na prisão.

— Então realmente nosso major vai ser mandado embora — disse Kvassov, um homenzinho de bochechas vermelhas e sem nenhum bom senso. Fora ele quem primeiro relatara as notícias sobre o major.

— Ele subornará alguém para se livrar dessa! — objetou abruptamente o detento grisalho e mal-humorado, que já havia terminado sua sopa.

— Claro que sim! Ele já esbanjou dinheiro! Quando chegou aqui já era comandante de batalhão. Quis até casar com a filha do padre.

— Mas ele não casou com ela; foi recusado. Isso quer dizer que é pobre. Que grande partido ele é! Não tem nada; perdeu tudo jogando cartas na Páscoa. Fedjka me contou....

— Sim, sim... O rapaz não é um perdulário. Simplesmente joga dinheiro fora.

— Ah! Rapazes! Eu também já fui casado. Não é bom para o homem pobre se casar. Não pode nem ficar na cama o quanto quer! — observou Skuratov, entrando na conversa.

— Claro! Falávamos exatamente a seu respeito — disse o ex-escrevente. — Quanto a você, Kvassov, deixe que lhe diga: não passa de um grande tolo. Então acha que o tal general pode ser subornado pelo major? E acha que então mandam diretamente de São Petersburgo um general para inspecionar o major? Torno a repetir que não passa de um tolo.

— Vejam só! Mesmo ele sendo general, acha que não aceitaria suborno? — perguntou um cético do grupo.

— Claro que não. Pode receber. Mas se receber tem que ser uma quantia extraordinária.

— Sim, tem que ser uma grana condizente com a patente.

— Não há general que não aceite suborno! — teimou Kvassov.

— Já subornou algum? — perguntou desdenhosamente Bakluchin, entrando. — Aposto como nunca viu um general.

— Claro que vi!

— Mentira!

— Você é que é mentiroso!

— Turma, se ele já viu um general, deixem-no dizer que general era. Vamos, diga lá: conheço de nome todos os generais.

— Vi o General Ziebert — disse Kvassov, hesitante.

— Ziebert? Não existe nenhum general com esse nome. Certamente esse Ziebert era algum tenente-coronel que você não pôde ver direito porque estava de costas no pelourinho. Certamente tanto era seu pavor que acabou achando que era um general.

— Não, existe! — gritou Skuratov. — Sou homem de família. Houve em Moscou, realmente, um General Ziebert. Era de origem alemã, embora russo. Todos os anos, na Festa da Assunção, confessava-se com um padre russo. E bebia água como se fosse pato. Todo santo dia bebia quarenta copos d'água do rio Moscou. Diziam que era para se tratar não sei de qual doença. O criado dele contou-me isso.

Dedilhando a balalaica, um detento comentou:

— E suponho que tinha a barriga assim de peixe de tanta água...

— Chega! A gente aqui falando sério e eles... Afinal, gente, que inspetor é esse? — perguntou Martinov, ansioso. Era um detento inquieto, de meia-idade, que já estivera nos Hussardos.

— É só juntar gente para sair mentira — interveio um dos que não acreditavam. — De onde tiram tanta invencionice? Tudo isso não passa de besteira.

— Não é besteira, nem mentira — ponderou um preso chamado Kulikov, que até então se mantivera calado. Um indivíduo que, pela aparência, devia ter quase cinquenta anos, de feições atraentes e de maneiras desdenhosamente majestosas. Tinha consciência disso e se orgulhava. Com sangue de cigano, tinha ganhado dinheiro trabalhando como médico de cavalos na cidade e também no presídio, como vendedor de bebida. Sujeito inteligente, que acumulara muita experiência da vida. Falava pouco, como se as palavras que economizava fossem rublos.

— É verdade, sim, turma — continuou ele, calmamente. — Ouvi falar sobre isso na semana passada. Um general, diga-se, dos mais importantes, está a caminho daqui a fim de inspecionar toda a Sibéria. Todos sabem que ele ganhará seus presentes, mas não do nosso Oito Olhos. Não se atreverá a chegar perto dele. Há generais e generais, rapazes. Sim, há muitos tipos de generais. Mas posso lhes dizer já uma coisa: o nosso major continuará de qualquer forma no seu posto, aqui; quanto a isso não resta a menor dúvida. Nós não seremos ouvidos nem as autoridades farão reclamação nenhuma. O inspetor visitará a nossa prisão, depois continuará a viagem e, em seguida, relatará que achou na melhor ordem....

— Pode muito bem ser, irmãos. Mas que o major anda com medo, isso anda! Vive bêbado o dia todo.

— Mas à noite é diferente. Fedjka é quem fala.

— Pau que nasce torto morre torto. Não é a primeira vez que ele se embriaga, é?

— Ah, que beleza! Nem mesmo o general fará alguma coisa? Não! Chega de fazer as mesmas besteiras!

A notícia da vinda do inspetor repercutiu como um raio pelo presídio todo. No pátio era veiculada por detentos, impacientes para espalhá-la. Outros detentos se mantiveram calados, tentando assim aumentar sua importância. Nas escadas dos alojamentos havia tocadores de balalaica. Alguns continuavam a comentar, outros se puseram a cantar, todos na verdade se mostravam animadíssimos naquele fim de tarde.

Entre nove e dez horas fomos contados e recolhidos aos alojamentos, que logo foram trancados. As noites, então, eram bastante curtas; às cinco horas da manhã já nos acordavam, mas ninguém dormia antes das onze horas. Até essa hora ainda havia movimentação lá dentro, conversas e, muitas vezes, como no inverno, jogos. De noite, os alojamentos se tornavam abafados e quentes. Pela janela aberta entrava um vento fresco; mas ainda assim os presos se remexiam a noite toda em seus catres, como se estivessem com febre. As pulgas quase nos devoravam. Seu número não diminuía nem mesmo no inverno. Mas da primavera até o verão se multiplicavam em números tais que quem não viu não pode fazer ideia. Com a força do verão seus ataques se enfureciam. É possível se acostumar com elas; sei disso por experiência pessoal, mas é mesmo assim uma aflição terrível. Torturam a tal ponto uma pessoa que a gente fica como que num delírio, consciente, mas dormitando. Quando essa praga se aquieta pouco antes de amanhecer, e a gente cai em sono profundo, começam a tocar o tambor sem piedade, fazendo todo mundo se levantar. Praguejando, puxando a pele de carneiro para o corpo, escutamos o tambor nitidamente, as batidas repetindo e, como que por entre os sonhos, uma porção de pensamentos irritantes atravessam a mente: que amanhã será igual e o dia seguinte também e todos os dias por anos e anos, até o dia em que chegue a liberdade? Onde está ela? E é preciso levantar. A ronda diária está começando... Todos se vestem depressa para o trabalho. Ah! É mesmo, quem sabe por volta do meio-dia se consiga um tempo para uma soneca.

Afinal, a história do inspetor era verdade mesmo. Os boatos foram cada dia se acentuando mais, e por fim todos estavam cientes de que fora mesmo mandado de São Petersburgo um general importantíssimo para percorrer e inspecionar a Sibéria. Que já havia chegado e que já se achava em Tobolsk. Todos os dias vinham novos rumores ao presídio. Chegavam notícias da cidade também: sabia-se que todos estavam com medo e ocupados com os preparativos. Dizia-se que nos círculos das grandes autoridades estavam sendo organizados bailes e recepções. Os detentos eram levados em turmas a fim de consertar as ruas das imediações da fortaleza; os morrinhos foram removidos, cercas e postes pintados de novo, gesso foi consertado e paredes foram caiadas. Enfim, trataram de imediatamente endireitar tudo para causar a melhor impressão. A nossa gente via isso com bons olhos, e a conversa entre eles estava ficando cada vez mais animada. Começaram a fantasiar, planejando apresentar queixa quando o general perguntasse se estavam satisfeitos. Saíam até brigas e discussões. O nosso major estava alvoroçadíssimo. Aparecia sem avisar no presídio, gritava mais, atacava os prisioneiros mais ainda do que antes, mandava recolher alguns ao corpo da guarda, exigia limpeza e fiscalizava a ordem. Nessa mesma época, aconteceu um caso no presídio que o deixou contente em vez de incomodá-lo, como era de se esperar. Um detento, numa briga, enfiou um furador no peito de outro, quase atingindo o seu coração.

O agressor chamava-se Lomov; o agredido, Gavrilka, e era um vagabundo incorrigível; ignoro se teria sobrenome, só era chamado de Gavrilka.

Lomov era parte de uma família de camponeses abastados, da província de T., no distrito de K. A família Lomov vivia toda junta: o velho pai, três filhos e um tio, irmão do pai. Eram prósperos. Dizia-se nas redondezas que tinham mais ou menos trezentos mil rublos em papel-moeda. Trabalhavam a terra, vestiam-se com peles, comerciavam vários artigos, mas sua principal ocupação era a agiotagem e a parceria com vagabundos, receptando mercadorias roubadas e outras coisas. Metade dos camponeses da região estava em seu poder, como devedores. Os Lomov eram espertos e inteligentes, mas acabaram ficando muito esnobes, especialmente desde que uma alta personalidade começou a se hospedar na casa deles, quando viajava para a região. Fez amizade com o chefe da família e simpatizava com sua astúcia e desenvoltura. Os Lomov passaram então a se achar acima da lei e começaram a abusar, arriscando-se em trapaças. Todos se voltaram contra eles, queriam que a terra se abrisse e os engolisse vivos. Eles, porém, se tornavam cada vez mais petulantes.

A polícia já não significava nada para eles; mas a sua sorte de repente virou. Não em consequência do mal que espalhavam, nem de seus constantes crimes; mas, sim, de uma calúnia. Possuíam uma grande fazenda, ou como se diz na Sibéria, uma entrada, a uns dez quilômetros da cidade. Certa vez, no fim do verão, havia seis kirghizes morando e trabalhando lá, e que eram devedores há muito tempo. Uma noite, todos esses kirghizes foram assassinados. O inquérito foi instaurado e se arrastou por muito tempo, trazendo à tona uma série de outros delitos, acabando os Lomov processados pelos homicídios dos colonos. Os presidiários estavam a par desse fato porque eles próprios tinham contado a história. Corria a suspeita de que eles deviam muito dinheiro aos trabalhadores e que, apesar de serem abastados, sendo muito avarentos e gananciosos, haviam mandado matar os kirghizes para não saldar as dívidas com eles. Durante o longo processo, procedido por investigações demoradas, perderam todos os seus bens. O velho morreu, os filhos foram para lugares diferentes e um destes, bem como o tio, vieram parar no presídio, condenados a doze anos. E qual era a verdade? No fim das contas, eram inocentes quanto à morte dos colonos. Mais tarde, Gavrilka também chegou à nossa prisão: um desconhecido vagabundo e mentiroso, sujeito fanfarrão e sem-vergonha, que acabou sendo responsabilizado pela coisa toda. Ignoro se ele mesmo reconhecia sua culpa, mas a verdade é que os detentos estavam convencidos de que fora ele o matador dos kirghizes. Enquanto estava na estrada, fez negócios com os Lomov. Viera para o presídio condenado a pena reduzida por malandragem e deserção. Matara os kirghizes junto com outros três vagabundos, certos eles de que encontrariam bens. No presídio, antipatizavam com os Lomov, não sei por quê. Um deles, o sobrinho, era um bom jovem, inteligente e de bom humor, ao passo que o outro, o tio, que dera o golpe em Gavrilka, era bronco e violento. Mesmo antes disso já tinha atacado vários homens e levado algumas boas surras. Gavrilka, pelo contrário, dado o seu feitio alegre, era bem estimado. Embora os Lomov soubessem que ele fora o criminoso e que estavam na prisão por sua causa, deixavam-no à vontade, não se metendo com sua vida, ele por sua vez fazia o mesmo. A briga de agora entre ele e o tio Lomov irrompera inesperadamente por causa de uma reles meretriz. Gavrilka gabara-se de ter a preferência dessa moça, o lavrador enciumara-se e se atirara certa manhã contra o rival. Apesar de terem perdido seus bens durante o julgamento, viviam como reis na prisão. Eles, na verdade, ainda tinham algum dinheiro. Possuíam samovares de uso pessoal e bebiam chá. O major estava a par de tudo isso e implicava com eles. Todos percebiam que viviam procurando motivos para criticá-los. Os Lomov sofriam com isso porque o major queria ser subornado por eles. Mas eles não lhe ofereciam nenhuma propina.

Mais uns centímetros e o furador do Lomov teria certamente matado Gavrilka; mas houve apenas um ferimento leve. Contaram ao major o que havia acontecido. Lembro que ele compareceu imediatamente ao presídio, obviamente satisfeito! Tratou Gavrilka com muito cuidado, como se tratasse de seu próprio filho.

— Então, amigo, pode ir a pé para o hospital? Não, não, é preferível arrear um cavalo. Atrele um cavalo imediatamente! — gritou com urgência para o sargento.

— Mas não sinto nada, Excelência. Foi apenas um arranhão, Excelência.

— Nunca se sabe... Você verá. O lugar é perigoso; tudo depende do lugar do ferimento. Pegou bem abaixo do coração, esse assassino! E você! Sim, você! — gritou, voltando-se para Lomov. — Bem, agora você vai ver! Para a sala dos guardas!

E de fato "mostrou-lhe". Não obstante o ferimento ter sido coisa à toa, Lomov foi julgado e condenado a aumento de penalidade e a mil açoites. Afinal, tornou-se evidente sua intenção. O major ficou completamente satisfeito.

Por fim, o inspetor apareceu. Um dia após a sua chegada visitou o presídio. Já dois dias antes não faziam outra coisa ali senão lavar e polir; os presos tiveram suas barbas raspadas e receberam roupa branca e limpa, pois, de acordo com o regulamento de verão, os detentos deveriam vestir roupas brancas de linho. Nas costas traziam costurado um círculo preto de cerca de seis centímetros. Durante uma hora inteira os presos foram instruídos quanto à maneira de responder ao general no caso de ele os saudar. Ensaiaram. O major estava como que possuído. Uma hora antes do aparecimento do general já estávamos alinhados como estátuas de pedra, em posição de atenção. Finalmente, à uma hora da tarde, apareceu o visitante. Era um general importante, tão importante que cada coração oficial do oeste da Sibéria deve ter batido mais forte quando ele chegou. Sua entrada foi austera e majestosa; atrás dele surgiu um bando de autoridades locais, alguns deles generais ou coronéis. Entre os visitantes se achava também um civil, um cavalheiro alto e bem-apessoado, de casaca e sapatos de verniz, que também viera de São Petersburgo e que se comportava de maneira independente e descontraída. O general voltava-se a todo instante para conversar com ele de forma cortês; os detentos ficaram abismados: um paisano merecer tanta consideração da parte de um general! Mais tarde viemos a saber quem era e como se chamava, mas ainda falaram muito nele. O nosso major, enfiado num uniforme de colarinho, com os olhos injetados e as bochechas rubras, não causou boa impressão ao general. Em consideração especialíssima para com visita tão importante, tirara os óculos e se mantivera à distância, rijo e perfilado, aguardando com ânsia febril ser chamado para apresentar seus respeitos a Sua Excelência e prestar-lhe os informes solicitados. Mas não o chamaram para nada. Sem dizer uma palavra, o general percorreu os alojamentos, visitou as cozinhas e provou, acho eu, a sopa de repolho. Falaram-lhe a meu respeito, apontando-me: "Fulano de tal, nobre".

— Ah! Ah!, disse o general. E como se comporta atualmente?

— Por enquanto satisfatoriamente, Excelência — responderam-lhe.

O general anuiu com a cabeça; dois minutos depois, deixava o presídio.

Os detentos, não obstante o deslumbramento, ficaram desapontados. Quanto a alguma queixa contra o major, naturalmente, nem se cogitou disso. Na verdade, o major sabia o tempo todo que seria assim.

6

OS ANIMAIS DO PRESÍDIO

A COMPRA DE um cavalo baio, que aconteceu logo depois, ocupou-nos e distraiu-nos muito mais do que a visita recente da alta personalidade. No presídio utilizavam um cavalo para transportar água e levar o lixo, cabendo a um preso se encarregar dele, saindo naturalmente também, sempre que necessário, acompanhado por um guarda. O nosso cavalo tinha muito que fazer, de manhã à noite; "Alazão" vivia desde muito tempo no presídio e era um bom cavalo, embora já um pouco cansado. Uma bela manhã, pouco antes do dia de São Pedro, o nosso "Alazão" caiu enquanto transportava o suprimento de água da noite e daí a poucos momentos morreu. Todos ficaram inconsoláveis. Falou-se muito a respeito, discutiu-se. Os que tinham sido tropeiros, ciganos, veterinários, etc. aproveitaram para demonstrar seus conhecimentos a respeito de cavalos. Brigaram, até, mas não conseguiram ressuscitar o pobre "Alazão". Ali jazia ele, mortinho da silva, com a barriga bem estufada, a qual cada um dos detentos, como cumprindo um dever, vinha cutucar. Informaram ao major o que ocorrera, e ele decidiu que deveria ser comprado logo outro cavalo. Desse modo, no dia de São Pedro de manhã, depois da missa, diante de todo o presídio reunido no pátio, cavalos à venda foram trazidos. A escolha, é evidente, ficaria a critério dos detentos. Entre nós existiam alguns verdadeiros conhecedores no assunto, e duzentos e cinquenta homens que tinham vivido de enganar o próximo não haveriam de se deixar enganar facilmente. Apareceram os mais diversos vendedores de cavalos: kirghizes, ciganos, negociantes, aldeões. Cada cavalo que aparecia estimulava mais os detentos. Estavam contentes como crianças. Lisonjeava-os bastante poder, como pessoas livres, comprar um cavalo, como se fosse seu o dinheiro e tivessem o direito de fazer a compra. Avaliaram três cavalos, mas optaram por um quarto. Os negociantes olhavam espantados, à sua volta, meio tímidos, e até lançavam olhares para os guardas que os haviam trazido. Um bando de uns duzentos homens barbeados, marcados e acorrentados, e à vontade em sua casa na prisão, que quase ninguém visitava, impunha certo respeito. Os detentos demonstravam toda sua astúcia testando cada cavalo. Examinavam tudo, nenhum detalhe lhes escapava e faziam tudo com tamanha seriedade e preocupação que o bem-estar da prisão parecia depender deles. Os circassianos pulavam no lombo do animal e, encarapinhados, de olhos reluzentes, discutiam com vigor entre si naquela incompreensível língua deles, mostrando os dentes brancos e balançando as cabeças de nariz adunco. Um dos russos, que prestava muita atenção na discussão deles, parecia querer entrar em seus olhos. Não entendia uma só palavra e tentava adivinhar pela expressão de seus olhos se haviam decidido que o cavalo prestava ou não. Quem não tivesse nada que ver com o caso haveria de achar um absurdo todo aquele cuidado. Era o caso de perguntar. Por que um prisioneiro comum, humilde e humilhado, que na presença de outros não ousava abrir a boca, deveria demonstrar uma preocupação especial sobre cavalos? Era como se estivesse comprando um cavalo para si próprio, como se realmente importasse qual cavalo seria comprado. Além dos circassianos também eram proeminentes os detentos ex-ciganos e ex-negociantes: os outros lhes delegavam o primeiro lugar e a primeira palavra. Havia ainda uma espécie de duelo fogoso entre dois presos, o cigano Kulikov, antigo ladrão e negociante de cavalos, e um esperto mujique, veterinário autodidata, que somente há pouco chegara à prisão e se tornara um sério concorrente de Kulikov no negócio que este mantinha. Em praticamente quase todas as localidades, esses pretensos veterinários são muito ouvidos em casos de doenças de cavalos, não somente pelos negociantes e artesãos como mesmo pelos altos oficiais, sendo preferidos aos autênticos especialistas. Antes de o siberiano Yolkin entrar para o presídio, essa "clínica" local pertencia a Kulikov e lhe rendia bastante, muito embora trapaceasse, fingindo conhecer mais do que na verdade conhecia. Sua considerável renda o tornara o aristocrata do presídio. Ele inspirava os outros detentos e sua inteligência, audácia, sabedoria e determinação impunham respeito. Era ouvido e obedecido. Economizava palavras e só as usava nas ocasiões mais importantes. Embora na verdade fosse afetado, possuía uma reserva de genuína força de vontade; já idoso, ainda era bonito e sensato. Para conosco, nobres, portava-se com refinamento e gentileza, mas, ao mesmo tempo, com dignidade. Estou convencido de que, se o vestissem com boas roupas e o apresentassem como conde em qualquer clube de São Petersburgo, não se sentiria perdido, jogaria até mesmo uma partida de uíste,[13] conversaria pouco, mas adequadamente, respondendo o necessário e de modo categórico, e ninguém desconfiaria estar tratando com um mero andarilho. Estou falando sério; era mesmo inteligente e desembaraçado, e bem esperto. Seus modos eram elegantes. Decerto a vida lhe ensinara muita coisa, mas do seu passado nunca pudemos desvendar nada. No presídio, pertencia à Seção Especial. Com a entrada de Yolkin, que era apenas um mujique de uns cinquenta anos, porém esperto como o quê, a boa fama de veterinário de Kulikov ficou manchada. Dois meses depois, o mujique já tinha arrebatado toda a sua clientela. Curava com facilidade, e muitos cavalos doentes, dos que Kulikov não conseguira fazer sarar, ele curou logo, superando até mesmo os veterinários diplomados da região. Esse mujique viera para o presídio por causa de falsificação de dinheiro. Como foi ele se meter nessa confusão depois de velho? Contou-nos, rindo de si mesmo, que gastava três moedas de ouro legítimo para fazer uma falsa. Kulikov não aceitou bem o sucesso de seu concorrente, mesmo porque isso prejudicou sua fama no presídio. Mantinha uma amante no subúrbio, usava uma túnica de veludo, um anel de prata no dedo, brincos e suas próprias botas de pontas extravagantes e agora, de repente, fora forçado a se tornar taverneiro, para ganhar algum. Todos achavam, portanto, que a compra do cavalo seria motivo para acertarem as contas. Esperavam com curiosidade. Todos tinham seu favorito. Os líderes de ambos os lados provocavam--se e começaram a se insultar. Yolkin sorria com grande sarcasmo. Mas tudo terminou de forma inesperada. Kulikov não pretendia ser abusivo e comportou-se de forma magistral. Primeiro aceitou as observações do adversário, ouvindo atentamente as críticas referentes ao defeito do animal. Mas a certa altura rebateu uma afirmação e provou categoricamente que o rival se enganara. Não deu tempo a Yolkin de se corrigir, e mostrou que ele realmente havia errado e por quê. Em

13 Do inglês *whist*, trata-se de um jogo de carteado que envolve duas duplas de jogadores, cabendo a cada um deles 13 cartas (N. do T.).

suma, Yolkin foi humilhado com categoria e inesperadamente e, apesar de ele ter mantido a vantagem, até mesmo o grupo de Kulikov se mostrou satisfeito.

— Não, rapazes, não é fácil criticá-lo. Ele sabe se defender! — disseram uns prisioneiros.

— Mas Yolkin entende mais do riscado! — respondiam os outros, hesitantes. Ambos os grupos tinham assumido de repente um tom conciliador.

— Não é que ele entenda mais; tem a mão mais leve. Mas no que diz respeito ao conhecimento sobre cavalos, Kulikov resolve qualquer problema.

— Realmente!

— Qualquer coisa...

Por fim o cavalo foi escolhido e comprado. Tratava-se um excelente cavalinho novo, forte, de aparência agradável, com uma cara gentil e alegre. Não lhe faltavam qualidades. Mas houve pechincha. O vendedor pediu trinta rublos, os nossos ofereceram vinte e cinco. O negócio se arrastou com entusiasmo, um lado diminuindo um pouco, o outro subindo outro pouco. Por fim, todos acabaram achando graça.

— Por que ficar pechinchando? Por acaso vamos pagá-lo com o dinheiro do nosso bolso?

— Estamos com pena do dinheiro do governo, gente!...

— Ora, rapazes, está muito certo, o dinheiro é do povo!

— Do povo?!... Ah! Só o que vejo aqui são idiotas!

Finalmente, chegou-se a um acordo: vinte e oito rublos. Isso foi comunicado ao major e ele autorizou a compra. Ato contínuo arranjou-se pão, sal, e o cavalinho foi instalado com todas as honras no presídio. Não houve sequer um detento que não viesse lhe dar uma palmadinha no pescoço ou acariciar o focinho. No mesmo dia o novo baio foi atrelado na carroça da pipa, e todos prestaram atenção para ver como ele se portava. O nosso carregador de água, Roman, examinava o cavalinho com ar muito contente. Roman era um camponês de uns cinquenta anos, muito tranquilo e caladão. Diga-se de passagem, quase todo cocheiro russo é meio casmurro, de falar pouco, como que confirmando que o trato com cavalos dá aos homens uma indiferença peculiar e até importância. Assim era ele: quieto, gentil com todos, mas pouquíssimo comunicativo, contentando-se em pegar rapé da sua tabaqueira de osso; desde muito tempo era encarregado dos cavalos do presídio. O cavalo recém-adquirido era o terceiro baio dali. Todos nós achávamos que um cavalo marrom ou castanho avermelhado era certo para a prisão, que era de alguma forma natural. Um cavalo ruço ou malhado, por exemplo, não deveria de forma alguma ter sido comprado. O ofício de carregador de água era, como que por direito, reservado eternamente para Roman, e ninguém pensava em questionar isso. Quando da morte do "Alazão", não passou sequer pela cabeça de ninguém, nem mesmo do major, jogar a culpa para cima dele. O cavalo morrera porque Deus quisera, não havia dúvidas de que Roman era um bom cocheiro. Logo o Baio tornou-se o favorito de todos. Os detentos podem ser rudes, mas costumavam ir afagá-lo. Era comum Roman, quando vinha com a água, descer da carroça a fim de fechar o portão que o sargento lhe abrira. Nesse meio tempo, o Baio ficava parado, esperando na entrada do pátio; virava os olhos para trás para ver o cocheiro.

— Entre sozinho! — ordenava Roman; e logo o Baio recomeçava a puxar, indo com a pipa até as cozinhas; lá chegando, parava à espera de que os cozinheiros e os serventes trouxessem seus baldes para encher de água.

— Que inteligente! — diziam. — Trouxe tudo sozinho! Ele faz o que mandam!

— Isso ele faz. Não passa de um animal, mas como compreende!

— Bravo!

O cavalo sacudia a cabeça e relinchava, como se realmente gostasse de ser elogiado. E não faltava quem lhe trouxesse pão e sal. O Baio mastigava e balançava outra vez a cabeça, como se quisesse dizer: "Conheço você! Sim, sou um bom cavalo, e você é um bom homem".

Eu também gostava de oferecer pão ao cavalo. Observar sua bonita cabeça me causava prazer, e era agradável sentir seu focinho de lábios mornos roçarem a palma da minha mão, ao tirar o pão.

De maneira geral, os presos eram capazes de amar os animais e se lhes dessem consentimento, de bom grado transformariam o presídio em um viveiro de animais domésticos e aves. Duvido que qualquer outra ocupação contribuísse mais para abrandar a natureza áspera e selvagem daqueles presos. Mas isso não era autorizado. Nem o regulamento nem a natureza da prisão permitiam tal atividade.

O acaso trouxe, no entanto, diversos animais para o presídio por várias vezes durante a minha estada lá. Além do Baio, havia cães, gansos, o bode Vaska e, por algum tempo, uma águia. Conforme já contei, vivia entre nós um cachorro, Sharik, animal bondoso e vivo, muito meu amigo. O cão, entre o nosso povo, é tido de um modo geral como um bicho imundo, não merecendo consideração: e isso acontecia também entre os presidiários. O cão simplesmente existia, dormia no pátio, devorava os restos das cozinhas, ninguém lhe dava a menor atenção; mas conhecia todos e a todos considerava como seus donos. Sempre que os detentos voltavam do trabalho e Sharik ouvia lá na casa do guarda o grito "Guardas!", corria para o portão e recebia a todos afetuosamente e, balançando alegremente a cauda, olhava para os recém-chegados de forma convidativa, esperando alguma carícia. Mas no decorrer de muitos anos ninguém, a não ser eu, lhe fez o menor agrado. Por isso ele me preferia. Já não me lembro de que forma um segundo cão, Belka, apareceu mais tarde na prisão. O terceiro, Kultiapka, eu próprio o trouxe comigo quando filhote, do local onde eu trabalhava. Belka era uma criatura estranha. Uma carroça atropelou-o e por isso ele ficou com as costas tortas; quando vinha correndo de longe dava a impressão de serem dois cachorros costurados. Ainda por cima, era sarnento e tinha olhos remelentos. A cauda quase não tinha pêlos e vivia entre as suas pernas. Maltratado pela sorte, ele parecia ter decidido ser submisso. Não ladrava nem avançava para ninguém, como se não ousasse. Vivia quase que só de restos, refugiando-se atrás dos alojamentos. Quando via qualquer um de nós, enquanto ainda estávamos um pouco longe, imediatamente virava de barriga para cima em sinal de submissão, como que dizendo: "Faça o que quiser comigo; pode ver que não ofereço resistência".

E todos os detentos, frente aos quais ele se deitava assim no chão, no máximo davam-lhe um pontapé com a bota, como um dever sagrado. "Olhem que vira-lata miserável!" Mas Belka não se zangava, no máximo gania baixinho e triste quando o pontapé era muito forte. Rebolava da mesma forma diante de Sharik ou diante de qualquer outro cão que encontrava quando fugia da prisão para tratar de seus assuntos. Também se deitava assim submisso quando algum mestiço bem grande e orelhudo corria latindo para ele. Mas cachorros gostam que outros cachorros se mostrem submissos. O selvagem vira-lata logo se acalmava e parava pensativamente, olhando de pernas para cima, começava a cheirá-lo devagar e com imensa curiosidade. O que pensava Belka nesse momento, enquanto se contorcia?

"Esse bandido vai me trucidar!", era o que provavelmente ele pensava. Mas o outro cachorro, após farejar o cãozinho, não encontrava nada de interessante e desistia. Belka levantava-se logo e, mancando, aderia à matilha que seguia alguma cadelinha mimada. E muito embora estivesse certo de que a garbosa cadelinha jamais quereria se relacionar com ele, continuava a trotar, embora à distância; isso bastava para apaziguar sua tristeza. Orgulho era coisa que há muito tempo não possuía. Como não depositava mais nenhuma esperança no futuro, contentava-se com um pedaço de pão. Procurei uma vez lhe fazer carinhos. Achou isso tão novo e inesperado que se agachou no chão, tremendo e ganindo de contentamento. Por piedade fiz carinho várias vezes e a partir daí, assim que me via, começava a ganir. Via-me de longe e já começava a ganir de dar dó; acabou estraçalhado por outros cachorros no fosso de fora da prisão.

Já Kultiapka era muito diferente. Não sei precisar a razão pela qual me interessei por ele quando ainda recém-nascido e por que o levei da oficina para o presídio. Gostava de criá-lo e dar-lhe comida. Sharik logo se afeiçoou a ele; dormiam juntos. Quando Kultiapka cresceu, Sharik passou a consentir que lhe mordesse a orelha, lhe puxasse o pêlo e brincava com ele, conforme os cães adultos brincam com os filhotes. Kultiapka se desenvolveu de modo esquisito: em vez de crescer, ficou comprido e largo com pelo crespo, cor de rato. Tinha uma orelha para cima e outra para baixo. Era de natureza expansiva e alegre, como todos os cães novos, que, assim que veem o dono, desandam a ladrar, querendo lhe lamber o rosto, e que estão prontos para demonstrar todos os seus sentimentos de uma vez: "Vejam o meu entusiasmo! Não importa a compostura!". Onde eu estivesse, bastava gritar "Kultiapka!" para que ele aparecesse de algum canto como por um milagre, vindo correndo e latindo, pulando como uma bola e tropeçando. E eu gostava daquele monstrinho. Era como se sua missão fosse ser feliz e satisfeito. Mas um belo dia atraiu a atenção do preso Nestroiev, sapateiro de senhoras e curtidor, a quem inspirou logo uma ideia. Chamou Kultiapka, apalpou-lhe os pelos e o deitou de costas no chão, como a acariciá-lo. Incapaz de desconfiar, Kultiapka até rosnava de satisfação. Na manhã seguinte, sumiu. Procurei por ele demoradamente. Em vão. Só dois meses depois, a coisa se esclareceu: o pelo de Kultiapka fascinara Nestroiev; ele o esfolou, curtiu o pelo e o usou para forrar um par de botas de veludo encomendadas pela mulher do juiz. Ele até me mostrou as botinas, depois de prontas; o forro era maravilhoso. Pobre Kultiapka!

Havia em nosso presídio muitos detentos curtidores, que costumavam trazer cachorros com pelos bonitos. Eles imediatamente desapareciam. Esses cães eram roubados ou até mesmo comprados. Lembro-me de haver visto um dia, atrás da cozinha, dois detentos parecendo combinar qualquer coisa. Um deles puxava por uma corda um cãozinho preto magnífico, indubitavelmente de boa raça. Certamente algum empregado desonesto roubara aquele animal do patrão e o vendera aos nossos curtidores por uns trinta copeques. Os dois detentos estavam combinando estrangulá-lo. Era muito conveniente: tiravam a pele e jogavam o corpo no enorme fosso situado no fundo da prisão, que durante o verão fedia horrivelmente. Só de tempos em tempos essa cova era limpa. O pobre cão bem parecia pressentir a sua sorte. Olhava de modo preocupado para nós! Tratei de me afastar depressa, e logo os dois presos terminaram o seu serviço.

Os gansos também tinham aparecido no presídio por acaso. Quem os criava, a quem pertenciam, não sei dizer; mas por algum tempo distraíram os detentos, e até se tornaram conhecidos na cidade. Cresceram no presídio e ficavam na cozinha. Quando o bando ainda era novo, deu para acompanhar os detentos aos trabalhos forçados. Tão logo o tambor rufava e os grupos se aproximavam do portão, os gansos corriam atrás, abrindo as asas, grasnando, saltando a soleira da saída e postando-se no nosso flanco direito, em perfeito alinhamento, à espera do fim da chamada. Preferiam sempre o grupo maior e, uma vez chegados ao local, ficavam ciscando pelas proximidades. Na hora do regresso, quando o grupo partia, eles também se preparavam para partir. Em toda a cidade se comentava o hábito dos gansos de acompanharem os detentos aos trabalhos. "Lá vêm os presos com seus gansos!" E pelo caminho as pessoas ficavam olhando. "Como vocês os treinaram?" Alguns até, ao dar esmolas, especificavam: "Tomem, é para os gansos de vocês".

Apesar disso, esses gansos tão interessantes foram sacrificados não sei em que dia de festa. Já nosso bode Vaska, não o teriam matado em hipótese alguma, se não tivesse acontecido uma coisa muito inesperada. No tocante a Vaska, também não sei dizer de onde viera nem quem o trouxera; a verdade é que um dia apareceu entre nós um lindo cabritinho branco, que logo se tornou o bibelô de todos. Cuidavam dele, tornando-o logo um entretenimento. Encontrou-se uma desculpa para ficar com ele: era útil e necessário ter um bode na cocheira; na verdade, porém, não vivia lá, e sim na cozinha, e depois por todo o presídio. Era um bicho gracioso e bastante levado. Surgia sempre que chamado, pulava para cima dos bancos e das mesas, dava chifradas nos detentos, sempre alegre e disposto. Uma tarde ele, que já tinha os chifres bem desenvolvidos, aceitou a provocação do lesguiano Babay, que estava sentado na escada dos alojamentos. Inesperadamente, Vaska pulou para o degrau mais alto da escada, firmou-se nas pernas, preparou a chifrada e investiu contra a nuca de Babay, de forma a fazê-lo rolar pela escada abaixo, o que despertou gargalhadas em todos, inclusive no próprio Babay. O fato é que os detentos, sem exceção, gostavam muito de Vaska. Depois que ficou adulto, acharam melhor submetê-lo a certa operação que nossos veterinários fazem com perícia. "Desse modo ele não ficará fedendo", disseram. Na sequência da operação, começou a engordar e a ficar comilão, até que se transformou num grande bode com chifres enormes e tão roliço que rebolava ao andar. Ele também nos acompanhava aos trabalhos para alegria nossa e da população. Todo mundo conhecia Vaska, o bode do presídio. Era comum quando os detentos trabalhavam na margem do rio, arrancarem salgueiros flexíveis, colherem flores e ramos das escarpas e enfeitarem Vaska. Colocavam-lhe ramos e flores nos chifres, dependuravam-lhe guirlandas em torno do corpo. Lá vinha ele na frente da turma, todo elegante, seguido pelos detentos, provocando admiração nos que o viam de passagem. Os detentos ficavam tão orgulhosos dele que alguns tiveram uma ideia quase infantil: dourar os chifres de Vaska. Mas ficou só na conversa, não sendo nunca concretizada. Não obstante, informei-me com Akimitch — que depois de Isaías Fomitch, era o melhor dourador do presídio —, se poderiam mesmo dourar os chifres de Vaska. Akimitch primeiro encarou o bode, com ar pensativo, depois disse que talvez fosse possível, mas que o dourado desaparecia logo e que, portanto, não valeria a pena. Desistimos então da ideia.

Vaska morreria de velho, provavelmente com falta de ar, devido ao seu peso. Mas um dia ele, como de hábito, vinha conosco de volta do trabalho, todo enfeitado com ramos floridos, na frente da turma, e colocou-se no caminho do major, que estava numa carruagem.

— Alto! De quem é esse bode?

Alguém lhe explicou a situação.

— Como? Um bode no presídio, e sem a minha licença? Sargento!

O sargento logo apareceu e recebeu a ordem de sacrificar o bode sem demora, de vender a pele no mercado, de recolher o dinheiro ao caixa dos detentos, de aproveitar a carne para a sopa do presídio. Muito se comentou sobre a ordem malvada, mas não ousamos desobedecer. Foi abatido rente à fossa do lixo, e a carcaça, adquirida por um detento por um rublo e meio. Com esse dinheiro se compraram roscas, ao passo que a carne foi revendida aos demais em pedaços prontos para serem assados. De fato a carne era realmente boa.

Por uns tempos morou com a gente uma águia. Aliás, um filhote das que vivem nas estepes e que são de porte reduzido. Alguém a achou machucada e exausta e a trouxe para o presídio. Todos a rodearam; não podia voar, arrastava a asa direita e mancava, com uma perna deslocada. Lembro-me ainda com que raiva ela nos olhava e como escancarava o bico, disposta a vender caro a sua vida. Quando os detentos já tinham observado bastante e se preparavam para ir embora, ele se locomoveu, pulando sobre uma perna e abrindo a asa boa, indo para um canto no fundo do presídio, onde agachou perto da cerca. Lá ficou uns três meses, sem se atrever a sair. No começo, iam vê-la frequentemente e atiçavam o cachorro contra ela. Sharik ladrava furioso, mas ressabiado, fato que divertia os assistentes. "Que besta fera! Não desiste!" Por fim, o próprio Sharik acabou por não temer mais a águia, mordiscando-lhe a asa quebrada quando o atiçavam; a ave defendia-se energicamente, com seu bico e suas garras. Com olhar feroz e orgulhoso de uma soberana, encarava lá do seu canto os curiosos que se aproximavam para espiá-la. Finalmente, cansaram-se dela, deixaram-na sossegada. Mas sempre havia quem lhe pusesse perto, diariamente, restos de carne e uma lata com água. Quem se daria a esse cuidado? No começo recusou-se e durante dias não comeu, mas terminou a birra; alimentava-se, mas só quando se via sozinha. Das mãos de gente, então, não aceitava nada mesmo. Muitas vezes observei-a de certa distância. Achando que estava só, deixava então o seu canto, e pulava por alguns metros ao longo da cerca; voltava, repetia o passeio, como se estivesse se exercitando. Assim que me via tratava de, pulando e esvoaçando como podia, voltar para seu canto; jogava a cabeça para trás, abria o bico e ficava preparada para investir. Não conseguia apaziguá-la com nenhum carinho; debatia-se, queria avançar, bicar, recusava-se a apanhar a carne oferecida e olhava-me com raiva. Isolada e rancorosa, sem confiar em ninguém e implacavelmente hostil, esperava a morte, sem se habituar nem acamaradar com ninguém. Afinal, os detentos, dois meses depois, quando menos se esperava, começaram a ficar com pena dela. Achavam que deviam tentar obrigá-la a ir embora.

— Se é que tem que morrer mesmo, que não seja aqui numa prisão.

— Isso mesmo: a águia é uma ave livre, nobre! Nunca se acostumará a uma vida presa — observou alguém.

— Ela não é como nós, aparentemente — disse outro alguém.

— Que coisa estúpida! Afinal ela é uma ave e nós somos homens.

— A águia, irmãos, é a rainha das florestas... — começou Skuratov, mas ninguém prestou atenção.

Certa tarde, após o tambor rufar chamando para o trabalho, os detentos foram ao canto da águia, seguraram-na, apertando-lhe o bico, pois começara a querer atacá-los, e levaram-na para fora do presídio. Pararam diante da muralha. A turma, constituída por uns doze homens, estava muito curiosa para ver se a águia voaria. Coisa esquisita: era como se cada qual fosse recuperar a sua liberdade.

— Veja, que bicho mais selvagem! A gente quer lhe fazer o bem, e ela quer nos bicar! — dizia o detento que a segurava, olhando com simpatia para a ave.

— Solte-a, Mikitka.

— Não adianta tentar enrolar. Ela só quer a liberdade. Dê a ela a verdadeira liberdade!

Arremessaram-na lá da muralha por sobre a estepe. Era o fim do outono, um dia frio.

O vento assobiava sobre as estepes nuas e roçava os tufos amarelos de grama da estepe. A águia seguiu reto, batendo a asa machucada, correndo não sei para onde, como se o único desejo fosse se afastar de nós. Os prisioneiros acompanharam-na curiosamente com o olhar, enquanto sua cabeça aparecia e desaparecia na grama.

— Olhem só! — disse um detento, com ar pensativo.

— Nem olha em volta!

— Não se virou para trás uma única vez. Ela só corre!

— Claro, ela está livre!

— É a libertação, isso sim!

— Sumiu, rapazes!

— Por que é que estão parados aí? Marchem! — bradaram os soldados da escolta. E a turma, calada, foi para o trabalho.

7
A RECLAMAÇÃO

ANTES DE COMEÇAR este capítulo o editor das memórias do falecido Alexander Petrovitch Goriantchikov sente-se na obrigação de fazer a seguinte comunicação ao leitor:

No primeiro capítulo de Recordações da casa dos mortos *foram ditas algumas palavras a respeito de um parricida de origem nobre. Foi mesmo citado como um dos exemplos da insensibilidade com que os detentos contam seus crimes. Também se acentuou que esse assassino se declarara inocente perante o tribunal mas que, em face do interrogatório e do parecer de pessoas chamadas a depor, os fatos estavam tão claros que não ficou sombra de dúvida quanto à culpabilidade do indiciado. Esses mesmos depoentes contaram ao autor das memórias que o réu levava uma existência tão vergonhosa e que vivia tão crivado de dívidas que assassinara o pai para acelerar a posse da herança. Toda a cidade onde ele morara confirmava essa versão do caso; a essa altura o editor das "recordações" já tinha muitas informações confiáveis. Consta ainda das memórias que o assassino, durante seu tempo de reclusão, mantinha-se animado, que era leviano, descuidado e irresponsável ao extremo, mas absolutamente nada tolo. O autor nunca notara nenhuma tendência especial para a maldade, tendo por isso acrescentado: "desnecessário dizer que não acredito na sua culpa".*

Dias atrás o editor das memórias de Recordações da casa dos mortos *recebeu informação proveniente da Sibéria de que esse criminoso era, na verdade, inocente, tendo vivido dez anos em reclusão injustamente. Sua inocência foi reconhecida pela corte, o verdadeiro culpado foi descoberto e confessou. E logo o infeliz nobre foi solto. O editor não tem a menor razão para duvidar da autenticidade de tal informação...*

Não há nada mais a acrescentar. Não há necessidade de se mencionar ou de se aumentar a total dimensão dessa tragédia e da jovem vida que foi arruinada por essa acusação terrível. Os fatos em si são demasiadamente claros e surpreendentes. Pensamos também que se tal coisa provou ser possível, essa mera possibilidade acrescenta uma nova e pungente característica à concepção do autor quanto às Recordações da casa dos mortos.

Agora prosseguem as recordações:

Já disse antes que acabei por me habituar àquela condição de presidiário. Mas esse "acabei por me habituar" foi conseguido à custa de muita dor e angústia, e, aos poucos. Para tanto, foi preciso um ano inteiro, aliás, o pior da minha existência, razão pela qual se gravou na minha memória. Creio ser capaz de recordar cada hora desse ano, na ordem correta. Também já mencionei que os outros prisioneiros tampouco se acostumavam com essa vida. Lembro-me de quantas vezes pensei: "E eles? Como se sentem? Estão realmente acostumados? Estão realmente resignados?". Essas perguntas interessavam-me, e muito. Relatei, igualmente, que nenhum detento vivia ali como se estivesse em casa, mas sim como se fosse um "hóspede" da pousada à margem da estrada da sua existência. Mesmo aqueles que cumpriam prisão perpétua não se aplacavam, perdiam-se em devaneios quanto ao futuro e evidentemente aguardavam qualquer possibilidade vaga, mas não impossível, que os salvasse. Esta eterna inquietude, claramente expressa, apesar de silenciosa, às vezes ganhava voz, embora tão sem fundamento, tão difusa que não raro mais parecia delírio, e ainda assim, por mais absurdo que pareça, conseguia sobreviver em homens de aparente bom senso e realistas. Isso tudo dava àquele local qualidades e aspectos diferentes, a ponto de essa ser sua mais típica característica. Notava-se tal inquietude quase ao primeiro olhar, e constrangia tanto assim porque sonhar lhes dava uma expressão mórbida e tenebrosa, e um tanto insalubre. Sim, quase todos os presidiários eram taciturnos, odientos e não queriam de modo algum que suas esperanças fossem pressentidas pelos demais. Simplicidade e franqueza eram desprezadas. Quanto mais fantasiosas fossem suas esperanças e quanto mais o sonhador percebesse que não eram realistas, mais obstinadamente ele as escondia, mas não abria mão delas. Talvez até muitos se envergonhassem delas. O temperamento russo tem muito de sobriedade e bom senso, mas também de autocrítica. Quem sabe tivesse sido esse constante descontentamento íntimo consigo mesmo a causa da intolerância no trato diário com os demais, levando a uma incompatibilidade e a um escárnio mútuo. Se alguém, por exemplo, fosse mais ingênuo e impaciente do que os outros, arriscando-se a exteriorizar em voz alta o que os demais ocultavam, assim que começava a desabafar era coberto de escárnios, embora aqueles que reagissem com maior intensidade fossem precisamente os que mais sonhassem. Já comentei que os ingênuos e simplórios são considerados tolos por nós e tratados com desprezo, exatamente porque a maioria, sendo de natureza mal-humorada e bastante egoísta, não tolerava índoles boas e altruístas. Além desses ingênuos ou espontâneos, posso dividir os presidiários em dois grupos, isto é, em maus e bons, ou melhor, em mal-encarados e em cordatos. Os maus, ou mal-encarados, formavam o número maior e, quando de temperamento loquaz, davam para fazer intrigas ou nutrir inveja. Intrometiam-se nos fatos alheios, mas não revelavam suas ideias íntimas. Isso nunca. Os bons, ou cordatos, formavam o número menor — eram calados, guardando consigo suas esperanças, eram mais dispostos a ter esperanças e acreditavam mais nelas. No entanto, eu achava que havia um terceiro grupo, o dos completamente desesperados, entre eles o velho do Assentamento Starodub. Havia poucos nesse grupo. Mas mesmo aquele ancião, que era, conforme já mencionei, tão sossegado, demonstrava um estado mental tenebroso e escapava de uma única forma: a oração. O outro, o inveterado leitor da Bíblia, que também já citei, e que procurara, num momento de loucura, ferir o major com um tijolo, talvez fosse um desses privados de esperanças; encontrou uma solução no martírio voluntário. Ele declarou que não fora o ódio pelo major que o levara a agir daquele modo, e sim apenas a vontade veemente de trazer para si mais sofrimento. Quem sabe lá que processo psicológico se desdobrou em sua alma! Sem objetivo e sem aspirações nenhum homem consegue existir. O homem que não tiver um anseio ou uma esperança acaba no desespero e virando monstro... Nos detentos, esse anseio geral era a liberdade e a saída do presídio.

Aqui estou eu tentando ver se consigo classificar todo o presídio em tipos: mas será que isso é possível? A realidade é tão infinitamente diversa, se comparada com a mais sutil das conclusões de pensamento abstrato, que não permite distinções precisas. A realidade resiste à classificação. Nós também tivemos uma vida especial, apesar de pobre. Mesmo assim, tivemos e era a nossa própria vida anterior, especial para nós, e não simplesmente uma existência oficial.

Já mencionei que no início de minha estada na prisão não compreendia a profundidade desse tipo de vida; era realmente incapaz de entender e por isso tudo me angustiava e atormentava. Quantas vezes odiei aqueles homens. Também os invejei e amaldiçoei o meu destino por estarem no seu próprio meio, entre semelhantes seus, por se compreenderem, quando na verdade, como eu, não suportavam aquele companheirismo imposto pelo próprio critério da chibata, aquela associação forçada, e cada um mantinha seus pensamentos ocultos dos outros. Insisto: a inveja que me visitava nos piores momentos tinha razão fundamentada. Todos aqueles que supõem que uma pessoa culta ou nobre, etc. sofre o mesmo que o simples camponês se enganam. Estou a par dessa teoria, ouvi-a muitas vezes e também li a respeito. Ela parte de uma generalização lógica e humana. Somos todos homens e iguais. Sim, em teoria. Sem levar em consideração situações práticas que só a experiência nos faz compreender. Não digo isso porque os sentimentos de um nobre devam ser mais refinados ou seu desenvolvimento maior. Não há como medir a alma e seu desenvolvimento. Mesmo a instrução em si não exerce em tais casos importância relevante. Eu mesmo vivenciei, dentre esses sofredores, ignorantes e oprimidos, sentimentos da maior delicadeza. Aconteceu-me na prisão passar anos e anos ao lado de um indivíduo e considerá-lo mais um animal do que um homem e, num súbito momento, por mero acaso, surpreender em sua alma legítima todo um tesouro de sentimentos, um coração grandioso, um conhecimento profundo do seu próprio sofrimento, bem como dos alheios, a ponto de, ao verificar isso, eu próprio não acreditar nos meus olhos nem nos meus ouvidos. Sem dúvida, há também casos inteiramente opostos a esses: homens cultos capazes de tamanha brutalidade e tão grande cinismo que causam horror e por melhor boa vontade que se tivesse era impossível desculpá-los com qualquer justificativa.

Não incluí as mudanças de hábitos, de estilo de vida e de alimentação, que para um homem das camadas cultas são mais difíceis de suportar do que para um aldeão, que às vezes em sua casa até fome passou e que no presídio ao menos tem o que o sustente. Podemos presumir que para uma pessoa com força de vontade tudo isso é ninharia em comparação com outras dificuldades, não obstante a mudança de hábitos não seja coisa que se deva desdenhar ao medir situações de nivelamentos. Há muitas outras coisas, bem mais complicadas de suportar do que a sujeira, a promiscuidade, a mesma e péssima comida todo santo dia. O mais delicado dos nobres, o mais mole dos molengos, depois de haver trabalhado o dia todo banhado em suor, como nunca trabalhou quando era livre, nem por ser diferente deixa de se atirar com apetite ao pão preto e à sopa de couves, onde boiam pedaços de baratas. O homem pode até se habituar, como na canção humorística referente ao nobre que foi para a prisão:

Eles me dão sopa fria de repolho,
E eu me esbaldo até morder as orelhas.

O mais importante é que todo detento, duas horas depois de chegar ao presídio, sente-se em casa como membro da irmandade da prisão e como um igual aos que já estavam lá. Todos o conhecem e o acolhem como sendo um deles. Todos o compreendem, e ele os compreende. Algo muito diferente ocorre quando entra um nobre ou pessoa de categoria social. Por mais compreensivo, correto e espontâneo que queira ser para com os demais, será por anos desprezado pelo conjunto dos prisioneiros. Não o querem compreender e, mais ainda, não confiam nele. Não pode ser um amigo, um camarada. E se, com o decorrer dos anos, consegue não ser mais desprezado, ainda assim não será por vontade categórica ou maldade consciente dos detentos, e sim involuntária. Ele não é um deles, só isso. Não existe coisa pior do que viver sozinho e malquisto. Um camponês transferido de Taganrog para Petrovlorosk lá encontrará outro, tão russo quanto ele, e ambos se entenderão, e duas horas depois estarão vivendo em paz no mesmo casebre. É o caso muito diferente quando se trata de pessoa culta. Entre esta e a de condição popular há um abismo profundo que é angustiosamente perceptível quando o homem de condição social alta se vê privado repentinamente, por circunstâncias exteriores, de sua categoria e tem que se tornar uma pessoa do povo. Mesmo que seja alguém que tenha passado toda sua vida junto do povo, próximo a ele por quarenta anos por sua condição de funcionário, ou por manter um relacionamento próximo por camaradagem ou benemerência — a despeito disso nunca conhecerá o povo verdadeiramente. Será um conhecimento ilusório, nada mais. Estou certo de que todos, absolutamente todos os que mais tarde vierem a ler esta minha afirmação julgarão que exagerei. Mas estou convencido de que é verdade. É que não me apoio em livros ou em explanações teóricas, e sim na realidade, e tive tempo de sobra para testemunhar e simultaneamente conferir. Talvez no futuro cheguem a me dar crédito. Como que propositalmente os fatos confirmaram minha impressão e afetaram de maneira atroz os meus nervos. Naquele primeiro verão perambulei pelo presídio completamente sozinho. Já confessei que meu estado de espírito me impedia de descobrir ao certo, entre os detentos, aqueles que se afeiçoaram a mim sem contudo me considerarem como semelhante seu. Havia outros de origem nobre, mas isso não me tirava o peso da alma. Queria me isolar de todos, mas não havia onde me refugiar. Aqui está, por exemplo, um caso que veio logo acentuar minha sensação pessoal de diferença e solidão. Naquele mesmo verão, no começo de agosto, num dia de semana límpido e quente, nas primeiras horas da tarde, quando todos habitualmente descansavam antes do trabalho da tarde, todos os prisioneiros, de uma vez, levantaram-se e se reuniram no pátio. Fiquei sem saber do que se tratava. Naquele tempo vivia eu tão envolvido comigo mesmo que não percebia o que acontecia à minha volta. Os prisioneiros, no entanto, já andavam perturbados há três dias. Talvez até isso já viesse acontecendo há mais tempo, conforme me dei conta ao me lembrar de eventuais conversas e do humor diferente dos presidiários, carrancudos e excitados. Achei que fosse consequência do trabalho pesado, influência da monotonia dos dias de verão sem fim, da nostalgia da liberdade pelos campos e florestas, e resultado das noites curtas demais para o descanso. Talvez isso também tivesse contribuído para a rebelião, mas o pretexto para a explosão era a comida. Nos últimos dias tinham surgido reclamações. Os detentos se enfureceram e protestaram nos alojamentos, principalmente durante a hora da refeição. Estavam insatisfeitos com os cozinheiros. Tentaram substituir uns deles, depois voltaram atrás. Em suma, havia um descontentamento geral.

— O trabalho é duro e só nos servem bucho — resmungou um na cozinha.

— Se não está gostando, encomende um manjar branco — retrucava outro.

— Gosto de bucho na minha sopa, fica gostoso — disse um terceiro.

— Mas se você só comer bucho, não perde o gosto?

— Francamente, agora é tempo de comer carne — disse um quarto. — A gente se esfalfa na oficina, depois fica com uma fome tamanha que é capaz de comer um boi. Que tipo de comida é bucho?

— E, quando não é bucho, são vísceras!

— Sim, vejam só estas vísceras! Bucho ou vísceras, é sempre um ou outro. Que delícia! Não é mesmo?

— Verdade, a boia está uma droga.

— Tem que ser! Ele precisa encher os bolsos.

— Isso não é da sua conta.

— Por que não? A barriga é minha.

— Se fôssemos juntos fazer queixa e reclamar, a coisa mudava.

— Reclamar?

— Sim, fazer uma reclamação!

— Aparentemente a surra que você levou da última vez que reclamou não foi suficiente, não é?

— É isso mesmo! — resmungou outro, que até ali não falara nada. — Mas espere um pouco. O que vai dizer na sua reclamação? Diga-nos, inteligente!

— Tudo bem, vou dizer. Se todos forem juntos, falarei pelos restantes. Pelos pobres, quero dizer. Uns comem sua própria comida, e outros têm que se sujeitar à boia do presídio.

— Está com inveja deles, hein? Alguns ficam amargos com o sucesso dos outros.

— Não cobice o prato alheio; levante e prepare o seu, diz o ditado.

— Preparar o meu? Vou ficar de cabelos brancos antes de chegar a um acordo com você sobre esse assunto. Suponho que você seja rico para querer ficar sentado e não fazer nada?

— O Eroshka é rico, ele tem um cão e um gato.

— Realmente, irmãos, por que devemos ficar parados? Quer dizer, chega de aturar suas baboseiras. Estão nos escalpelando vivos. Por que devemos ir?

— Por quê? Necessita sempre que os outros lhe expliquem tudo. Quer tudo mastigadinho. Por quê? Porque isto aqui é um presídio.

— É toda vez assim. Os pobres discutem enquanto o governador enche a pança!

— É mesmo. O nosso Oito Olhos não para de engordar. Comprou um par de cavalos cinzentos.

— Ahn! E, quanto a beber, nem se fala!

— Outro dia, no jogo de cartas, brigou com o veterinário. Jogaram até de madrugada. Brigaram por duas horas. Fedjka me contou.

— E é por isso que sempre nos servem vísceras...

— Seus tolos! Não nos cabe fazer uma reclamação!

— Mas se formos todos, veremos que desculpas ele dá! Temos que nos manter firmes.

— Qual a desculpa? Vai te arrebentar a cara, isso sim!

— E ainda nos leva perante o tribunal...

Em suma, estávamos todos realmente exaltados. É verdade, a nossa comida naquela ocasião não podia ser pior. As coisas foram se amontoando. Outras coisas contribuíam para esse estado de ânimos. Acima de tudo era a sensação generalizada de desânimo e o sofrimento contido. O detento já é de tendência revoltada e facilmente perde o controle, mas na verdade é raro se levantarem todos de uma vez ou mesmo em maioria. E o motivo é a permanente falta de consenso, cada preso sabendo da inexistência de uma unanimidade, e por isso há mais falatório do que ação. Contudo, dessa vez a agitação foi adiante. Formaram-se grupos, o palavrório corria solto nos alojamentos até quase às vias de fato, criticavam com ódio todos os abusos do major, reprisando detalhes, alguns dos detentos manifestando fúria. Como em todos os casos do gênero, lá também havia agitadores e líderes que convenciam os outros. Mas há diferentes líderes em casos referentes a reclamações, e de muitos tipos. Não faltam pessoas que se destaquem, seja nas prisões, seja em qualquer outra parte, que se reúnam a outros a fim de deliberar e levar algo para a frente. São de um tipo especial, muito parecidos, aqui ou em qualquer lugar. Ardentes, ávidos por justiça e simples, e honestamente convencidos de que ela é inevitável e possível, de imediato. Nunca são estúpidos, sendo amiúde sagazes; mas ardorosos demais para uma atitude válida e efetiva. Se de fato há pessoas que em tais casos guiam as massas à vitória, são pessoas muito diferentes (autênticos condutores do povo), líderes natos. Mas evidentemente tal espécie de pessoa é rara entre nós. Os chefes e instigadores, dos quais eu estava falando antes, frequentemente perdem suas causas e são quase sempre culpados pelo fato de as prisões e presídios superlotarem. Perdem devido à fogosidade; e é devido a ela que também fascinam as massas, que os seguem de bom grado. Seu ardor e honesta indignação arrastam todos, até mesmo os a princípio indecisos. Sua fé cega seduz até mesmo os mais rígidos e céticos, não obstante essa fé se baseie em motivos infantis, fúteis, é misterioso como os outros se deixam contagiar. O essencial é que são determinados. A exemplo dos touros, eles atacam com seus chifres inclinados, sem conhecer direito o assunto, sem cuidado, sem aquela racionalidade pela qual uma criatura humilde e desprezível, não raro, ganha uma causa, consegue seu intento e termina ilesa. Mas "eles" precisam sofrer. No dia a dia essas pessoas são rabugentas, irritáveis, sensíveis e impacientes. Frequentemente são também limitadas, mas isso faz parte de sua força. O que os atrapalha, quase sempre, é que, em vez de seguir diretamente para seu objetivo, se deixam desviar e se perdem em minúcias em vez de se concentrarem no mais importante. Por isso, não raramente, fracassam. Mas a massa os aceita e nisso está sua força... Entretanto, preciso esclarecer o que vem a ser propriamente uma reclamação.

Havia no nosso presídio pessoas que tinham entrado por terem feito reclamações; eram agora os que estavam mais exaltados. Sobretudo um, Martinov, que tempos antes servira nos hussardos; homem de cabeça quente, desconfiado e inquieto, mas honesto e correto. O outro era Vassili Antonov, com olhar insolente e sorriso sarcástico, bastante arguto, mas também honesto e verdadeiro. Não posso citar todos, pois eram muitos. Petrov andava para cima e para baixo, ouvia a todos, falava pouco, mas era cheio de excitação, e foi o primeiro a correr para fora do alojamento quando os homens começaram a se reunir no pátio.

Foi quando apareceu o nosso suboficial, que desempenhava o cargo de primeiro sargento, preocupado com a aglomeração. Depois de formarem filas, pediram-lhe gentilmente que fosse dizer ao major que os presidiários precisavam lhe falar pessoalmente, tirar umas dúvidas. Todos os soldados mais antigos haviam saído atrás do sargento e estavam alinhados do lado oposto aos aprisionados. O recado recebido pelo suboficial pareceu-lhe tão insólito que o perturbou, mas não ousou deixar de ir comunicar ao major. Em primeiro lugar, se o presídio se amotinasse, algo pior poderia acontecer. Todas as autoridades pareciam ter atitudes incrivelmente covardes com relação aos detentos. Em segundo lugar, caso nada fizesse, e os detentos se desesperassem, o sargento seria obrigado a levar ao conhecimento da alta administração o acontecido. Pálido e trêmulo de medo, foi apressadamente até a casa do major, sem nem mesmo interrogar por alto os detentos ou aconselhá-los a ter calma. É que percebera logo que, no caso, não era com ele que queriam falar.

Sem saber por quê, saí também para o pátio e entrei na fila. Só mais tarde é que vim a saber de todos os detalhes. No momento, pensava que se tratasse de uma chamada. Mas como não vi os soldados da guarda, que sempre se encarregavam disso, comecei, surpreso, a olhar ao redor. Todas as fisionomias estavam fechadas e excitadas, algumas até pálidas. Aguardavam quietos, apreensivos, o encontro com o major. Notei que muitos me olhavam espantados, recuando em silêncio. Claro que se admiravam de eu haver me reunido a eles, não acreditando que eu houvesse resolvido participar da reclamação. Em breve todos os que estavam mais perto de mim se voltaram para mim de novo. E o olhar era de indagação.

— Que veio fazer aqui? — perguntou-me em tom áspero Vassili Antonov, que estava um pouco mais longe de mim e jamais deixara de ser muito cortês para comigo. Olhei-o perplexo, ainda tentando entender do que se tratava, então percebi que se tratava de algo fora do comum.

— Realmente, o que quer parado aqui? Volte para o alojamento — disse um dos soldados, pessoa sossegada e decente, com a qual aliás pouco me dava. — Não precisa meter o nariz nesta história.

— Bom, estão todos fazendo fila — respondi. — Pensei que fosse uma inspeção.

— Ah, vejam só, ele também saiu rastejando... — exclamou alguém.

— Hum! Que nariz!

— Matador de moscas! — disse um terceiro, com acentuado desprezo. Esse novo apelido provocou um acesso de risadas.

— Ele faz o favor de dividir a cozinha conosco — acrescentou outro alguém.

— Para eles, onde quer que estejam, é o paraíso. Até na prisão se alimentam com tortas e compram leitão assado. Se come sua própria comida, o que tem a fazer aqui?

— Seu lugar não é aqui — disse-me Kulikov, aproximando-se tranquilamente. Pegou na minha mão e me retirou da fila.

Ele também estava lívido, seus olhos negros faiscavam e mordia o beiço. Com certeza não estava esperando o major com muito sangue-frio, não. A propósito, eu gostava de ver Kulikov em tais situações, isto é, nesses casos, quando era obrigado a se revelar. Adorava se exibir. Creio que iria para a execução com elegância e altivez; agora, que todos me tratavam rudemente e me injuriavam, ele redobrava a cortesia para comigo, deliberadamente; mas ao mesmo tempo suas palavras pareciam insistentes por demais e não admitiam objeções.

— Trata-se de assunto nosso, Alexander Petrovitch. Não tem nada a ver com você! Vá e espere. Todos os seus colegas estão na cozinha. Vá para lá.

— Vá se esconder num buraco, junto com o próprio velho Nick! — interrompeu outro.

De fato, vi através da janela aberta o polonês, mas também avistei uma porção de gente lá dentro. Muito constrangido me dirigi para lá, seguido de risadas, desaforos e assobios do tipo usado para chamar gatos.

— Ele não gosta de nós!

— Pega!...

Até então nunca haviam me ofendido assim tão abertamente no presídio, e isso me chocou bastante. Mas eu tinha chegado em uma hora imprópria. Na entrada da cozinha esbarrei em Tokarzevski, um moço de origem nobre, pessoa corajosa e forte, embora sem grande instrução, muito afeiçoado a Boguslavski. Os detentos o diferenciavam dos outros e até quase gostavam dele; era corajoso, másculo e fisicamente forte, suas atitudes demonstravam tais qualidades.

— O que está fazendo, Goriantchikov? Entre aqui comigo.

— Mas do que se trata?

— Reuniram-se para apresentar uma queixa. Você não sabia? Não conseguirão nada. Quem acredita em detentos? Procurarão os cabeças e, se estivermos lá, então seremos os primeiros a serem culpados pelo motim. Não nos esqueçamos da razão pela qual viemos para cá. Castigarão os outros, mas nós seremos julgados. O major nos odeia e ficará contente se lhe dermos uma oportunidade! Ele nos usará para mostrar serviço.

— E os próprios detentos não hesitarão em empurrar tudo para cima de nós — disse Miretski, quando entrávamos.

— É verdade. Eles não nos poupariam! — concordou Tokareioski.

Encontravam-se na cozinha, além dos nobres, umas trinta pessoas. Tinham se recolhido ali, não querendo participar da reclamação; uns por covardia, outros por perceberem que era inútil. Achava-se lá também Akim Akimitch, um claro inimigo de tais manifestações, que perturbavam a boa conduta e o bom andamento das coisas. Calado e tranquilo, esperava o desfecho, nem um pouco preocupado com o resultado, convicto da vitória da disciplina e das "autoridades". Também encontrei Isaías Fomitch. Ouvia, bastante deprimido e perplexo, a nossa conversa, mostrando-se muito ansioso e receoso. Percebi a presença de todos os poloneses plebeus, reunidos em torno dos seus aristocratas. E, finalmente, também alguns russos de alma tímida, que sempre se esquivam de assumir atitudes, gente deprimida, resignada, que não queria saber de complicações e que aguardava o desfecho com medo. Havia igualmente outros presos que, embora sem ar medroso, conservavam seu costumeiro jeitão grave e retraído; tinham a convicção obstinada de que a reclamação era besteira e que acabaria mal. Pareceu-me, contudo, que não se sentiam bem, trocando olhares preocupados. Não obstante já preverem a consequência da queixa, resultado que daí a pouco se confirmou, davam mostras de receio, pois tinham consciência de haver abandonado seus camaradas, como se os tivessem traído e entregue ao major. Entre eles também se achava Yolkin, o pequeno siberiano que fora recolhido ao presídio como falsário e que já arrebatara toda a clínica de animais pertencentes a Kulikov. Vi também o ancião de Starodub. Os cozinheiros permaneciam todos na cozinha, provavelmente se considerando empregados, portanto membros da administração, não devendo, assim, manifestar nenhuma atitude contra ela.

— Mas sem contar estes aqui, estão todos reunidos lá no pátio — disse eu, preocupado, voltando-me para Miretski.

— Não temos nada a ver com isso — murmurou Boguslavski.

— Estaríamos arriscando cem vezes mais do que eles e para quê? *Je hais ces brigands!*[14] Você não acredita que obterão alguma coisa com essa manifestação? Por que então nos metermos nessa confusão?

— Não vai dar em nada — declarou secamente um antigo detento, um velho de ar obstinado e malvado. Almazov, que também se achava entre nós, o apoiou:

— O major chegou! — disse alguém, e todos desembestaram para junto das janelas.

O major irrompeu pelo pátio, furioso, espumando de ódio, os óculos no nariz. Calado, mas decidido, avançou para a fila. Nessas ocasiões, mostrava-se valente e não perdia a cabeça. Ainda por cima, estava, como sempre, meio bêbado. Até o seu gorro gordurento, com listas cor de laranja, e as suas dragonas de prata puídas tinham algo de ameaçador naquele momento. Atrás dele vinha o intendente Diatlov, pessoa extremamente importante no presídio, pois dispunha de influência até mesmo sobre o major; era um jovem astuto e muito vivaz, mas sem maldade, de quem os detentos gostavam. Atrás dele vinha o nosso sargento, que por certo já levara uma descompostura em regra e esperava por outras. Três ou quatro soldados seguiam-no e mais ninguém. Os detentos que, a partir do momento em que haviam mandado chamar o major, se mantinham sem

14 "Odeio esses bandidos".

gorro, logo se colocaram em fila; pularam de um pé para outro e ficaram paralisados, aguardando o primeiro berro da autoridade suprema, o que ocorreu a seguir. Logo na segunda palavra o major começou a se esgoelar histericamente, fora de si. Das janelas víamos como ele ia e vinha diante dos detentos perfilados, parando diante de um, diante de outro, questionando-os. Suas perguntas, bem como as respostas dos detentos, não eram audíveis de onde estávamos. Ouvíamos apenas o seu berro agudo:

— Rebelados?! Aplicarei a disciplina. Quais são os cabeças? Ah! É você? Sim, é um deles! — vociferou parado diante de não sei quem, cuja resposta não ouvimos; imediatamente depois, percebemos um detento sair da fila e seguir para a sala da guarda; em seguida outro, e logo mais outro.

— Todos serão punidos! Vou mostrar a vocês! E aqueles lá na cozinha...? — grunhiu o major, vendo-nos nas janelas.

— Todos aqui! Tragam-nos imediatamente aqui!

O intendente Diatlov veio em nossa direção, na cozinha. Alguém lhe explicou que não tínhamos nada a reclamar. Foi comunicar isso ao major.

— Ah! Não têm, hein? — disse ele, diminuindo um pouco a voz, satisfeito. — Não importa. Todos aqui!

Saímos. Senti que estávamos todos um pouco envergonhados, cada qual caminhando de cabeça baixa.

— Ahn!... Prokofiev! E Yolkin também... E você, Almazov... Enfileirem-se aqui, um perto do outro — disse o major com voz ofegante, mas procurando ser brando e pondo em nós um olhar amistoso. — Ah! Você também, Miretski? Diatlov, vá tomando nota. Anote o nome de todos. Os que estão satisfeitos, de um lado, os que não estão satisfeitos, do outro lado! Todos, do primeiro ao último homem! Depois me entregue. Vocês vão ver, seus tratantes! Vou castigar todos vocês!

Foi o quanto bastou.

— Nós estamos satisfeitos — subitamente uma voz hesitante saiu das fileiras dos amotinados.

— Hum! Satisfeitos, hein? E quem mais está satisfeito?! Quem estiver satisfeito dê um passo à frente.

— Satisfeito! Satisfeito! — exclamaram algumas vozes.

— Ahn! Então estão todos satisfeitos?... Então isso quer dizer que foram instigados? Então houve cabeças e amotinados?... Pior para eles!

— Deus do céu! O que é isso? — disse alguém na multidão.

— Quem gritou aí? Quem? Quem foi? — bradou o major, avançando na direção de onde saíra a tal voz. — Ah! Foi você, Rasdorguiev? Você gritou? Para a sala da guarda!

Rasdorguiev, um rapaz gorducho, alto, saiu do seu lugar e se dirigiu vagarosamente para a sala da guarda. Não fora ele absolutamente quem soltara aquela exclamação; mas como o major apontara para ele e o chamara pelo nome, não protestou.

— Você está bem demais, esse é o seu problema! — vociferava o major — Veja essa cara gorda! E vocês... Vou desmascarar um por um! Os satisfeitos, um passo à frente!

— Estamos satisfeitos, Excelência — exclamou uma dúzia de vozes. Os restantes permaneceram obstinadamente mudos.

— Ah! Agora já estão todos satisfeitos! Eu já esperava por isso... Foi tudo obra dos agitadores! — voltou-se para Diatlov, e continuou: — Quem não percebe logo que houve cabeças nesta tentativa de desordem? Isso tem que ser investigado a fundo. E agora, é hora do trabalho. Toquem o tambor!

Assistiu pessoalmente à nossa saída. Os prisioneiros foram trabalhar, tristes e calados, mas contentes por saírem o mais rápido possível das vistas do major. Após a retirada dos detentos, o major foi à sala da guarda a fim de tomar medidas contra os "cabeças". Diga-se de passagem, dessa vez não foi muito cruel. Parecia querer agir rapidamente. Soube-se depois que perdoou a um dos detentos que lhe pediu desculpas. Percebia-se claramente que o major não se sentia bem ou que receava algo. Afinal, uma reclamação é um assunto delicado. E mesmo que o queixume dos detentos de forma alguma tivesse alcançado um tom de reclamação violenta levada às altas autoridades, ainda assim não deixava de ser desagradável e incômodo. O fato de o levante ter sido tão generalizado era particularmente desconcertante. Era necessário abafar o fato de qualquer maneira e a qualquer preço. Os agitadores logo foram soltos. No dia seguinte a comida melhorou, mas tempos depois voltou a piorar. O major começou a aparecer mais frequentemente naqueles dias, percorrendo o presídio e encontrando muitas irregularidades. O nosso sargento não parava, preocupado e zonzo, como se ainda não tivesse se recuperado do choque. Com relação aos detentos, permaneceram durante muito tempo irrequietos, embora não mais excitados como antes. Lamentavam-se silenciosamente e pareciam intrigados. Alguns estavam abatidos; outros resmungavam sobre o ocorrido sem muitas palavras. Muitos riam aberta e amargamente de si mesmos como que para se punir por terem feito a reclamação.

— Engula e aproveite! — dizia um.

— Quem está na chuva é para se molhar! — refletia outro.

— Onde está o rato que dizia que ia amarrar um chocalho no rabo do gato? — caçoava um terceiro.

— Sabe-se muito bem que só nos convencemos na base do açoite. Temos sorte de não termos apanhado desta vez.

— Daqui para a frente é meter a viola no saco e falar menos. Será muito melhor — comentou alguém com raiva.

— Acha que pode nos ensinar, professor?

— Claro que posso.

— Mas, afinal de contas, quem é você para se intrometer?

— Até agora, sempre fui um homem. Mas e você, quem é?

— Você é algo que um cachorro mastigou e cuspiu fora. Isso é o que você é.

— Você é outro.

— Pelo amor de Deus, calem a boca! Parem de brigar! — gritam de todos os lados, repreendendo os briguentos.

Naquela mesma tarde ou, mais especificamente, na tarde da reclamação, quando voltamos do trabalho, encontrei Petrov atrás do alojamento. Já estava à minha procura. Veio logo a mim e murmurou duas ou três palavras muito vagas, logo se calando e seguindo-me como um autômato. Eu ainda estava muito chocado com tudo o que acontecera e pensei que Petrov estivesse em condições de esclarecer uma coisa.

— Diga-me, Petrov, essa gente por aí está brava com a gente, não está?

— Quem está bravo? — perguntou ele, voltando a si.

— Os detentos com a gente... os nobres?

— Mas bravos por quê?

— Oras! Porque não tomamos parte na reclamação...

— Mas que interesse os nobres teriam em se envolver nisso? — perguntou ele, tentando me compreender. — Afinal, vocês comem o que querem.

— Ora, mas por Deus! Entre vocês também há muitos que comem suas comidas também... mas participaram... Nós devíamos ter feito o mesmo... por camaradagem.

— Mas como vocês podem ser nossos camaradas? — perguntou ele, intrigado.

Encarei-o rapidamente. Não me compreendeu em absoluto, não sabia aonde eu queria chegar. Eu, sim, o compreendi por completo naquele momento. Pela primeira vez vim a me dar conta de uma ideia que havia tempos me assombrava. Estava claro agora o que antes sempre fora apenas pressentimento difuso. Finalmente entendi que jamais viria a ser considerado como um companheiro deles, mesmo sendo prisioneiro, mesmo que ficasse lá para sempre, como detento perpétuo. Nem mesmo se fizesse parte da Seção Especial. Gravou-se na minha memória a expressão de Petrov. A sua pergunta, "Como você pode ser nosso camarada?", foi dita com tamanha inocência, com uma perplexidade tão simples! Examinei-a bem: haveria debaixo daquelas palavras alguma ironia, maldade, escárnio? Nada disso. Eu simplesmente não era um companheiro. E isso era tudo. Você segue seu caminho, e nós seguimos o nosso. Você tem seus assuntos, e nós, os nossos.

De fato. Eu achei que, depois da reclamação, aquela gente nos atormentaria cruelmente, tornando nossa vida impossível; mas nada disso. Nunca ouvimos uma alusão, a menor reprovação. A animosidade já existente não se exacerbou. Só nos atormentaram um pouco no dia e nada mais. No entanto não passaram a odiar nem a evitar os detentos que não haviam tomado parte na reclamação retirando-se para a cozinha, nem os que, quando chamados, responderam que se sentiam satisfeitos. Ninguém nem mencionou o fato. E isso era o que eu achava o mais difícil de compreender.

8

COMPANHEIROS

Especialmente no princípio, eu era mais chegado aos de minha categoria, isto é, os "cavalheiros". Mas dos três ex-nobres russos que se achavam no nosso presídio — e que eram Akim Akimitch, o espião Aristov e o suspeito de parricídio — só me dava com Akim Akimitch. Para ser honesto, aproximava-me deste último apenas quando desesperado, quando o tédio era tamanho e eu não tinha mais ninguém a quem recorrer. No capítulo anterior tentei subdividir todos os prisioneiros em categorias, mas agora, ao me recordar de Akim Akimitch, verifico que devo incluir mais uma categoria. Verdade que ele sozinho constituía uma categoria. Seria o grupo dos indiferentes, daqueles para os quais dá no mesmo viver no presídio ou lá fora, presos ou em liberdade, hipótese que aqui não cabe. Mas Akim Akimitch era uma exceção. Instalara-se no presídio como se devesse permanecer o resto da sua vida. Tudo quanto lhe pertencia, seu colchão, seu travesseiro, seus utensílios tinham sido arrumados de forma muito estável, muito sólida, muito duradoura. Não tinham nenhum ar provisório, temporário. Cabia-lhe ainda uma boa dose de reclusão, devendo permanecer mais alguns anos no presídio, mas creio que jamais pensara, uma única vez, com certeza, na libertação nem na saída. Porém, ele tinha se habituado à realidade não por inclinação, mas por subordinação, o que para ele era a mesma coisa. Tratava-se de um bom homem e me ajudou bastante no começo, dando-me conselhos e me prestando uma série de serviços. Muitas vezes, porém, devo confessar, sua presença me deprimia de forma insuportável, especialmente no princípio, e intensificava o meu estado de espírito já tão entristecido. Contudo, era essa minha enorme agonia que me obrigava a procurá-lo. Frequentemente, buscava fora de mim uma palavra de vida mesmo dura ou impaciente; até mesmo malévola. Poderíamos até ter, juntos, amaldiçoado nosso destino. Mas ele me recebia quieto, sem parar de fazer as suas lanterninhas, ou então, caso falasse, era para se referir a paradas militares que no ano tal tinham desfilado em tais lugares onde servira; quem fora o chefe da brigada, seu nome e sobrenome, e se tinha gostado ou não; descrevia as salvas efetuadas; e isso sempre com o mesmo tom tranquilo e monocórdio como o ruído de água caindo. Até quando me contava como, devido à ação desempenhada em certa ocasião no Cáucaso, recebera a condecoração da Ordem de Sant'Ana, quase não alterava a voz. Apenas duas palavras soavam nessas ocasiões com entonação diferente, com importância e dignidade. Dizia "Sant'Ana" com um timbre modulado e misterioso, ficando a seguir uns três minutos calado e sério. Naquele primeiro ano, houve instantes em que cheguei a odiar — sem saber exatamente por quê — Akim Akimitch, e a amaldiçoar o destino que me obrigava àquela convivência irremediável. Horas depois já estava arrependido. Entretanto, tudo isso foi no primeiro ano. Mais tarde me habituei intimamente a Akim Akimitch e me envergonhava de minha antiga estupidez. Aliás, não me lembro de alguma vez termos discutido.

No meu tempo, achavam-se no presídio, além desses três russos, mais oito cavalheiros. Com alguns deles travei logo estreitas relações, não raro com grande prazer. Mas isso não aconteceu com todos. Os melhores deles eram mórbidos, excêntricos e irritáveis ao máximo. Com dois deles simplesmente parei de falar. Apenas três eram realmente instruídos: Boguslavski, Miretski e o velho Zhakhoviski. Este último tinha sido professor de matemática não sei onde; era homem correto e bom, um grande excêntrico e, não obstante a sua cultura, muito limitado. Miretski e Boguslavski eram bem diferentes. Com o primeiro destes, entendi-me logo de cara, nunca tendo havido um desentendimento entre nós; respeitava-o muito; mas, quanto a gostar dele e a me apegar a ele, isso não consegui. Tratava-se de um homem muitíssimo desconfiado e amargurado, mas de surpreendente autocontrole. Era justamente esse excesso de contenção permanente que me fazia mal; percebia-se perfeitamente que jamais daria intimidade a alguém. Quem sabe estou enganado. Ele tinha personalidade forte e digna. Sua capacidade extraordinária, com um quê jesuítico para lidar com pessoas, escondia seu profundo ceticismo pessoal. E a sua alma debatia-se justamente nessa dupla via, no ceticismo ligado a um estado de crença profunda e inabalável em suas convicções pessoais. Não obstante sua ciência de bem viver, estava irreconciliavelmente rompido com Boguslavski e com o amigo deste, Tokarzeoski. Esse Boguslavski era doente, com tendência para a tuberculose, nervoso e irritadiço, mas, no íntimo, uma pessoa gentil e de bom coração. Sua irritabilidade tomava às vezes a forma de caprichos e profundas intolerâncias. Não aguentei seu temperamento e acabei por me afastar dele; mas ainda assim não deixei de estimá-lo, ao passo que Miretski, embora nunca tenha discutido com ele, jamais o estimei de verdade. Bastava alguém se afastar de Boguslavski para que Tokarzeoski se considerasse de relações cortadas com essa pessoa. Foi o que me aconteceu. Tokarzeoski era o jovem de quem falei no capítulo anterior. Eu sentia muito nosso estremecimento, pois Tokarzeoski era, apesar de pouco instruído, pessoa muito boa, generosa e decente. Reitero: ele amava e considerava tanto Boguslavski, venerava-o tanto que quem quer que por qualquer motivo rompesse com Boguslavski passava a ser por ele, automaticamente, considerado como seu inimigo pessoal. Foi por causa de Boguslavski também, acho eu, que mais tarde cortou relações com Miretski, embora não por muito tempo. No entanto, todos eles eram uns depressivos, de alma amarga, gente incrivelmente raivosa e desconfiada. Isso é compreensível: para eles, a vida no presídio era muitíssimo mais insuportável do que para nós. Estavam longe da pátria. Alguns estavam exilados por muito tempo, dez ou vinte anos, e, mais importante, não se adaptavam absolutamente ao meio, só viam nos presidiários uns facínoras, não podiam e nem queriam ver nestes quaisquer traços de humanidade. Essa noção também era compreensível, pois o infortúnio e a condição os obrigavam a esse ponto de vista infeliz. É preciso ter em mente o enorme tormento desses estrangeiros. Tratavam bem os Cherkesses e os Tártaros e Isaías Fomitch, considerando os demais detentos como repugnantes. Dos russos, o ancião do Starodub (o "Antigo Crente") era o único que lhes merecera consideração. É de se estranhar que nenhum dos detentos — durante todo o período em que estive no presídio, em tempo algum — fez uma alusão grosseira às suas origens: aqueles estrangeiros nunca ouviram uma censura ou desrespeito à sua crença. Ora, sabe-se que o nosso povo é dado a isso, ao menos em termos gerais, no que se refere aos alemães; estes, então, não escapam de serem ridicularizados; os alemães são, para o povo russo das camadas inferiores, figuras ridículas. Os detentos portavam-se com os estrangeiros de maneira até correta, respeitando-os muito mais do que aos nobres russos, não os molestando de modo algum. Eles, porém, pareciam não querer notar ou tomar conhecimento do fato.

Mas eu me referia a Tokarzeoski. Este, segundo já narrei, ao longo da caminhada para a fortaleza, quando de sua primeira transferência, trouxera nas costas Boguslavski por causa do seu péssimo estado de saúde; e isso durante mais de metade do itinerário. Primeiro, tinham sido deportados para Ugorsk. Lá, conforme contaram, tinham-se dado muito melhor do que aqui. Iniciaram, contudo (embora sem nenhum intento subversivo), uma troca de correspondência com exilados residentes em outras localidades, razão pela qual os três foram transferidos para o nosso presídio, onde ficariam sob maior vigilância das autoridades. O terceiro era Zhokovski. Antes deles, só se achava no nosso presídio Miretski, e o que não deve ter sofrido nesse primeiro ano!

Esse Zhokovski era aquele velho, contínuo rezador, sobre quem já falei. Os nossos presos políticos eram jovens, alguns mesmo gente bem nova. Apenas Zhokovski já estava beirando os sessenta anos. Era um homem honesto, sem dúvida, mas um tanto estranho. Seus conterrâneos Boguslavski e Tokarzeoski não gostavam dele, jamais lhe dirigiam a palavra, e achavam-no teimoso e encrenqueiro. Não sei se tinham razão. Na cadeia ou em toda parte, mas sobretudo na cadeia, onde a promiscuidade não é voluntária, e sim forçada, a rixa e o ódio se desenvolvem muito mais facilmente do que na vida em liberdade. Várias circunstâncias contribuíam para isso. De fato Zhokovski era uma pessoa impertinente e desagradável, os seus conterrâneos tampouco se davam com ele. De minha parte, jamais vim a me alterar com ele, mas não nos dávamos particularmente bem. Sua especialidade era a matemática e parecia de fato conhecê-la bem. Recordo-me do esforço que fez para me explicar, em russo capenga, um sistema astronômico especial que havia inventado. Disseram-me que chegara a publicar essa complicada teoria, mas que a comunidade científica não a levara a sério. A mim parece-me que ele não "regulava" muito bem. Ficava dias inteiros de joelhos, rezando, ato que determinou o respeito com que todo o presídio o envolveu até a morte. Vi-o morrer no hospital, vitimado por uma séria enfermidade. Essa veneração dos presidiários tivera início num caso em que ele fora alvo de um dos desmandos do major. Quando de sua transferência de Ugorsk para o nosso presídio, ele e seus conterrâneos jamais se barbearam durante o trajeto, de forma que chegaram com umas barbas enormes. Assim que foram levados à presença do major, este se danou com aquela infração e berrou: "Isso é modo de se apresentarem, parecendo mais uns bandoleiros, uns salteadores?!".

Zhokovski, que àquela altura compreendia muito mal o russo e pensou que o major estivesse perguntando que tipo de bandidos eles eram, respondeu:

— Não somos bandidos, somos presos políticos.

— O quê? O quê? E ainda ousa ser atrevido? — gritou o major. — Para a sala da guarda imediatamente! Cem chicotadas! Agora mesmo!

Castigaram o velho. Deitou-se e foi açoitado sem dizer nada, cravando os dentes na mão, sem se mexer nem gritar. Enquanto isso, os outros eram levados para o presídio, onde Miretski os esperava no portão; logo se atirou ao pescoço deles, embora nunca tivessem se visto antes. Revoltados com o modo pelo qual o major os recebera, os recém-chegados lhe narraram tudo, inclusive o que estava acontecendo a Zhokovski. Lembro-me ainda de como Miretski contou-me:

— Fiquei fora de mim, sem me importar com o que pudesse me acontecer, e tremia como se estivesse com febre. Fui esperar Zhokovski diante da porta. Após o castigo, deviam trazê-lo diretamente da sala da guarda para o alojamento. A porta lateral abriu-se. Zhokovski, sem olhar para ninguém e com o rosto e os lábios brancos e trêmulos, atravessou a fila de detentos que tinham se juntado nas imediações em função da notícia de que um nobre estava sendo chicoteado e, em silêncio, seguiu para o seu lugar no alojamento; prostrou-se, então, de joelhos e começou a rezar. Os presidiários ficaram perplexos e emocionados.

— Quando vi aquele homem grisalho — contava Miretski — que deixara mulher e filhos na pátria distante, após uma punição vergonhosa, saí pela porta do alojamento e fiquei duas horas vagando, fora de mim.

Foi a partir desse caso que os detentos passaram a venerar o velho Zhokovski; sobretudo por ele não ter gritado sob as chibatadas.

Não obstante, devo esclarecer que esse caso não serve como exemplo de conduta das autoridades para com os nobres, tanto russos como poloneses. Demonstra apenas como uma autoridade malévola, quando deseja, faz o que quiser de um preso. E como não tem a quem prestar contas, então, é um terror. De maneira geral, contudo, as altas autoridades da Sibéria, pelas quais se regulam e orientam todos os demais oficiais, dispõem-se a tratar com educação os presos de categoria social mais elevada, sendo bem mais condescendentes com eles do que com os detentos das camadas plebeias. Os motivos são óbvios: em primeiro lugar, essas autoridades também são de origem nobre; em segundo, já tem acontecido que muitos nobres, uma vez condenados a punições físicas, não se sujeitam e reagem, o que resulta em consequências calamitosas. Por último, e mais importante, há uns trinta e cinco anos, foram deportados como criminosos para a Sibéria muitos nobres que ao longo desses anos souberam merecer (por suas atitudes) o respeito das autoridades que, mesmo no seu tempo, já tratavam os presos de origem nobre de maneira diferente daquela com que encaravam os presos comuns. Essa conduta das altas autoridades acabou por se disseminar junto aos demais oficiais subalternos e cada comandante de presídio, por exemplo, considerava os detentos de origem nobre conforme o indicado pela alta administração.

No entanto, havia entre os funcionários subordinados muitos que criticavam a atitude dos seus superiores e, se lhes fosse permitido, seguiriam uma conduta muito diferente; mas nem sempre podiam. Tenho fundamentos em que me apoiar para fazer essa afirmativa.

Na segunda categoria de detentos, à qual eu pertencia e que estava subordinada à autoridade militar, tudo era incomparavelmente mais severo que nas outras categorias, isto é, do que na terceira (a dos detentos que trabalhavam em oficinas) e na primeira (a dos detentos que trabalhavam nas minas). Essa minha seção ou categoria não era mais severa só para nobres, mas igualmente para os plebeus, porque nela a disciplina e o corpo de autoridades e funcionários eram estritamente militares, seguindo as normas dos batalhões de detentos correcionais da própria Rússia. O regime militar era sempre mais duro, de disciplina mais severa; os detentos permaneciam sempre acorrentados, sob vigilância e escolta, quando não encarcerados. E isso não acontecia nas outras duas categorias. Essa era a impressão dos detentos a esse respeito, e devia ser correta, pois eles sabiam das diferenças de tratamento entre as mencionadas categorias ou seções. Aceitariam com satisfação serem transferidos para a primeira e, embora ela fosse considerada pior, muitos até sonhavam com essa possibilidade. Todos os que tinham estado nas companhias correcionais russas propriamente ditas falavam delas com horror, garantindo que na Rússia não havia lugares mais terríveis e que os presídios da Sibéria, em comparação, eram um paraíso. Se até aqui, sob regulamento militar tão rigoroso, sob olhos do governador-geral, era possível uma atitude mais branda para com os detentos nobres — apesar de haver a possibilidade de alguns funcionários (agindo por escrúpulo, zelo, maldade ou inveja) enviarem denúncias às altas autoridades contra tais ou quais comandantes de prisões políticas, muito compassivos ou relaxados —, está claro que os detentos nobres eram tratados com alguma regalia. Por essa razão, deveriam então gozar de mais privilégios na primeira e na segunda categorias ou classes. Consequentemente, posso concluir qual era o tratamento dado aos nobres no resto da Sibéria. Tudo quanto ouvi das demais localidades não faz senão confirmar minha impressão.

Nós, nobres, éramos tratados pelas autoridades com o maior cuidado e atenção. Mas no tocante às tarefas, à comida e à disciplina interna não tínhamos o menor privilégio; tínhamos as mesmas condições de trabalho, os mesmos grilhões, os mesmos cadeados, enfim, tudo similar a todos os demais prisioneiros. Diga-se de passagem, seria mesmo impossível nos conceder quaisquer regalias. Sei que mesmo na nossa cidade, num passado "não tão distante", havia tantos delatores, tantas pessoas que intrigavam e se mexiam para armar uma arapuca para as outras que as autoridades instintivamente ficavam de prontidão, ressabiadas. E que denúncia pior podia haver naquele tempo do que a de que dada autoridade ou funcionário dava tal ou qual privilégio a determinado preso, em detrimento dos outros? Com medo das consequências, tratavam-nos, na aparência, pelo menos, como iguais aos outros detentos e só faziam uma exceção relativamente aos castigos corporais. Para ser honesto, sujeitavam-nos a castigos corporais quando cometíamos alguma indisciplina séria. Exigiam o cumprimento do dever e a igualdade no que diz respeito a castigos corporais. Mas jamais puniriam um nobre sem motivo ou por uma coisa qualquer, o que já acontecia aos presos comuns, quando as autoridades subalternas queriam passar por austeras e exigentes. Tivemos notícia de que o comandante, ao saber do que se passara com Zhokovski, ficara furioso com o major, exigindo que no futuro agisse diferente. Soube disso por diversas fontes. Também soubemos que o próprio governador-geral, que confiava no nosso major e o considerava um zeloso funcionário, ao tomar contato com história, dera-lhe uma séria reprimenda. O major não se esquecia disso, razão pela qual procurava, constantemente, um pretexto para castigar Miretski, a quem odiava por causa das calúnias de Aristov; verdade é que, apesar do seu rancor, jamais pôde efetivar sua provocação. O caso passado com Zhokovski logo se espalhou por toda a cidade, cuja população se manifestou majoritariamente contra o major. Muitos o censuraram de maneira até acintosa.

Não me esqueço do meu primeiro encontro com o major. Eu e o meu companheiro de nobreza, que chegara comigo para o presídio, já havíamos sido avisados em Tobolsk para que tivéssemos cuidado com aquele sujeito. Os presos nobres que moravam em Tobolsk havia vinte e cinco anos, como deportados, haviam-nos acolhido com grande simpatia quando nos encontrávamos lá, procurando-nos sempre para narrar casos deprimentes praticados pelo nosso futuro comandante; e fizeram de tudo quanto estava ao seu alcance para nos proteger dele. Naquela ocasião, três filhas do governador-geral vieram do centro da Rússia para visitar o pai, e nossos amigos escreveram-lhes, recomendando-nos. Mas o que poderia o governador-geral fazer? Disse ao major que se comportasse direito com a gente. Chegamos à fortaleza às três horas da tarde, eu e o meu companheiro, e fomos levados diretamente ao nosso chefe. Aguardamos em pé na antessala enquanto alguém era mandado ao presídio chamar o sargento. Este veio logo, e o major apareceu em seguida. Seu rosto avermelhado, cheio de espinhas, com jeito de homem mau, causou-nos péssima impressão. Parecia uma aranha lançando-se sobre sua presa.

— Qual o seu nome? — perguntou ele ao meu companheiro. Falava depressa, com uma voz tonitruante, aos trancos, esforçando-se visivelmente por nos amedrontar.

— Fulano de Tal.

— E você? — voltara-se para mim, olhando-me por trás dos óculos.

— Fulano de Tal.

— Sargento! Leve-os já para o presídio. Mande o barbeiro raspar-lhes a cabeça, como civis! A metade só! Amanhã, na ferraria, coloquem-lhes os grilhões! Que casacos são esses? Onde arranjaram isso? — e observava nossos compridos casacos cinzentos, com uma rodela amarela nas costas, que nos tinham mandado vestir em Tobolsk e com os quais nos havíamos apresentado a ele. — Que diabo de uniforme novo é esse? Sim, só se é um uniforme novo! Deve ser mais uma inovação de Petersburgo... — e virava-nos, a mim e ao meu companheiro, para examinar bem.

— Eles trouxeram alguma coisa? — perguntou depois aos nossos guardas.

— Trouxeram roupa de seu próprio uso, Excelência — respondeu um dos guardas, colocando-se em posição de sentido. Todos conheciam o major, tinham ouvido falar dele, temiam sua presença.

— Devemos tomar-lhes tudo, deixar apenas a roupa de baixo, mas só a branca. Qualquer outra, de cor, pode confiscar, vender em leilão, depositar o dinheiro na caixa e creditar! Um prisioneiro não possui bens — disse, olhando-nos seriamente. — Tomem juízo e portem-se direito! Não quero ouvir nada! Senão... Cas-ti-go cor-po-ral! À menor infração, varas!

Essa recepção deixou-me doente o resto da tarde, e o que vi a seguir tão somente agravou meu mal-estar. Mas já contei como foi meu início na prisão.

Como acabei de dizer, não éramos tratados, no tocante ao regulamento, com qualquer complacência; nem podíamos ser. Isto é, certa vez isso foi tentado. Por três meses mandaram-nos, a mim e a Boguslavski, trabalhar no escritório da Engenharia como escreventes. Isso foi feito em segredo e sob responsabilidade e ordem do chefe da Engenharia; quer dizer que os demais funcionários sabiam muito bem, mas fingiam desconhecer. Ocorreu durante o tempo de direção do comandante Kuplennikov. O tenente-coronel Kuplennikov parecia enviado pelos céus; mas ficou conosco pouco tempo, não mais que dois meses, creio eu, regressando de novo à Rússia. Deixou, contudo, entre os detentos uma lembrança indelével. Eles não somente gostavam dele, eles o adoravam, se é que é permitida essa expressão. Como conseguiu isso, não sei dizer; mas ele os conquistou desde o primeiro momento. "É um pai para nós, não precisamos de outro!", não cansavam de dizer os detentos, durante a sua administração. Parecia ser um grande esbanjador. De compleição pequena, com um olhar confiante e arrogante, tratava os detentos com uma camaradagem que era mais do que bondade. De fato tratava-os como um pai. Por quê? Não sei explicar. A verdade é que não podia ver um detento sem lhe dirigir uma palavra alegre e amigável, sem deixar de rir ou gracejar com ele. E mais, não demonstrava nenhuma condescendência, sua bondade não era de chefe nem de patrão, e sim de homem, de camarada, considerava o detento um seu semelhante. Apesar dessa democracia no modo de tratar com todos, os detentos não abusavam, tomando intimidades ou faltando ao respeito.

Pelo contrário. Tão logo um detento o via, ficava com o rosto iluminado, tirava o gorro e punha-se a olhá-lo, sorrindo enquanto se aproximava. Toda vez que algum falava com ele, fazia-o dando tal mostra de satisfação como se estivesse recebendo um rublo de presente. Há sujeitos assim, que se tornam queridos. Era um homem garboso, de andar elegante e aprumado. "Parece uma águia", os presos costumavam dizer dele. Claro que fazia de tudo para facilitar as coisas; supervisionava somente os trabalhos de engenharia, que eram sempre os mesmos. Ainda assim, quando por acaso encontrava uma turma com o serviço já concluído, mandava-a embora para descansar, sem exigir que aguardasse o toque do tambor. O que mais fazia com que o admirassem era a confiança que demonstrava ter, era não ser mesquinho nem irritável, não ter a mínima aparência ou atitude de autoridade nem ficar tentando achar infrações. Se perdesse cem rublos, caso qualquer dos muitos assaltantes que enchiam o presídio o achasse, devolveria-os; sim, estou certo disso. Que prazer não foi quando os detentos descobriram que o nosso comandante-águia havia discutido com o odiado major! Isso aconteceu logo no primeiro mês após a sua chegada. O nosso major servira com ele não sei onde. Após uma separação longa, assim que se reencontraram tornaram a ficar amigos e começaram a passar algum tempo juntos. Mas subitamente a amizade acabou. Discutiram e se tornaram inimigos mortais. Contavam até que eles haviam trocado tapas, o que é muito possível, pois o major era às vezes violento. Quando a notícia de tal caso se espalhou por entre os detentos, ficaram excitados: "Como é que um homem destes pode se dar com o Oito Olhos? Uma águia não tolera um..." e completavam com uma palavra que, embora muito usada, fere a decência. Estávamos terrivelmente curiosos para saber qual dos dois teria apanhado. Se a notícia da briga viesse a ser desmentida (provavelmente nem chegou a haver), os detentos ficariam muito desapontados.

— Ah, claro que o nosso amado chefe o surrou! Embora miúdo, é ágil; e aposto como o major se escondeu debaixo da cama.

Não tardou para que o comandante deixasse a nossa cidade, e os detentos novamente caíram em depressão. É verdade que todos os comandantes da Engenharia eram bons com a gente. No seu tempo, o diretor dos serviços foi trocado umas três ou quatro vezes. "Mas um como ele nunca mais teremos. Era uma águia, uma águia, um protetor."

Foi esse mesmo oficial, que também gostava dos detentos ex-nobres, quem deu ordem para que eu e Boguslavski trabalhássemos no escritório técnico. Após a sua partida, isso ficou sem efeito. Entre os engenheiros havia alguns, principalmente um, que tinha muita simpatia por nós. Ficávamos sentados no escritório, escrevendo na papelada, logo ficando a nossa letra firme; entretanto, não demorou a vir uma ordem da administração mandando-nos voltar ao antigo trabalho; alguém nos denunciara. Afinal, foi bom; já estávamos fartos do trabalho no escritório. Fora dali, fiquei trabalhando junto com Boguslavski durante dois anos sem interrupção, a maior parte das vezes na oficina. Entretínhamo-nos falando das nossas esperanças, das nossas crenças. Tratava-se de um homem muito bom, mas suas convicções eram muito estranhas e um tanto peculiares. Há certa espécie de homens que, devido à sua extraordinária inteligência, chegam a ficar paradoxais. Mas é que Boguslavski havia sofrido tanto por causa das suas convicções que lhe seria penoso renunciar a elas exatamente por lhe serem tão caras e lhe haverem proporcionado tantos sofrimentos. Boguslavski reagia amargamente às minhas réplicas e respondia com observações sarcásticas. Certamente muitas vezes a razão deveria estar do lado dele... Não sei. Acabamos por nos separar, o que me causou muita tristeza: tínhamos partilhado tanta coisa...

Quanto a Miretski, com o correr dos anos, ficava cada vez mais deprimido e soturno. A depressão consumia-o; antes, nos primeiros tempos depois da minha chegada, ele ainda era comunicativo, e seus sentimentos frequentemente brotavam. Quando cheguei, havia três anos que já estava lá. Interessou-se logo por saber, ansioso, o que se passara pelo mundo nesse tempo, coisa de que não possuía a menor noção. Fazia muitas perguntas, ouvia apaixonadamente, ficava em brasa. Com o tempo, contudo, todo o seu interesse parecia se concentrar na vida interior. A brasa ardente foi-se cobrindo de cinza. Sua amargura crescia com as horas. "Je hais ces brigands!", repetia-me ele sempre, olhando com ódio para os detentos que eu já tivera tempo de conhecer e cujos lados bons já descobrira. Mas não houve meios de lhe incutir esse meu ponto de vista. Não entendia o que eu dizia. Uma vez ou outra concordava quase sem dar muito crédito, para daí a dias tornar a repetir o seu termo: "Je hais ces brigands!". E por falar nisso, conversávamos às vezes em francês, e por isso um dos capatazes do serviço nos apelidou, sei lá por quê, de "médicos". Miretski só se animava quando evocava sua mãe. "Está velha e doente. Ama-me acima de tudo neste mundo, e já nem sei se ainda está viva ou se já morreu. Teria suportado sobreviver quando soube que fui açoitado?!..." Miretski não era aristocrata e, por isso, antes de ser deportado para a Sibéria, sofrera punição corporal. Quando se lembrava desse caso, cerrava os dentes e desviava o olhar. Nos últimos tempos deu para se isolar ainda mais. Certo dia, pouco antes do meio-dia, foi chamado à casa do comandante, que o recebeu com um sorriso de satisfação.

— Diga-me uma coisa, Miretski: com que foi que sonhou hoje? — perguntou-lhe.

"Pulei de susto", contou-me depois Miretski, "foi como se tivessem esfaqueado o meu coração."

— Sonhei... — disse ele — que recebi uma carta de minha mãe.

— Oh! Muito mais! Coisa muito melhor! — prosseguiu o comandante. — Está livre. Sua mãe fez uma petição e a anistia foi concedida. Aqui está a carta dela e aqui está a sua ordem de libertação. Pode deixar o presídio imediatamente.

Pálido como uma folha de papel, quando voltou para junto de nós ainda estava zonzo com a notícia. Congratulamo-nos com ele, que respondeu com força aos nossos apertos de mão; as suas estavam como gelo e como tremiam!... Muitos dos outros detentos o felicitaram também, satisfeitos com a sua boa sorte.

Passou à condição de colono livre, permaneceu na nossa cidade e logo conseguiu arranjar uma colocação. No início, vinha frequentemente ao presídio, e suas visitas nos alvoroçavam por causa das novidades, principalmente políticas, que era o assunto que mais o interessava.

Dos quatro restantes, fora Miretski, Tokarzeioski, Boguslavski e Zhokovski, havia ainda dois que eram muito moços e condenados a um prazo curto de penalidade; não eram instruídos, mas homens simples, diretos e honestos. Além destes, havia um terceiro, indivíduo por demais primitivo, sem o menor interesse, ao passo que o quarto era um velhote extremamente antipático. Não compreendo como foi ser agrupado junto com outros cavalheiros; ele mesmo reconhecia não ser um. Era um homem de alma mesquinha e grosseira, com hábitos e ideias de um comerciante que enriquecera roubando migalhas. Não possuía a menor instrução e não se interessava por coisa alguma a não ser o seu ofício. Era pintor, aliás, bom, de extraordinária capacidade. As autoridades logo notaram sua habilidade, e assim ele passou a ser chamado pela cidade inteira para pintar suas paredes e tetos. Ao fim de dois anos havia embelezado todas as moradias dos oficiais. Os donos pagavam bem, e ele vivia folgado. Mas o melhor foi que se fazia acompanhar de outros detentos como serventes, nesses trabalhos de pintura, e estes, de tanto acompanhar, acabaram por aprender e bem, sendo que um até não pintava pior do que seu chefe. O nosso major, que igualmente residia em uma casa do governo, encarregou-o por sua vez de pintar todos os tetos e paredes de sua residência. Era uma casa térrea de madeira, decrépita e muito gasta por fora; contudo, por dentro ficou pintada como um palácio. O major embasbacou, feliz, esfregava as mãos, e dizia e repetia que agora podia se casar. "Com uma residência tão linda, é impossível não casar." O major estava satisfeito com o pintor e consequentemente com seus auxiliares... O trabalho durou um mês e foi então que o major mudou completamente de ideia a respeito dos presos de nossa classe, e começou até a protegê-los. Foi tão longe que um dia mandou chamar Zhokovski e lhe disse:

— Zhokovski, eu me enganei com você, mandei até lhe darem umas chibatadas a troco de nada, eu sei. Lamento isso. Está compreendendo? Eu, eu, eu... lamento isso!

Zhokovski redarguiu que sim, que compreendia.

— Compreende que eu, eu, seu superior, seu chefe, mandei chamá-lo para lhe pedir desculpas, percebe isso? Quem é você comparado comigo? Um verme! Menos do que um verme, é um detento, e eu — com a graça de Deus — sou major, com a graça de Deus! Compreende isso?

Zhokovski redarguiu que sim, que compreendia.

— Faço então as pazes com você. Mas percebe, percebe na sua totalidade o que isso significa? Você é capaz de compreender e perceber? Imagine só: eu, eu, major... — e assim por diante.

O próprio Zhokovski reconstituiu-me a cena toda.

Até mesmo naquela criatura bêbada, briguenta e indisciplinada existia um resíduo de sentimento humano. A despeito de sua imbecilidade, não se pode negar que isso fosse magnânimo. Entretanto, é bem possível que o fato de ter estado bêbado tenha contribuído.

O seu sonho não se concretizou; não chegou a se casar, não obstante estivesse resolvido a isso quando a residência ficou pronta. Em vez de ir para a igreja foi para o tribunal, tendo sido obrigado a pedir reforma.

No transcorrer do inquérito surgiram antigos pecados de quando fora governador da região... Foi um tremendo golpe para ele... No presídio, a notícia despertou incontrolável alegria. Foi realmente uma festa, um dia santo! O major soluçava em prantos, como uma velha; mas de nada adiantou. Engoliu a demissão, vendeu a parelha de cavalos cinzentos e pouco depois ficou sem nada, caindo afinal, digamos, na miséria. Nós o encontrávamos às vezes, vestido à paisana, trazendo na cabeça um gorro com um berloque. Constrangido, evitava o olhar dos detentos. A sua arrogância desaparecera desde que deixara de usar farda. Com ela era um Deus, um Júpiter despejando raios; sem ela era um pobre diabo; pior que um lacaio. É incrível como uma simples farda pode transformar uma pessoa.

9
A FUGA

Na sequência da exoneração do nosso major, aconteceu uma grande mudança na prisão. O presídio foi desativado, e em seu lugar foi criado um batalhão correcional, sob administração e disciplina militar e que funcionava conforme o regulamento das companhias correcionais russas. Daí, os condenados à segunda categoria ou classe já não seriam mais enviados para cá. A partir de então, vinham só prisioneiros militares e que, portanto, não tivessem perdido seus direitos civis. Esses detentos eram soldados como os outros, mas sentenciados a prazos curtos (no máximo até seis anos), e que, ao deixarem a prisão, reingressavam em seus batalhões. Entretanto, em casos de reincidência, recebiam uma pena de vinte anos. Já havíamos tido, antes dessa mudança ou reforma, uma seção militar onde soldados delinquentes ficavam confinados por falta de outro local próprio. Agora, porém, o presídio inteiro transformava-se em detenção militar. É claro que permaneceram, até o fim de suas penas ainda nesta mesma prisão, os condenados já existentes no presídio, os civis que haviam perdido todos os seus direitos de cidadania, tendo sido marcados e com metade de suas cabeças raspadas. Porém, como nenhum novo prisioneiro chegou, e os que ficaram foram aos poucos completando suas penas, ao final de dez anos não restava mais nenhum civil. A Seção Especial foi conservada e, de tempos em tempos, recebia delinquentes militares perigosos, enquanto se aguardava que fosse inaugurado na Sibéria o presídio de segurança máxima para trabalhos forçados.

Desse modo, a nossa vida continuou conforme a antiga rotina: o mesmo regulamento, os mesmos trabalhos; apenas as autoridades mudaram e se tornaram mais numerosas. Foram nomeados um oficial superior, o

Comandante da Companhia, e mais quatro oficiais, que se revezavam em turnos na prisão. Os soldados velhos também foram substituídos por doze oficiais não comissionados e um sargento mestre-quarteleiro. Os presos foram divididos em seções de dez homens, e destes um era nomeado cabo. Akim Akimitch, é lógico, foi logo um dos escolhidos. Essa nova organização, a prisão inteira com seus funcionários e presos, permanecia sob ordens diretas e totais do comandante, que representava a suprema autoridade. Foi tudo o que aconteceu. Os presos, naturalmente, excitaram-se muito no começo, irritavam-se entre si, queriam saber isto e mais aquilo e se esforçavam por conhecer de perto as novas autoridades. Passado um tempo perceberam que, de modo geral, para eles tudo ficava na mesma; sossegaram, então, e a vida seguiu o ritmo antigo. O essencial é que estávamos livres do major, fato que nos fazia respirar aliviados. Nossos antigos olhos amedrontados desapareceram. Todos os presos sabiam que se precisassem podiam se dirigir às autoridades e que só por engano poderiam vir a ser castigados. Velhos hábitos, contudo, persistiam: a compra e a venda de bebidas continuava como antes, embora em lugar dos velhos soldados houvesse agora suboficiais. Estes, em sua maior parte, se revelaram pessoas inteligentes e diretas, exercendo corretamente suas funções. Até quando um ou dois tentaram tratar os detentos com certa dureza automática, como de soldado para soldado, logo caíram em si. E, se teimassem, os próprios detentos logo lhes abririam os olhos ao seu modo. Aconteceram até entreveros e estratégias. Por exemplo, ofereciam às vezes bebida a um suboficial e em seguida eles denunciavam sua embriaguez, a infração cometida. E o resultado foi que os suboficiais fecharam os olhos ao contrabando e à venda de bebidas. E não apenas isso: como os antigos soldados, estes também aceitavam agora ir ao mercado adquirir roscas, carne e tudo o mais que não significasse perder a dignidade. Para que toda aquela mudança, por que a transformação do presídio em batalhão correcional, não saberei dizer. Isso aconteceu nos meus últimos tempos de detenção. Estava destinado a viver ainda mais dois anos naquele regime de vida...

Deveria registrar tudo o quanto passei no meu período de vida na prisão? Não é preciso. Se tivesse que expor todos os acontecimentos em ordem, tudo quanto vi e senti naqueles anos, seria obrigado a fazer um livro quatro ou cinco vezes maior do que este. Seria inútil e monocórdio. Todos os acontecimentos acabariam ficando parecidos, sobretudo se o leitor, baseado no que foi relatado até aqui, já tivesse conseguido obter uma compreensão satisfatória do que seja a vida num presídio. Eu apenas quis dar uma ideia clara e viva do presídio e da vida que vivi naqueles anos. Se consegui o meu intuito, não sei, nem me compete julgar. Mas estou certo de que posso terminar aqui. Além disso, às vezes todas essas lembranças me deprimem. Também não sei se serei capaz de lembrar de absolutamente tudo. Os últimos anos parecem ter sido meio apagados de minha memória, foram completamente esquecidos.

Apenas me lembro de que todos os anos passavam de forma lenta e repetitiva. Parece-me que aqueles dias tão longos e monótonos eram como pingos d'água escorrendo de um beiral após a chuva. Só sei de uma coisa: o veemente anseio de ressurreição e o desejo ardente de uma vida nova eram os únicos sentimentos que me ofereciam e me davam forças e fé para esperar. Acabei por me fortalecer; contava, esperava cada novo dia e, quando ainda me faltavam mil, via desaparecer este com alegria, dizia a mim mesmo que agora só restavam novecentos e noventa e nove, pois este enterrara o anterior, e me enternecia com o despontar do dia seguinte. Recordo que, em todo aquele tempo, não obstante ter uns cem companheiros, me sentia tremendamente só e acabei por fim amando essa solidão. Só, com minha alma, revia toda minha vida de antes, analisava-a até nos mínimos detalhes e condenava tudo quanto fizera no passado, transformando-me no meu próprio juiz severo e inquebrantável. Sim, houve muitas horas em que eu agradeci à minha sorte por haver me condenado àquela solidão, sem a qual não poderia julgar o meu passado nem decidir fiscalizar meus atos. E quantas esperanças não renasciam em meu coração! Eu dizia, eu jurava que na minha vida futura não cometeria outra vez os erros passados nem os antigos pecados. Organizava um programa para o futuro e prometia segui-lo fielmente. Nascia em mim uma fé cega de poder vir a realizar tudo isso, de ter que vir a realizar tudo isso!... Ansiava por liberdade e pedia que ela viesse já, sem demora. Queria me testar de novo, renovar a luta. E então se apoderava de mim uma impaciência febril... Aliás, é doloroso para mim recordar agora meu estado de espírito daquele tempo. Claro, tudo isso diz respeito só a mim... ainda assim, escrevo e anoto isso com sinceridade, porque me parece que todos devem entender, já que todos aqueles que, no auge de sua mocidade, se veem atirados numa prisão acabam experimentando tais sensações.

Entretanto, para que prosseguir nessas digressões? Melhor contar mais alguma coisa para não terminar de modo tão abrupto.

Parece-me que muitos devam estar querendo me perguntar se não era então possível fugir do presídio, e se ninguém fugiu naqueles anos.

Já expliquei que todo detento que já passou dois ou três anos no presídio começava a pensar, subconscientemente que seja, se não lhe seria melhor suportar o resto da pena sem se meter em perigos nem em incidentes, de forma a poder — no fim, legalmente — ganhar sua situação de colono. Mas um cálculo desses só fazem aqueles cuja sentença é relativamente curta. Os que são condenados a penas longas sabem que se arriscarão muito, mas pensarão a respeito, com certeza. No meio de nós isso não ocorreu. Não sei se por covardia ou em razão da vigilância, que era de caráter estritamente militar e portanto severa; ou se, enfim, porque a cidade e a região, a estepe plana, não inspiravam confiança para uma tentativa de fuga. É difícil dizer. Creio que todas essas circunstâncias juntas influenciavam. A verdade é que entre nós a fuga era difícil. Contudo, durante a minha estada, ocorreu uma tentativa de fuga. Os dois detentos que tentaram eram facínoras...

Após a exoneração do major, Aristov (o que era espião a seu serviço) viu-se completamente só, sem ter quem o protegesse. Ainda era moço, mas com o correr dos anos seu caráter fortaleceu e tornou-se obstinado. Era ousado, decidido e muito inteligente. Se conseguisse ser solto, é claro que continuaria a espionar e a viver de atividades questionáveis, mas certamente não se deixaria agarrar estupidamente, como antes, para ter que pagar com o exílio. Uma de suas ocupações no presídio era reconstituir passaportes falsos. Não estou informado disso com segurança, mas ouvi referências por parte dos detentos. Disseram que fazia esse trabalho quando ainda frequentava a cozinha do major, conseguindo tudo o que podia. Enfim, ele era desses que se aventuravam seja no que for, que se arriscavam a tudo a fim de dar uma reviravolta no destino. Tive oportunidade de conhecer bem de perto o seu caráter e sua alma. Seu cinismo atingia as raias da desfaçatez, até zombaria fria, e despertava em mim uma repugnância insuperável. Creio que se ele quisesse beber e para arranjar ou tomar de alguém uma garrafa tivesse que matá-lo, faria isso sem a menor vacilação, naturalmente com a condição da certeza prévia de não vir a ser descoberto. No presídio ele aprendeu a medir bem as circunstâncias. Esse foi o homem que chamou a atenção do detento Kulikov, da Seção Especial.

Falei anteriormente de Kulikov. Já não era tão moço, mas cheio de paixão, vida e energia. Havia nele a força de quem ainda quer viver: esse tipo de homem deseja a vida até mesmo em idade avançada. Caso eu me espantasse com o fato de entre nós haver tentativas de fuga, claro que meu espanto se voltaria primeiro para Kulikov. Mas Kulikov já havia se decidido. Qual dos dois exerceu maior influência sobre o outro? Aristov sobre Kulikov ou este sobre Aristov? Não saberei dizer; ambos se mereciam e serviam para o negócio. Tornaram-se íntimos. Acho que Kulikov contava com Aristov para preparar os passaportes. Aristov fizera parte da melhor sociedade, descendia de nobres, o que significava diversidade para futuras aventuras; antes de tudo, tinham que alcançar o centro da Rússia. Como avaliar que esperanças tinham? Mas não resta dúvida é que seus planos iam muito além da vagabundagem rotineira pela Sibéria. Kulikov era um ator nato e sentia-se capaz de desempenhar os mais diferentes papéis. Tinha muita esperança, pelo menos para fugir da rotina. A prisão tende a reprimir homens desse tipo. Combinaram em fugir.

Sem vistas grossas dos guardas ou das escoltas isso era coisa praticamente impossível. Haviam de convencer urgentemente um dos soldados. Num dos batalhões da fortaleza servia um polonês, homem tenaz, que certamente merecia outra sorte; já não tão jovem, era sério e arguto. Quando rapaz, tendo sido mandado servir na Sibéria, sentiu tamanha saudade da pátria que desertou. Foi pego, punido, chibatado e mantido durante dois anos em uma companhia correcional. Voltando ao serviço, tomou jeito, acabando por ser ótimo soldado, o bom comportamento valeu-lhe as divisas de cabo. Era ambicioso, caprichoso e tinha consciência de suas responsabilidades. Seu olhar e sua voz eram de um homem que sabe seu valor. Encontrei-o várias vezes entre os outros soldados. E mesmo os poloneses já me haviam falado dele. A impressão que me dava era que havia transformado a saudade da pátria em ódio; um ódio interior, profundo e soturno.

Homens assim estão dispostos a tudo, e Kulikov acertou quando o escolheu para cúmplice. Chamava-se Koller. Combinaram a coisa e marcaram o dia da fuga. Foi em junho, quando é muito quente. O clima da região é praticamente uniforme; no verão os dias são ardentes, bons para andar. Contudo como poderiam iniciar a fuga diretamente da fortaleza, uma vez que a cidade se situava sobre uma montanha, descoberta por todos os lados, e não existia nas proximidades nenhuma floresta? Teriam que vestir roupas civis e para tanto precisavam ir até o subúrbio, onde Kulikov possuía um esconderijo. Não sei se algum amigo do subúrbio estava inteirado do projeto; é bem provável, embora esse fato nunca tenha ficado esclarecido. Havia nesse tempo, naqueles arredores, uma jovem e atraente moça iniciando sua "carreira". Seu apelido era Vanka-Tanka e dava margem a grandes esperanças, coisa que de fato não tardou a demonstrar. Tinha também o apelido: "Fogosa". Parece que estava envolvida no caso. Havia mais de um ano que Kulikov gastava todo o dinheiro com ela.

Certa manhã os dois cúmplices apresentaram-se bem cedo, como sempre, na distribuição de tarefas, e deram um jeito de serem mandados juntos com o detento Shilkin, que era forneiro e estucador, trabalhar num alojamento que estava vazio, pois naquela semana os soldados tinham ido acampar. Aristov e Kulikov acompanharam-nos para executar trabalhos braçais. Koller era um dos dois soldados de escolta encarregados de vigiar os três detentos e devia como cabo e veterano treinar um jovem recruta nos trabalhos de ronda.

A influência de ambos os condenados sobre Koller devia ser grande para este vir a confiar neles e resolver se aventurar em uma empreitada cheia de perigos, após tantos anos de serviço e de promoção.

Chegaram ao alojamento ainda bem cedo, às seis da manhã. Não havia ninguém. Após trabalharem por uma hora, Kulikov e Aristov disseram ao companheiro Shilkin que precisavam ir à oficina, primeiro para falar com uma pessoa sobre um assunto qualquer e, segundo, para apanhar uma ferramenta de que precisavam. Com Shilkin tinham que agir com cuidado, aparentando a maior naturalidade. Era um artesão de Moscou, onde iniciara a vida como pedreiro; cidadão magro e fraco, mas inteligente e sensato, bem que teria preferido passar a vida toda de colete e roupão, à moda moscovita, flanando tranquilamente; mas o destino não o permitira; após longas peregrinações, viera parar como condenado perpétuo no nosso presídio, na Seção Especial, por sua condição de criminoso militar dos piores. Detalhes da sua "carreira" nunca vim a saber, mas jamais percebi nele mostras de descontentamento; era pacífico. Só de tempos em tempos bebia como um sapateiro, mas mesmo nessas ocasiões era comportado. Estava longe de desconfiar do plano de fuga, mas via longe. Kulikov piscou para ele dando a entender que ia com o outro buscar bebida, que na véspera já havia sido escondida na oficina; isso o satisfez. Sem suspeitar de nada, ficou sozinho com o jovem recruta, enquanto Kulikov, Koller e Aristov foram para o subúrbio.

Trinta minutos se passaram e os três não voltaram; Shilkin começou a juntar dois mais dois. Como era um sujeito muito perspicaz, lembrou-se de que Kulikov estava com um jeito meio esquisito, que vira Aristov cochichar com ele duas vezes, e que nessas duas vezes Kulikov respondera com piscadelas. Percebera isso muito bem. E agora pensava. Também Koller o intrigara, pois seus modos não eram naturais. Antes de acompanhar aqueles dois à oficina havia feito recomendações ao recruta, o que, partindo de Koller, não era absolutamente natural. Enfim, quanto mais refletia sobre o caso, mais desconfiado ficava. O tempo foi passando, os três não voltavam, e a preocupação de Shilkin crescia. Tinha noção dos riscos a que estava se expondo, uma vez que as autoridades poderiam desconfiar que estivesse na combinação, que era conivente, e a suspeita tomaria maior consistência caso demorasse a comunicar o fato. Não havia tempo a perder; lembrou-se logo de que, nos últimos tempos, sobretudo nos dias desse trabalho no alojamento, Kulikov e Aristov, que haviam se tornado muito amigos, ficavam sussurrando atrás das dependências, fora das vistas dos companheiros. Olhou bem o soldado que o vigiava, apoiado à espingarda, bocejando com um modo muito distraído e enfiando o dedo no nariz. Foi quando desistiu de lhe comunicar suas desconfianças; disse-lhe apenas que o seguisse, pois ia até à oficina; queria se informar se os companheiros estavam ou tinham estado lá. Não, não tinham estado. Agora a suspeita era certeza. "Se tivessem ido ao subúrbio, conforme Kulikov fazia muitas vezes para se distrair por umas duas horas com um grupo alegre, é claro que teriam dito." Shilkin achou melhor não voltar ao alojamento, e sim dirigir-se imediatamente ao presídio.

Por volta das nove horas apresentou-se ao primeiro-sargento para comunicar o ocorrido. Este, pasmo, não quis, a princípio, acreditar numa fuga. O próprio Shilkin disse-lhe que era apenas uma suspeita e impressão. O primeiro-sargento levou o caso ao major, este, por sua vez, foi comunicar ao comandante. Quinze minutos depois todas as providências estavam tomadas. O próprio governador-geral foi informado. Como eram detentos importantes, esperava-se que São Petersburgo se manifestasse ferozmente. Aristov, afinal, fazia parte dos condenados políticos, por mais estranho que isso fosse, e por sua vez Kulikov, que pertencia à Seção Especial, era também um delinquente fora do comum, além de ter sido condenado por um tribunal militar. Ninguém jamais fugira. Recordaram-se igualmente que para cada preso dessa seção o regulamento exigia acompanhamento de uma escolta de dois soldados em todos os casos de saída para qualquer trabalho. Desse modo, a regra não fora obedecida, e o caso foi tomando um rumo desagradável. De pronto mandaram comunicados a todas as localidades dos arredores, divulgando a notícia da fuga e dando as características pessoais dos condenados. Cossacos foram enviados em seu encalço, avisos às delegacias vizinhas e relatórios às autoridades dos municípios. Enfim, houve pânico.

Entrementes, espalhou-se no presídio uma agitação fora do usual. Os prisioneiros que voltavam do trabalho ficaram sabendo do ocorrido, e a notícia logo se disseminou com rapidez de relâmpago. Os detentos quase não escondiam a alegria que os envolvia, seus corações batiam aceleradamente, não apenas porque a história rompia o ramerrão da vida do presídio, transformando-o num formigueiro, mas igualmente porque a ousadia da fuga despertava sentimentos em suas almas há muito adormecidas, fazendo--as vibrar. Surgiam esperanças; a temeridade e a possibilidade de mudar o destino apresentavam-se.

— Se eles conseguiram fugir, por que nós não...

Movidos por esse pensamento, todos tomavam coragem, entreolhavam-se como que se desafiando; e todos, encorajados e provocantes, encaravam os suboficiais. É claro que logo apareceram no presídio altas autoridades. Os prisioneiros estavam animados, quase zombavam delas, quietos, mas arrogantes, analisando-as como se quisessem dizer: "Se quisermos, teremos sucesso também...". Claro, já era de se prever essa visita de autoridades, tanto que, na hipótese de uma busca em regra, todos já haviam ocultado tudo quanto era proibido ter na prisão. Sabia-se que elas tratariam de procurar uma pista. Foi o que aconteceu. Fizeram revista rigorosa, fuçando em tudo, em cada canto. Evidentemente não encontraram nada. De volta do trabalho, no fim da tarde, os detentos vieram sob escolta redobrada. À noite, grupos fizeram a ronda a todo instante, indo e vindo pelos alojamentos. Tornavam a contar os presos; e houve uns dois ou três erros na contagem, causando confusão. Perfilados no pátio, quando foram outra vez recolhidos aos alojamentos, aí se procedeu a uma nova contagem... Em resumo, a administração não economizava em cautelas.

Os presidiários, porém, ostentavam a mais tranquila atitude. Embora com fisionomias enrijecidas, deixavam "a coisa andar" e, como sempre nessas circunstâncias, portavam-se de maneira estranhamente correta. "Deste mato não sai coelho...". Compreendia-se que as autoridades procuravam se certificar se havia no presídio cúmplices dos fugitivos; foi dada ordem ao pessoal subalterno para ficar de prontidão e atento às conversas. Tal coisa divertia os detentos. "Cairiam na besteira de deixar um cúmplice para trás?". "Esse tipo de coisa tem que ser feita em segredo ou não funciona. Ninguém os apanha. Aqueles dois sabem das coisas... Nem portões de ferro trancados os detêm!". E assim Kulikov e Aristov viram-se de repente elevados a heróis, todos os camaradas sentindo-se orgulhosos deles. Todos tinham a impressão de que a façanha se transmitiria à futura geração de presidiários e que ela sobreviveria ao próprio presídio.

— Ah! Eles são mestres, isso sim! — diziam uns.

E outros acrescentavam:

— Por acaso não diziam que ninguém conseguiria fugir daqui? Vejam só...

— Sim, fugir... Mas só eles seriam capazes disso. Podemos nos comparar a eles? Honestamente...

Se fosse em outra ocasião, essa frase daria motivo a brigas como uma ofensa pessoal. Desta vez, porém, o ofendido permanecia modestamente silencioso.

— Sim, claro que Kulikov e Aristov deram prova do que valem. Nem todo mundo é capaz disso.

— E, na verdade, por que temos de ficar aqui? Por quê, irmãos?... — redarguiu um, que até então ouvira calado a conversa, próximo à janela da cozinha. Falava com voz lenta, com o rosto nas mãos. Sua voz deixava transparecer uma consideração muito sincera, como se analisasse: "O que fazemos aqui? Estamos vivos, mas não vivemos. Quando morrermos, não descansaremos. Ah!...

— Uma condenação não é como um sapato que se tira quando quer... Ora! Deixe de reclamar!

— Mas Kulikov não o tirou?... — cortou um rapaz em tom excitado. Era jovem e muito inexperiente.

— Kulikov? — atalhou outro e olhou de alto a baixo para o rapaz, mal este acabou de falar. Kulikov... Kulikov!

Era como se quisesse dizer: "Quantos Kulikov você acha que existem?".

— E Aristov, então? Cheio de truques!

— É mesmo! Ele consegue convencer o Kulikov a fazer tudo o que ele quer! Ninguém vai pegá-lo!

— Queria saber que eles já estão longe daqui, irmãos...

Em seguida a conversa tomou esse rumo: a que distância já estariam; onde poderiam ter se escondido; qual seria o melhor caminho para eles; qual a aldeia mais próxima. Havia uns bons conhecedores da região: esses eram ouvidos com atenção. Referiam-se aos habitantes dos povoados próximos, e todos consideraram que os fugitivos corriam perigo se confiassem nessa gente. Sim, essa gente que morava nos arredores da cidade era ruim, não ajudaria em nada os fugitivos; caso os encontrassem, entregariam-nos às autoridades.

— Essa gente é desumana, irmãos. Lavradores sem coração...

— Não se pode confiar nesses camponeses.

— Os siberianos são cruéis. Se pegarem, matam-nos.

— É verdade... Mas os dois, por sua vez...

— Isso é fato. Vai ser duro... Os dois também não são bobos...

— Muito bem. Se continuarmos vivos, um dia vamos saber.

— E você acha que serão pegos?

— Eu acho que... não, não os pegam nunca mais! — exclamou um dos entusiasmados, dando um murro em cima da mesa.

— Ahn! Isso depende de como ficarem as coisas.

— No que me toca, se eu fugisse, nunca me pegariam, nunca nessa vida!

— Ah, você!

Riram. E assim quiseram colocar um ponto final em toda aquela história. Mas Skuratov estava perdendo a cabeça.

— Nunca me apanhariam! — exclamou violentamente. — É uma ideia que já me veio muitas vezes... Tantas que até me admiro. Eu me espremeria através de uma fresta no assoalho, mas não me agarrariam.

— Bastaria seu estômago vazio começar a roncar que procuraria logo a casa de um camponês e lhe pediria um pedaço de pão.

Risada geral.

— Para pedir pão? Por causa da fome? Deixa de ser bobo!

— Pare de ser metido! Você e o tio Vaska mataram a peste bovina,[15] e é por isso que os dois vieram parar aqui.

Novas gargalhadas mais altas. Os mais sérios pareciam enojados.

— Mentira! — exclamou Skuratov. — Isso é uma infâmia de Mikita sobre o Vaska! Eu nem sei como entrei na história! Nasci em Moscou e desde garoto virei andarilho. No tempo em que o diácono me ensinava a ler, agarrava-me por uma orelha e ordenava-me que repetisse: "Senhor, não nos deixeis cair em tentação". Mas eu dizia: "Senhor, leve-me à delegacia, segundo a Tua misericórdia!". Fui assim desde garoto.

As risadas continuaram. E era o que Skuratov queria: brincadeiras, palhaçadas. Logo o deixaram de lado, continuando a tratar do caso com seriedade; a conversa prosseguiu quase que só entre os mais idosos e experientes. Os mais jovens contentavam-se em aguçar os ouvidos excitadamente. O ajuntamento nas cozinhas era grande. Os sargentos, claro, não estavam lá, do contrário a conversa não correria solta daquele jeito.

Entre as pessoas que mais se mostraram alegres notei um tártaro, Manetka, baixote e bochechudo, cuja fisionomia histriônica se destacava das outras. Praticamente não falava nem compreendia o russo, mas nem por isso deixaria de enfiar a cabeça por entre o grupo e prestar uma enorme atenção, parecendo gostar do que ouvia.

— Então, Manetka, *yakshí*? — perguntou-lhe Skuratov que, desprezado por todos, queria participar.

— *Yakshí*! Claro! *Yakshí*! — murmurou Manetka contente, piscando os olhos para Skuratov com uma careta muito engraçada. — *Yakshí*![16]

"Não serão apanhados, *Iok*?

— *Iok*! *Iok*! — E Manetka balançava a cabeça, fazendo que não, também com as mãos.

— Você está mentindo, e eu não sei o que estou dizendo, né?

— Isso, isso, *yakshí*! — exclamou Manetka, concordando com a cabeça.

— Então, *yakshí*! — e Skuratov puxou o gorro do tártaro até lhe tapar os olhos, deixando a cozinha satisfeito, e Manetka, um tanto perplexo.

Aquele estado de ânimo no presídio durou uma semana, enquanto a procura e a caçada dos fugitivos prosseguiam pela região vizinha. Não sei

---

15 Significa que mataram um aldeão ou uma aldeã certos de que ele ou ela haviam posto "mau-olhado" no gado para matá-lo. Havia entre nós um desses assassinos (N. do A.).

16 Bom, em tártaro (N. do T.).

de que forma os presos sabiam dos mínimos detalhes das manobras que as autoridades levavam a efeito lá fora. Nos primeiros dias as notícias eram favoráveis aos fugitivos. Não haviam deixado o menor rastro, como se tivessem simplesmente desaparecido. E todos riam, felizes. Todas as investigações para descobrir o paradeiro dos fugitivos foram em vão. "Não os apanham. Não vão encontrar nada!", era a crença da maioria. "Desapareceram como uma bala! Nem deixaram rastro!"

— Foi como se dissessem: "Passem bem! Não se preocupem, vamos ali e voltamos já!".

Tínhamos conhecimento de que os camponeses de toda a região estavam empenhados no caso. O fato é que todos os lugares suspeitos estavam sendo vigiados, incluindo bosques e ravinas.

— Não adianta! — comentavam os nossos, achando graça. — A estas horas já acharam quem lhes desse acolhida.

— Ora se acharam! — concordavam todos. — Não são bobos; já tinham tudo arranjado.

E as suposições avançavam. Havia até os que estavam convencidos de que os fugitivos ainda podiam estar escondidos nos arredores da cidade, em algum porão ou adega, até que a movimentação passasse e os cabelos crescessem. Podem muito bem ficar assim seis meses ou mesmo um ano todo e depois, então, fugir!

Enfim, a excitação chegava a ser romântica, formando lendas. Então de repente, após aproximadamente uma semana, correu o rumor de que já estavam no encalço dos fugitivos. O boato, considerado absurdo, foi de imediato rejeitado com desprezo. Mas à noite o rumor foi confirmado. Os detentos ficaram ansiosos. Na manhã seguinte, dizia-se pela cidade que os fugitivos já haviam sido pegos e que estavam sendo trazidos de volta. À tarde apareceram mais detalhes: tinham sido achados na aldeia tal, a setenta quilômetros da cidade. Finalmente, chegou uma notícia fundamental: o primeiro-sargento, retornando da casa do major, informou que os fugitivos seriam trazidos ao anoitecer para a sala da guarda.

Agora já não havia mais dúvidas. É difícil descrever o impacto que essa notícia causou nos detentos. Não apenas ficaram perplexos como também completamente decepcionados e, como reação, começaram a zombar não mais das autoridades, e sim dos dois presos. No começo foram só alguns, não demorando, porém, a se espraiar para todos, com exceção apenas de alguns que, sérios e calados, não participavam das brincadeiras. Pelo contrário, encaravam os demais com ar grave e silencioso.

Mesmo que, dias antes, tivessem colocado Kulikov e Aristov nas alturas, agora pareciam sentir prazer em rebaixá-los, como se os dois os tivessem ofendido. Com desprezo, diziam que os dois, não suportando a fome, tinham ido bater à porta de um aldeão para pedir comida. Isso para um fugitivo era o máximo dos rebaixamentos. Essa história, aliás, era falsa. Tinham descoberto as pegadas dos fugitivos e, com ajuda de camponeses, cercado a floresta onde haviam se escondido. Foi quando os fugitivos, percebendo que era impossível fugir, se entregaram, uma vez que não tinham outra alternativa.

Ao anoitecer, quando foram conduzidos com algemas nos punhos e nos tornozelos por uma multidão de soldados, todos os presidiários correram para a cerca a fim de ver o que ia acontecer. Não viam nada além de carros do major e do comandante parados diante da sala da guarda. Os fugitivos foram presos nas solitárias, agrilhoados de novo e levados a julgamento já no dia seguinte. A zombaria e o desprezo dos detentos logo se desfizeram, pois detalhes da prisão se desvelaram; a rendição, reconheceram, fora por falta de saída. O interesse pelos detalhes logo se transformou em curiosidade pelo que lhes ia acontecer.

— Vão tomar umas mil chicotadas — diziam uns.

— Mil?! Vão matá-los — diziam outros. — Talvez Aristov seja condenado só a mil chicotadas, mas castigarão Kulikov até o matarem. Ora, irmãos, ele pertence à Seção Especial!...

E a verdade é que se enganaram. Aristov recebeu apenas quinhentas chibatadas, em consideração ao seu comportamento anterior e por ter sido essa a sua primeira infração. Kulikov recebeu, se é que me lembro direto, mil e quinhentas chibatadas. Agiram contra eles sem a severidade que se esperava. Como pessoas sensatas, durante o interrogatório não comprometeram ninguém, confessando categoricamente e de modo indubitável que haviam fugido sem a conivência de quem quer que fosse. Quem mais lamentei foi Koller. Perdeu tudo, de nada lhe valeram esperanças, recebeu duas mil chibatadas, segundo creio, castigo severo que culminou com prisão e transferência para um lugar mais adiante. Se trataram Aristov com certa piedade foi em consequência de recomendação médica. Portou-se bravamente, falava alto no hospital, para quem quisesse ouvir, que agora não se importava mais com coisa alguma, que na primeira oportunidade estava pronto para outra tentativa. Kulikov portou-se como sempre, com sensatez e brio. Reinstalado no presídio após a punição corporal, permaneceu calmo como se nunca tivesse se afastado daquele recinto. Mas seu prestígio decaiu muito perante os demais detentos, embora tudo fizesse para reavê-lo. Passou a ser tratado como um qualquer. Concluindo, sua imagem ficou manchada depois da tentativa de fuga. O sucesso é tudo para essas pessoas.

10
SAÍDA DA PRISÃO

Todos esses fatos ocorreram no último ano da minha vida de detento. Esse derradeiro ano ficou tão gravado na minha memória quanto o primeiro, sobretudo nos tempos finais de cadeia. Mas por que contar os detalhes? Basta dizer que, apesar da minha impaciência, o derradeiro ano foi menos insuportável do que os outros. Primeiramente, eu já contava entre os detentos com muitos amigos e dedicados camaradas, que afinal tinham chegado à conclusão de que eu era uma boa alma. Muitos eram devotados e gostavam verdadeiramente de mim. O Pioneiro até chorou quando acompanhou a mim e ao sujeito que deixava o presídio comigo.

Como nós, após deixarmos a prisão, ainda ficaríamos mais um mês no lugar num estabelecimento governamental, ele nos visitaria quase diariamente, esticando, desse modo, nossos contatos. Mas alguns detentos se mantiveram soturnos e fechados até o fim, evitando peremptoriamente — e só Deus sabe o motivo — trocar comigo uma só palavra, como se entre mim e eles existisse uma muralha.

Certos privilégios, que jamais havia conseguido antes, foram-me concedidos nos últimos tempos. Entre os moradores da vila acabei descobrindo alguns antigos conhecidos meus, colegas de colégio. Restabelecemos relações e por meio deles consegui ganhar algum dinheiro, escrever para minha terra e até mesmo receber livros. Havia já muitos anos que não lia nenhum livro, e mal posso reproduzir a singular e perturbadora impressão que senti quando li meu primeiro livro no presídio. Lembro-me bem de que comecei a leitura já de noite, depois que os alojamentos foram fechados, e só a interrompi quando o sol nasceu. Era um exemplar de uma revista. Foi como se um ofegante mensageiro do mundo longínquo tivesse chegado, como se a minha vida repentinamente se reabrisse luminosa diante de mim. Por meio da leitura, eu me esforçava por verificar o quanto me distanciara da existência real. Será que tem acontecido muita coisa durante a minha ausência? Pelo que as pessoas se interessavam? O que as preocupava agora? Tentava chegar à essência de cada palavra, lia nas entrelinhas, agitava-me, ansioso por descobrir o sentido denso e misterioso, como em busca de uma referência ao passado. Buscava resíduos das coisas que excitavam os homens. Com que louca pressa não li um artigo assinado por um conhecido meu?... Mas os outros nomes, já famosos, também me chamavam a atenção. Estava impaciente para conhecê-los, mas sofria por não arranjar livros, tamanhos os empecilhos. Nos primeiros anos, na época da administração do major, era muito temerário um detento possuir livros. Caso os encontrasse numa inspeção, Deus que nos livrasse! "Onde o conseguiu? De que modo entram livros aqui dentro? Está mancomunado com alguém nesse negócio?" Como poderia eu, por exemplo, responder a tal pergunta? Portanto, havia me conformado a não ler livro nenhum, fechei-me em mim mesmo, atormentando-me com as mais diferentes perguntas, procurando eu próprio resolvê-las. Agora já não tem cabimento ficar aqui, repetindo-as.

Eu chegara ao presídio durante o inverno e deveria deixá-lo igualmente num inverno, no mesmo dia do mesmo mês em que tantos anos antes eu transpusera aquele portal. Com que impaciência não esperava pelo inverno, com que deslumbramento não vi aproximar-se o fim do verão, as folhas amarelarem e a relva ressecar-se nas estepes? E o verão lá se foi, e o vento do outono começou a sibilar, e as primeiras neves chegaram... Finalmente o inverno, tão esperado, havia chegado. A todo instante meu coração batia com intensidade forte, na perspectiva da liberdade. E o mais estranho é que, quanto mais se aproximava a hora, quanto mais curto ia se tornando o tempo no qual a liberdade me abraçaria, mais paciente ia me tornando. Nos penúltimos dias, então, até me assombrei e me recriminei: "Quem sabe me transformei numa pedra de gelo, encarando com indiferença o que vai me acontecer?". Ao me encontrarem no pátio durante as horas de folga, muitos detentos vinham falar comigo e me parabenizar:

— Já vai embora, hein, senhor Alexander Petrovitch! Vai ser solto em breve... vai nos abandonar.

— E quando é que chega a sua vez, Martinov? — eu indaguei.

— A minha vez? Ahn... ainda vou ter que aguentar isso por sete anos.

E estanque, imóvel, suspirou e voltou a olhar para o além da cerca, como se estivesse olhando para o futuro.

Parecia que todos tinham começado a ser mais amigáveis comigo. Eu tinha visivelmente deixado de ser um deles. Já se despediam. Um polonês fidalgo, rapaz sossegado e fino, gostava, como eu, de nas horas de folga perambular pelo pátio. Assim, poderia apanhar ar puro e fazer exercício para manter a saúde e dirimir a consequência nefasta do ar confinado do alojamento onde era obrigado a dormir. Num desses passeios pelo pátio, disse-me sorrindo:

— Não vejo a hora de sua partida, pois assim terei certeza de que só me ficará faltando um ano exato para também ir-me embora.

Fazendo um parêntese, afirmo que para nós, devido à falta de hábito e à nostalgia, a liberdade parecia muito mais "livre" do que na realidade é. Os detentos exageram a representação do que chamam liberdade, mas têm uma clara compreensão dela. Qualquer soldadinho era visto pelos detentos como um rei, como o ideal do homem livre, só porque ia e vinha sem ter metade da cabeça raspada, sem carregar correntes e sem andar sob a mira das sentinelas.

Na véspera da minha partida, ao anoitecer, contornei pela última vez a cerca do presídio. Quantos milhares de vezes eu não percorrera aquela volta durante todos aqueles anos! Nos primeiros tempos de reclusão, andara sozinho, humilhado, atrás dos alojamentos, como um órfão. E como naquele tempo eu me punha a contar quantos milhares de dias ainda teria que viver ali dentro! Meu Deus, como isso agora já me parece longínquo! Ali naquele canto viveu a nossa águia prisioneira; por aqui muitas vezes eu ia e vinha, acompanhado por Petrov. Ainda agora ele me segue, passo a passo. Sim, aproxima-se e, como se lesse meus pensamentos, caminha ao meu lado, com brilho estranho no rosto, pensativo. Mentalmente, digo adeus às paredes de madeira enegrecida dos alojamentos. Como me eram antipáticas antes, quando da minha entrada para o presídio. Até essas paredes parecem haver envelhecido desde então. Mas não reparei. E entre essas paredes... quanta juventude, quanta energia e ímpeto aprisionados!...

Vamos deixar claro: a gente que vive aqui é, sem dúvida, fora do comum. É certamente a mais dotada, estruturalmente mais vigorosa do nosso povo. Mas toda essa força estava condenada a perecer de forma inútil, nada natural, errada e definitiva. E de quem é a culpa?

Essa é a questão: *de quem é a culpa?*

Na manhã seguinte, bem cedinho, percorri os alojamentos para me despedir de todos antes que saíssem para o trabalho. Diversas mãos marcadas e fortes se estenderam amigavelmente para mim. Alguns apertaram a minha mão como amigos; mas não muitos. Os outros entendiam muito bem que eu em breve ia me tornar outro homem, que tinha conhecidos na cidade, gente de posição, onde me sentiria de igual para igual. Essa é a razão por que a maioria se despedia de mim não apenas com cordialidade como também com certa ternura, não a de um amigo, mas aquela que se dispensa a um cavalheiro. Alguns, contudo, se despediram de mim com rancor, exibindo olhares enviesados.

O tambor rufou, e todos foram para o trabalho. Fiquei no alojamento. Sushilov levantara-se antes de todos para me preparar antecipadamente um chá. Pobre Sushilov! Começou a chorar quando lhe dei meu miserável enxoval de detento — umas duas camisas, as correias de forrar as algemas e algum dinheiro.

— Não me conformo, não me conformo... Quanta falta vou sentir do meu amigo Alexander Petrovitch!... Como poderei aguentar aqui sozinho?

Por fim despedi-me de Akim Akimitch, dizendo-lhe:

— Você também vai sair logo!

— Ainda tenho que ficar por aqui muito tempo — sussurrou ele, estreitando minha mão. Abracei-o e nos beijamos.

Após dez minutos da partida dos detentos para o trabalho, deixei o presídio para nunca mais voltar. Junto comigo saiu um companheiro com quem eu entrara na mesma época. Primeiramente nos dirigimos ao ferreiro, para que ele nos tirasse as correntes. Nenhum guarda nos acompanhou, e sim um sargento. A abertura das algemas estava a cargo dos detentos da seção técnica. Aguardei que o meu companheiro fosse libertado e depois me aproximei da bigorna. Os ferreiros fizeram-me virar de costas para eles, levantaram o meu pé por detrás e puseram-no sobre a bigorna...

— Em primeiro lugar, vire a ponta... Vire a ponta para cima — o mais velho ordenou. — Chega, está bem... Segure... agora bata com o martelo...

As correntes caíram no chão. Peguei-as... Desejava segurá-las, olhá-

-las bem, ainda mais uma vez. Pasmo, não conseguia acreditar que não estivessem mais nos meus tornozelos.

— E agora... vão com Deus... com Deus! — disseram os detentos com voz embargada, rude, mas onde havia um tom de júbilo.

Sim, com Deus! Liberdade, vida nova, ressuscitado dos mortos... Que momento glorioso!

FIM

CARTA DE DOSTOIÉVSKI AO IRMÃO MIKHAIL

Após cumprir os quatro anos de detenção com trabalhos forçados, Dostoiévski foi compulsoriamente integrado, como soldado raso, às fileiras do Exército russo na Sibéria, o que constituiria a parte final da pena. Uma semana depois de deixar a prisão, o escritor escreveu esta carta — repleta de mágoa e expectativas — a seu irmão Mikhail, onde relata alguns eventos de seu período na cadeia (que serão posteriormente narrados em Recordações da casa dos mortos*), além de prenunciar projetos literários que consolidará posteriormente.*

Omsk, 22 de fevereiro de 1854

Creio que finalmente posso falar com você de maneira mais longa e franca. Mas antes de escrever-lhe uma palavra, pergunto: diga-me, em nome de Deus, por que até agora não me escreveu uma linha sequer? Eu poderia esperar por isso? Sabia que, em meu isolamento e reclusão, muitas vezes fui tomado por um verdadeiro desespero, imaginando que você não pertencia mais a este mundo, perguntando-me, então, durante noites, o que poderia ter acontecido com suas crianças e amaldiçoando-me por nada de útil poder fazer? Em outras oportunidades, quando me sentia certo de que estava vivo, acontecia de eu ficar uma fera (mas eram momentos em que eu estava mal, como frequentemente ocorre) e lhe lançava reprovações amargas. Mas isso não durava muito; eu o perdoava, ocupava-me em encontrar mil justificativas, apaziguando-me com as melhores delas e jamais perdendo a fé em você; sei que me ama e que tem boa lembrança de mim.

Enviei-lhe uma carta através dos canais oficiais. Ela certamente chegou, esperei por sua resposta e não a recebi. Será que proibiram você de me escrever? Mas isso é autorizado e todos os presos políticos daqui recebem muitas cartas por ano. Durov recebeu diversas, e, frequentemente, a autorização para respondê-las foi dada pelas autoridades. Creio que descobri a verdadeira razão de seu silêncio. Preguiçoso como é, você não foi pedir permissão às autoridades e, mesmo que tenha ido, desistiu na primeira resposta negativa, fornecida talvez por alguém que não estava a par do assunto. Você também me causou um bocado de sofrimento. Disse a mim mesmo: "Pois é, se ele não é capaz nem mesmo de se virar para remeter uma carta, pior será se tiver de cuidar de coisas mais importantes para mim!".

Escreva e responda o mais rapidamente possível, mas, acima de tudo, escreva pela via oficial, sem esperar por uma ocasião; escreva longa e detalhadamente. Sou agora como um membro arrancado de vocês e eu gostaria de me religar, mas não posso. *Les absents ont toujours tort.*[17] Será possível que também seja assim entre nós? Não, não se preocupe, confio em você.

Já faz uma semana que saí da prisão. Envio-lhe esta carta no maior segredo, não comente sobre ela com ninguém. Além do mais, eu lhe escreverei também oficialmente através do estado-maior do Corpo siberiano. Responda imediatamente à carta oficial e, na primeira oportunidade, também a esta aqui. Na outra, você deve expor da maneira mais detalhada tudo de essencial que aconteceu nestes quatro anos. Se dependesse de mim, ficaria feliz se pudesse escrever-lhe volumes. Mas como só tenho tempo para redigir esta carta, vou lhe dizer o essencial. E o que é o essencial? O que foi, de fato, essencial para mim nesses últimos tempos? Refletindo agora sobre isso, percebo claramente que nada conseguirei exprimir nesta carta. Como lhe contar sobre meu espírito, minha consciência, tudo o que vivi durante esses anos, tudo aquilo de que me convenci e também o que deixei para trás? Não farei isso, pois tal empreitada é praticamente impossível. Não gosto de fazer nada pela metade e dizer apenas uma coisa ou outra não terá nenhum sentido. No entanto, o relato principal está diante de você. Leia e dê a opinião que desejar. Meu dever é fazê-lo, razão pela qual me debruço nessas lembranças.

Lembra-se de como nos separamos, meu querido, meu bem amado? Tão logo você saiu, nós três — Durov, Yastriembski e eu — fomos levados para a cadeia. Exatamente à meia-noite, quer dizer, exatamente no Natal, usei pela primeira vez os grilhões. Eles pesavam uns quatro quilos e eram extremamente incômodos. Depois nos colocaram em trenós sem cobertura, cada um

17 No original, em francês: "Os ausentes são sempre os culpados".

de nós com um guarda, o *feldjaeger*[18] na frente, e partimos para Petersburgo. Eu estava com o coração pesado e um tanto perdido, atormentado por muitas e distintas sensações. Meu coração, tomado por uma espécie de agitação, sofria e gemia baixinho, mas o ar fresco me reanimava e, como a cada passo novo na vida experimentamos sempre um tipo de vitalidade e de ânimo, eu estava, em suma, muito tranquilo, e observava Petersburgo fixamente, suas casas, diante das quais passávamos, brilhando com luzes de festa, e eu dizia adeus a cada uma delas em particular. Em seu apartamento na casa de Kraevski havia iluminação. Você me dissera que tinha montado uma árvore de Natal e que Emilia Fedorovna e as crianças haviam ido para lá. Pois foi em frente dessa casa que fiquei horrivelmente triste. Era como se eu tivesse acabado de dizer adeus às crianças. Sofria por deixá-las e quantas vezes, anos depois, lembrei-me delas com lágrimas nos olhos.

Eles nos conduziam para Yaroslav, e, perto do amanhecer, fizemos uma parada num café de estrada em Schlisselbourg, após três ou quatro etapas. Lançamo-nos sobre o chá como se estivéssemos sem comer há uma semana. As sessenta verstas de viagem em pleno inverno, depois de oito meses de prisão, tinham me dado tal fome que é até prazeroso lembrar daquele momento. Eu estava alegre, Durov falava sem parar, e Yastriembski imaginava um não-sei-quê de admirável e extraordinário para o futuro. Todos nós observávamos e seguíamos nosso *feldjaeger*. Parecia ser um velhinho gentil; ele foi bom e humano conosco, na medida do que se pode esperar em tal situação; um homem que tinha viajado muito por toda a Europa, fazendo entregas. Ele nos tratou muito bem naquele itinerário. Seu nome era Kusma Prokofievitch Prokoviev. Entre outras coisas, colocou-nos em trenós fechados, o que foi muito bom, pois o frio estava terrível. No dia seguinte, que era dia de festa, os postilhões[19] montaram guarda perto de nós, vestidos com capotes de lã alemã cinzento, com cintos vermelhos. Não tinha viva alma nas ruas dos vilarejos. Era um magnífico dia de inverno. Levavam-nos pela estepe, por Petersbourgskaia, Novgorodskaia, Varoslavskaia, etc. Aqui e ali, vilarejos medíocres. Mas partíamos em tempos de festa, e por todo lugar havia o que comer e o que beber. Estávamos terrivelmente gelados. Embora vestidos com

18 Termo de origem alemã, *feldjäger* ou *feldjaeger* designava membros da infantaria prussiana do período de Frederico II, recrutados entre caçadores da floresta, encarregados de localizar desertores e soldados perdidos. Na Rússia de Dostoiévski, designava os "condutores de presos".

19 Funcionários do serviço postal que faziam, a cavalo, as entregas de correspondências mais urgentes.

roupas quentes, percorríamos cinco ou seis etapas sem sair do coche, durante dez horas a fio, razão pela qual era quase impossível aguentar. Sentia frio até o fundo da alma e só conseguia me aquecer bem mais tarde, nos ambientes tépidos dos cafés de estrada. O engraçado é que a viagem me restabeleceu completamente. Na província de Perm, tivemos que suportar uma noite de quarenta graus negativos. Não recomendo isso a você, é muito desagradável. Houve um momento triste quando atravessamos o Ural. Os cavalos e os coches atolaram na neve. Era uma nevasca. No meio da noite, descemos e, em pé, ficamos esperando que liberassem os coches. Em torno de nós um turbilhão de neve; a fronteira da Europa e, diante de nós, a Sibéria, onde encontraríamos nosso misterioso destino; atrás de nós, o passado: tudo era tão triste que fui tomado pelas lágrimas. Ao longo de todo o caminho, vilarejos inteiros acorriam para nos ver e, a despeito dos grilhões, nos faziam pagar o triplo por cada etapa. Kusma Prokofievitch assumiu por conta própria em torno de metade das despesas; foi um custo pesado, considerando que cada um de nós arcou apenas com quinze rublos de prata pelos custos da viagem. Em 11 de janeiro chegamos a Tobolsk e, após termos sido apresentados às autoridades e feita a revista, ocasião em que nos tomaram todo o nosso dinheiro, levaram-nos — eu, Durov e Yastriembski — para um prédio isolado dos outros; Spechnev e os demais, que haviam chegado antes de nós, estavam em outra seção e nos vimos apenas de passagem. Gostaria de lhe contar em detalhes nossos seis dias em Tobolsk, e as impressões que eles nos deixaram. Mas não é algo para narrar aqui. Direi apenas o seguinte: uma compaixão, uma simpatia muito intensa nos recompensaram quase como uma autêntica alegria. Os exilados de outros tempos (melhor dizendo, não eles, mas suas mulheres) cuidaram de nós como se fôssemos de suas famílias.[20] Que almas maravilhosas, submetidas à prova por vinte e cinco anos de infelicidade e abnegação! Nós os vimos apenas de passagem, pois éramos severamente vigiados. Mas eles nos enviaram alimentação, roupas, nos consolaram e encorajaram. Tudo isso me deixou até meio sem jeito, pois como havia partido de súbito, não tive tempo nem mesmo de pegar algumas roupas... Pois até isso eles me deram. Em suma, pegamos o caminho novamente e três dias mais tarde chegamos a

---

20 Episódio também relatado em *Recordações da casa dos mortos*. Trata-se do apoio dado aos novos prisioneiros pelas esposas de antigos detentos da época do levante chamado de "decembrista" — pois teve seu ápice em 14 de dezembro de 1825 —, constituindo uma tentativa frustrada de derrubar o czar Nicolau I.

Omsk. Ainda em Tobolsk, consegui informações sobre quem seriam nossos superiores imediatos. O comandante era um homem decente, mas o major Krivtzof era um canalha entre os canalhas, um indivíduo bárbaro e medíocre, beberrão e implicante, tudo aquilo de mais repugnante que se possa imaginar.[21] Para começar, por causa das razões que nos levaram à prisão, ele tratou a mim e a Durov como imbecis, prometendo nos castigar fisicamente na primeira falta que cometêssemos. Fazia dois anos que ele era major e, durante esse período, já havia cometido injustiças terríveis. Dois anos mais tarde compareceria diante dos tribunais. Deus me poupou disso. Ele vinha sempre bêbado (jamais o vi sóbrio), encrencava com qualquer detento e buscava um pretexto, por exemplo, dizendo que o tal detento estava ébrio, quando, de fato, era mentira. Em outras oportunidades, no curso de uma de suas visitas noturnas, ele perturbava um detento só porque este não dormia virado para o lado direito e desancava um outro porque gritava ou delirava enquanto sonhava. Para resumir, ele usava qualquer coisa que pudesse passar por sua cabeça de bêbado. Era com um homem desse tipo que tínhamos de viver sem cometer nenhuma falta, pois era ele quem redigia os relatórios sobre nossas condutas e os enviava para Petersburgo. Foi ainda em Tobolsk meu primeiro contato com os tipos da cadeia e, em seguida, em Omsk, onde fui colocado para passar quatro anos no meio deles. É uma gente grosseira, desesperada, endurecida. Neles, o ódio aos nobres ultrapassa todo e qualquer limite, razão pela qual nos receberam (a nós, da nobreza) com hostilidade e uma alegria maldosa de nos ver lançados na infelicidade. Eles teriam nos triturado se pudessem. Imagine como tínhamos de nos defender, uma vez que precisávamos viver, beber e comer na companhia deles ao longo de anos, sem ao menos ter a oportunidade de nos queixarmos dos inúmeros e variados ultrajes a que nos submetiam. "Vocês, nobres, bons de bico, nos devoraram. Antes você era o senhor, aquele que torturava o povo e, agora, aqui está você, o mais rebaixado dos baixos, transformado em nosso semelhante." Tal foi o tema que se desenvolveu por aqui durante quatro anos. Cento e cinquenta inimigos a nos perseguir com prazer: éramos sua distração, sua ocupação, e a única coisa que nos salvou foi nossa indiferença, nossa superioridade moral, que eles não conseguiam compreender e, por isso, respeitavam, e também o fato de não nos submetermos ao bel-prazer deles. Eles sempre tiveram consciência de

21 Trata-se certamente do mesmo personagem descrito em *Recordações da casa dos mortos*.

nossa superioridade. Eles não tinham ideia de nosso crime. Nós guardamos silêncio acerca disso, mesmo porque não poderiam nos compreender; e eles nos obrigaram a suportar todas as vinganças e perseguições contra a nobreza, coisas que faziam como que para viver e respirar. Nossa vida era bem dura. A prisão militar é bem mais severa que a civil. Vivi esses quatro anos sem sair dos muros da prisão, a não ser para o trabalho. As tarefas eram pesadas; não sempre, claro, mas às vezes ultrapassavam minhas forças, quando realizadas em meio à tempestade, em alagados, na lama ou no frio terrível do inverno. Em certa ocasião, passei quatro horas num trabalho em condições bem peculiares: o mercúrio do termômetro estancara, pois provavelmente fazia menos quarenta graus. Meu pé congelou.

Vivíamos empilhados, todos juntos, num único alojamento. No verão, um calor de matar; no inverno, um frio insustentável. Imagine uma construção de madeira, velha, desgastada, há muito tempo prestes a desmoronar. O assoalho podre, a imundície cobrindo tudo de tal forma que se corria o risco de escorregar e cair. As pequenas janelas cobertas de geada, impossibilitando qualquer visão quase durante o dia inteiro. Um centímetro de gelo nos vidros, o teto com goteiras, deixando passar correntes de ar pelos buracos. Nós, lá dentro, apertados como sardinha em lata. Acendíamos seis achas de lenha na estufa, mas não aquecia (apenas derretia o gelo no alojamento), além de provocar uma fumaça insuportável — e era assim durante todo o inverno. Os detentos lavavam suas roupas no próprio alojamento, enlameando tudo. Não havia como se mexer. Do crepúsculo ao alvorecer, não se podia sair para fazer as necessidades, pois as portas eram aferrolhadas. Colocavam na entrada um balde, e o odor era insuportável. Todos os detentos fediam como porcos e diziam que não podiam ficar sem fazer porcarias, pois "eram seres vivos". Dormíamos sobre catres sem nada, não nos permitiam nem mesmo um travesseiro. Cobríamo-nos com capas de pele de tamanho diminuto, o que deixava nossos pés descobertos a noite inteira. Tremíamos. Por todos os cantos, pulgas, percevejos e baratas. No inverno, nos vestíamos com roupas forradas, frequentemente em tão mau estado que não seguravam o calor, além das botas de cano curto: e aguente-se com isso o frio siberiano! Para comer, nos davam pão e sopa de repolho, que deveria conter uns cem gramas de carne; mas eles picavam a carne de tal forma que eu nunca consegui achar nem um pedaço dela. Nos dias de festa, nos davam pão de centeio, com um pouco de manteiga. Fora da estação do repolho, apenas água e quase mais nada. Arruinei meu estômago terrivelmente, ficando doente diversas vezes. Veja, não era possível viver sem dinheiro: seguramente eu estaria morto se não tivesse algum, e ninguém, nenhum prisioneiro, conseguiria suportar a vida ali sem nenhum tostão. Para conseguir alguns copeques, é preciso fabricar e vender algo. Eu bebia chá e comia às vezes um pedaço de carne, e isso me salvou. Não fumar em tal atmosfera era impossível. Era melhor arriscar a asfixia. Tudo era feito escondido. Eu estava sempre doente e ia para o hospital. Meus nervos abalados me levaram à epilepsia, mas as crises são raras. Tenho também reumatismo nas pernas. À parte disso, sinto-me muito bem. Adicione a todos esses inconvenientes a quase impossibilidade de ter acesso a um livro; quando se consegue um, é preciso lê-lo escondido. Em torno de si a eterna hostilidade, as brigas, as injúrias, a algazarra, os gritos e a impossibilidade de ficar só, estando sempre sob vigilância, e tudo isso durante quatro anos, sem modificação; não é preciso dizer que foi muito duro. Além do mais, uma constante ameaça de punição, os ferros, um constrangimento absoluto do espírito, eis um retrato de minha vida cotidiana. Minha alma, minhas crenças, minha inteligência e meu coração se transformaram nesses quatro anos — e mais não digo, pois ficaria demasiado longo. Mas a eterna concentração em mim mesmo, onde me refugiava da realidade amarga, rendeu seus frutos. Existem agora em mim mais exigências e esperanças que antes eu jamais havia sonhado. Mas isso para você são meras palavras, portanto passemos adiante.

Mas lhe peço uma coisa: não me esqueça, me ajude. Preciso de livros e de dinheiro, por favor envie-os, pelo amor de Deus!

Omsk é uma cidade pequena e feia. Quase sem árvores. No verão, um calor ardente e vendavais de areia; no inverno, turbilhões de neve. Não vi a natureza. Já a cidade é suja, militarizada e devassa até o ponto mais baixo. Definitivamente eu teria perecido se não tivesse encontrado pessoas como K.I.I.[22] que foi para mim um verdadeiro irmão. Ele fez por mim tudo o que pôde. Devo-lhe dinheiro: se ele for para Petersburgo, agradeça-lhe. Devo-lhe perto de 25 rublos de prata. Mas como pagar por aquele acolhimento sincero, aquela constante disposição para atender a qualquer apelo, aquela atenção e cuidado fraternos! E ele não foi o único! Há muita gente boa neste mundo.

---

22 K.I.I.: Konstantin Ivanovitch Ivanov, genro de Annenkov, um dos líderes do levante chamado de "decembrista", que defendia medidas liberalizantes no início da regência de Nicolau I.

Eu lhe disse que seu silêncio às vezes me torturou. Agradeço pelo dinheiro que puder me enviar. Já na primeira carta (mesmo pelos canais oficiais, uma vez que não sei ainda se poderei enviar-lhe cartas agora), conte-me em detalhes todas as suas coisas. Mande notícias de Emilia Fedorovna, das crianças, de todos os nossos parentes e amigos, daqueles de Moscou, dos que estão vivos e dos que morreram, de seu comércio, com que capital começou, se é lucrativo e, por fim, se pode me ajudar materialmente e quanto poderia me enviar por ano. Mas não envie o dinheiro através da carta oficial, a não ser que eu não consiga arranjar um outro endereço. Mande em nome de *Míkhaíl Petrovítch*[23] (você sabe por quê). Mas ainda tenho algum dinheiro, porém, nada de livros. Se puder, envie-me revistas deste ano, ao menos *Os Anais da Pátria*. Mas veja o que é indispensável! Tenho necessidade (preciso mesmo) de obras de historiadores antigos (numa tradução francesa) e dos modernos (Vico, Guizot, Thierry, Thiers, Ranke, etc.), dos economistas e dos Pais da Igreja. Escolha as edições mais baratas e mais espessas. Remeta-me esses livros imediatamente.

Vão me enviar para Semipalatinsk, que fica quase na estepe kirghize. Eu lhe enviarei o endereço mais preciso. Em todo caso, aqui vai: em Semipalatinsk, Batalhão Siberiano da 7ª de linha, ao soldado de 2ª classe. Este é o endereço oficial, para onde pode escrever. Mas para os livros, mandarei outro. Enquanto isso, remeta para *Míkhaíl Petrovítch*. Note apenas que o primeiro a enviar, aquele de que tenho mais necessidade, é um dicionário de alemão.

Ignoro o que me espera em Semipalatinsk. Estou um pouco indiferente com esse destino. Mas há uma coisa sobre a qual não estou indiferente: as providências que você poderá tomar para interceder por mim. Será que eu não poderia, de hoje a um ano, ser transferido para o Cáucaso, que, pelo menos, é na Rússia? É o meu mais ardente desejo, interceda por mim, pelo amor de Cristo! Irmão, não se esqueça de mim! Veja que escrevo e quero decidir em seu nome, mesmo em relação a seu dinheiro. Mas a minha fé em você não se extingue. Você é meu irmão e me ama. Preciso de dinheiro. Preciso viver, irmão. Algum fruto nascerá desses anos que passaram. Preciso de dinheiro e de livros. O que você gastar comigo não será perdido. Caso me ajude, não prejudicará seus filhos. Que eu possa viver o suficiente apenas para lhe devolver tudo com juros. Eles vão me permitir que eu publique daqui a seis

23 Mikhail Petrovitch: nome que usava na correspondência clandestina.

anos, talvez menos. As coisas vão mudar, e a partir de agora não escreverei mais bobagens. Você ouvirá falar de mim.

Nós nos veremos de novo, meu irmão, bem logo. Acredito nisso como dois e dois são quatro. Minha alma se ilumina e vejo diante de meus olhos todo o meu futuro, tudo aquilo que realizarei. A única coisa que temo são os homens e o arbítrio. Cair nas mãos de um superior que nos aprisiona por capricho (há desses por aí), que por uma ninharia qualquer nos faz perecer de tanto trabalhar; e eu sou frágil, não tenho físico para aguentar todos os pesos de uma vida de soldado. "Aqui" — diziam para me encorajar — "todos os homens são simples". Mas eu temo mais o homem simples do que o complicado. Enfim, os homens são homens em qualquer lugar.

Mesmo na cadeia, entre os bandidos, eu acabei por descobrir os homens ao longo desses quatro anos. Acredite: existem naturezas profundas, fortes, maravilhosas, e como é bom descobrir ouro sob uma casca rude. E não apenas um ou dois, mas vários. Há os que não podemos deixar de respeitar, e outros absolutamente admiráveis. Eu conheci um jovem tártaro (preso por banditismo),[24] a quem eu ensinei a ler e escrever russo, e cuja gratidão me completou. Um outro detento chorou quando me soltaram. Eu havia lhe dado algum dinheiro, bem pouco, mas seu reconhecimento foi sem limites. E, não obstante, meu caráter estava sufocado. Eu era caprichoso, impaciente com eles. Eles respeitavam meus humores e suportavam tudo sem nenhum murmúrio. *À propos*:[25] quantos tipos de caracteres eu identifiquei na cadeia! Habituei-me a eles, pois creio que os conheci razoavelmente. Quantas histórias de errantes e de bandidos, e toda aquela vida negra e miserável, que preencheriam volumes. Que povo maravilhoso. Em suma, não perdi meu tempo. Aprendi a conhecer, senão a Rússia, ao menos seu povo, a conhecê-lo bem, como talvez poucos o conheçam. Eis, pois, o meu pequeno orgulho, perdoável, espero.

Irmão! Conte-me absolutamente todos os principais fatos de sua vida. Escreva oficialmente para *Semipalatinsk*, e clandestinamente você sabe para onde. Fale-me de todos os amigos de Petersburgo, da literatura (sobretudo os fatos mais importantes) e, por fim, daqueles de Moscou. O que aconteceu com o mano Kolia? E, mais importante, com a mana Sachenka? Nosso tio ainda está vivo? Que foi feito do nosso irmão André? Eu escrevi para a

---

24 Trata-se de Ali, um dos três tártaros do Daguestão, transformado em personagem da "Primeira Parte" de *Recordações da casa dos mortos*.

25 À propos, corresponde ao "a propósito", em português.

tia por intermédio de nossa irmã Verotchka, aproveitando-me de uma ocasião. Esta carta é secreta. Por Deus, esconda-a ou, melhor, queime-a: não comprometa ninguém. Não se esqueça dos livros, meu caro amigo. Sobretudo, os dos historiadores, dos economistas, *Os Anais da Pátria*, os Pais da Igreja e a história da Igreja.

Não envie tudo de uma vez, mas comece a remeter logo. Faço uso de seu bolso como se fosse meu, mas é porque desconheço sua situação material. Seja direto quanto a isso, de modo que eu possa me dar conta. Saiba, porém, irmão, que os livros são minha vida, meu alimento, meu futuro. Portanto, não me abandone, em nome de Deus. Eu lhe suplico! Solicite autorização para me enviar os livros pela via oficial, mas seja prudente. Caso permitam, então os envie. De outro modo, envie através do irmão K.I., em seu nome; chegarão até mim. Além disso, K.I. irá pessoalmente a Petersburgo este ano; ele contará tudo para você. Que família a dele! Que esposa! É uma jovem dama, filha do decembrista Annenkov;[26] que coração, que alma e como eles sofreram!

Encarrego-me de encontrar um outro endereço em Semipalatinsk, para onde sigo esta semana. Envie-me o *Alcorão*, *A crítica da Razão pura*, de Kant, e, sem perder um dia, mande para mim, pela via clandestina, sobretudo a *História da Filosofia*, de Hegel. Todo o meu futuro depende disso. Mas, por Deus, envide todos os esforços para conseguir minha transferência para o Cáucaso. Procure gente competente para saber se me permitirão publicar e como fazer para apresentar a solicitação. Eu o farei daqui a dois ou três anos. Até lá, ajude-me, eu lhe peço. Sem dinheiro eu serei aniquilado pela vida de soldado. Conto com você. Será que o resto da família me ajudaria um pouco, uma vez que seria a primeira vez? Caso não o façam, que deem o dinheiro a você, que o remeteria a mim. Além disso, em minhas cartas à titia e à Verotchka não solicitei nada. Que eles decidam com o próprio coração se querem fazê-lo.

Ao partir para Semipalatinsk, Filippov presenteou-me com 25 rublos de prata. Ele os deixou com o comandante Nobokov, embora eu não o soubesse. Boa alma. Todos os deportados vivem mais ou menos. Toll terminou seu tempo de pena: está em Tomsk e vive convenientemente. Spechnev[27]

---

26 Annenkov foi integrante da conspiração "decembrista". Junto com outros, foi preso e condenado a vinte anos de trabalhos forçados.

27 Um dos mais entusiastas membros do grupo de Petraschevski, Spechnev foi retratado por Dostoiévski através do personagem Stravoguin (ver a "Apresentação", no início deste volume).

mora na província de Irkutsk, onde conquistou a estima e o respeito de todos. Maravilhoso o destino desse homem! Onde quer que ele apareça, os seres mais independentes, os mais indignados, se reúnem em torno dele num misto de veneração e respeito. Petraschevski, como sempre, não exibe o menor bom senso. Mombelli e Lvov estão com boa saúde, mas o pobre Grigoriev enlouqueceu e está no hospital.[28] E com você, o que há de novo? Tem visto a Mme. Plechtcheiev, onde está o filho dela? Ouvi falar, por parte de deportados em trânsito, que ele estava vivo e na fortaleza de Orsk, e que Golovinski já está há muito tempo no Cáucaso.

Como está você com a literatura e dentro da literatura? Tem escrito algo? Kraevski tem alguma coisa nova e como estão suas relações? Ostrovski não me agrada; de Pissemski não li nada e Droujinine me enjoa[29]. Evgénia Tour me entusiasmou e Krestovski me agradou também.

Gostaria de lhe escrever uma porção de coisas, mas tanto tempo passou que mesmo esta carta é difícil de redigir. Contudo, não é possível que tenhamos mudado tanto, um em relação ao outro... Dê um abraço meu, bem forte, nas crianças. Elas se lembram do tio Fedia? Mande lembranças para todos os conhecidos, mas guarde o mais profundo segredo acerca desta carta. Adeus, adeus, meu querido. Você ouvirá falar de mim e, talvez, nos reencontremos. Sim, certamente, vamos nos reencontrar. Adeus. Leia atentamente tudo o que escrevi. Escreva-me mais frequentemente (não apenas pela via oficial). Mil beijos para você e todos os seus.

Ton

P.S.: Recebeu meu *Contos para crianças*, que escrevi na prisão? Se estiver com você, não passe nem mostre a ninguém.

Quem é esse Tchernov que escreveu um tal de *Duplo* em 1850?

Até breve.

Ton Dostoiévski

---

28 Mombelli, Lvov e Grigoriev eram também membros do grupo de Petraschevski e, assim como Dostoiévski, também foram condenados à prisão com trabalhos forçados.

29 Ostrovski: grande dramaturgo russo, cujo talento é mais tarde reconhecido por Dostoiévski; Pissemski era romancista e Droujinini, crítico e ensaísta.

***

Creio que parto amanhã para Semipalatinsk. K.I. estará aqui até maio. Caso queira me enviar alguma coisa — livros, por exemplo —, penso que pode fazê-lo ainda sob o citado nome de Mikhail Petrovitch.

Eu lhe passarei, talvez, um outro endereço (não oficial) em Semipalatinsk. Mas escreva-me sem falta o quanto antes e da maneira mais longa possível. Por Deus, busque providências em relação ao meu caso. Será que me permitirão partir para o Cáucaso ou para qualquer outro lugar fora da Sibéria? Vou começar logo a escrever romances e dramas, mas tenho ainda muita, muita coisa para ler. Portanto não esqueça meus pedidos. Mil abraços para as crianças. Até logo.

Ton D.